D1749243

WIR ENGEL UNTER UNS...

Sergi Guardiolas erster Fall

Marco R. L. Caimi

WIR ENGEL UNTER UNS...
Sergi Guardiolas erster Fall

Marco R. L. Caimi

Bibliografische Information der Deutschen Nationalbibliothek
Die Deutsche Nationalbibliothek verzeichnet diese Publikation in der
Deutschen Nationalbibliografie; detaillierte bibliografische Daten
sind im Internet über http://dnb.d-nb.de abrufbar.

Marco R. L. Caimi
Wir Engel unter uns...
Sergi Guardiolas erster Fall

Berlin: Pro BUSINESS 2011

ISBN 978-3-86386-028-8

1. Auflage 2011

© 2011 by Pro BUSINESS GmbH
Schwedenstraße 14, 13357 Berlin
Alle Rechte vorbehalten.
Produktion und Herstellung: Pro BUSINESS GmbH
Gedruckt auf alterungsbeständigem Papier
Printed in Germany
www.book-on-demand.de

---

book-on-demand ... Die Chance für neue Autoren!
Besuchen Sie uns im Internet unter www.book-on-demand.de

1

Steve Hofmeyr war erstaunt, dass er von seiner Frau Alicia keine Antwort bekam, als er ihr beim Betreten des Hauses ein „Hallo!" zurief. Ihr Auto, ein Landcruiser, stand unmittelbar vor der Haustür, so als ob sie eben im Begriff wäre, etwas auszuladen oder gerade wieder zu gehen. Ebenso war auch ihr Zweitwagen, ein kleiner schwarzer Flitzer aus Zuffenhausen, Cabrio-Ausführung (Alicias brauner Teint verpflichtete), auf dem Carport geparkt.

Steve Hofmeyr hatte sich stets geweigert, überhaupt Autofahren zu lernen. Er empfand das Fahren über längere Strecken als reinen Zeitverlust und der Erwerb von Automobilen, insbesondere von neuen Modellen, als Kapitalvernichtung. Alicia hingegen konnte von Autos nicht genug kriegen. Nach einigen heftigen Diskussionen hatte er sich damit getröstet, dass die Blechkisten zwar teuer, aber letztlich doch weniger aggressiv sind als Liebhaber. Darum erwies er sich diesbezüglich, auch was den Unterhalt von Alicias Karossen betraf, als sehr großzügig. Er selbst hatte, seit er mehr als ein Taschengeld verdiente, fast ausschließlich in Kunst und Immobilien investiert. Er sprach dabei gerne von seinen AUAs: Annähernd unzerstörbare Anlagen. Mittlerweile nannte er, als erfolgreicher Kunsthändler und Galerist, ein Haus bei Basel ebenso sein eigen wie ein Vierzimmer-Appartement am Paseo Garcia in Barcelona sowie ein Penthouse mit Dachschwimmbad in Clifton unmittelbar neben Kapstadt. Hinzu kamen eine Galerie in Kapstadt und eine in der katalanischen Metropole. Nicht jedoch in Basel, seinem Hauptwohnort. „Um Kunst wirklich zu spüren, muss man sich zuerst bewegen, reisen. Sonst bleiben auch das Gehirn und die Imagination stehen.", war seine Devise. Bloß nicht mit dem Auto. Die Hofmeyrs fühlten sich in Basel, im Dreiländereck, ausgesprochen wohl. Er zumindest. Und mit der A r t B a s e l hatte er die weltweit wichtigste Kunstmesse direkt vor der Haustür.

Als auch auf ein zweites „Hallo!" kein Lebenszeichen von Alicia kam, zog er etwas hektischer und weniger entschleunigt, als er dies nach Feierabend zu tun pflegte, die Jacke seines Diniz&Cruz- Anzuges aus. Da Alicia um diese Zeit oft auf dem Bett im Schlafzimmer zu lesen pflegte, ging er, ohne den Living des Hauses zu betreten, direkt in den ersten Stock, auf welchem sich die Schlafzimmer, auch dasjenige ihrer neunzehnjährigen Tochter Sue, sowie die Bäder befanden.

Die Tür ihres Schlafzimmers war zu. Bevor er die Türklinke langsam hinunterdrückte, lauschte er einen Verdachtsmoment lang. Autos, auch schnelle und große, reichen nicht immer. Er schüttelte kurz den Kopf, um dann die Schlafzimmertür entschlossen zu öffnen. Die Fenster des Schlafraumes waren leicht geöffnet, das Zimmer aber kühl und leer. Das Bett wirkte, als wäre es den ganzen Tag nicht benützt worden. Irritiert verließ Hofmeyr das Schlafzimmer wieder. Er schaute noch kurz in die drei anderen Räume der Etage, in welchem sich neben Sues Schlafzimmer auch noch sein Homeoffice sowie ein großes Gästezimmer befanden, letzteres von Alicia gern für ihre Pilates-Sessions genutzt. Alle waren sie leer. Er benutzte kurz die Toilette. Beim Händewaschen blickte er in den Spiegel und sah ein einundfünfzigjähriges Gesicht, das deutlich weniger als ein halbes Jahrhundert alt wirkte. Das noch ziemlich volle, wenig ergraute braune Haar trug das Seinige dazu bei. Auch am Bauch und auf den Hüften zeigten sich nur leichte Andeutungen einer unkontrollierten Völlerei. Hundertzweiundachtzig Zentimeter bei siebenundsiebzig Kilogramm waren wahrlich nicht schlecht. Auch wenn ihm Alicia dies schon lange nicht mehr gesagt hatte. Die Augen lagen vielleicht ein klein wenig tiefer als er dies gewohnt war. Die Eröffnung der Ausstellung in Barcelona hatte doch leichte Spuren hinterlassen. Nicht, dass etwas schiefgelaufen wäre, aber der Hype ist in dieser verrückten Stadt doch anders als in der beschaulichen Schweiz und die Partner, oder vielmehr Zulieferer, auch nicht immer ganz so zuverlässig.

Er erfrischte sein Gesicht mit einer Handvoll Wasser und strich sich die Haare nach hinten. Im Handtuch, mit welchem er sein Gesicht trocken rieb, meinte er, einen ihm unbekannten Geruch wahrzunehmen. Eine Spur zu herb für ein eventuell neues Parfum von Alicia. Irgendwie zuordnen konnte er ihn jedoch auch nicht. Sorgfältig legte er das Handtuch wieder zusammen und hängte es über die Halterung. Dem Geruch nachstudierend, ging er die Treppe hinunter, um sich in der Küche ein Windhoeck Lager zu holen. Sein Lieblingsbier aus südafrikanischer Vergangenheit, das allerdings aus Namibia stammte. Über ein Geschäft in Zürich, welches sich auf Produkte aus dem südlichen Afrika spezialisiert hatte, ließ er es in größeren Mengen anliefern. Meist zusammen mit Biltong, dem getrockneten Fleisch von Rind, Kudu oder Springbock und, sofern die EU nicht wieder einmal ein Importverbot verhängt hatte, Straußenfleisch. Seinen Hausarzt, Doktor Max Schwegler, freute dies (Straußenfleisch gilt als cholesterinarm), war sein schlechtes Cholesterin doch stets grenzwertig erhöht und Hofmeyr weigerte sich strikt, cholesterinsenkende Medikamente zu nehmen. Er fühle sich noch zu jung dafür, erklärte er dem jeweils streng über den Brillenrand blickenden Schwegler bei seinen jährlichen Höflichkeitsbesuchen, die Schwegler, der Wissenschaft näherstehend, allerdings als Check-ups bezeichnete.

Die Küche war vom Wohnzimmer nur durch eine Kochinsel und eine sideboardartige Kombination abgetrennt. Ein Sofa von Helga Jongerius stand mit dem Rücken zur Küche. Zwei Lounge Chairs von Eames ergänzten die Sitzgruppe. Hofmeyr schenkte sich das Lager bereits im Gehen ein. Er empfand es als stillos, aus der Flasche zu trinken. Darum ruhte sein Blick vornehmlich auf dem Glas und der Flasche. Beinahe hätte er sich deshalb auf Alicia gesetzt, die auf dem Jongerius Polstersofa lag. In ihrem Blut, welches dem orange-roten Sofa noch eine zusätzliche Färbung verlieh. Viel Blut, sehr viel Blut konnte Hofmeyr noch feststellen, ehe es ihm den Schieferboden unter den Füßen wegzog.

Als er wieder zu sich kam, tropfte Blut auf sein gelbes Hemd. Er hob den Kopf und erinnerte sich wieder, warum er neben dem Sofa lag. Er spürte, wie sein Magen revoltierte und konnte nicht verhindern, dass er im Schwall erbrechen musste. Unkontrolliert, einen Teil neben sich auf den Boden, einen Teil aufs Sofa, wo seine offensichtlich sehr tote Frau Alicia in ihrem Blut lag. Erbrochenes vermischte sich mit dem Blut seiner Frau, was einen kurzzeitigen Kreislauf zwischen Ekel und dessen Unterstützung durch repetitives Erbrechen bei Hofmeyr auslöste. Er versuchte, mittlerweile leergekotzt, sich vom Boden aufzurappeln, was ihm nur mit großer Mühe gelang. Seine Beine drohten unter ihm einzuknicken, nur langsam konnte er sich zum Telefon bewegen, welches auf dem Küchen-Sideboard stand. Er wählte die Nummer der Kantonspolizei Basel-Stadt. Danach sank er in einen Küchenstuhl und wartete bis es an der Haustür klingelte. Es war ihm schwindlig und er wusste nicht, ob er weinen oder schreien sollte.

Hauptkommissär Sergi Guardiola von der Mordkommission Basel, ursprünglich Katalane, war in die Schweiz eingewandert, gewissermaßen in der dritten Generation. Seine Großeltern waren 1939 vor dem Diktator Franco aus Barcelona geflüchtet, als dieser den Aufstand um die „Anarchisten" der CNT (Confederatión Nacional de Trabajo) mit seinem Einmarsch in Barcelona beendete. Sein Großvater hatte gar noch an der Seite des Anarchistenführers Buenaventura Durruti gekämpft und am 19. Juli 1936 die Truppen Francos vorübergehend entscheidend geschlagen. Selbst Sergis Großmutter Margerita hatte zeitweise den blauen Milizoverall „Mono Azul" getragen und hinter den Barrikaden eine Waffe in der Hand gehabt. Sergis Vater arbeitete bis vor Kurzem als Chemiker in der Basler Großchemie, seine Mutter war damit beschäftigt, ihn und seine jüngere Schwester Pilar großzuziehen. Nach Pilars Einschulung nahm sie eine Teilzeitstelle in einer Großbank an und überlebte auf dieser auch die bald darauf folgenden Fusionswirren ebenso wie die letzte Bankenkrise. Mittlerweile waren beide Elternteile pensioniert, erfreuten sich aber noch guter

Gesundheit und pendelten zwischen ihrer Wohnung – immer noch im St. Johann-Quartier – und ihrem kleinen Häuschen in Palamòs an der Costa Brava hin und her.

Der Anruf erreichte Guardiola kurz nach 18 Uhr an diesem Donnerstag im Spätsommer an einem für ihn moralisch und politisch unkorrekten Ort. Er befand sich in der Villa Esperanzia im Gundeldingerquartier, jenem Basler Stadtteil in Bahnhofsnähe, welcher als „Stadt in der Stadt" bezeichnet wurde. Dort, wo Intelligenzia, Maloche, Großhandel, Gastronomie und Prostitution beinahe Tür an Tür lebten und sich meist auch vertrugen. Dort, wo der Ausländeranteil die Größenordnung anderer Basler Quartiere erreichte, ohne dass ein besonderes Gewaltproblem bestand. Gundeldingen liegt auch am Fuß des Nobelwohnhügels Bruderholz. Dort, wo nicht die Reichen und Schönen, sondern die Reichen und Alten wohnen und sich hinter ihren Villenmauern verbarrikadieren, eher bereit, ihre eigenen Gartenzwerge zu grillen, als in einem Wirtshaus Geld auszugeben. Sehr zum Verdruss von Guardiola, der selbst nahe dem Wasserturm in einem selbsterbauten Zweifamilienhaus wohnte.

Die Villa Esperanzia galt einerseits als Edelbordell, was unseren Comisario komplett desavouiert hätte. Andererseits vermietete es auch speziell eingerichtete Räume an ebenso speziell orientierte User-Groups. Guardiola gehörte seit etwa einem halben Jahr zu einer solchen, die sich Nawa Shibari Basel nannte. Ein Freund von ihm hatte sich in seiner Heimat nach einem Glas Rioja zu viel an der Barceloneta offenbart, dass er die Kunst der Fesseltechnik von einer von ihm regelmäßig frequentierten Edelprostituierten am eigenen Leibe erfahren und ihn dies zu bisher unbekannten sexuellen Höhenflügen geführt hätte. Guardiola, diesbezüglich in seiner langjährigen Ehe nicht eben verwöhnt, wurde neugierig. Er machte sich über einschlägige Internetseiten zu lokalen Möglichkeiten kundig, um diese Technik nicht nur zu erfahren, sondern auch zu erlernen. Dabei stieß er auf Nawa Shibari Basel und den Fesselmeister Osumo aus Tokio, selbst ein Schüler des Meisters Osada aus dem

Tokyioter Stadtteil Ikebukuro. Osumo empfing ihn erstmals in einem schwarz gestrichenen Raum in der Villa zusammen mit Alicia Hofmeyr. An mehreren Abenden lehrte Osumo den beiden, sich gegenseitig in diversen Positionen, teilweise auch an der Decke hängend, zu fesseln. Obschon die Fesselungen stets nackt durchgeführt wurden, war jegliche Form von sexueller Interaktion untersagt. Ebenso der Kontakt außerhalb der Fesselungssessions. Bekannte Zuwiderhandlung wurde mit dem Ausschluss durch Osumo bestraft.

Alicia war eine attraktive Frau und Guardiola bekam, zumindest an den beiden ersten Abenden, dauernd heftige Erektionen. Umso mehr, als sich seine Ehe mit Sylvia, einer selbstständigen Physiotherapeutin, zu einer reinen Funktionsehe entwickelt hatte, in der ihre Berufe und die dreizehnjährige Tochter Carmen alles dominierten. Gefickt hatte er mit Sylvia im letzten Jahr jedenfalls nicht mehr. Jedes Mal, wenn er Alicia wieder in einer Position mit angezogenen oder gespreizten Beinen gefesselt hatte, und sich ihre rasierte Muschi vor ihm öffnete, war er froh, dass Osumo rasch die nächste Fesselung befahl. Zuerst lehrte sie Osumo das klassische Shibari, welches sich mit der Ästhetik der Fesselkunst beschäftigt und nur dem Zweck der Unbeweglichkeit dient. Danach folgte Kinbaku, welches noch tiefer in das Miteinander eines fesselnden Paares eintaucht und eine hoch erotische Variante darstellt. Shibar bedeutet fesseln, Nawa das Seil. Im Gegensatz zum westlichen Bondage dient diese japanische Fesselung nicht ausschließlich der Immobilisierung. Sie kann ebenso ästhetische Formen annehmen und ein Körperkunstwerk schaffen. In entsprechenden Kreisen wird es auch als Vorbereitung auf weiterführende SM-Praktiken eingesetzt. Shibari-Techniken reichen vom einfachen Knoten bis zur komplizierten Ganzkörperfesselung. Sonderformen sind Kikkou, auch Diamond Harness genannt, weil das entstehende Seilmuster der Fesselung aus Diamanten (Rauten) oder Sechsecken besteht. Unter Tsuri versteht man eine Hängefesselung und beim Takate Kote Shibari handelt es sich um die Oberkörperfesselung mit auf den Rücken fixierten Händen. Die Fesselungen können unterschiedlich hart erfolgen, je nachdem, ob nur die Immobilisation und das Ausgeliefertsein angestrebt werden oder auch der Schmerz im Sinne des Lustgewinns ein Ziel sein soll. Beim Schmerzerlebnis werden Endorphine frei, Glückshormone, wie sie in großer Menge auch beim Orgasmus freigesetzt werden. Kulturhistoriker meinen, beim Sadomasochismus wirke der Todestrieb: Im Falle des Sadisten, der seinem Opfer Schmerz zufügt, nach außen. Beim Masochisten, der sich quälen lässt, nach innen. In vielen Kulturen – gerade in der christlichen –symbolisiert das Fesseln, das Auspeitschen und das Verstümmeln zudem eine Reinigung des Fleisches. Ohnehin ist Schmerz nur im Kontext „genießbar": Er muss psychisch positiv besetzt sein, um physisch lustvoll erlebt zu werden, etwa als Verwirklichung einer lange gehegten Phantasie. SM-Sex ist eine Grenzüberschreitung: Hingabe bis zur Selbstaufgabe oder totale Macht über einen Menschen. In der Szene spricht man auch von „Doms" (Domination) und von „Subs" (Submission, Unterwerfung). Stimmen die psychischen Voraussetzungen, interpretiert das Gehirn den Schmerz– den Endorphin-Sturm– als Lust. Sexuelle Erregung und Schmerz verstärken sich gegenseitig. Auch sexuelle Praktiken, schreibt Diva Midori in einer ihrer vielen Publikationen, unterliegen der Mode. Guardiola hatte ihr Buch „The Seductive Art of Japanese Bondage" gelesen. Sie war früher Geheimdienstoffizierin in der US-Army gewesen und hatte sich danach als SM-Expertin etabliert. Es gibt verschiedene Arten der Laufbahnplanung, hatte sich Guardiola nach der Lektüre gedacht. Shibari, so Midori, sei der jüngste Hit in Amerika. Vorbehalte gegen den mit Schmerzen verbundenen Sex hält sie für scheinheilig und kommentiert sarkastisch: Wenn sich Mike Tyson und Evander Holyfield bis zur Bewusstlosigkeit verprügelten, sei das okay. Niemand rege sich darüber auf, Millionen würden umgesetzt. Wenn aber eine als Krankenschwester verkleidete junge Frau einen erwachsenen Mann etwas peitsche, käme bereits der kirchlich-gesellschaftlich-moralische Zeigefinger. Das Aufpeppen eines müde gewordenen Sexlebens mit Fesselspielen sei heute wohl vor allem ein Mittelstandsphänomen, welches nun auch die amerikanischen Vororte erreiche. Leider noch nicht das Bruderholz, dachte sich Guardiola.

Nach drei Monaten entließ Osumo die beiden aus dem Eleven-Stadium und sie durften künftig an den offiziellen Treffen der Mitglieder von Nawa Shibari Basel teilnehmen. Guardiola hatte Alicia auch einige Male in ihrer Villa für private Fesselsessions getroffen. Allerdings verfügte sie aus Rücksicht auf ihre Familie nur über eine beschränkte Infrastruktur, sodass die beiden beschlossen, sich nur noch im Clublokal zu treffen. Dort allerdings beschäftigten sie sich sehr oft miteinander. Alicia hatte ihm mal einen Brief geschrieben, dass sie erstmals durch die Spiele mit ihm zu mehreren Orgasmen hintereinander gekommen sei. Er schaffte es nicht, den Brief wegzuschmeißen.

Auch an diesem Donnerstag besuchte Guardiola eine der Nawa Shibari-Sessions, wie die Treffen hießen. Meist waren zwischen sechs und zwanzig Personen anwesend. Es waren nicht nur ausschließlich Paare zugelassen. Generell zog die Kunst des Fesselns mehr Frauen an, aber es kam auch vor, dass zwei oder gar drei Männer eine Frau fesselten, um sie danach zu verwöhnen.

An diesem Abend war Guardiola mit Rhea beschäftigt, einer dunkelhaarigen Mitdreißigerin, muskulös, aber trotzdem schlank gebaut. Aus unerklärlichen Gründen war Alicia nicht aufgetaucht. Sie war nackt, Guardiola hatte ihr eine Tsuri-Fesselung, kombiniert mit einer Takate Kote, verpasst. Eine Suspensionsfesselung mit den Händen auf dem Rücken. Die Raumhöhe in der Villa Esperanzia erlaubte es, sie so hoch zu ziehen, dass ihre Muschi auf Kopfhöhe mit ihm war. In diesem Moment klopfte es an seine Schulter. Es war Gina, die Empfangsdame, die jeweils sein Diensthandy hüten durfte und die Weisung hatte, ihn in jedem Fall ans Telefon zu holen. Sie brachte ihm ein großes Badetuch, denn in allen Special Rooms der Villa herrschte striktes Handyverbot.

„Telefon, Comisario!" Gina sprach mit leiser Stimme und wirkte absolut diskret und professionell.

„Danke, Gina." Er gab ihr einen flüchtigen Kuss.

Da er durch das Gelecke von Rheas Muschi und der Wahrnehmung ihres Geschmacks schon einen beachtlichen Ständer hatte, wirkte das Badetuch, das ihm Gina gekonnt um die Hüften schlang, wie eine frisch aufgespannte Zeltblache. Er ging zu Rhea, um sie zu befreien. Danach verließ er den Raum. Draußen gab ihm Gina das Handy.

„Guardiola."

„Mord in Riehen, Chef!" Es war Sabine Sütterlin, seine Assistentin.

„Wahrscheinlich Promi-Milieu."

„Scheiße, wo bist du?"

„Ich bin schon bei mir zu Hause in Riehen. Fährst du vorbei?"

„Okay, zwanzig Minuten."

Es war gegen 20.00 Uhr, als Kriminalkommissär Guardiola in Begleitung seiner jungen Assistentin, Detektiv-Wachtmeisterin Sabine Sütterlin an Hofmeyrs Haustür in Riehen klingelte. Auf dem Weg zu Hofmeyrs hatte er sie, die selbst in Riehen wohnte, abgeholt. Die Einsatzzentrale im Waaghof hatte von einer Leiche bei Hofmeyrs gesprochen. Guardiola ahnte Böses, wusste aber, dass es nebst Alicia auch noch einen Mann und eine Tochter gab. Sütterlin, mittelgroß und schlank, trug blaue Jeans und eine schwarze Bluse, die wie meist einen Knopf zu viel offen ließ. Ihr mittellanges braunes Haar hatte sie hochgesteckt. Er selbst war wie fast immer in einen schwarzen Anzug mit weißem Hemd gekleidet. Da er das Gefühl hatte, seine Figur hätte – mittlerweile die vierzig deutlich überschritten – unter der vielen Polizeiarbeit gelitten, hatte ihm eine befreundete Modedesignerin vor einigen Jahren geraten, stets dunkel zu tragen. Anfänglich trug er gar unter den Anzügen auch nur schwarze Hemden oder Poloshirts. Dies machte ihn noch schlanker als seine hundertachtundsiebzig Zentimeter bei einundsiebzig Kilo schon zum Ausdruck brachten. Da er aber immer wieder mit der Werber- oder Architektenuniform gehänselt wurde, was ihm in seiner Polizistenehre doch gegen den

Strich ging, gab er seit einigen Monaten seinem Innenleben etwas mehr Farbe. Sein dunkles, fast schwarzes Haar trug er stets korrekt kurz geschnitten. Ein wenig legerer war er bei der Rasur. Da konnte es vorkommen, dass er schon mal mit einem Dreitagebart zu Arbeit erschien, sehr zum Ärger seiner Frau Sylvia und zur Freude seiner weiblichen Mitarbeiterinnen. Heute war er rasiert. Gut so, dachte er, Hofmeyr ist nicht ganz unbekannt in der Szene und bei Prominenz gelten manchmal seitens der Tonalität und des Auftritts andere Regeln. Auch wenn vor Gott und dem Gesetz alle gleich sind. Zumindest theoretisch.

Hofmeyrs Türklingel bestand aus einem hellen Dreiklang. Es dauerte, bis sich die Tür zögerlich nach innen öffnete. Eine oft endlose Zeitspanne, der Moment des Klingelns oder Klopfens bis zum Öffnen der Tür. Ein Moment, so hatten es Guardiola und auch noch Sütterlin auf der Polizeischule gelernt, in dem es galt, sich während des Wartens maximal zu konzentrieren. Zu ungewiss war jeweils, was einen hinter noch verschlossenen Türen erwartete.

Guardiola hatte Hofmeyr schon in der Klatschspalte der lokalen Zeitung abgebildet gesehen. Die Erinnerung an diese wenigen Fotos deckte sich allerdings nicht mit dem, was in der Türöffnung stand. Eine Gestalt mit zerzaustem Haar, deren blutgeflecktes gelbes Hemd teilweise noch in einer nicht weniger mit Blut verschmierten grauen Hose steckte, teilweise zerknittert über den Hosenbund hing. Die Füße steckten in schwarzen Socken. Beim zweiten Blick entdeckte Guardiola auch Spuren von Erbrochenem an Hofmeyrs Kleidung. Sabine Sütterlin schaute Guardiola kurz mit entsetztem, aber auch vielsagendem Blick an.

„Meine Frau ist tot. Bestialisch ermordet."

„Guten Abend!" Guardiola versuchte trotz der in ihm aufsteigenden Übelkeit die Formen zu wahren.

„Wir würden gerne reinkommen. Ich bin Hauptkommissär Sergi Guardiola, dies ist meine Assistentin, Detektiv-Wachtmeisterin Sabine Sütterlin, Mordkommission Basel-

Stadt." Beide zeigten sie Hofmeyr ihren Dienstausweis, der jedoch, ohne darauf zu blicken, nur kurz und fast unauffällig nickte.

„Ja natürlich, bitte", erwiderte er mit heiserer Stimme. Das viele Erbrechen hatte seiner Kehle bitter zugesetzt. Er drohte beinahe an jedem Wort zu ersticken.

„Wir würden gerne jetzt Ihre Frau sehen." Guardiola hatte sich nur kurz im Entrée umgeblickt. Eine Designergarderobe, ein ebensolcher Schirmständer, auf einem Boden mit Schieferplatten stehend, und an einer Wand das Fell eines Zebras. Guardiola hatte in der lokalen Zeitung mal gelesen, dass Hofmeyr ursprünglich aus Südafrika stamme.

Hofmeyr schlich Richtung Living. Er vermittelte das Bild eines geknickten Mannes. Echt oder gespielt? Eine unerschöpfliche Frage in ihrem Beruf.

Was Guardiola und Sütterlin auf dem Sofa sahen, war nicht das, was man, auch als Polizist, nach Feierabend sehend wollte. Sofern Polizisten je Feierabend haben. Guardiolas Übelkeit nahm zu. Er schwitzte, hatte Mühe, seine Emotionen in den Griff zu bekommen.

Beim Anblick von Hofmeyrs Frau griff Sütterlin sofort zu ihrem Handy, um die Spurensicherung und die Gerichtsmedizin anzurufen. Nicht gerade routiniert, aber doch bereits reflexartig.

Als Guardiola Hofmeyr die Hand zum Kondolieren hinstrecken wollte, fiel ihm auf, dass sie blutüberströmt war, gar noch blutete. Er hat im Laufe seiner beruflichen Erfahrung gelernt, nicht sofort zu glauben, was er auch sah. Obschon sich alles zurzeit noch in dem Stadium befand, das Juristen als Ansammlung von Indizien bezeichnen würden, war die Beweislage doch erdrückend. Alles, was sich im Living von Hofmeyrs Haus präsentierte, sprach gegen Hofmeyr. Es würde ihm nichts anderes übrig bleiben, als Hofmeyr zu verhaften, noch heute Abend.

Er gab Sütterlin ein Zeichen, einen Einsatzwagen zu rufen, dessen Beamte dann die Verhaftung auch vornehmen würden.

„Gibt es einen anderen Raum, in welchem wir uns unterhalten können?" Guardiola hatte keine Lust auf eine erste Befragung vor diesem blutigen Schlachtfeld. Mittlerweile war auch Vincenz de Michelis, der Gerichtsarzt eingetroffen. Ein Bündner, eingefleischter Lebemann und bekennender Vertreter des Singledaseins. Wer weiß, wo ihn die Sütterlin wieder auftreiben musste... Auch die Mitglieder der Spurensicherung unter der Leitung von Joe Haberthür, einem kahlköpfigen, austrainierten Anfangvierziger, nahmen ihre Arbeit auf. Sie alle waren in astronautenähnliche Anzüge eingehüllt.

„Gleich nebenan ist die Bibliothek, dort sind wir ungestört", erwiderte Hofmeyr und wies mit der Hand in Richtung einer halb geöffneten Tür. De Michelis hatte ihm einen Verband um die blutende Hand angelegt, nicht ohne vorher die Wunde fotografisch dokumentiert zu haben. Die Blutungsquelle erwies sich als nicht sehr tiefe Schnittwunde. Sütterlin und Guardiola folgten Hofmeyr in die Bibliothek, einen vielleicht dreißig Quadratmeter großen Raum, der einseitig fast vollständig verglast war. Zwei Wände waren vom Boden bis zur Decke mit Bücherregalen verstellt, die praktisch lückenlos mit Bänden gefüllt waren. Viele davon Kunstbücher, wie Guardiola rasch feststellte. Vor der dritten Wand befand sich eine kleine Sitzgruppe mit vier Einzelsesseln, die der Kommissär aber keinem Designer zuordnen konnte. Vor der großen Glasfront stand neben einer Leselampe eine Corbusier-Liege in schwarz. Guardiola zweifelte nicht, dass es sich um ein Original handelte. Knappe zwei Meter von der Leselampe entfernt gab es am Fenster ein Tiergehege von etwa einem Quadratmeter. Als die drei den Raum betraten, raschelte es heftig. „Abigail und Charlene, zwei Meerschweinchen meiner Tochter Sue", erklärte Hofmeyr. Irgendwie schien es ihm gut zu tun, etwas Lebendiges in seinem Haus wahrzunehmen, das auch zur Familie gehörte. Die drei nahmen in der Sitzgruppe Platz.

„Wie alt ist Ihre Tochter, Herr Hofmeyr?", erkundigte sich Sabine Sütterlin.

„Sie wird im November zwanzig."

„ Wissen Sie, wo Ihre Tochter jetzt ist?", fragte Sütterlin. „Wir würden Sie gerne anrufen, um ihr diesen Anblick zu ersparen. Wie ist sie unterwegs?"

„ Es ist Donnerstag, sie dürfte im Ausgang sein", meinte Hofmeyr, „mit ihrem Auto."

„Haben Sie ihre Handynummer?" Väter wissen die Handynummer ihrer Töchter auswendig, da sie meist auch die Rechnung für die mobilen Apparate bezahlen. Sütterlin tippte gleich mit. Guardiola meinte, das Zuschlagen einer Autotür gehört zu haben. Bitte nicht, dachte er für sich, ohne sich etwas anmerken zu lassen.

Sütterlin hörte, wie die Combox sich einschaltete. „Sie nimmt nicht ab zurzeit."

Sie hatte kaum ausgesprochen, als es entschlossen an die Tür klopfte und Detektiv-Korporal Peterhans den Kopf hereinstreckte.

„Die Tochter ist gerade nach Hause gekommen", ließ er verlauten. Im nächsten Moment betrat Polizeischülerin Christa Inderbitzin mit Sue Hofmeyr die Bibliothek. Guardiola schätzte Sue auf einen Meter siebzig. Sie war schlank, ohne die schreckliche neuzeitliche Modelfigur zu haben. Ihr brünettes Haar trug sie zu einem Pferdeschwanz gebunden. Aus dessen Länge schloss Guardiola, dass es offen getragen deutlich auf ihre Schultern reichen würde. Textilmäßig trug sie das, was knapp zwanzigjährige Frauen an einem schönen Spätsommerabend oft tragen. Nicht zu viel und doch das Nötigste. Ein weißes hochgeschlossenes T-Shirt, dafür bauchfrei, fand seine Fortsetzung in einem ebenfalls weißen, eng anliegenden Mini, der mindestens zwei Handbreit über den Knien endete. Auf der rechten Seite war in dem Rock noch ein etwa zehn Zentimeter langer Schlitz eingelassen, der mehr von ihren schönen, leicht gebräunten Beinen zu zeigen versprach. Die Füße steckten in zu den Kleidern passenden weißen Sandaletten mit einem dezenten, vielleicht sieben Zentimeter hohen Absatz. Ihr Make-up war minimal und unaufdringlich und versteckte sich ein wenig hinter großen, ebenfalls weißen Kreolen an ihren Ohren. Sue

Hofmeyr war attraktiv, sehr attraktiv, wie Guardiola bemerkte, ohne auch nur den Anschein von billig zu erwecken.

Sue blickte sich kurz in der Bibliothek um. Sie sah sehr überrascht, ja beinahe verstört aus. Immerhin schien es, als sei es den Leuten vom zweiten Einsatzwagen gelungen, sie vor dem Sofa mit der toten Mutter abzufangen.

„Kann mir jemand sagen, was hier eigentlich los ist?"

„Setzen Sie sich zu uns", forderte sie Guardiola auf, nachdem er Sütterlin und sich vorgestellt hatte. In Anbetracht der Situation hatten beide darauf verzichtet, ihren Dienstausweis zu zeigen. Mit einer kurzen Kopfbewegung forderte er Christa Inderbitzin auf, die Bibliothek wieder zu verlassen.

„Ihre Mutter ist tot, Frau Hofmeyr." Guardiola blickte wie immer beim Überbringen solcher Botschaften seinem Visavis direkt in die Augen. Er hatte die Erfahrung gemacht, dass dies einen ersten minimalen Halt für die betroffene Person gab.

„Aber wie ..., was ist denn geschehen?" Sue rang um Fassung. „Wir gehen davon aus, dass Ihre Mutter einem schweren Verbrechen zum Opfer gefallen ist. Die ersten Zeichen sprechen dafür, dass sie umgebracht wurde."

Sue begann zu weinen.

„Wo, wann denn, wieso...?" Der Klang ihrer Stimme hatte sich verändert. Es war mehr ein Herauspressen der Worte als ein Sprechen.

„Die Tatzeit ist uns noch nicht bekannt. Die Tat dürfte mit großer Wahrscheinlichkeit hier im Haus verübt worden sein."

Schluchzend brach Sue jetzt auf dem Sessel in sich zusammen. Sabine Sütterlin hob sie behutsam aus dem Sessel und verließ mit ihr die Bibliothek. Guardiola staunte immer wieder, wie viel Sütterlin trotz ihrer erst achtundzwanzig Jahre und bisher zwei Dienstjahre intuitiv richtig machte. Er arbeitete gerne mit ihr zusammen. Streit gab es kaum, wenn, dann waren es meist konstruktive Diskussionen im Sinne der Sache. In den vier Jahren hatte er sich stets auf Sabine verlassen können. Gute Geister, unter anderem seine ihm vorgesetzte Staatsanwältin

Katja Keller, sprachen von einem Dreamteam. Bösere munkelten, ob nicht nach Dienstschluss noch mehr laufen würde. Guardiola pflegte solche offenen, meist aber hinter vorgehaltener Hand geäußerten Mutmaßungen mit einem „Neid der Besitzlosen!" abprallen zu lassen.

„Herr Hofmeyr", wandte sich Guardiola, mittlerweile mit Hofmeyr und den beiden Meerschweinchen alleine in der Bibliothek, wieder an den Ehemann der Toten, „Ihre Situation ist sehr schwierig. Im Moment spricht vieles gegen und nur wenig für Sie. Die Pflicht gebietet mir, Sie zumindest heute Nacht festnehmen zu müssen. Packen Sie einige wenige Dinge zusammen und versuchen Sie, für morgen früh Ihren Anwalt ins Präsidium zu bestellen. Wachtmeister Peterhans wird Sie dabei unterstützen." Hofmeyr schien zu erschöpft, um sich gegen die Aussicht auf eine wenig attraktive unmittelbare Zukunft zu wehren. Guardiola verfügte über genügend Erfahrung, um diese Haltung nicht voreilig als Tatgeständnis zu interpretieren.

Unterstützen fand Guardiola eine weit bessere Wortwahl als überwachen. Er öffnete die Tür und rief Peterhans zu sich in die Bibliothek. Sekunden später betrat Detektiv-Korporal Peterhans, ein Hobby-Triathlet Mitte dreißig, die Bibliothek. Hofmeyr verließ den Raum und begab sich zum Telefon, um seinen Anwalt zu kontaktieren. Er musste allerdings auf sein Handy zurückgreifen, welches noch in der Innentasche seines Anzuges steckte, da das Festnetz-Telefon noch fest in den Händen der Spurensicherung steckte. Nach einem kurzen Gespräch bedeutete er Peterhans, ihm in den oberen Stock zu folgen, wo er einige wenige Sachen packen wollte. Er nahm nur eine kleine Tasche, da er hoffte, bloß für eine Nacht planen zu müssen. Aus dem Gästezimmer hörte er weibliche Stimmen: Sütterlin befragte mit einer der Situation angepassten sanften Stimmlage seine Tochter Sue.

Guardiola hatte sich unterdessen zu de Michelis begeben.

„Schon neue Erkenntnisse außer den offensichtlichen, Doc?"

„Hundert Prozent tot, Sergi. So viel kann ich dir mit Bestimmtheit schon sagen. Muss ein heißer Schlitten gewesen sein: alles straff, schöne Beine, satte Brüste. Dies ist auch noch rot eingefärbt gut erkennbar. Und am hübschen Gesicht hat der Täter sich ja nicht verwirklicht." Guardiola hatte sich längst mit dem gewöhnungsbedürftigen Humor des Kriminalmediziners abgefunden.

„Du nervst, de Michelis. Ich meinte Todeszeitpunkt, ein Täter, männlich, weiblich oder gar mehrere?"

„Ohne mich festzulegen, dürfte der Tod vor etwa sechs Stunden eingetreten sein und aufgrund der Einstichtiefe der vierzehn Messerstiche könnte es sich um einen weiblichen oder männlichen Täter handeln. Eher Einzeltäter." Gerichtsmediziner legten sich am Tatort nie fest. Es war jetzt kurz vor Mitternacht.

„Okay, Doc. Irgendeinen Hinweis auf die Tatwaffe?" An der Haustür sah er, wie Peterhans Hofmeyr vor dem Verlassen des Hauses Handschellen anlegte. Christa Inderbitzin trug seine kleine Sporttasche.

„Irgendeine Art von Küchenmesser. Ein mittelgroßes Fleischmesser. Was ich gehört habe, von den Ameisen wurde bisher noch nichts gefunden." De Michelis nannte die Leute von der Spurensicherung Ameisen und Haberthür den Ameisenbär. Weil sie für ihn so beliebig austauschbar waren. „Der Bericht bis Montag, okay?"

„Geht dies nicht schneller, Slow Doc?" Guardiola wusste, dass er mit dieser Bezeichnung den Doc in seiner Berufsehre treffen konnte. Als slow bezeichnete sich der Junggeselle nur im Liebesspiel.

„Erste Erkenntnisse bis morgen Abend. Ich mach aber auch noch eine Toxikologie und morgen ist Freitag." De Michelis packte seine Tasche mit den Utensilien für die Untersuchungen am Tatort zusammen.

„Besinnliche Nachtruhe, Sergi. Und lass mir die Finger von der Sütterlin. Das Schicksal hat sie eines Tages für mich bestimmt!"

Hau ab, unersättliches Arschloch, dachte Guardiola, ohne den Abschiedsgruß zu erwidern.

Sabine Sütterlin hatte nach dem Verlassen der Bibliothek mit Sue das Gästezimmer in der oberen Etage des Hauses aufgesucht. Nach einigen Minuten bekam sie sowohl Tränenfluss als auch das intermittierende Schluchzen wieder in den Griff.

„Fühlen Sie sich in der Lage, ein paar Fragen zu beantworten?" Sütterlins Stimme klang warm und einfühlsam. Sue schien sich zu entspannen. Sie gab die starre Position auf der Stuhlkante auf und ließ ihren Oberkörper Kontakt mit der Rückenlehne aufnehmen. Der kurze Rock rutschte noch etwas nach hinten, der Schlitz legte einen großen Teil des rechten Oberschenkels frei. Was sie sah, gefiel auch Sütterlin, obschon sie nicht auf Frauen stand. Sie hatte zwar die eine oder andere gleichgeschlechtliche Erfahrung gemacht, meist nach zu viel Alkohol, ohne aber wirklich Spaß dabei empfunden zu haben. Darum hatte sie es in den letzten Jahren bleiben lassen. Ihr Chef hätte wahrscheinlich mehr Gefallen empfunden. Sie wusste, dass er kein Kostverächter war, auch wenn er sich ihr gegenüber immer korrekt verhalten hatte. Manchmal fast eine Spur zu korrekt für ihren Geschmack: Sie spürte zwar immer wieder seine Blicke, wenn sie, gelegentlich durchaus bewusst, einen Knopf mehr an ihrer Bluse offen ließ oder ihre Rocklänge für Hardliner vielleicht nicht immer ganz korrekt war. Aber ein Kompliment hatte sie in den vier Jahren noch nie gehört. Mit achtundzwanzig war sie aber auch noch nicht so darauf angewiesen. Trotzdem wäre sie gerne mal mit ihm ausgegangen.

„Geht schon irgendwie", erwiderte Sue auf ihre Frage.

„Um es vorweg zu nehmen: Wir müssen Ihren Vater heute Nacht festsetzen. Die Situation war zu kompromittierend für ihn, als wir hier eintrafen. Mein Kollege und ich hoffen allerdings, dass sich vieles bei der morgigen Befragung klären wird."

Sue nahm die Mitteilung gefasster auf als es Sütterlin erwartet hatte.

„Steht er unter Verdacht, meine Mutter umgebracht zu haben? Dabei hat sie es nicht besser verdient, die Schlampe!"

So etwas hatte Sütterlin nicht erwartet. Einen solchen Schrittwechsel in der Tonalität, so plötzlich.

„Wie darf ich diese Bemerkung verstehen, Frau Hofmeyr?"

„Sie hat doch mit jedem gefickt, der ihr schöne Augen und Komplimente gemacht hat. Insbesondere mit Rensenbrink und Woronin…diese Schweine." Sie sprach dabei das Wort ficken nicht so aus, als würde sie dabei selbst gar kein Gefallen daran finden.

„Das berechtigt noch nicht dazu, jemanden umzubringen. Die Zeiten, als Ehebrecherinnen gesteinigt wurden, sind zum Glück definitiv vorbei. Hatte ihre Mutter Feinde?"

„Jede Menge. Insbesondere die Frauen ihrer Bettpartner. Und mich. Immer mehr. Auch wenn es mir anfänglich schmeichelte, dass sie mich in ihr Vertrauen so stark einbezog. Ich verspürte gar eine Faszination für ihr wildes Treiben, auch wenn ich meinen Vater liebe. Mittlerweile ertrug ich diese Zweiteilung fast nicht mehr. Sie sollten lieber mich als meinen Vater festsetzen, die arme Sau!"

„Weiß... wusste Ihr Vater von den–sagen wir–Eskapaden Ihrer Mutter?"

„Ich weiß es nicht. Er ist sehr gutgläubig. Mehrfach war ich drauf und dran, ihm etwas zu erzählen. Insbesondere als sie begann, es auch in unserem Haus mit anderen zu treiben."

„Ihre Mutter schlief auch hier mit fremden Männern?"

„Ja, immer öfter. Übrigens genau in diesem Zimmer, welches wir an sich als Gästezimmer nutzen. Sie deklarierte es zu einem Studio für ihre Pilateseinheiten. Sie trieb es auf dem Bett dort, auf dem Stuhl, am Boden. Immer wenn mein Vater geschäftlich auf kurzen Reisen war. Bei längeren begleitete sie ihn, ließ aber auch da kaum was aus."

„Vermutungen oder Wissen, Frau Hofmeyr?" Sütterlin traute ihr irgendwie nicht.

„Wissen, Hören, Sehen."

„Bitte?"

„Mein Zimmer liegt gleich nebenan. Da ich mich vor einigen Monaten von meinem Freund getrennt habe, schlafe ich ausschließlich hier im Haus, wenn ich in Basel bin. Leider waren die Wände der Lust meiner Mutter nicht immer gewachsen."

„Irgendwie habe ich Mühe, Ihnen zu glauben, Frau Hofmeyr. Verschweigen Sie mir irgendetwas?"

„Im Gegenteil. Wollen Sie noch mehr hören?"

„Ich bitte doch darum!"

„Was geht davon an die Presse? Mein Vater ist in dieser Stadt nicht ganz unbekannt ..."

„Nichts, was für die Lösung des Falles nicht von Relevanz ist. Dies auch erst nach Absprache mit der Staatsanwaltschaft und unsere Pressestelle. Und dazu gehören definitiv keine Intimitäten!"

„Okay. Einmal kam ich bereits Sonntag statt erst am Montagmittag aus einem Wochenende bei meinem Freund, Ex-Freund, in Luzern heim. Wir hatten Streit und beschlossen, das Wochenende vorzeitig zu beenden."

„Sie überraschten Ihre Mutter mit einem Lover?"

„Als ich heimkam, stand der Range Rover von Woronin vor dem Haus. Ich schlich mich ins Haus und hörte bald vom oberen Stock, von hier, eindeutige Geräusche. Da sie mich nicht vor dem nächsten Tag erwarteten und mein Vater auch erst auf Dienstag zurückkehren wollte, ließen sie offenbar alle Vorsichtsmaßnahmen außer Acht. In mir erwachte eine Art Voyeurismus, nicht ohne Gefühle der Scham und Abscheu vor meiner eigenen Mutter. Schließlich siegten, wenn Sie so wollen, die Teufel über die Engel. Ich schlich mich also auf Zehenspitzen die Treppe hoch und Richtung der Geräusche, obschon dies gar nicht nötig gewesen wäre, denn Woronin stöhnte wie wahnsinnig. Als erstes sah ich einen seitlichen Teil des Rückens meiner Mutter. Woronin saß auf dem Stuhl da drüben (Sue machte eine Kopfbewegung in Richtung des roten Heart Cone Chairs) und hatte seinen Kopf in den Nacken geworfen. Darum konnte er mich nicht sehen. Meine Mutter kniete zwischen seinen Beinen und blies ihn offensichtlich gut. Für Ihren Bericht, Frau Sütterlin: Sie übte dies aus, was man sexualwissenschaftlich als Fellatio zu bezeichnen pflegt."

Das war nun etwas zu viel für Sabine Sütterlin. Sie war zwar kein traurig Kind, aber mit achtundzwanzig und erst zwei Dienstjahren noch alles andere als abgebrüht. Vor allem, mit welcher Souveränität sich die doch erst noch heulende, nicht ganz zwanzigjährige Sue Hofmeyr ausdrückte, verschlug ihr für einen Moment die Sprache. Hatten sie tatsächlich die falsche Person für heute Nacht festgesetzt?

„Was machen Sie eigentlich beruflich, Frau Hofmeyr?" Sütterlin hatte die Fassung wieder erlangt.

„Ich studiere Psychologie, drittes Semester." Vielleicht eine Erklärung für die sprachliche Souveränität. Aber nicht für die Emotionslosigkeit der Schilderung besagten Geschlechtsaktes.

„Wo waren Sie heute ab Mittag, vor Ihrem Eintreffen zu Hause?"

„Mittags habe ich mit Sarah, einer Studienkollegin, in der Mensa zu Mittag gegessen. Anschließend waren wir vor Beginn der Nachmittagsvorlesungen auf dem Petersplatz. Und um vierzehn Uhr wieder im Hörsaal."

„Zeugen dafür?" Sütterlin notierte sich Namen, Telefonnummer und Adresse der Kommilitonin, die Sue auswendig nennen konnte.

„Und danach?"

„Nach den beiden Vorlesungen hielt ich mich noch bis gegen 18 Uhr in der Unibibliothek auf, auch mit Sarah." Die beiden Damen schienen ihr Studium ernst zu nehmen.

„Um 18.30 war ich mit Jens zum Abendessen verabredet. Studiert Germanistik und Philosophie. Ein guter Freund, nichts Ernstes. Wir haben uns zu einem Apéro im „Des Arts" am Barfüsserplatz getroffen und sind danach ins „Latini" etwas essen gegangen. Vom Barfüsserplatz bin ich direkt zum Steinenparking gelaufen und von dort nach Hause gefahren." Gleiches Prozedere mit den Koordinaten von Jens. Sütterlin würde sich morgen ans Telefon hängen müssen. Ermittlungsarbeit ist oft Ausschlussarbeit.

„Fühlen Sie sich in der Lage, heute hier zu übernachten oder sollen wir Ihnen außerhalb ein Zimmer besorgen, Frau Hofmeyr?"

„Nein danke, nicht nötig. Wenigstens wird es ruhig sein im Haus." Wieder diese Kaltblütigkeit. Spielte sie dies alles bloß oder war sie tatsächlich so voller Hass auf ihre tote Mutter?

„Halten Sie sich in den nächsten Tagen zu unserer Verfügung. Keine Auslandsreisen, bis wir Ihnen wieder grünes Licht geben!" Sütterlin erhob sich und streckte Sue die Hand hin.

„Versuchen Sie etwas Schlaf zu finden. Gute Nacht, Frau Hofmeyr." Sue erwiderte wortlos das Shakehands und ging in ihr Zimmer. Hinter sich schloss sie die Tür und stellte die Musik an. „After Dark" erkannte Sütterlin gerade noch. Tito & Tarantula.

Sie begab sich ins Untergeschoss. Die Spurensicherung hatte ihre Arbeit bereits beendet, Alicia Hofmeyrs Leiche wurde gerade in einem Blechsarg weggetragen, um zur Gerichtsmedizin transportiert zu werden. Guardiola saß in einem der Lounge Chairs und schien auf sie zu warten. Ansonsten befanden sich nur noch stumme Zeugen der Untat im Raum. Insbesondere ein blutbeflecktes orange-rotes Sofa.

„Und?" Guardiola schaute Sütterlin gespannt an.

„Psychologiestudentin im dritten Semester. Irgendwie abgebrüht oder zumindest vom Hass auf ihre Mutter angefressen." Sie erzählte ihm von ihrer Befragung.

„Könnte sie es gewesen sein?"

„Scheint wasserdichte Alibis zu haben. Werde diese überprüfen. Immerhin hätte sie ein Motiv: Hass!"

„Hass? Könnte es auch Eifersucht sein?"

„Ja, obschon sie es nicht nötig hatte, mit ihrer Mutter um Männer zu streiten."

Guardiola fuhr Sütterlin nach Hause und machte sich anschließend selbst auf den Heimweg. Als er zu Hause auf dem

Bruderholz ankam, war es bereits ein Uhr morgens. Seine Frau Sylvia und die dreizehnjährige Tochter Carmen schliefen schon.

2

Steve Hofmeyr saß auf dem Bett seiner etwa zwölf Quadratmeter großen Zelle. Darin befanden sich eine minimalistische Dusche, ein Lavabo aus Chromstahl sowie eine Toilette. Ein kleiner Holztisch mit einem Stuhl ergänzte das Mobiliar. Auf dem Tisch standen ein Wasserkrug und ein Becher, beide aus Plastik. Das etwa fünfzig mal fünfzig Zentimeter messende Fenster war dezent, aber wahrscheinlich ausbruchsicher befestigt. Er hatte den Kopf in die Hände gestützt. Erst in dieser Stille realisierte er langsam was geschehen war. Noch befasste er sich mehr mit der Frage, warum seine Frau sterben musste, als wer diese grausame Tat vollbracht haben könnte.

Steve Hofmeyr wird 1959 in Bloomfontein, Oranje Free State, Südafrika, als erstes Kind geboren. Sein Vater Hans führt im Zentrum des Ortes eine kleine, schmucke Galerie, seine Mutter Sue-Ellen, ein Jahr älter als Hans, ist Grundschullehrerin. Als Steve fünf ist (mittlerweile hat er eine dreijährige Schwester, Pam), ziehen die Hofmeyrs nach Hout Bay ins Western Cape. Hout Bay ist eine kleine, schon fast idyllische Ortschaft am Atlantik, direkt am Fuß der berühmten Passtraße Chapman's Peak. Hans Hofmeyr kann günstig eine Galerie erwerben. Sein Vorgänger beschäftigte sich zunehmend mehr mit Alkohol als mit den lokalen Künstlern und deren Werken. Dadurch verlor er zuerst seine Frau und Kinder, dann für nur wenig Geld die von ihm heruntergewirtschaftete Galerie und schließlich auch noch sein Leben. Mit dem Geld, das er für seinen Laden bekommen hatte, soff er sich in Sun City, der Retortenstadt für Spieler und Prostituierte, buchstäblich zu Tode.

Hofmeyr reanimiert die Galerie in Kürze wieder, bald schon gehen seine Geschäfte gut. Auch Sue-Ellen hat für sich nicht nur eine gute Anstellung gefunden, sondern nimmt bald Einsitz in der lokalen Schulpflege.

Die Galerie (und Hofmeyr) macht sich rasch mit der Förderung der lokalen Kunstszene einen Namen, der weit über den Ortsrand hinausreicht und bis in die einschlägigen Kreise in Kapstadt dringt. Da Hout Bay am südlichen Ende der goldenen Immobilienmeile, die in Sea Point/Kapstadt beginnt und sich über die Ortschaften der Reichen und Schönen Clifton, Camps Bay und Llandudno bis eben beinahe Hout Bay fortsetzt, kann er auf zahlungskräftige Kundschaft zählen. Manchmal zahlungskräftiger als unbedingt kunstverständig. Aber dies ist Hans Hofmeyr mittlerweile egal. Besonders wenn die Herren aus den mondänen Orten in Begleitung ihrer Freundinnen oder meist blonden Zweit- und Drittfrauen in seiner Galerie erscheinen, spielen die Preise keine Rolle mehr. Da unweit der Galerie auch das hippe, aber trotzdem nicht allzu bekannte Restaurant und Inn „Buffalo's Neck" liegt, kann das Einkaufen in Hofmeyrs Galerie gleichzeitig auch mit einem romantischen Abendessen, mit oder ohne Overtime, kombiniert werden. Insbesondere wenn die Begleitung in den urbanen Kreisen noch nicht überall offizialisiert ist.

Sue-Ellen ist eine strenge, aber herzliche Mutter und Lehrerin. Nebst ihrem beruflichen Pensum hält sie auch das nicht allzu große, aber schmucke Haus in Schuss. Allerdings, und dies setzt sie auch jederzeit durch, erwartet sie von allen Familienmitgliedern einen Beitrag zum Gelingen des Hofmeyr'schen Alltags. Vater Hans führt aber ansonsten das Regime und erzieht die Kinder religiös und mit Strenge und Disziplin.

Beide Kinder sind gute, problemlose Schüler und schaffen die Zulassung zur UCT, zur University of Capetown, problemlos. Auch das Studium geht bei beiden zügig voran. Steve spielt, wenn auch nicht sonderlich enthusiastisch, Rugby und macht seinen Abschluss in Kunstgeschichte. Pam bläst in einer kleinen Frauenband die Querflöte und schließt mit einem Jahr Unterbrechung in Betriebswirtschaft ab. In der letzten Phase ihres Studiums lernt Pam Jonas, einen Studenten mit gleicher Studienrichtung kennen. Alles nimmt einen ruhigen, geordnetbürgerlichen Weg. Pam findet eine Anstellung bei der NedBank als Filialleiterin in Simonstown, wenige Kilometer von Hout Bay. Steve, er noch ohne feste Partnerin, löst schon bald nach seinem Abschluss seinen Vater in der Geschäftsführung der Galerie ab. Hans vertraut seinem gut ausgebildeten und gewissenhaften Sohn in allen Belangen. Die Hochzeit vom Pam und Jonas, der bei der Abbsa-Bank in Kapstadt arbeitet, steht kurz bevor, als Steve mit seiner Schwester in seinem weißen Toyota Carina gegen achtzehn Uhr über den Chapman's Peak nach Hause Richtung Hout Bay fährt. Beide wohnen trotz abgeschlossenem Studium noch zu Hause. Steve, weil es am billigsten und bequemsten ist. Pam, weil sie für die wenigen Monate vor der Hochzeit nicht noch eine eigene Wohnung suchen will. Sie hat mit Jonas ein Haus zur Miete in Muizenberg in Aussicht, welches aber erst in drei Monaten frei werden wird.

Steve hat den ganzen Tag in Kalk Bay, einem Künstlerort etwa fünfunddreißig Kilometer vom Kap der guten Hoffnung entfernt, zu tun. Deshalb hat er den kleinen Umweg über Simonstown in Kauf genommen, um seine Schwester mitnehmen zu können. Er will mit ihr die Geburtstagsparty für den Sechzigsten von Sue-Ellen in Ruhe besprechen. Wie immer, wenn er das Auto braucht (normalerweise geht er die etwa achthundert Meter zu Fuß zu seiner Galerie), parkt er es auf dem entfernteren Carport. Den anderen überlässt er jeweils seiner Schwester. Die Fahrzeuge seiner Eltern, der BMW des Vaters und Mutters VW Chico, stehen in der Doppelgarage (ein Haus in Südafrika mit Doppelgarage und gut ausgebautem Grillplatz, genannt Braai, erhöhte das Wiederverkaufspotenzial deutlich). Das Garagentor ist geschlossen.

Steve und Pam sind erstaunt, dass sie Julla, die Schäferhündin, nicht wie sonst begrüßt. Auch als die Autotüren wieder ins Schloss fallen, gibt sie nicht an und lässt sich nicht blicken, obschon die Haustür einen Spalt offen steht. Das Erste, was die jungen Hofmeyrs sehen, als sie das Haus betreten, ist Julla, in einer Lache von Blut. Die Schüsse, drei oder vier Patronenhülsen liegen neben der Hundeleiche, müssen genau eine Hauptschlagader getroffen haben. Pam beginnt zu schluchzen und schlägt zuerst die Hände vor dem Gesicht zusammen. Kurz danach hakt sie sich zitternd bei ihrem Bruder unter. Als hätten sie blankes Eis unter den Füßen, bewegen sich die beiden durch das ganze Erdgeschoss: den Rest der Eingangshalle, das Wohnzimmer, den Essbereich mit dem großen Holztisch, die Küche, das kleine Billardzimmer und wieder zurück ins Wohnzimmer. Alles steht fein säuberlich an seinem gewohnten Platz. Die Küchentür, die über eine Veranda in den Garten führt, ist nicht verschlossen und wird leicht vom Wind bewegt.

Pam schaut Steve an. Dieser zieht kurz die Schultern hoch, ratlos, der Gesichtsausdruck immer noch eine Mischung von Entsetzen und Wut.

„Bleib hier im Wohnzimmer! Ich gehe alleine nach oben nachschauen." Noch immer hofft er, den BMW oder den VW ankommen zu hören. In der Garage haben sie nicht nachgeschaut. Waren die Eltern weggefahren? Oft ließen sie Julla alleine zu Hause.

„Die beste Wachanlage", pflegt ihr Vater zu sagen. Sonderlich viel Vertrauen hat er in die lokalen Wach- und Schließgesellschaften nicht. Obschon Hans sich offiziell aus dem Tagesgeschäft der Galerie zurückgezogen hat, ist er noch viel unterwegs, um spezielle künstlerische Trouvaillen auszugraben. Sue-Ellen arbeitet noch, Mittwoch und Freitagnachmittag hat sie aber keine Schulklasse. Heute ist Mittwoch.

Steve geht langsamen Schrittes die Treppe hoch, die vom Wohnzimmer zu den drei Schlaf- und zwei Badezimmern führt. Ebenso befindet sich eine kleine Bibliothek im Obergeschoss, die aber den Prozess einer steten Zweckentfremdung durchlaufen hat. Gelesen wird in ihr schon lange nicht mehr, sie ist zu einem Mehrzweckraum geworden, mit daueraufgestelltem Bügelbrett, Hometrainer und Bergen von sauberer, aber noch nicht gebügelter oder zusammengelegter Wäsche. „Ein unperfekter Raum macht ein ganzes Haus menschlicher", ist Sue-Ellens Bibliotheks-Kommentar. Die Türen von Pams und

Steves Zimmer sind ebenso geschlossen wie die der Bibliothek. Auch auf der Treppe scheint alles unberührt.

Die Tür des Elternschlafzimmers spielt wie diejenige der Küchenveranda im Wind. Aus dem Schlafzimmer ist nichts zu hören. In diesem Moment ist sich Steve sicher, dass ihre Eltern nicht im Haus sind. Von unten hört er Pam schluchzen. Die Arme, denkt sich Steve. Sie hat Julla sehr geliebt. Warum aber scheint nichts berührt? Was wollten die Einbrecher im Haus, wenn nicht klauen? Steve spürt, wie sein Herz bei diesem Gedanken schneller zu schlagen beginnt. Es scheint, als schlage es nicht nur in seiner Brust, sondern ein zweites an seiner Halsschlagader, ein drittes gar an seiner Schläfe. Noch langsamer nähert er sich der halb offenen Tür. Durch den Spalt kann er nichts Verdächtiges sehen. Nochmals bleibt er stehen, um zu lauschen. Er hört nur sein Herz. Es schlägt nicht mehr, es rast. Mit der linken Hand schiebt er die Tür ganz auf und tritt in den Raum ein.

3

Sue Hofmeyr war nach der Befragung mit einer Schlaftablette ins Bett gegangen. Da sie, im Gegensatz zu ihrer Mutter, ansonsten nie so etwas einnahm, schlief sie rasch ein und bleischwer bis zum nächsten Morgen. Der Wecker riss sie kurz nach sieben aus dem Schlaf. Sütterlin hatte sie gestern Abend nach dem Verlassen des Hauses nochmals angerufen und sie für heute Morgen in den Waaghof, das Basler Polizeipräsidium mit Untersuchungshaft, bestellt. Sie duschte, zog sich ein weißes T-Shirt, beigefarbene Jeans und fast gleichfarbige Onitsuka Tigers, diese flachen turnschuhartigen Freizeitschuhe, an und bereitete sich Kaffee. Das Wetter schien gut zu werden an diesem Spätsommertag. Sie stieg in die Tram Nummer sechs bis zur Heuwaage, wo sich der Waaghof befand. Wie es wohl ihrem Vater gehen würde? Sue machte sich Sorgen. Auf der Fahrt zum Präsidium war es ihr noch klarer als gestern Abend bewusst geworden, dass ihr Vater unmöglich der Täter sein konnte. Sie wusste allerdings, dass Eifersucht als eines der häufigsten Tatmotive gilt. Sütterlin begrüßte sie höflich, aber distanziert. Sie führte sie in ein Büro, welches mit zwei größeren Schreibtischen versehen war. Neben jedem stand ein Besucherstuhl. Zwei große Regale, gefüllt mit Ordnern und Büchern, sowie drei gut gepflegt scheinende Topfpflanzen ergänzten den Raum. Auf einem der Regale stand eine Espresso-Maschine. Die eine Bürowand war verglast. Eine quergestellte Jalousie erschwerte den Einblick. Sütterlin bot ihr einen Kaffee an.

„Frau Hofmeyr, wir haben Ihre Aussagen, betreffend den gestrigen Nachmittag, überprüft. Sie scheinen tatsächlich in Begleitung von Sarah und am Abend von Jens gewesen zu sein. Wer kommt Ihrer Meinung nach am ehesten als Täter oder Täterin infrage?"

„Wie ich Ihnen gestern schon sagte: Es gab nicht wenige, die meine Mutter nicht leiden konnten. Nicht nur Frauen, sondern auch Männer, denen sie Hoffnung auf eine gemeinsame Zukunft gemacht hatte und die sie dann fallen ließ, wie eine heiße Kartoffel. Meine Mutter hätte kaum ihr luxuriöses Leben verlassen."

„Was führten Ihre Eltern für eine Ehe?"

„Eher ein Arrangement als eine Ehe. Obschon mein Vater meine Mutter noch geliebt hat. Sie ihn irgendwie auch, aber sie erwartete mehr von ihrem Leben als nur eine intakte Familienstruktur und einen liebevollen Ehemann. Für sie war alles zu perfekt, zu adrenalinfrei."

„Ein Klagen auf hohem Niveau also?"

„Ein Drittel aller fremdgehenden Ehefrauen bezeichnet ihre Ehe als zu perfekt. Vor allem können sie ihren Ehemännern keine Gründe für ihr Ausscheren vorwerfen. Es fehlt einfach der Kick. So wie sich gewisse Menschen nicht mit Joggen begnügen, sondern Bungee Jumping machen müssen. Es mussten immer wieder neue sein, meist jüngere Männer. Mit zwei Ausnahmen."

„Können Sie uns diese Namen nennen, Frau Hofmeyr?"

„Klar. Peter Keller und Chris Rensenbrink. Und eben Woronin. Der war aber nur so ein Nebenplayer." Sabine Sütterlin meinte, diesen Namen gestern schon gehört zu haben.

„Kann ich meinen Vater sehen?"

„Dies geht im Moment nicht." Heute wirkte Sue Hofmeyr weniger abgebrüht, irgendwie menschlicher auf Sütterlin.

„Trauen Sie Ihrem Vater den Mord zu?"

„Keinesfalls. Warum sollte er meine Mutter töten? Er liebte sie doch und verwöhnte sie."

„Ahnte er denn nichts von ihrem Lebensstil? Eifersucht oder Rache kann ein starkes Motiv sein."

„Meine Mutter war sehr vorsichtig in ihrer Umtriebigkeit." Sue sah durch die noch immer quergestellte Jalousie, wie man ihren Vater vorbeiführte.

4

Steve Hofmeyr wurde von einem Polizeibeamten in einen fensterlosen Raum gebracht. Darin befand sich ein weißer USM Haller-Tisch. Drei Stühle, zwei auf einer Seite, der dritte gegenüberliegend, ergänzten das Mobiliar. Die Wände waren weiß gestrichen, bilderlos. An einer hing ein Telefon. Das leise Summen deutete auf eine Klimaanlage hin. Der Raum roch nach einem mit Zitronengeschmack unterlegten Reinigungsmittel. Steve trug ein weißes T-Shirt und die blaue Jeans, die er gestern zu Hause eingepackt hatte. Seine Füße steckten sockenlos in schwarzen Stoffturnschuhen. Er hatte geduscht und sich die Haare gewaschen, sich aber nicht rasiert. Die Rasierutensilien waren ihm abgenommen worden. Er hatte wenig geschlafen, fühlte sich matt und abgeschlagen. Beim Versuch, das kümmerliche Anstaltsfrühstück einzunehmen, hatte sein Magen erneut rebelliert. Der Polizist entfernte ihm die Handschellen. Kurze Zeit danach betrat Kriminalkommissär Sergi Guardiola, in schwarz gekleidet und rasiert, den Raum.

Er setze sich Hofmeyr gegenüber hin und faltete seine Hände auf dem Tisch zusammen.

„Wie geht es Ihnen, Herr Hofmeyr? Konnten Sie ein wenig schlafen?" Seine Stimme klang warm und so einfühlsam, wie es die Situation und der Raum erlaubten, so als wäre er von Hofmeyrs Schuld nicht sonderlich überzeugt. Sütterlin hatte ihn kurz über ihre Befragung mit Sue Hofmeyr in Kenntnis gesetzt. Hofmeyr schien sich ein wenig zu entspannen.

„Ich habe die Nacht in einer Gefängniszelle verbracht, kaum geschlafen, meine Frau ist bestialisch ermordet worden, ich finde sie so auf und bin nun noch gleich der Hauptverdächtige: Wie soll es mir dabei gehen, shit?"

„Sie sind nicht der Hauptverdächtige, sie sind lediglich verdächtig."

„Haben Sie denn noch andere Verhaftungen vorgenommen, Mr. Guardiola?" Zum ersten Mal sprach ihn Hofmeyr mit Namen an. Guardiola wurde leicht verlegen.

„Nein. Aber ich bin sicher, es wird sich vieles klären. Trotzdem bitte ich Sie, mir möglichst vollständig alles zu schildern, was Sie gesehen, erlebt, wahrgenommen, auch gerochen haben, als Sie gestern am frühen Abend nach Hause kamen. Von dem Moment an, als Sie Ihr Haus erblickt haben. Jedes noch so unscheinbare Detail kann sich als sehr wichtig erweisen, Herr Hofmeyr."

Beim Wort „gerochen" erinnerte sich Hofmeyr an den eigenartigen, herben Duft des Handtuchs im Badezimmer. Er erzählte Guardiola alles, was er gestern Abend seit seiner Ankunft in seinem Haus erlebt hatte. Es fiel ihm schwer, sich zu konzentrieren. Die schlaflose Nacht, gepaart mit dem Erlebten, hatte ihre Spuren hinterlassen. Immer wieder musste er chronologische Änderungen vornehmen. Guardiola hörte schweigend zu. Als Hofmeyr verstummte, Tränen in seinen heute Morgen tiefer liegenden Augen, lehnte sich Guardiola am Tisch vor.

„Haben Sie Ihre Frau geliebt, Herr Hofmeyr?"

„Ja, ich habe sie geliebt. Auch wenn Alicia mir das Leben nicht einfach gemacht hat."

„Sie wussten von...", Guardiola überlegte krampfhaft, wie er Alicias promiskuitiven Lebensstil sanft gegenüber Hofmeyr umschreiben sollte, „dem etwas ausschweifenden Lebensstil Ihrer Frau?"

„Wenn Sie ihre Liebschaften meinten: Ja, es war mir bekannt. In Riehen pfeifen die Spatzen solche Dinge von den Dächern. Und in Basel ist es auch nicht viel besser. Den Details entzog ich mich aus einem gewissen Selbstschutz allerdings." Hofmeyr wirkte gefasst, ohne Aggressionen.

„Sie war kein Kind von Traurigkeit", fuhr er fort, „sie hat das Leben genossen, war dafür meist auch fröhlicher Laune. Korrigiert, nacherzogen oder dauernd an mir herumgenörgelt, wie es viele Frauen meiner Freunde tun, hat sie auch nie." Guardiola dachte nach, wie viel Sylvia an ihm herum nörgelte. Viel, kam er zum Schluss.

„Wissen Sie, was Ihre Frau treibt, während Sie Verbrecher jagen, Leute einsperren und Schuldige oder Unschuldige verhören?" Für dieses Mal drehte Hofmeyr das Frage- und Antwortspiel um. Wieder ertappte sich Guardiola beim Gedanken an seine Frau. Freitagvormittags ging sie doch jeweils zum Krafttraining. Ob sie ihm wohl treu war? Bisher hatte er noch keine Anhaltspunkte für das Gegenteil und von Berufs wegen war er ja besonders aufmerksam in seinen Beobachtungen. Andererseits – viel zu Hause war er ja nicht und wenn, dann oft müde. Er nahm sich vor, wieder Sport, mehr Sport zu treiben, wie es ihm sein Freund und Nachbar, der Arzt Manolo Cantieni, dauernd empfahl.

„Herr Hofmeyr, noch ist es so, dass ich hier die Fragen stelle." Guardiolas Stimme klang nicht mehr ganz so empathisch, was aber weniger an Hofmeyr lag, sondern viel mehr am Inhalt der Frage. Offenbar hatte Hofmeyr einen doch wunden Punkt getroffen. Guardiola wurde direkter:

„Wollen Sie mir wirklich weismachen, dass die Männergeschichten Ihrer Frau spurlos an Ihnen vorbeigegangen sind?"

„Wissen Sie, Mr. Guardiola", Hofmeyr lächelte erstmals, „der Körper gehört nur uns selbst und sexuelle Treue ist kein

Naturgesetz, im Gegenteil. Es wurde von einer Institution namens Kirche zu einem gesellschaftlich-moralischen Gesetz gemacht. Von einer Institution, die Liebe und Treue predigt, sich aber nicht scheute und scheut, hunderttausende von Menschen umzubringen und noch immer umbringt. Welche die Homosexualität als widernatürlich bezeichnet. Dabei ist es doch eher die Monogamie. Oder kennen Sie eine andere Spezies als gewisse menschliche Kulturen, die monogam ist? Schimpansen unterscheiden sich in zwei Prozent von uns Menschen und sind stark promiskuitiv." Als Katalane war Guardiola römisch-katholisch erzogen worden. Allerdings ging er vielleicht noch Weihnachten und Ostern zur Kirche. Austreten wollte er nicht, auch wenn ihn die Kirchensteuerrechnung jeweils gewaltig nervte. Trotzdem hatte Hofmeyr für ihn mit dieser Bemerkung des kirchlichen Totschlags, ja gar Mordes eine Grenze überschritten.

„Die Kirche mag umstritten sein, aber sie bringt niemanden mehr um!"

„Und wie würden Sie die päpstlichen Kampagnen gegen Kondome, beispielsweise im südlichen Afrika, bezeichnen, Mr. Guardiola?" Guardiola zögerte einen Moment.

„Ich sag es Ihnen: Massenmord. Nein – noch schlimmer: Genozid." Guardiola war jetzt sichtlich genervt. Er hatte komplett den Faden dieses Verhörs verloren, etwas, das ihm nur selten passierte. Er richtete sich in seinem Stuhl auf.

„Herr Hofmeyr, haben Sie Aggressionen gegen die Männer verspürt, mit denen Sie Ihre Frau betrog? Hatten Sie manchmal, bei aller Toleranz und Liberalität, Rachegefühle?" Er sah dabei Hofmeyr scharf und direkt in die Augen.

„Da ich die Befriedigung sexueller Lust ohne zu vergessen, zu wem und wohin man gehört, nie als Betrug empfunden habe: Nein!"

„Machen Sie sich da nicht etwas vor, Hofmeyr?" Erstmals ließ er die Anrede weg. „Verstärkte Anzeichen emotionaler Partizipation" hätte es auf der Polizeischule geheißen.

„Wieso sollte ich? Ich verdiene mein Geld in Künstlerkreisen. Da ist alles ein wenig freier, gelassener. Außer wenn es ums

Geld geht. Da herrschen die gleichen Gesetze des Dschungels wie überall. Ansonsten lässt man sich einfach mehr treiben. Treiben von etwas, das man vielleicht als Inspiration bezeichnen könnte."

„Inspiration?" Guardiola konnte sich einen zynischen Unterton nicht verkneifen.

„Ja, Künstler beziehen ihre Eingebungen, Ideen, eben Inspirationen, aus allem Möglichen: Bilder, Situationen, Meldungen, Gerüchen, Naturphänomenen. Sex ist eines dieser Phänomene, vielleicht sogar das Energiereichste. Darum stecken im Sex so viel Schaffenskraft, aber auch zerstörerische Elemente. Vor allem, wenn er besitzergreifend gelebt und dies dann als Treue bezeichnet wird."

„Was bedeutet für Sie Treue, Herr Hofmeyr?" Er begann Guardiola in eine Art Bann zu ziehen.

„ Die Schauspielerin Anna Magnani hat einmal gesagt: „Treue ist nicht, dauernd zu bleiben, sondern immer wieder zurückzukommen."

„Ist…war Ihre Frau auch Künstlerin?"

„Nein, außer Sie würden das Erteilen von Aerobic- und Pilateslektionen als Kunst bezeichnen."

„Und Sie, Herr Hofmeyr, führen Sie auch ein so libertinäres, oder soll ich sagen: inspiriertes Leben?"

„Nein." Die Antwort war knapp. Zu knapp?

„Warum nicht?"

„Weil ich anders bin als meine Frau. Dies heißt nicht, dass wir beide anders dachten. Nur meine Arbeit fordert mich sehr. Zusammen mit dem, was meine Familie mir zugleich gab, war mein Bedürfnis nach Befriedigung mehr als gesättigt." Guardiola schüttelte den Kopf.

„Wollen Sie mir wirklich erzählen, dass Sie treu lebten, aber die Liebschaften und sonstigen ‚Inspirationen' Ihrer Frau tolerierten?"

„Ja. Und Sie möchten dafür Beweise. Bloß habe ich keine." Wie sollte er auch, dachte sich Guardiola.

„Herr Hofmeyr, Sie sind nach Hause gekommen und haben Ihre Frau in flagranti ertappt, den erschrockenen Liebhaber rausgeschmissen und sie dann abgestochen. Immer und immer wieder. Vierzehn Messerstiche für vierzehn Liebhaber. War es so? Ein Geständnis könnte Ihnen weiterhelfen. Immerhin liegt noch der Tatbestand eines Affektes vor. Totschlag im Affekt, gute Führung und in ein paar Jahren sind Sie wieder draußen."
„Wenn Sie dies so sehen, Mr. Guardiola. Ich warte jetzt erst mal auf meine Anwältin."
„Dies ist Ihr gutes Recht. Eine letzte Frage aber: Wo waren Sie gestern zwischen 12 und 14 Uhr?"
„Im Büro. Meine Assistentin, Mavi Forlan, kann dies bezeugen."

5

Staatsanwältin Katja Keller wusste nicht recht, was sie von den Kurzberichten Guardiolas und Sütterlins im Mordfall Alicia Hofmeyr halten sollte. Tochter Sues Alibi schien mehr als wasserdicht. Zu wasserdicht? Und ihr Vater? Guardiola schien nicht wirklich von dessen Schuld überzeugt. Bald würde seine Anwältin hier auftauchen und einen heftigen Reibach veranstalten. Für eine Haftverlängerung hatten sie definitiv zu wenig in der Hand. Sie hasste diese Freitagsentscheidungen, insbesondere wenn sie ein freies Wochenende im Engadin auf dem Mountainbike geplant hatte. Seit ihrer Scheidung vor zwei Jahren gönnte sie sich einmal im Monat einen Ausflug in ein Wellnesshotel am Schluchsee oder ins Engadin, meist nach Maloja. Es war fünf vor elf, um elf war der Termin mit Hofmeyrs Anwältin. Dieser Hofmeyr-Fall drohte für sie unheilvoll zu werden. Sie stand auf, glättete ihren weissen Rock und zog ihn ein Stück weiter in Richtung Knie. Auch danach bedeckte er die Knie noch nicht. In ihrem Büro lief immer Pop- oder Rockmusik wenn sie keinen Besuch hatte. Im Moment „Vegas Two Times" von den Stereophonics. Sie betrachtete sich kurz im Spiegel und war zufrieden mit dem, was sie sah. Mit vierundvierzig Jahren hatte sie eine tadellose Figur. Ihre einssiebzig wurden von lediglich sechzig Kilogramm gut trainierter Magermasse umgeben. Sie bürstete kurz ihr braunes, knapp schulterlanges Haar aus und zog sich die Lippen mit einem dezenten Rot nach. Als sie den Lippenstift wieder in ihrer Handtasche verstaut hatte, klopfte es. Sie stellte die Musik ab, ging zu ihrer Bürotür und öffnete sie. Draußen standen Guardiola, Hofmeyr, ein Sicherheitsbeamter sowie Patricia Dubois, die Anwältin von Hofmeyr. Katja Keller begrüßte zuerst sie. Auf ihren Highheels überragte sie Dubois um beinahe einen Kopf, umso mehr als letztere flache Schuhe trug. Sie gab sich Mühe, nicht allzu sehr von oben herab zu wirken, auch wenn diese Beschreibung selten so zutreffend war wie bei dieser Begrüßungsszene. Erschwerend kam hinzu, dass sie Patricia Dubois nicht sonderlich mochte, auch wenn diese ihr weder als Frau noch als Juristin das Wasser reichen konnte. Nachdem sie Hofmeyr und Guardiola ebenfalls die Hand geschüttelt hatte (der begleitende Polizist bezog vor der Tür Posten), bat sie alle, sich an ihren rechteckigen Besprechungstisch zu setzen. Dubois, auf welche die Bezeichnung drall durchaus zutraf, faltete ihre Hände auf dem Tisch und begann sofort die unverzügliche Freilassung ihres Mandanten Hofmeyr zu fordern. Sie hätten schließlich keinen einzigen stichhaltigen Beweis dafür, dass er seine eigene Frau umgebracht hätte. Und wo denn sein Motiv wäre? Guardiola erwähnte das ausschweifende Leben der verstorbenen Ehefrau.

„Aber ich bitte Sie, Herr Guardiola, wir sind doch im 21. Jahrhundert angekommen. Die Hofmeyrs führten das, was man eine offene Beziehung nennt. Da bringt man nach dem Austausch von Körpersäften nicht gleich jemanden um. Oder übersteigt dies Ihr Vorstellungsvermögen?"

Katja Keller kam Guardiola zuvor: „Offene Beziehungen verlaufen oft asymmetrisch, Frau Kollegin. Dies bedeutet, dass nicht selten nur einer der beiden Partner wirklich hinter einer offenen Beziehung steht, der andere aber nolens volens mitspielt, um den Partner nicht zu verlieren. Dabei hat er selbst oft keine sexuellen Kontakte außerhalb seiner Stammbeziehung. Dies kann dann schon mal zu einer emotionalen Eskalation führen. Aber dies reicht natürlich nicht aus, um Ihren Mandanten länger zu inhaftieren." Sie wandte sich anschließend Steve Hofmeyr zu: „Sie können gehen, Herr Hofmeyr. Ich muss Sie aber bitten, sich in den nächsten Tagen zu unserer Verfügung zu halten. Planten Sie einen Auslandsaufenthalt?"

„Nein, die nächsten Tage werde ich in der Region sein. Auch oder gerade mir liegt es sehr am Herzen, dass der oder die Mörder meiner Frau gefasst werden." Des einen Glück, des anderen Leid, dachte sich Katja Keller. Ihr Chef, Jakob Binggeli, würde am Montag wieder toben, wenn sie der informationsgierigen Presse nichts Neues mitteilen konnten.

Nach dem Aushändigen seiner persönlichen Sachen verließ Steve Hofmeyr das Untersuchungsgefängnis in Begleitung von Patricia Dubois als freier Mann. Sie anerbot sich, ihn in ihrem A6 nach Hause zu fahren. Dort angekommen, lehnte sie jedoch sein Angebot ab, mit ihm etwas zu Mittag zu essen. Mit der Bemerkung, sie sei stets für ihn erreichbar, wünschte sie ihm ein möglichst angenehmes Wochenende. Aalglatt wie alle Rechtsverdreher, dachte er sich und schloss die Tür zu seinem Haus auf.

6

Als Steve Hofmeyr die Tür zum Schlafzimmer seiner Eltern zur Seite schiebt und das Zimmer betritt, stockt ihm der Atem. Der Fußboden scheint plötzlich nicht mehr auf festem Grund gebaut, er schwankt wie die Deckplanken eines in Seenot geratenen Schiffes. Ihm ist, als würde ihn jemand an der Gurgel packen, weil dieser Jemand sein Werk noch nicht vollendet hat. Seine letzte Mahlzeit scheint sich irgendwo Richtung Mund zu bewegen, er würgt krampfhaft, um sich schließlich doch noch zu übergeben, über die Füße seines Vaters, der gefesselt auf einem Stuhl sitzt. Er hält sich allerdings nicht selbst auf dem Stuhl, sondern die Fesseln verhindern, dass sein Körper den Kräften der Gravitation folgt: Sein Vater ist tot, sehr tot, extrem tot. Er sitzt in seiner eigenen Blutlache, sein Körper ist von mehreren Schüssen durchsiebt, auf der rechten Seite ist der Hals an der Halsschlagader aufgeschnitten, was zu einem raschen Ausbluten und damit Eintreten des Todes geführt haben muss. Seine Mutter liegt auf dem Bett, ihre Hände sind an das Kopfteil des eisernen Bettrahmes gefesselt, ihre Kleidung, oder besser, was von ihr noch übrig ist, vollständig zerrissen. Das Haar hängt ihr in einzelnen Strähnen ins Gesicht, ihre Brüste weisen Kratzspuren auf. Aus dem Unterleib muss sie geblutet haben, denn das Laken unter dem Becken ist blutdurchtränkt. Und auch bei ihr ist die rechte Seite des Halses aufgeschnitten. Hofmeyr befürchtete das Schlimmste. Er übergibt sich ein weiteres Mal. Am Hals sind deutliche Würgemale erkennbar. Ein Geruch von Blut, Sperma und Erbrochenem macht sich im Raum breit. Er dreht sich um. Seine Schwester Pam steht in der Tür. Entgegen seiner Anweisung hat sie sich in den ersten Stock geschlichen.

„Was ist denn hier...neiiiiiiiin", schreit sie los. Steve eilt auf sie zu und bekommt sie noch zu fassen, bevor sie den Boden unter den Füßen verliert. Er zieht sie am Oberköper in ihr Zimmer, legt sie aufs Bett und unterlegt ihre Füße mit mehreren Kissen, damit wieder Blut in ihren Kopf zurückfließen kann. Gleich danach ruft er bei der Ambulanz und der Polizei an.

Der Mordfall Hofmeyr wurde nie aufgeklärt. Steve Hofmeyr wurde bis zum heutigen Tag aber den Verdacht nicht los, dass es sich um einen Racheakt handelte. Er hatte nach einer Party im Wagen Sex mit der Tochter eines lokalen Drogenbarons gehabt. In ihrem Wagen. Dummerweise kam einer ihrer Brüder dazu. Er hatte sich nachher nie mehr bei Conchita gemeldet, obschon sie ihn einige Male danach zu Hause angerufen hatte.

Pam wurde mit einem schweren Schockzustand ins Groote Schur Hospital in Kapstadt eingeliefert und verbrachte nach der Akutphase noch fast drei Monate auf der offenen psychiatrischen Abteilung. Wenige Wochen nach der Entlassung heiratete sie ihren Freund in Stellenbosch und wanderte mit ihm nach Australien aus, wo beide eine Anstellung bei der Adelaide Bank Ltd. fanden. Dies war jetzt mehr als zwanzig Jahre her. Auch Steve Hofmeyr verließ bald Hout Bay. Es brauchte eine Weile, bis er das Haus aufgrund der vorausgegangenen Umstände verkaufen konnte. Die Galerie verlegte er ebenfalls wenige Monate später an die Strand Street in Kapstadt. Alicia, seine spätere Frau aus Basel, lernte er in seiner Galerie anlässlich einer Vernissage von Chuck Rensenbrink, einem Maler mit einem kometenhaften Aufstieg insbesondere in der Kapregion, kennen. Alicia war für einen mehrmonatigen Sprachaufenthalt in Kapstadt. Die beiden trafen sich mehrere Male zum Abendessen, fuhren nach dem Ende ihrer Sprachschule die Garden Route bis Port Elizabeth hinauf und unternahmen eine Safari in der Nähe des Great Fish River bei Grahamstown. Spätestens bei einem Sundowner auf einer Nachmittagspirsch kamen sich die beiden definitiv näher. Das Licht, die Affenbrotbäume und die Geräusche der Tiere ließen Alicia sich wie Meryl Streep in „Out of Africa" fühlen. Sie hatte Sport und Literatur studiert und musste dabei an Ernest Hemingway denken: „Entweder du liebst oder hasst Afrika. Wenn du es liebst, musst du immer wieder kommen." Von Port Elizabeth flogen sie zurück nach Kapstadt. Wenige Tage später lief Alicias Visum ab. Drei Wochen später besuchte Steve sie in ihrer Studentenwohnung an der Jungstrasse in Basel. Alicia war ihm eine vorzügliche Fremdenführerin und zeigte ihm das Dreiländereck in allen Facetten: Von den über 40 Museen über das Stadttheater und Schauspielhaus, den Zoologischen Garten, das Münster und den FC Basel, der zu Beginn der Neunzigerjahre allerdings eine eher triste Existenz in einem baufälligen Stadion fristete.

Steve blieb für 4 Wochen in Basel, bevor ihn die Geschäfte wieder nach Südafrika riefen. In regelmäßigen Abständen besuchten sich die beiden in den nächsten sechs Monaten. Völlig platt war Steve nach dem Besuch der Art Basel. Obschon selbst Profi und Sachverständiger, hatte er einen solchen Kunsthype noch nie erlebt. Nachträglich war es für ihn, nebst seiner großen Zuneigung zu Alicia, der eigentliche Trigger gewesen, sich definitiv mit dem Gedanken zu befassen, in Basel zusammenzuziehen.

Nach den Sommerferien heirateten die beiden in Basel und feierten im Restaurant „Donati" ein rauschendes Fest. Kurze Zeit später kaufte Steve das Haus in Riehen und zog mit der bereits schwangeren Alicia an die Basler Peripherie. Wenige Monate später kam Tochter Sue im Bethesda-Spital zur Welt.

7

Jan Woronin war vor zehn Jahren mit seiner Frau Olinka aus der Ukraine nach Basel gekommen. Sie hatten die letzten fünf Jahre in Kiew gelebt. Woronin war im „Regency Hyatt" Chefkoch gewesen, Olinka arbeitete als Model für eine renommierte internationale Kleidermarke. Kennengelernt hatte sie Woronin in Tiflis, wo er als Chef de Bar im „Sheraton Metechi Palace Hotel" arbeitete. Olinka war eine der Finalistinnen bei der Miss Georgien-Wahl gewesen.

Mittlerweile führte er einen luxuriösen Gourmettempel in Riehen. Streng genommen führte er ihn nicht nur, sondern er hatte das „Caracoles" wieder auf die Beine gebracht. Sein Vorgänger war zwar ein exquisiter Koch gewesen, er machte sich aber zu sehr von einem Finanzjongleur und seiner Entourage abhängig. Nach dessen Pleite und Verhaftung gingen dem Restaurant nicht nur die Gewürze aus. Zudem bereitete ihm, dem eher introvertierten Küchenperformer, seine lebensfrohe Frau aus der Ostschweiz auch kein einfaches Leben. Woronin setzte von Anfang auf eine streng reduzierte katalanische Küche, dabei auf hervorragende Produkte und ein herzliches und warmes Ambiente und profitierte dabei von einem knapp halbjährigen

Aufenthalt, den er beim großen Meister der katalanischen Küche, Ferran Adrià, im „El Bulli" machen durfte. Die katalanische Küche steht derzeit im Trend, ja gar in höchstem Ansehen, ihrer neuen Avantgarde, aber auch einer Renaissance der alten Schule wegen. Die begann kurz nach Francos Tod, mit einem Buch von Manuel Vázquez Montalbán über „Die Kunst des Essens in Katalonien". Der Untertitel zeugt ebenfalls von dem nie erlahmenden Kampfeswillen Kataloniens: „Chronik über die Widerstandskraft von Kataloniens gastronomischer Identität". Und weil das Volk nach jahrzehntelanger Knechtschaft gerade wieder zu sich fand, hatten viele das Gefühl, eine Rückbesinnung am Herd gehöre einfach dazu: Der Mensch ist, was er isst. Auch der Katalane. Die machte auch den Klasseköchen Mut. Sie lösten sich von der Fixierung auf Frankreich, wandten sich dem lokalen Erbe zu und stellten damit immer aufregendere Dinge an. So entstand, was heute Insider elegant mit CCC abkürzen: Die Cuina catalana contemporània, eine raffinierte, manchmal auch sündhaft teure Angelegenheit. Was ist aber die katalanische Küche? Gemäß Jan Woronin eine Kombination aus einer leichteren mediterranen Küche (auf Olivenöl-Basis zum Fisch hin) und einer schwereren, bäuerlichen Inlandsküche (auf Fettbasis und zum Schwein hin orientiert). Das Rind kommt wenig vor, mehr dafür Lamm und Hase. Vom Schwein dagegen sind die verschiedenen Würste, die Butifarras, sehr bekannt. Zu den Standards der katalanischen Küche gehört das barcelonesische Orientierungsprinzip: zum Berg (damit ist das hügelige Hinterland gemeint) und zum Meer hin: Mar y muntanya. Bedeutet, Fleisch und Fisch finden durchaus auf dem gleichen Teller zusammen. Das kann zu überraschenden Begegnungen führen, etwa von Wildschwein und Lachs, Schweinsfüßen und Garnelen oder gar Huhn und Languste.

Jan Woronin war ein großer Charmeur. Mit seinen knapp ein Meter neunzig und seinem athletischen Körperbau füllte er die von ihm betretenen Räume dominant, aber warmherzig aus. Ob weibliche oder männliche Gäste, stets hatte er ein Lächeln oder freundliches Wort bereit, ohne dabei anbiedernd zu wirken. Sein stets kahlgeschorener Kopf ließ ihn zwar älter als seine neununddreißig Jahre erscheinen, aber gab seinem Auftreten noch mehr Charakter und Prägnanz.

An diesem Spätsommerabend war sein Lokal noch leer, obschon es Freitag war. Das Restaurant hatte keinen Garten und die Leute wollten offenbar nochmals einen Abend draußen verbringen.

Es war gegen halb acht, als Sergi Guardiola zusammen mit Manolo Cantieni das „Caracoles" betrat. Sie waren mit Cantienis Skoda vorgefahren, da sie ja am gleichen Ort auf dem Bruderholz beim Wasserturm wohnten. Normalerweise pflegten sie einmal pro Monat von Freitagabend bis Sonntag nach Engelberg in Cantienis Ferienwohnung zu fahren. Minibreaks nannten sie diese Mischung aus Sport, reichhaltigem Essen und philosophischem Gedankenaustausch.

Beide trugen sie einen Anzug. Guardiola den obligaten schwarzen mit weißem Hemd, an welchem die beiden obersten Knöpfe offenstanden. Cantieni war in dunkelgrau mit schwarzem Poloshirt.

„Guten Abend meine Cherren, willkommän im „Caracoles"!" Woronin war bereits wieder hundert Prozent Gastgeber.

„Alle Böse gefangen, alle Kranke geheilt?" Er grinste die beiden ersten Gäste an diesem Abend mit breitestem Lächeln an. „Ich chabe euch schon lange nicht mehr gesehen."

Sie bekamen ihren Lieblingstisch Nummer sieben, von welchem aus man das Lokal und insbesondere den Eingang gut überblicken konnte. „Déformation professionelle, Guardiola", pflegte Cantieni ihn zu hänseln.

„Harte Zeiten, Scheißtarife und deine Wucherpreise, mein lieber Jan –", Cantieni grinste zurück, „da müssen wir Ärzte den Gürtel enger schnallen. Zumindest so lange, bis uns die Idioten des Kassenverbandes Santé Suisse auch noch die Hosen ausziehen!"

„Kannst du klagen, Manolo. Und ich? Chabe Sommer iberstanden – ohne Garten und jetzt ohne Geld. Und mit teure Frau!"

„Du Armer." Guardiola klopfte ihm auf die Schulter. „Wer eine solche Frau hat, darf sich nicht beklagen, alter Schwerenöter!"

„Ja, sie ist sehrrr hibsch, aber musst du immer gucken, dass andere nicht zu viel gucken. Manchmal mihsam." Guardiola stellte sich gerade vor, wie ihn Alicia vor den Augen ihrer Tochter geblasen hatte. „Aber was wollen die Cherren trinken? Olinka, kannst du ein bisschen verwöhnen die Cherren?" Seine Frau gab aus dem hinteren Raum zu verstehen, dass sie in Bälde zu den Gästen stoßen würde.

„Macht sich noch scheen für meine beste Gäste." Woronin zwinkerte ihnen zu. „Muss ich jetzt in Kiche, viel Spaß, meine Cherren!"

Wenige Augenblicke später kurvte Olinka hinter dem Tresen hervor. Eine Brünette von gut einem Meter fünfundsiebzig, meistens war sie aber aufgrund ihres Schuhwerkes zehn bis zwölf Zentimeter größer. Sie trug ein helles, nicht ganz eng fallendes Kleid, welches vorne hochgeschlossen war, hinten jedoch einiges ihres wahrscheinlich solariumgebräunten Rückens freiließ. Es endete in der Mitte ihrer nicht minder gebräunten Oberschenkel, die aufgrund der noch milden sommerlichen Temperaturen nicht von Strumpfwerk umhüllt waren. Die trotz ihrer respektablen Körpergröße zierlichen Füße steckten in zum Kleid passenden weißen mittelhohen Pumps. Sie begrüßte die beiden mit der in der Region üblichen Dreifach-Wangenkuss-Kombination.

„Schön euch zu sehen, Jungs!" Im Gegensatz zu ihrem Mann sprach sie praktisch akzentfrei Deutsch. „Wie geht es euren Frauen?"

„Wie schon?", erwiderte Cantieni. „Das Übliche: Kompliziert und lustlos."

Olinka lächelte und stützte sich auf den Tisch, an welchem die beiden wieder Platz genommen hatten. Sie neigte dabei ihren Oberkörper leicht vor, was aus anatomischen Gründen dazu führte, dass ihr Hintern nach rückwärts hinaustrat. Obschon das Kleid nicht eng saß, blieben die wohlgeformten Konturen dieses dreißigjährigen Körpers den beiden nicht verborgen. Böse und neidische Zungen der Gastroszene behaupteten, dass Olinka den größeren und wichtigeren Erfolgsfaktor für das „Caracoles" darstelle als die Kochkünste von Jan Woronin. Sie zog einen Unterschenkel leicht hoch.

„Was wollt ihr trinken?"

Guardiola bestellte einen Jerez, Cantieni ein kleines Hefeweizen. Olinka entschwand hinter dem Tresen. Die beiden blickten sich vielsagend an.

„Was macht dein Mord in Riehen, Sergi?" Cantieni hatte heute Morgen die Zeitung gelesen.

„Wir mussten den Ehemann wieder laufen lassen. Ich bin allerdings auch davon überzeugt, dass er es nicht gewesen ist." Guardiola wusste, dass er sich stets am Rande (oder sogar darüber hinweg) der Dienstvorschriften bewegte, wenn er mit Cantieni seine Fälle diskutierte. Er hatte für sich allerdings den Entschluss gefasst, ihn jeweils als eine Art Consultant mit einzubeziehen und vertraute auf eine Art erweitertes Ärztegeheimnis. Der Doc hatte ihn diesbezüglich auch noch nie enttäuscht. Andererseits erwies er sich oft als große Hilfe für ihn, verfügte er doch über ein großes Ausmaß an Menschenkenntnis und die Fähigkeit, sich in Menschen hineinversetzen zu können. Cantieni hatte in Psychiatrie promoviert und auch zwei Jahre an der lokalen psychiatrischen Universitätsklinik gearbeitet. Psychiater wollte er dann aber doch nicht werden. „Lebensferne Typen, gefangen in theoretischen Konstrukten, und nicht selten selbst extrem hilfsbedürftig," war seine Meinung über den kollegialen Berufstand der Seelenklempner.

Olinka war zwischenzeitlich mit den Getränken zurückgekehrt.

„So, meine Herren, wohl bekomm's! Ich bringe gleich die Speisekarten."

„Danke, meine Schöne." Cantieni ließ keine Gelegenheit zum Flirten aus, hatte diesbezüglich jedoch auch einiges an Nachholbedarf, war seine Ehe mit Vera doch in den letzten Monaten nicht gerade ein emotionaler Höhenflug gewesen.

„Was macht dich da so sicher, Sergi, dass Hofmeyr unschuldig ist?"

„Er hat seine Frau aufrichtig geliebt, Manolo."

„Mein lieber Freund, ich brauch dir wohl nicht zu erklären, dass enttäuschte Liebe eines der größten Tatmotive darstellt!"

„Woher weißt du, dass Alicia Hofmeyrs Liebe enttäuschte?" Guardiola kratzte sich kurz am Hinterkopf. Wie viel wusste der Doc über dieses Ehepaar? Für ihn waren die Ärzte wie die Pfarrer: Man wusste nie, wie viel sie über wen wussten.

Cantieni hatte sich mittlerweile in die Speisekarte vertieft und antwortete nicht. Nach kurzem Blättern entschieden sich beide für das viergängige „Menu Surprise". Dazu bestellten sie nebst Mineralwasser eine Flasche Merlust aus der Region Stellenbosch in Südafrika. Cantieni, der selbst in Stellenbosch ein Haus besaß, hatte Woronin mal zu einer südafrikanischen Weindegustation mitgeschleppt. Jan ließ sich überzeugen, dass die vollmundigen Südafrikaner ausgezeichnet zu seiner spanischen Küche passten. Vor allem der Luca und Ingrid Bein Merlot, ein Produkt von ausgewanderten lokalen ehemaligen Tierärzten, wurde zu einem wahren Renner bei seinen Gästen, von denen nicht wenige die Produzenten noch selbst kannten.

Mittlerweile waren weitere Gäste eingetroffen. Zwei mittelalterliche Ehepaare, bei denen die Männer sich nach Abschluss des Längen- direkt dem Tiefenwachstum zugewandt und ihre Gattinnen sich wahrscheinlich resignativ-revanchistisch für eine praktische Kurzhaarfrisur entschieden hatten, deren erheblicher Grautönung auch eine jugendlichere Färbung versagt blieb, setzten sich an entfernte Tische. Cantieni konnte sich ein Schmunzeln nicht verkneifen: Olinka schien nicht gleich auf die Mitglieder der Paare zu wirken: Während die Männer versuchten, sich irgendwie vorteilhaft auf den Stühlen zu drapieren, war ein knapper Blick, verbunden mit einem, von der Bewegungsamplitude des Kopfes her gesehenen, maximal reduzierten Nicken die Begrüßung der Gattinnen für die Herrin des Hauses.

„Was grinst du?" Guardiola war Cantienis Schmunzeln und schelmischer Blick nicht entgangen.

„To old to rock'n roll, to young to die!" Cantieni ließ seinem Ausspruch eine kaum merkliche Kopfbewegung in Richtung der Neuankömmlinge folgen. Guardiola verstand. Er wusste, dass Cantieni es liebte, solche Paarinteraktionen zu beobachten.

„Darum, lieber Sergi, habe ich dich auch auf Hofmeyrs enttäuschte Liebe angesprochen." Dies hingegen überstieg Guardiolas momentane Auffassungsgabe. Er schaute Cantieni verdutzt an.

„Normalerweise sind es doch wir Männer, die auf Dauerpirsch sind, im Bestreben, uns fortzupflanzen und daher immer wieder eine neue Ablagestelle für unseren Samen zu finden. Dies sind genetische Fingerabdrücke in unserem Gehirn, sogenannte Blueprints. Die Frauen sind in der empfangenden Rolle und kümmern sich in allererster Linie um die Rahmenbedingungen einer erfolgreichen Aufzucht: Wärme, Nahrung, Witterungsschutz – kurz Sicherheit. Bei den Hofmeyrs war dieses Naturgesetz komplett umgedreht. Und dies nicht erst, seit die Tochter erwachsen ist."

„Sag mal, kennst du die Hofmeyrs denn?"

„Was heißt schon kennen? Ich wurde mal von Freunden in Südafrika auf eine Vernissage in Hofmeyrs Galerie in Kapstadt eingeladen. Es war eine Ausstellung von diesem Chuck Rensenbrink. Der wohnt und arbeitet übrigens in dieser Region. Soll in Nunningen ein großes abgewirtschaftetes Bauernhaus gekauft und renoviert haben, mit Wohnung und großem Atelier. Kennst du seine Bilder?"

„Nein, nie gehört von ihm. Außer, dass er gemäß Aussage von Sue Hofmeyr, zu den Liebhabern von Alicia gehört haben soll." Was noch nicht wirklich gegen den Berühmtheitsgrad von Rensenbrink sprach, denn Guardiolas Kulturpensum erschöpfte sich im Besuch der Eröffnung der jährlich stattfindenden Art Basel, diesem marketingmäßig hochgehypten Megaevent. Wobei er jeweils wesentlich mehr Interesse für die weiblichen Besucher als für die ausgestellten Objekte aufbrachte.

„Deftige Kost, Sergi. Wenn seine Werke eine Projektion seines Innenlebens sind, dann dürfte es in seiner Nähe heftig abgehen. Vielleicht auch im verschlafenen Nunningen!"

Guardiola wurde neugieriger.

„Wie meinst du das?"

„Nun, seine Bilder sind eine Mischung aus surrealer Pornographie und Gewalt. Offenbar soll seine Frau von einer Bande in ihrem Haus in der Nähe von Amsterdam umgebracht worden sein, dies nach langem Leiden. Die Einbrecher, fünf an der Zahl, hatten sich offenbar eine ganze Nacht lang an ihr verlustiert. Wobei verlustiert der Sachlage nicht wirklich nahekommt. Er fand seine Frau enthauptet im Schlafzimmer, ihr Bauch war aufgeschlitzt, die Brüste waren abgetrennt. Er fand sie später auf dem Spülkasten der Toilette im Badezimmer. Den Kopf hatten sie in den Kühlschrank gelegt. Im Mund steckte ein Dildo, den er ihr mal geschenkt hatte und den die Täter wahrscheinlich neben dem Bett gefunden hatten. Mareijke, so hieß seine Frau, war nicht nur eine intelligente und engagierte, sondern auch eine lebensfrohe Frau. Ein Zettel soll am Dildo gehangen haben mit der Aufschrift „echt lekker". „Obschon Guardiola einiges gewohnt war, spürte er so etwas wie Übelkeit aufsteigen. Gut war es erst wieder, als der obligate Bestandteil der katalanischen Küche aufgetragen wurde: Pa amb tomàquet, eine Art katalanisches Nationalheiligtum, das in seiner Einfachheit den Stolz und die Bescheidenheit der katalanischen Küche gleichzeitig verkörpert: Brot mit aufgelegten, zerkleinerten Tomaten.

„War ein Motiv erkennbar?"

„ Mareijke war eine engagierte Lokalpolitikerin, die sich vor allem in der Schulpflege und für die Rechte von Immigrantenfrauen und -Töchtern einsetzte. Sie war radikal für ein Vermummungsverbot und sprach wahrscheinlich lange vor Alice

Schwarzer von der Burka als einem „Stoffgefängnis". Bei einer öffentlichen Podiumsdiskussion in Amsterdam, die auch von zahlreichen Muslimen besucht wurde, titulierte sie ein Mann als „widernatürliche Hetzerin und Hure". Bevor der Podiumsleiter eingreifen konnte, verlor die impulsive Frau Rensenbrink die Fassung und entgegnete ihrem verbalen Angreifer, dass nicht wenige männliche Muslime ihr Gehirn zwischen den Beinen hätten und schwanzgesteuerte mittelalterliche Monster seien, die man öffentlich an den Eiern aufhängen müsste."

Guardiola konnte sich ein Lächeln nicht verkneifen.

„Die Täterschaft bestand aus zwei zum Islam konvertierten Holländern und drei Marokkanern. Das Motiv dürfte als Rache im Namen beleidigter muslimischer Männer zu sehen sein. Die Tat kam nicht ganz überraschend, hatten die Rensenbrinks doch diverse Drohbriefe und -anrufe bekommen. Chuck drängte sie, damit zur Polizei zu gehen, doch Marijke fühlte sich zu stark und unabhängig.

„Wann geschah dies?"

„Dies dürfte etwa fünf Jahre her sein. Rensenbrink, der mit Mareijke keine Kinder hatte, verkaufte das Haus und zog nach Muizenberg, einem kleinen Ort eingangs der Kaphalbinsel nahe Kapstadt. Der Überfall hat ihn verändert, auch wenn die Täter gefasst wurden. Allerdings nur die Holländer. Die Marokkaner sind abgetaucht. Seitdem ist Rensenbrink auch bekennender Anhänger von Geert Wilders, dem niederländischen Populisten und Muslimfeind. Mit seinen martialischen Werken versucht er das Trauma zu verarbeiten. Er weigerte sich stets, sich psychologisch behandeln zu lassen. Auf dieser Vernissage waren auch Hofmeyrs Frau und Tochter zugegen. Da es ja nicht so ist, dass es von Schweizern, die auch noch in Basel wohnen, in Südafrika wimmelt, kamen wir ins Gespräch."

Olinka brachte den ersten Gang, einen Gazpacho. „Guten Appetit, meine Herren."

„Den hast du mir beinahe verdorben, Manolo." Guardiola büschelte seine Serviette. Suppen und Salate waren die Feinde seiner weißen Hemden. „Du hast auch Alicia und Sue gekannt?"

„Guten Appetit!" Cantieni hatte, wie meistens, einen Riesenhunger. „Im oberflächlichen Sinne ja. Heiße Frauen. Ich kam nicht unbedingt auf die Idee, dass ich Mutter und Tochter vor mir hatte." Cantieni lächelte vielsagend.

„Woher weißt du dies alles, Manolo?" Guardiola hatte das Gefühl, als hätten sie ihre Jobs getauscht.

„Ich habe einige Male mit Hofmeyrs, insbesondere mit Steve, in Südafrika zu Abend gegessen. Da kam man sich näher und ich hatte den Eindruck, dass sich Steve mit dem Erzählen seiner elterlichen Tragödie auch Erleichterung verschaffte. Du weißt ja, seine Eltern erlitten ein ähnliches Schicksal wie seine Frau." Guardiola hatte bereits mit der südafrikanischen Polizei telefoniert und Detective Swartberg hatte ihm dies erzählt. Gegen Steve lag aber nichts vor.

„Was macht dieser Rensenbrink jetzt?"

„Er malt noch immer. Hofmeyr ist so etwas wie sein Tutor und Förderer, mit erheblicher Resonanz. Die degenerierte Kunstszene mag solche Geschichten. Rensenbrink ist mittlerweile erfolgreich, auch beim weiblichen Geschlecht. Sein blendendes Aussehen und die weibliche Hilfs- und Trostbereitschaft ergänzen sich offenbar hervorragend." Cantieni schob den Teller mit der Suppenschale leicht von sich weg und tupfte sich mit der Serviette die Mundwinkel. Vielsagend lächelte er Guardiola an.

„Weißt du, wer übrigens auch auf dieser Vernissage war, mein lieber Sergi?"

„Jemand, den ich kennen sollte?" Guardiola richtete sich in seinem Stuhl auf. Auch er war mit dem Gazpacho zu einem Ende gekommen.

„Deine Chefin!"

„Katja Keller?" Vage erinnerte sich Guardiola daran, dass sie vor etwa einem Jahr nach Afrika in den Urlaub ging. Er hatte es längst vergessen, denn normalerweise interessierte es ihn nicht, wohin seine Mitarbeiter in den Urlaub fuhren. Ebenso wie er keine Urlaubskarten las und auch nicht schrieb. Er war zudem Katja erst nach diesem Urlaub nähergekommen.

„Genau." Cantieni kannte Katja Keller von kleinen Apéros bei Guardiola. „Rensenbrink und sie schienen sich irgendwie schon länger zu kennen oder zumindest gut zu verstehen. Was wiederum Alicia Hofmeyr nicht so ganz in den Kram zu passen schien. Die beiden Damen bemühten sich jedenfalls intensiv um die kommunikative Gunst von Rensenbrink. Irgendwann sah ich dann die Hofmeyr leicht angesäuert davonstaksen."

Olinka räumte das leere Geschirr des ersten Gangs ab. Cantieni sah ihr verträumt nach. Guardiola dachte seinerseits nach. Seit beinahe vier Jahren arbeitete er mit Katja Keller praktisch täglich zusammen und doch wusste er so wenig über sie. Eine ausgezeichnete Staatsanwältin, sportlich, attraktiv, seit einem Jahr getrennt, von Peter Keller, lokaler FDP-Präsident und Unternehmer. Niemand wusste wirklich viel über sie. Die einen munkelten, dass sie ein lockeres Verhältnis zu einem deutschen Medienschaffenden hätte, andere, dass sie die durch ihren Ex-Mann erlittene Schmach in ihrer Freizeit überkompensieren würde und gern gesehener Gast in exquisiten Swingerclubs sei. Guardiola gab lange nichts auf dieses Geschwätz. Sein Verhältnis zu ihr war korrekt und sachlich, er bewunderte ihren Scharfsinn und die Gabe, gewisse Entwicklungen auch antizipieren zu können. Die privaten Kontakte beliefen sich auf Geburtstagsapéros oder offizielle Betriebsfeiern. Zuerst. Bis vor knapp einem Jahr.

Olinka kam mit dem Wein, den sie nach dem Gazpacho bestellt hatten. Mit fachkundigem Griff entkorkte sie die Flasche und schenkte Cantieni zum Degustieren ein. Dieser avinierte das Glas, roch am roten Merlust und probierte ihn.

„Mmh, fein, meine Schöne, sehr gut!" Olinka bedankte sich geschmeichelt und füllte beide Gläser zweifingerbreit auf.

Guardiola und Cantieni stießen an.

„Auf Freundschaft, Zusammenarbeit und die Frauen, auch wenn sie uns das Leben schwer machen, Sergi!"

„Salud, amor y pesetas", erwiderte Guardiola.

Weitere Gäste betraten das „Caracoles". Es war mittlerweile gegen neun Uhr. Vier geschäftlich-formell gekleidete Herren wurden von Olinka zum Nebentisch von Cantieni und Guardiola geleitet. Sie waren englischsprechend und schienen zum ersten Mal im „Caracoles" zu sein. Offensichtlich war auch ihnen die Attraktivität der Gastgeberin nicht entgangen. Nachdem Olinka die Neuankömmlinge mit der Speisekarte und der Aufnahme der Apéro-Bestellung versorgt hatte, brachte sie Cantieni und Guardiola den zweiten Gang, einen Pulpo-Fenchel-Salat.

Guardiolas Gedanken kehrten an den Tisch zurück.

„Was hatten die Hofmeyrs für ein Verhältnis untereinander, Manolo?"

„Da musst du schon präzisieren, wenn du von den Hofmeyrs sprichst."

„Ich verstehe deine Frage nicht." Guardiola blickte sein Gegenüber erstaunt an.

„Meinst du das Ehepaar oder Vater – Tochter oder Mutter – Tochter. Das gibt's doch wesentliche atmosphärische Unterschiede." Verdammt, da gab's ja auch noch Sue, die erwachsene Tochter. Er hatte sie beinahe ausgeblendet. Das lag wahrscheinlich daran, dass sie von Sabine Sütterlin befragt worden war.

„Dann schieß mal mit den Eltern los", forderte Guardiola Cantieni auf.

„Nichts, das wirklich auffällig wäre, außer dass Hofmeyr seine Frau zu vergöttern schien. Er muss sie in der Tat sehr geliebt haben und auf sie fixiert gewesen sein."

„Was führt dich zu dieser Schlussfolgerung?"

„Die Art, wie Ehepartner miteinander sprechen. Er sprach immer von „Wir", sowohl in der Vergangenheit als auch bei auf die Zukunft gerichteten Plänen. Sie hingegen wirkte wesentlich unverbindlicher, nur in der Ich-Form sprechend."

„Und Sue?"

„Die Tochter sprach praktisch ausschließlich mit ihrem Vater. Gegenüber der Frau Mama schien sie geladen, beinahe Gift und Galle speiend. Muss allerdings ergänzend hinzufügen, dass ich die drei nur zweimal in voller Besatzung erlebt habe. Einmal in Kapstadt und einmal in Barcelona, auch anlässlich einer Ausstellung in seiner dortigen Galerie im Eixample. Meist habe ich ihn aber alleine getroffen, auch ohne Alicia."

„Ich wusste gar nicht, dass du so kunstbeflissen bist, Manolo?"

„Bin ich auch nicht wirklich. Aber die Bekanntschaft zu Steve Hofmeyr und die Tatsache, dass seine beiden Galerien an meinen Lieblingsdestinationen liegen, lassen auch mich ab und an eine Galerie aufsuchen. Übrigens: In einem Monat stellt Rensenbrink in Barcelona aus–bei Hofmeyr!"

Guardiola meinte, sich vage an eine Äußerung von Katja Keller zu erinnern, dass sie im Oktober für ein verlängertes Wochenende nach Barcelona gehen würde. Verband sie etwas mit Hofmeyr? Mit Rensenbrink? Oder mit beiden? Oder hatte gar sein lieber Freund Manolo Cantieni etwas mit ihr am Laufen? Verbarg sie trotz ihrer Nähe etwas vor ihm? Nicht auszuschließen, denn nach seiner häuslich-emotionalen Wüstenzeit wäre der Doc bestimmt dafür empfänglich, zumal die Keller durchaus seinem Beuteschema entsprach: Groß, lange Beine, sportlich und nicht mit Reizen geizend. Er würde ihm demnächst mal wieder auf den Zahn fühlen müssen, aber nicht heute Abend. Cantieni schien gut aufgelegt und schließlich freuten sie sich beide noch auf den Hauptgang. Olinka hatte soeben das Gedeck des zweiten Ganges abgeräumt und die Gläser nachgefüllt. Die beiden Paare übten sich wahrscheinlich im meditativen Essen, denn sie hatten noch kaum ein Wort miteinander gesprochen. Die Business-Truppe hingegen schien sich blendend zu unterhalten. Guardiola beschloss daher, nochmals zu den Hofmeyrs und ihrem Paarprofil zurückzukehren.

„Erzähl mir noch ein bisschen was über Alicia Hofmeyr", forderte er Cantieni mit perfektem Pokerface auf.

„Eine attraktive Frau Anfang vierzig, hat Englisch studiert und abgeschlossen, aber nie als Lehrerin gearbeitet. In den letzten Jahren, als Tochter Sue größer wurde, hat sie eine Ausbildung als Pilatesinstruktorin gemacht und in Zürich und Basel auch Kurse gegeben. Zwei- oder dreimal pro Jahr führte sie auch Pilates-Wochen im Mittelmeerraum durch. Auf Sardinien, Lanzarote, Mallorca aber auch in der Toscana. Sie war die Vertreterin einer hedonistischen Lebensweise mit offener Beziehung und freier Sexualität. Sie hat diesbezüglich auch nicht vor mir haltgemacht, wohl wissend, dass ich in erster Linie ein guter Freund ihres Mannes war. Und nicht selten auf Linie. Dann war sie erst recht kaum mehr zu halten. Irgendwie hatte sie den Konsum jedoch trotzdem immer unter Kontrolle. So ist es, dachte sich Guardiola.

„Und hast du angebissen?" Guardiola grinste ihn an.

„Danke für deine gute Meinung von mir, Sergi. Männer lassen die Frauen ihrer Freunde in Ruhe. Es reicht mir schon, wenn mein Hochzeitstischnachbar meine Frau gevögelt hat."

„Ist diese Geschichte noch immer nicht gegessen?"

„Ehrlich gesagt: Ich weiß es nicht und es interessiert mich auch nicht sonderlich. Aber du wolltest mehr über Alicia wissen."

Cantieni hatte viel mit ihm über das außereheliche Verhältnis seiner Frau gesprochen. Heute schien er darauf nicht wirklich Lust zu haben.

„Was ich bisher nicht verstehe: Wie ging Steve Hofmeyr damit um, Manolo?"

„Womit? Dass sie mich angebaggert hat? Dies wusste er nicht, vielleicht ahnte er es aber."

„Nicht nur damit, sondern generell mit dem libertinären Leben seiner Frau?"

„Dies habe ich mich immer wieder gefragt und nie eine klare Antwort bekommen. Meist hatte ich den Eindruck, dass er gute Miene zu dem für ihn doch bösen Spiel machte. Vor allem, wenn sie auch in seiner Gesellschaft schamlos mit anderen Männern flirtete."

„Und er selbst? Hatte er auch andere Frauen?"

„Steve ist ein harter Arbeiter, ein Perfektionist und hat eine religiöse Erziehung genossen. Umso mehr erstaunlich, dass er die zahlreichen und dauernden Eskapaden seiner Frau tolerierte. Ich hab nie was gehört von einer anderen Frau. Zumindest nicht von ihm direkt. Allerdings gibt es Gerüchte betreffend seine Assistentin."

„Wie heißt die?"

„Mavi Forlan. Soviel ich weiß, aus Barcelona wie du."

„Ich bin nicht aus Barcelona. Ich bin aus Figueres."

„Ich weiß, die Stadt Dalís. Die Forlan ist ein heißes Eisen und wahnsinnig ungebunden ..."

Olinka kam mit einer Paella Valenciana zu Demonstrationszwecken an den Tisch.

„Meine Herren, ich hoffe, es wird schmecken!" Kurz darauf brachte sie einen Beistelltisch, zwei leere Teller für die Schalen der Krustentiere sowie zwei Schälchen mit Wasser und einem kleinen Stück Zitrone zur Reiningung der Finger. Mit gekonnten Schöpfbewegungen füllte sie die Teller von Cantieni und Guardiola, indem sie die Muscheln und Garnelen kunstvoll mit dem Reis und dem Fleisch zu einer kulinarischen Einheit drapierte. Mar y muntanya als gastronomische Symphonie.

„Weiterhin guten Appetit!" Lächelnd entschwand sie wieder Richtung Küche, wie immer verfolgt von den Blicken der Business-Truppe.

Guardiola und Cantieni aßen für mehrere Minuten schweigend, mit dem Auseinandernehmen der Muscheln und Garnelen beschäftigt. Es war Guardiola, der das Gespräch wieder eröffnete:

„Da wäre dann noch die Tochter. Kennst du die auch?"

„Nicht besonders gut. Wie gesagt: Schlecht auf ihre Mutter zu sprechen. Zusammen verbreiten die eine Temperatur von gefühlten minus 20 Grad."

„Wie stand sie zu ihrem Vater?"

„Den vergötterte sie ziemlich."

„Glaubst du, dass diese Vaterliebe der Tochter ein genügend starkes Motiv für einen Mord an ihrer Mutter sein könnte?"

„Tja, sonderlich zu leiden schien Steve ja nicht unter der Mutter."

„Vielleicht nach außen hin nicht."

„Wie es in einem Menschen drinnen aussieht, weiß man nie."

Guardiola und Cantieni aßen wieder für einige Minuten schweigend. Bisher hatte Cantieni erst zwei halbwegs Tatverdächtige mit einem nicht sonderlich starken Motiv: Sue und Steve. Was für ein Leben verbarg sich wirklich hinter Alicia Hofmeyr? Was für Geheimnisse? Geheimnisse sieht man Menschen oft nicht an, dachte Guardiola. Auch seines, das er mit Katja teilte, nicht. Wäre auch nicht gut, wäre es auf seine Stirn projiziert. Schon gar nicht in seiner Funktion als Kommissär. Er versuchte, sich wieder zu konzentrieren. Wem ist Alicia alles auf die Füße getreten mit ihrer Art zu leben? Wie viele eifersüchtige Frauen gab es in ihrer Entourage? Oder enttäuschte Männer? Lag das Motiv wirklich nur im zwischenmenschlichen Bereich? Guardiola hatte das Gefühl, 24 Stunden nach der Tat nicht weiter zu sein als unmittelbar danach. Er hoffte, de Michelis würde bereits morgen den Obduktionsbericht haben. Mit neuen Erkenntnissen hoffentlich. Spätestens am Montag würde die Presse sie wie eine Zitrone auspressen, insbesondere Waldmeier von der „BaZ" und Jutzeler vom „Blick" waren ganz scharfe Hunde. Speziell die „BaZ" hatte unter dem neuen Chefredaktor Sommer puncto investigative Aggressivität mehr als einen Zacken zugelegt. Ebenso würde er sich Sue Hofmeyr nochmals vornehmen.

Olinka hatte unterdessen das Geschirr des Hauptganges abgeräumt, die beiden Schweigerpaare waren im Begriff, die Rechnungen zu begleichen und die Business-Runde trank sich zu mehr Dezibel hoch.

Bald schon kam Olinka mit dem Dessert wieder, welches Cantieni allerdings zurückgeben musste. Die Crema catalana war definitiv nicht seins, wie alles, was entfernt mit Karamell zu tun hatte, löste es gar unmittelbare Übelkeit bei ihm aus. Mit charmantem Lächeln brachte Olinka ihm kurze Zeit später einen frisch zubereiteten Fruchtsalat. Sie aßen das Dessert, ohne nochmals auf den Mordfall zu sprechen zu kommen und beendeten den lukullischen Ausflug mit zwei Café solo. Beide waren sie müde und als sie kurz vor Mitternacht beim gemeinsamen Haus auf dem Bruderholz ankamen, verzogen sie sich ohne Absacker in ihre Wohnungen. Guardiolas Frau Sylvia und Tochter Carmen schliefen bereits, Cantienis Wohnung war leer. Seine Frau Vera war vor vier Wochen ausgezogen, mehr oder weniger freiwillig.

8

Am nächsten Morgen erwachte Guardiola mit einem Duft von Kaffee in der Nase. Sylvia war bereits aufgestanden und am Zubereiten des Frühstücks. Er blickte auf die Uhr. Es war schon nach acht. Zu spät für das, was er sich alles vorgenommen hatte. Rasch sprang er auf und stellte sich, nach einem Umweg über die Küche und einem Kuss für seine Frau, unter die Dusche. Kurze Zeit später saß er mit Sylvia am Frühstückstisch.

„Wie war der Abend mit Manolo?"

„Wir haben viel über den Hofmeyr-Mord gesprochen. Das Essen war wie immer vorzüglich. Grüße auch von Olinka."

„Kommst du vorwärts mit dem Fall?"

„Nicht wirklich. Ich habe bisher nur zwei Menschen mit einem Tatmotiv. Zumindest Sue hat ein lupenreines. An sich auch Hofmeyr. Du siehst, ich stehe noch ganz am Anfang."

„Wie sieht dein Tag heute aus?" Die Frau eines Polizisten zu sein, verlangte viel Flexibilität, Improvisationsvermögen und Selbstständigkeit.

„Ich werde nach dem Frühstück de Michelis anrufen und ihn auf die Gerichtsmedizin zitieren. Danach möchte ich mit Sue Hofmeyr sprechen."

„Ich dachte, die ist schon verhört?"

„Ja, Sabine Sütterlin hat sie befragt, gleich nach der Tat. Ich möchte mir aber selbst ein Bild von der jungen Dame machen."

„Was glaubst du, wann kannst du wieder hier sein? Wir wollten ja mit Carmen einen Stadtbummel machen."

„So gegen 14 Uhr sollte ich es schaffen. Aber wir treffen uns besser gleich in der Stadt, so muss ich nicht hin- und herfahren."

„Also 14 Uhr beim Barfi-Brunnen."

„Okay, bis dann." Guardiola stellte seinen Teller und die Kaffeetasse in die Spüle, gab Sylvia einen Kuss und stieg in seinen Seat Leon Cupra R. Mittels der eingebauten Freisprechanlage wählte er de Michelis' Nummer. Nach mehrfachem Klingeln meldete sich eine verschlafene, säuerlich wirkende Stimme.

„Ja?"

„Hier Guardiola. Mal wieder abgestürzt oder liegt deine Königin der letzten Nacht noch neben dir?"

„Von wegen abgestürzt. War gerade wieder am Aufsteigen. Gehst du mal eben ins Bad, Baby?" Die letzten Worte klangen, wie wenn jemand früher, bei den alten Telefonen, die Sprechmuschel des Hörers ungenügend abzudecken versuchte.

„Was willst du mitten in der Nacht, Arschloch?" De Michelis war wieder voll bei sich.

„Wenn ich Zeit hätte, würde ich mich für den Coitus interruptus bei dir entschuldigen. Aber beim dritten Ton ist es neun Uhr, also beweg deinen Arsch zum Bett raus, schick die Tussi heim und ich treff dich in einer Stunde bei dir auf der Gerichtsmedizin." Bevor de Michelis etwas entgegnen konnte, hatte Guardiola schon aufgelegt. Baby hatte sich unterdessen wieder ins Bett geschlichen und begann an seinem Schwanz herumzuknabbern. De Michelis stöhnte kurz auf, schaute auf die Uhr und beglückwünschte sich, eine Wohnung nahe am Arbeitsplatz zu haben. In einer Stunde hatte Guardiola gesagt. Da war noch reichlich Zeit. Mittlerweile war sein bester Freund zu beachtlicher Größe angeschwollen. Tina war ihr Geld mehr als wert. Sie steckte ihm noch einen Finger in den Arsch, was de Michelis kurz aufschreien ließ. Mit der zweiten Hand massierte sie seine Eier. Diese Dreierkombination von Mund, Finger und ganzer Hand ließ ihn rasch in ihrem Mund explodieren.

9

Guardiola wartete schon, als de Michelis ein wenig zerzaust und unter Missachtung aller Geschwindigkeitsvorschriften auf der Gerichtsmedizin eintraf.

„Wurde langsam Zeit, du Bündner Hurenbock!" Guardiola wirkte genervt.

„Ich bin gekommen, so schnell ich konnte, Herr Kommissär." De Michelis' Grinsen wirkte ausgesprochen entspannt. Guardiola konnte sich knapp ein Schmunzeln verkneifen.

„Hör zu, spanischer Bastard." De Michelis hatte das Kühlfach mit der Leiche von Alicia Hofmeyr hervorgezogen. Ihr Körper wirkte auch tot noch beinahe makellos, wohlproportioniert und austrainiert.

„Die Todesursache", fuhr de Michelis fort, „sind mit Sicherheit die vierzehn Messerstiche. Sie wurden mit unterschiedlicher Wucht ausgeführt, aber alle doch relativ heftig. Was erstaunlich ist: Das Opfer hat sich nicht gewehrt, zumindest haben wir keine Kampfspuren gefunden, auch keine fremden Hautpartikel unter den nicht ganz kurzen Fingernägeln."

„Kann es sein, dass sie doch schon vorher tot war und die Messerstiche von der eigentlichen Todesursache ablenken sollen?"

„Nein, definitiv nicht. Aber wir haben im Blut unter anderem erhebliche Spuren von Dormicum gefunden, einem Einschlafmittel." Guardiola erinnerte sich an die beiden Gläser, die auf dem Tisch gestanden hatten.

„Jemand muss es ihr in den Drink gemischt haben. Ein vorgemörsertes Pulver."

„Dann hat der Täter auf einen schlafenden, wehrlosen Körper vierzehnmal eingestochen?"

„Jepp." De Michelis schob die Leiche wieder zurück und zupfte danach an seinem Hosenladen herum. Zum Duschen hatte es ihm nicht mehr gereicht. Sein Schwanz klebte unangenehm an der Unterhose.

„Dies ist aber noch nicht alles, was dich interessieren dürfte, Muchacho."

„Die Hofmeyr muss noch nicht allzu lange vor ihrem Tod Sex gehabt haben. Ungeschützt. Ich fand Spermaspuren, vaginal und oral, nicht anal. Aber die rektale Schleimhaut deutet mittels Mikroverletzungen auch auf analen Sex hin. Kann aber auch durch ein Spielzeug oder einen Finger hervorgerufen sein."

„Dies könnte auf mehr als einen Täter hindeuten. Sofern Täter und Sexpartner identisch sind."

„Oder auf so einen guten Bock wie ich, der zuerst oben und dann unten spritzt!" De Michelis grinste schelmisch.

„Aber ich dachte schon, dass dich dies interessieren dürfte. Der DNA-Abgleich läuft. Bis Dienstag spätestens hast du Bescheid."

Ein hormongesteuertes Monster, aber clever, dachte sich Guardiola und nickte de Michelis mit einem Anflug von Dankbarkeit zu.

„Im Weiteren ergab die Toxikologie, dass sie gleichentags Kokain konsumiert haben muss."

„Wenn sie Kokain intus hatte, kannte sie kaum noch Grenzen", Cantienis Worte von gestern Abend kamen Guardiola in den Sinn. Kokainspuren und Spermaspuren vaginal und oral.

„Bist du noch aufnahmefähig?", hörte er de Michelis fortfahren.

„Klar, was gibt's denn noch?"

„Alicia Hofmeyr war schwanger. Ungefähr Woche 10. Und die Titten sind übrigens echt."

„Shit. Fuck!" Guardiola wusste, dass der Fall dadurch nur noch komplexer werden würde. Er bedankte sich bei de Michelis, sichtlich beeindruckt von dessen speditiver und gründlicher Arbeit, gab ihm die Hand und wünschte ihm sogar ein schönes Wochenende. Vom Handy aus rief er Sue Hofmeyr an. Sie ging ran, auch wenn es noch nicht Mittag war. Junge Frauen wie seine Tochter Carmen, pflegen am Samstag um diese Zeit nicht selten noch zu schlafen. Da auch Sue in die Stadt wollte, verabredeten sie sich in einer halben Stunde im „Starbucks", im Gebäude der „Basler Zeitung".

10

Sie trafen beide beinahe gleichzeitig ein. Sue Hofmeyr trug Jeans und knöchelhohe Stiefel, ein weißes hochgeschlossenes T-Shirt sowie eine kurze schwarze Lederjacke. Das Wetter war zwar noch sehr schön, doch die Temperaturen wurden allmählich kühler. Sie entschied sich für einen Latte macchiato, Guardiola bestellte sich einen Espresso. Sie setzten sich nebeneinander auf eine Couch.

„Nicht, dass ich Sie bedrängen will, aber so können wir uns leiser unterhalten", begründete Guardiola sein nahes Heranrücken.

„Kein Problem, Herr Kommissär." Sue wirkte erneut gefasst und abgeklärt. Guardiola hatte beschlossen, nochmals von vorne anzufangen. Nicht, dass er Sabine Sütterlin misstraute, im Gegenteil. Sie war eine hervorragende Polizistin, aber Guardiola wurde das Gefühl nicht los, dass Sue eine Schlüsselstelle in diesem Fall einnahm. Gewissermaßen das Tor zu mehr Verständnis und Hintergrundwissen. Für schuldig hielt er sie bis dato nicht. Bestenfalls für tatverdächtig – trotz scheinbar wasserdichtem Alibi.

„Hatte Ihre Mutter Feinde, Frau Hofmeyr?"

„Erledigt ihr immer alles doppelt bei der Polizei? Diese Frage hat mir schon Ihre Assistentin gestellt." Sue schien bereits sehr präsent zu sein.

„Verzeihen Sie, ich weiß." Guardiola schien sichtlich um ein gutes Gesprächsklima bemüht. „Die erste Befragung war jedoch kurz nach der Tat, da kann doch einiges vergessen gehen, nicht wahr?"

„Bestimmt hatte sie Feinde, und dies nicht zu knapp." Umso knapper war ihre Antwort.

„Und wen sehen Sie da in vorderster Reihe, Frau Hofmeyr?"

„Alle, die mit ihr zu tun hatten und von meiner Mutter enttäuscht wurden! Das sind übrigens nicht nur Frauen. Auch Männer hat sie gelegentlich fallen lassen wie heiße Kartoffeln."

„Glauben Sie, dass zu diesen enttäuschten Männern auch Ihr Vater gehört?"

„Mein Vater ist bestimmt ein guter Schauspieler, der nicht selten perfekt gute Miene zum bösen Spiel meiner Mutter machte. In dem Sinn kann ich Ihre Frage mit ja beantworten.

Wenn Sie aber glauben, dass dies für einen Mord reichen würde, sind Sie auf dem Holzweg!"

„Was macht Sie da so sicher?" Guardiola fixierte sie nun richtiggehend mit seinem Blick. Er konnte jedoch nicht die geringste Gemütsregung bei ihr feststellen.

„Nichts und alles: Wie er mit ihr umging, sein Ton, seine Gesten, seine Präsenz für sie, nein für uns beide. Seine Liebe zu ihr."

„Glauben Sie nicht, dass er dies alles in erster Linie für Sie gemacht hat? Eine Fassade der Selbstbeherrschung und nun, da Sie zwanzig geworden sind, kann er endlich aus diesem einschnürenden Korsett des Aushaltens und Schauspielerns ausbrechen und die Quelle seiner seelischen Qualen eliminieren, indem er Ihre Mutter, seine Frau, umbringt?"

„Klar, und dann noch möglichst brutal mit unzähligen Messerstichen!"

„Tot ist tot, Frau Hofmeyr. Im Gegenteil, die Brutalität einer Tat kann sogar dazu ausgenutzt werden, möglichst viel Distanz irgendwelcher Art zum Opfer durchschimmern zu lassen. Abgesehen von schwer gestörten Persönlichkeiten, korreliert die Heftigkeit der Tat oft direkt mit der Kränkung des Täters.

Haben Sie davon in Ihrem Psychologiestudium noch nichts gehört, Frau Hofmeyr?"

„Hören Sie bitte auf!" Sue konnte knapp ein Schluchzen unterdrücken. Guardiola lehnte sich zurück. Beide schwiegen für einen Moment.

„Und zudem, er hat doch ein Alibi." Sie schien sich wieder zu fassen.

„Hat er. Von Mavi Forlan, seiner Assistentin."

„Na also. Was berechtigt Sie in Anbetracht dieser Tatsache, mich dermaßen respektlos, beinahe erniedrigend über meinen Vater auszufragen?" Sie spürte Oberwasser. Wenn sie wütend ist, sieht sie noch heißer aus, dachte Guardiola kurz, um sich gleich wieder zu konzentrieren.

„In welchem Verhältnis stand Ihr Vater zu Mavi Forlan?" Guardiola startete die nächste Offensive.

„Wie meinen Sie das?"

„Beantworten Sie einfach meine Frage, Frau Hofmeyr!" Ein Ton, der keine Widerrede duldete. Er ertappte sich, manchmal auch so mit Carmen zu sprechen.

„Er war Ihr Arbeitgeber, Chef, Vorgesetzter. Und kein schlechter dazu!"

„Was verstehen Sie darunter?"

„Er hat sie gut, korrekt und zuvorkommend behandelt. So, wie mein Vater eben ist."

„Gehörte zu dieser zuvorkommenden Behandlung auch, dass er mit ihr geschlafen hat. Gelegentlich oder gar regelmäßig?"

„Was oder wer bringt Sie auf diesen absurden Gedanken?"

„Nun, die Spatzen pfeifen es von den Dächern. Basel ist diesbezüglich eine kleines Scheißkaff, wo jeder fast alles über jeden weiß."

„Wer sind diese pfeifenden Spatzen?"

„Dies kann ich beim derzeitigen Stand der Ermittlungen natürlich nicht sagen."

„Ich habe ein Recht darauf zu erfahren, wer meinen Vater in den Schmutz ziehen will!" Ihre Stimme wurde lauter. Glücklicherweise war das Wetter noch immer schön und sie waren allein im Innenraum des Cafés.

„Natürlich, Frau Hofmeyr, spätestens in der Gerichtsverhandlung. Aber glauben Sie nicht auch, dass Sie ein Recht darauf haben zu erfahren, wer Ihre Mutter bestialisch umgebracht hat? Oder interessiert es Sie gar nicht? Weil Sie sie selber umgebracht haben?" Wieder eine seiner gefürchteten Fragensalven.

„Ja, ich habe meine Mutter zuletzt gehasst und ihr auch den Tod gewünscht. Aber nie hätte ich mir die Hände für diese Schlampe, dieses Miststück, schmutzig gemacht. Nie, hören Sie, nie, nie, nie!" Sue zischte mehr, als dass sie sprach. „Und warum, Herr Kommissär, sollte Mavi Forlan ihm ein falsches Alibi geben?"

„Was weiß ich, weil sie in einem Abhängigkeitsverhältnis von ihm stand? Sie beschreiben die Stelle von Mavi Forlan selbst als Traumstelle. Toller Chef, gute Bezahlung, Reisen, Empfänge, spannende Künstler. Oder weil sie mehr wollte, als nur seine Angestellte zu sein und Ihre Mutter ihr für mehr im Wege stand?"

„Mavi ist in einer festen Beziehung. Seit drei Jahren!"

„Mit einem brotlosen Theologie- und Philosophiestudenten, der noch zu Hause wohnt. Eine andere Liga als Ihr Vater, Frau Hofmeyr!" Sütterlin hatte ihm gestern diese Information gesteckt, ebenso wie sie die Eltern von Alicia in Meggen informiert hatte. Sonderlich schockiert seien sie nicht gewesen, hatte Sütterlin berichtet. Er hatte eine gute Mitarbeiterin. Zum ersten Mal schwieg Sue Hofmeyr.

„Eine andere Frage, Frau Hofmeyr: Sie haben meiner Mitarbeiterin unmissverständlich vom ausschweifenden Leben Ihrer Mutter erzählt. Kannten Sie die Affären Ihrer Mutter? Wer waren die bevorzugten Männer?"

„Bestimmt einige. Sie erzählte mir auch immer wieder davon. Eine Zeit lang fühlte ich mich dadurch wie gebauchpinselt, vor allem in der Zeit unmittelbar nach meiner Pubertät. Ich meinte, dass dieses Mitwissen mein Erwachsenwerden beschleunigen würde. Bis ich merkte, dass meine Mutter vor allem ihr noch schwach vorhandenes Gewissen mit diesen Pseudobeichten erleichterte. Mein Vater war viel unterwegs, darum fiel es mir auch nicht besonders schwer, mich vor ihm zu verstellen. Und wenn wir zu dritt waren, hatte meine Mutter, oft relativ frisch fremdgevögelt, die Gabe, sich hundertprozentig ins Familienleben einzugeben." Was für eine klar denkende, selbstbewusste junge Frau, dachte Guardiola. Was immer er über die Hofmeyrs schon gehört hatte und noch hören würde, insbesondere über Alicia Hofmeyr – alles konnte in der Erziehung von Sue wirklich nicht schiefgelaufen sein. Wenn Carmen in sieben Jahren eine so selbstbewusste Frau wie Sue sein würde, Sylvia und er würden stolz auf sie sein.

„Können Sie Namen nennen?"

„Ja. Da wäre mal Chuck Rensenbrink. Eine Daueraffäre meiner Mutter seit gut einem Jahr." Guardiola setzte sich auf. Dann hatte also Cantieni, das alte Schlitzohr, richtig beobachtet.

„Rensenbrink, der Künstler, der bei Ihrem Vater immer wieder ausstellt?"

„Genau der. Er war aber nicht der einzige Künstler. Sporadischer verlief die Geschichte mit Xavier Ocaña, ein aufstrebender katalanischer Maler."

„Warum sporadischer?"

„Weil Ocaña in Gerona lebt, Rensenbrink in der Region. Soviel ich weiß, zurückgezogen in Nunningen. Bis seine vollen Eier ihn in Richtung Stadt treiben." Guardiola konnte sich ein kurzes, aber unübersehbares Schmunzeln nicht verkneifen.

„Wer noch?"

„Andres Boccanegra, ein Argentinier, wohnhaft, soviel ich weiß, in Barcelona."

„Auch ein Künstler?"

„Nein, arbeitet als Manager bei einem spanischen Modelabel, welches versucht, in ganz Europa Fuß zu fassen. Er besitzt selbst ein großes Kleidergeschäft in der Nähe der Plaça de Catalunya in Barcelona. Soviel ich weiß, hat sie den mal auf einer Party in Barcelona kennengelernt. Gutaussehend, aber irgendwie widerlich. Hat etwas Skrupelloses an sich."

„Wie heißt das Label?"

„Desigual. Kennen Sie wahrscheinlich nicht, obwohl man langsam auch bei uns Einzelstücke in Shops sieht." Schon rein altershalber traute sie ihm dies nicht zu.

„Ich kenne es bestens, ich komme selbst aus Barcelona." Desigual faszinierte ihn, auch wenn er vor allem schwarze Anzüge und weiße Hemden trug.

„Waren Ocaña und Boccanegra gelegentlich auch in Basel?"

„Ja, sie waren auch schon auf einer Party in unserem Haus. Ob sie geschäftlich in Basel zu tun hatten, weiß ich nicht. Ich kann mir aber vorstellen, dass für die beiden die Fähigkeiten meiner Mutter bereits jeweils für eine Reise in unsere Region reichten."

Die alte Hofmeyr war wirklich ein Vulkan, dachte sich Guardiola. Er spürte so was wie eine leichte Erregung. Sein letzter Sex mit Alicia lag auch schon einen Moment zurück, der Zahn der Ehezeit und... Er schaute kurz auf die Uhr. Dreizehn Uhr war es mittlerweile bereits geworden. Eine Stunde hatte er noch, bis er sich mit seiner Familie treffen sollte.

„Sind das alle oder gab es noch mehr Männer, Liebhaber im Leben Ihrer Mutter?" Guardiola hoffte, dass die Liste mit Boccanegra ein Ende gefunden hätte. Jeder weitere Name würde den Kreis der Tatverdächtigen erhöhen.

„Nein, es gab noch einen Dauerfreier." Zumindest im Unterbewusstsein von Sue war ihre Mutter offenbar bereits in den Status einer Nutte übergetreten. Sie fuhr fort, indem sie Guardiola scharf ansah: „Sein Name ist Peter Keller, Präsident der FDP Basel-Stadt." Guardiola spürte, wie es ihm warm wurde.

Verdammte Scheiße!, fluchte er innerlich auf Katalanisch. Peter Keller, studierter Betriebswirt, 51, war nebst seiner politischen Funktion auch Verwaltungsratspräsident und Mehrheitsaktionär der KeLiBa AG, der Keller Licht Basel AG. Er galt in einschlägigen Kunstkreisen, im Rahmen seiner nicht ganz geringen Möglichkeiten, als gewichtiger Mäzen und Förderer der hiesigen Kunstszene. Er war aber vor allem–und dies ließ Guardiola mittlerweile gar einige Schweißperlen auf die Stirn treten–der noch nicht allzu lange von seiner Frau geschiedene Ehemann von Katja Keller, ihrerseits Staatsanwältin, unmittelbare Vorgesetzte und Gespielin von ihm. Und Keller war wegen einer angeblichen Erschöpfungsdepression bis vor einem Monat, während beinahe dreier Monate, in der Psychiatrischen Uniklinik an der Wilhelm Klein-Strasse hospitalisiert gewesen. Dies war auch für Katja Keller eine schwierige Zeit, wurde sie doch wegen der Trennung und Scheidung vor zwei Jahren für den Gesundheitszustand des Ehemannes verantwortlich gemacht, insbesondere, als Keller in der Klinik sogar noch einen, wenn auch halbherzigen, Suizidversuch unternahm. Gewisse Szenekreise wandten sich vollständig von ihr ab, in der Klatschkolumne der „Basler Zeitung" machte man sich auf inakzeptable Weise über sie lustig und Waldmeier wagte in einer Kolumne gar die Frage, ob sie für die Staatsanwaltschaft überhaupt noch tragbar wäre. Dies, nachdem die Zeitung mit den großen Lettern auf der Frontseite die Schlagzeile „Basler Staatsanwältin führt Ehemann an die Todesschwelle" gebracht hatte, noch unter dem alten Chefredaktor, der für gemäßigter galt als Sommer.

Noch immer betrachtete ihn Sue ununterbrochen.

„Auch für Sie nicht ganz einfach." Guardiola meinte sogar so etwas wie Mitgefühl in ihrer Stimme zu hören. Sie war durch die Verhaftung ihres Vaters und den Haftprüfungstermin bei Katja Keller gestern Vormittag natürlich genau im Bilde.

Guardiola musste sich selbst eingestehen, dass er um Contenance rang.

„Wie intensiv war die Beziehung zwischen Ihrer Mutter und Keller? Ich meine, trafen sich die beiden oft?"

„Sehr oft. Als Big Boss seiner Firma verfügte Keller über das, was man so salopp als Tagesfreizeit bezeichnet. Zudem wohnen–wohnten–die Kellers auch in Riehen. Keine zehn Minuten zu Fuß von unserem Haus entfernt. Ich bin sicher, sie war oft dort, vor allem seit Kellers Frau ausgezogen war." Der Grund für Kellers Hospitalisierung war nie ganz klar gewesen. Für viele war Katja, seine Frau, die Schuldige. Offenbar war dies aber nicht mal die halbe Wahrheit.

„Bis meine Mutter ihn abservierte. Dabei hatte er sich richtig in sie verliebt, überhäufte sie mit teuren Geschenken, auch Schmuck. Bis es ihr zu eng wurde. Von einem Tag auf den anderen teilte sie ihm mit, dass sie sich nicht mehr treffen könnten. Keller fiel in ein Loch. Er lud mich sogar einmal zu einem Abendessen ein, um mich zu instrumentalisieren, ich sollte meine Mutter umstimmen. Ich muss zugeben, auch wenn es seine Absicht war, die Ehe meiner Eltern zu zerstören, irgendwie war er mit sympathisch. Ich empfand beinahe Mitleid mit ihm. Er fuhr mich nach dem Abendessen nach Hause. Beim Abschied verlor er jegliche Fassung und weinte hemmungslos hinter dem Steuer los. Ein dreißig Jahre älterer Geschäftsmann weint vor der Tochter seiner großen Liebe. Ja, er muss meine Mutter wirklich geliebt haben." Sue schaute nachdenklich an Guardiola vorbei.

„Und, haben Sie nochmals mit Ihrer Mutter gesprochen?"

„Nein, dies hätte auch gar nichts gebracht. Sie nahm sich was sie wollte, bekam es auch meistens und wenn sie von ihren Spielzeugen genug hatte, ließ sie sie auch wieder nach ihrem Gusto fallen. Wären die Situationen teilweise nicht so erniedrigend gewesen, wäre sie mir oft wie ein kleines Kind vorgekommen, das seine Grenzen auslotet. Mehr kann ich Ihnen nicht erzählen. Aber sicher ihre tolle Freundin. Ich möchte jetzt gehen." Über den letzten Satz war Guardiola nicht wirklich traurig. Für heute hatte Guardiola genug gehört. Er schaute auf die Uhr. 13 Uhr 45. Perfekt.

„Noch eine Frage: Wer ist diese tolle Freundin und warum diese Verachtung in Ihrer Stimme, Frau Hofmeyr?"

„Nadine Imhof. Sie war viel mit meiner Mutter zusammen. Gewisse Männer teilten sie sich auch. Und sie waren oft zusammen unterwegs, vor allem in Barcelona. Sie hat meine Mutter auch zum Kokainkonsum verführt." Die Erregung, die Wut von Sue war beinahe greifbar.

„Wie, ich meine, wo finde ich diese Nadine Imhof?"

„Sie wohnt in Basel, irgendwo beim Spalenberg. Wenn sie ihr Unwesen nicht gerade im Ausland treibt. Auf Wiedersehen, Herr Kommissär." Sue streckte ihm die Hand hin zum Abschied. Bis zum Schluss selbstbewusst und trotz ihrer Jugend mit makellosem Benehmen.

„Auf Wiedersehen, Frau Hofmeyr. Und vielen Dank, Sie waren mir eine große Hilfe." Guardiola ergriff beeindruckt ihre Hand und drückte sie eine Spur zu fest und lang. Auf Sues Lippen war der Anflug eines Lächelns zu erkennen. Nachdem Sue das Starbucks verlassen hatte, griff er zum Handy und wählte Sütterlins Nummer. Sie meldete sich rasch, auch an einem Samstag. Morde machen auch vor einem Wochenende nicht halt.

„Olà Sabine, schau doch mal, was du über eine Nadine Imhof, wohnhaft irgendwo beim Spalenberg, herausbekommst…Danke, nein heute komm ich nicht mehr ins Büro. Und morgen werde ich Peter Keller einen Besuch abstatten. Genau, Katjas Mann. Alles weitere am Montag im Büro. Noch schönen Samstag und nochmals danke. Mach dann auch mal Feierabend!" Beim Verlassen des Cafés vernahm Guardiola eine Stimme, die er am liebsten gar nie hörte.

„Hey Torero, was machen die Ermittlungen im Falle Hofmeyr?" Waldmeier, diese des Schreibens kundige Qualle, war an sich schon eine Plage, aber dass er ihn Torero nannte, brachte Guardiola jedes Mal von neuem auf die Palme. Er hatte Stierkämpfe immer verabscheut und schließlich hatte Katalonien als erste Region Spaniens diese Unsitte abgeschafft.

„Am Montagnachmittag ist Pressekonferenz, Waldmeier. Und nenn mich nicht Torero, sonst werde ich zum Matador, der dir deine Cojones abschneidet, hijo de puta!"

„Komm, komm, gib doch zu, du hast keine Ahnung, wer der Täter ist. Kein Wunder, die hat ja auch kaum einen Schwanz ausgelassen. Durftest du eigentlich auch schon ran?"

Guardiola antwortete nicht und lief weiter. Dabei hob er die rechte Hand und streckte den Mittelfinger Richtung Waldmeier aus. Handzeichen haben den Globalisierungsprozess schon längst hinter sich gebracht.

Pünktlich um 14 Uhr traf Guardiola beim Barfibrunnen ein. Sylvia und Carmen warten schon, sichtlich gut aufgelegt. Schön sehen die beiden aus, dachte Guardiola und küsste zuerst seine Frau und dann Carmen.

11

Nach einem gemütlichen Stadtbummel ging Guardiola mit Sylvia und Carmen zu einem frühen Abendessen in die Bodega. Der große samstägliche Rummel war noch nicht ausgebrochen, sodass Johnny, der Wirt, sogar noch Zeit für einen ausgiebigen Schwatz hatte. Wie immer, nicht ohne ausgedehnt mit Sylvia zu flirten.

Danach fuhren sie zurück aufs Bruderholz, kamen einige Minuten zu spät zu „Wetten, dass …?". Sehr viel bekam Guardiola allerdings nicht mit. Die strenge Woche, das intensive Gespräch mit Sue Hofmeyr und der Rioja in der Bodega ließen ihn, sehr zur Belustigung seiner Tochter Carmen, bald auf dem Sofa einschlafen. Auch die wieder viel Haut zeigende Michelle Hunziker konnte ihn nicht wach halten.

Er schlief neun Stunden tief und fest. Um halb neun hatte er sich mit Cantieni zum Joggen verabredet. Höchste Zeit, nach fast einem Jahr wieder etwas zu tun. Entsprechend fertig war er nach 45 Minuten, obschon Cantieni schmunzelnd höchste Rücksicht betreffend Gelände und vor allem Tempo hatte walten lassen. Als er zurückkam war Sylvia damit beschäftigt, das Frühstück zuzubereiten. Er duschte und weckte anschließend Carmen, die brummelig zum Frühstückstisch schlich. Sylvia wollte mit einer Freundin und deren Tochter, im gleichen Alter wie Carmen, am Nachmittag ins Verkehrshaus nach Luzern fahren. Guardiola suchte im tel.search die Nummer von Peter

Keller. Nach dreimaligem Klingeln meldete sich eine Stimme, die schon ziemlich wach klang. Guardiola kündigte ihm seinen Besuch an. Keller, kraft seiner Ehe mit einer Staatsanwältin polizeiliche Ermittlungen gewohnt, erwies sich wie erwartet als der höfliche Zeitgenosse und lud Guardiola zum Kaffee ein.

Guardiola wählte für heute ein weißes Poloshirt und fuhr Richtung Riehen los. Peter Keller wohnte in einem mittelgroßen Haus mit Flachdach aus den siebziger Jahren. Der Garten machte den Eindruck, als würden Hände mit grünem Daumen fehlen. Er war aber in Ordnung gehalten, der Rasen schien frisch gemäht, gestern war auch Samstag gewesen.

„Komm rein, Sergi," empfing Keller Guardiola. Sie hatten sich bei einem Weihnachtsfest vor zwei Jahren das „Du" angetragen. Für einen kurzen Moment fragte sich Guardiola, ob er deshalb bereits der Befangenheit bezichtigt werden könnte, er verwarf jedoch den Gedanken rasch wieder.

Guardiola war zwei- oder dreimal bei Kellers zu Hause gewesen. Die ganze Einrichtung trug die geschmackvolle Handschrift des gelehrten Innenarchitekten Peter Keller. Bei seiner Arbeit war er vor allem vom Phänomen Licht fasziniert, begann auch bald, eigene Leuchten zu entwerfen und gründete vor fünfzehn Jahren die KeLiBa AG. Mit Erfolg, das Geschäft lief prächtig und weder die beinahe ausgestandene Weltwirtschaftskrise noch seine mehrmonatige Hospitalisierung konnten daran etwas ändern. Keller führte Guardiola zur Sitzgruppe: Ein Jasper Morrison-Sofa und zwei Eames Lounge-Chairs mit Ottomanen, den Fußbänkchen. In der Mitte der Coffee Table von Isamu Noguchi, in seiner biomorphischen Formensprache an ein skulpturales Möbel erinnernd.

„Möchtest du etwas trinken? Bier, Kaffee, Orangensaft, Wasser?"

Guardiola entschied sich für einen Espresso, ohne Milch, wenig Zucker. Keller holte sich ein Glas Mineralwasser und stellte dieses mit dem Espresso sowie Zucker und Löffel auf den Tisch. Guardiola kam gleich zur Sache.

„Du kannst dir vorstellen, warum ich dich an einem Sonntag aufsuche?" Keller brauchte nicht lange nachzudenken.

„Alicia Hofmeyr."

„Genau. Wie geht es dir, Peter?"

„Danke. Ich bin seit zwei Monaten wieder auf freiem Fuß." Er versuchte, so etwas wie ein Lächeln auf sein Gesicht zu zaubern.

„Ich hoffe, du kommst mich nun nicht wieder einsperren, Sergi?"

„Wie war's denn in der PUK?" PUK hieß die universitäre Klapse von Basel bei der lokalen Bevölkerung.

„Irgendwie langweilig. Andererseits brauchte ich auch die Ruhe zum Nachdenken, über mein Leben, über Katja, ja auch über Alicia. Verdammt heftige Zeiten hatte ich vor dem Spitaleintritt hinter mir. Aber ich habe das Leben auf der Überholspur beendet. Bis jetzt, auch wenn es erst zwei Monate sind, fühlt es sich ganz gut an."

„Was kannst du mir über Alicia erzählen, Peter?"

„Was willst du wissen?"

„Alles!"

„Okay, auch die Details?"

„Klar, jedes Detail. Habe ich übrigens von deiner Frau gelernt, dass einen oft scheinbar belanglose Dinge zur Lösung eines Falles führen, weil sie ein Bild von einer Situation oder eines Menschen entscheidend vervollständigen können."

„Also gut, du willst es nicht anders. Unnötig zu sagen, dass ich die Details nicht in der Presse nachlesen möchte.

„Du kannst mir vertrauen, Peter."

„Wir haben uns vor etwas mehr als einem Jahr auf einer Party bei Hofmeyrs kennengelernt. Katja war die Tischnachbarin von dem Maler aus Südafrika, der jetzt teilweise in Nunningen wohnt, Rensenbrink."

„Auch schon gehört." Guardiola richtete sich in seinem Lounge Chair auf. Immer wieder er!

„Der Alkohol floss, wie meistens bei den Hofmeyrs, reichlich. Meine Frau war in intensivste Gespräche mit Rensenbrink verwickelt. Andere würden es als heftiges Flirten bezeichnen. Nach dem Essen sah ich sie im Garten, erneut mit Rensenbrink. Er hatte mittlerweile gar den Arm salopp um Katja gelegt. Ich war bereits sauer, aber ich bin nicht der Typ, der in der Öffentlichkeit Szenen macht. Deshalb habe ich mich stillschweigend in die andere Richtung des Gartens verzogen und mich auf eine Gartenbank, die in einem kaum beleuchteten Winkel lag, gesetzt. Ich wollte meine Ruhe haben. Es dauerte wohl nur wenige Minuten, bis sich die Gastgeberin neben mich auf die Bank setzte. Ein bisschen zu nahe für meinen Geschmack. Sie verwickelte mich rasch in ein Gespräch, welches darauf schließen ließ, dass ihr das Verhalten von Rensenbrink und Katja nicht entgangen war. Sie saß beim Essen auch nicht weit von uns entfernt, mir schräg gegenüber, um präzise zu sein. ‚Lass deine Frau den Abend doch genießen!', kam sie direkt zur Sache, ‚Rensenbrink ist ein sehr attraktiver Mann, niemand weiß dies besser als ich!' Dabei sah sie mich aus sehr kurzer Distanz an. ‚Weißt du was', fuhr sie fort, ‚genießen wir doch das herrliche Spätsommerwetter und diese milden Temperaturen auch. Entspann dich, endlich mal eine Gelegenheit, einander näherzukommen.' Dabei legte sie ihre rechte Hand auf meinen Oberschenkel, also eher in meinen Schritt. ‚Deine Frau ist beschäftigt, mein Mann auch, mit dieser Forlan-Schlampe, und wir pflegen, sagen wir, nachbarschaftliche Beziehungen.' Ihre Hand rutschte noch etwas mehr in die Mitte meiner Beine. Der Alkohol hatte seine Wirkung getan, ich fühlte mich trotz Rensenbrink und meiner Frau entspannt und Alicia hatte ich schon immer heiß gefunden, was auch Katja nicht entgangen war. Sie hatte deshalb auch schon wiederholt gespöttelt, vor allem weil wir „zufälligerweise" nach Abenden mit Hofmeyrs immer guten und speziell ausgelassenen Sex hatten." Keller hielt einen Moment inne, gerade so, als denke er über diese Abende nach.

„In ihrem relativ tief ausgeschnittenen, kurzen weißen Kleid verfehlte sie auch heute Abend ihre Wirkung nicht. ‚Ich hol uns was zu trinken.' Sehr bald kam sie mit zwei Gläsern

Rotwein zurück, gab mir eines und stieß mit mir an. ‚Auf gute zukünftige nachbarschaftliche Beziehungen!' Danach nahm sie mir mein Glas aus der Hand, stellte es mit ihrem ins Gras neben die Sitzbank und setzte sich wieder zu mir, noch näher als vorher. Sie legte einen Arm um mich und küsste mich auf den Mund. Die andere Hand fuhr wieder in meinen Schritt. Sie drückte leicht dagegen, während ihre Zunge tief in meinem Mund steckte. Die Stimmung, der Alkohol, die milde Temperatur, meine Frau beackert von Rensenbrink und Alicia–ich war sofort hart. Sie spürte dies und begann meinen Schritt durch die dünne Baumwollhose zu massieren. Trotz ihrer Zunge im Mund stöhnte ich auf. Bei solch leichten Stoffhosen trage ich nie Unterhosen, sodass sie meine Erregung noch besser spürte. Sie öffnete vorsichtig und gekonnt mit einer Hand den Reißverschluss und holte, mich noch immer wild küssend, mein hartes Glied aus der Hose. Sofort begann sie es feste zu massieren. Ich stöhnte noch mehr auf, was sie zu noch intensiveren Wichsbewegungen anspornte. Als sie meine ersten Lusttropfen auf der Eichel spürte, zog sie ihre Zunge aus meinem Mund und kniete sich vor die Gartenbank und vor mir nieder. Sie zog den Reißverschluss ihres Kleides von unten nach oben auf. Unter dem Kleid trug sie nur einen knappen weißen String. Ihre prallen Brüste sprangen mir entgegen. Ich war einfach nur geil. Sie packte meinen Schwanz und steckte ihn sich zwischen ihre Brüste. Phasenweise verschwand er förmlich zwischen ihren Hügeln. Ich stieß zusätzlich zu. Irgendwie schienen wir die Umgebung vergessen zu haben." Keller nahm einen Schluck aus seinem Wasserglas. Guardiola merkte, wie ihn die Schilderung Kellers selbst erregte, obschon er Alicia Hofmeyr seit fast einem Monat nicht mehr gesehen hatte. Aber eben, mehr als einen Monat Abstinenz...

„Dann hielt sie sich meinen Schwanz vor den Mund und begann, meine Eichel mit ihrer Zunge zu umfahren. Ihre Zungenspitze versuchte, in meine Harnröhre einzudringen. Ich spürte, lange konnte es nicht mehr dauern. Eine Hand umfasste meine Eier. Jetzt nahm sie meinen Schwanz in den Mund. Sie schaffte es, zwei Drittel von ihm verschwinden zu lassen. Ihre Lippen und eine Hand fuhren über Schaft und Eichel, ich warf meinen Kopf in den Nacken, ihre Bewegungen wurden schneller, ihr Griff an meinen Eiern härter und härter, bis ich explodierte. Sie zog ihren Kopf zurück und leckte mit der Zunge meinen nachtröpfelnden Schwanz. Dann lächelte sie an mir vorbei: ‚Dein Mann schmeckt herrlich!' Hinter uns stand Katja, meine Frau."

12

Katja Keller nahm ihre Laufschuhe aus dem Kofferraum ihres Saab Kombis. Sie war am Freitagabend spät in Maloja angekommen. Der Todesfall Alicia Hofmeyr hatte sie länger absorbiert und im Büro festgehalten, als sie ursprünglich geplant hatte. Sie wusste, dass sie den Fall würde abgeben müssen. Gegen dreiundzwanzig Uhr hatte sie im Hotel Schweizerhaus eingecheckt. Das Hotel wirkte schon ziemlich verschlafen, wie die ganze Ortschaft. Sie liebte das Dorf am Eingang zum Bergell, weiter vorne Richtung St. Moritz und Celerina war es ihr zu luxuriös. Sie schlief schlecht, wachte immer wieder auf, und das ganze letzte Jahr zog an ihr vorbei. Sie hatte Alicia in Gedanken oftmals Gift und Galle gespendet, aber den Tod hatte sie ihr nie gewünscht. Es war ihr klar, dass sie nun auch mitten im Kreis der Tatverdächtigen stand, erst recht ihr Ex-Ehemann. Insofern war dieses Wochenende, so nötig sie es auch hatte, so etwas wie ein Hinausschieben der Befragung durch Guardiola. Obschon er den Fall genauso abgeben müsste wie sie… Sie zog die Laufschuhe an und trabte los, dort, wo im Winter die Langlaufloipe hindurchführte, hinunter auf das weite offene Feld, vorbei an diesem sagenumwitterten und von Anfang an insolventen großen Hotel Maloja Palace und dann Richtung Silser See. Die kühle Luft weckte sie. Trotz des coupierten Geländes lief sie ein zügiges Tempo und brauchte weniger als dreißig Minuten bis Isola. Auf der Höhe des noch geschlossenen Restaurants drehte sie um und lief noch etwas schneller wieder zurück. Da es noch früh am Tag war, blies ihr auch der vor allem im Winter von den Langläufern gefürchtete Maloja-Wind nicht auf die Nase. Nach kurzem Dehnen unmittelbar vor dem Hoteleingang, holte sie am Empfang ihren Zimmerschlüssel. Im Zimmer warf sie ihr iPad mit den kleinen Boxen an. Sie hatte eine Vorliebe für Rockmusik, durchaus auch deutscher Zunge. Sie wählte eine CD der Böhsen Onkelz, zog sich aus und ging ins Bad, wo sie lange und ausgiebig duschte. Als sie zurück ins Zimmer trat, erklang gerade das Lied „Wenn wir einmal Engel sind". Wann würde sich Guardiola melden? Es war Samstag, aber dieser Fall gebot ihm, auch samstags zu ermitteln. Sie erwartete minütlich seinen Anruf. Oder war er gar so rücksichtsvoll, dass er den Montag abwarten würde? Konnte ja sein, dass er andere Ermittlungen zuerst ausführte, obschon er bestimmt nochmals bei Sue Hofmeyr vorbeigehen würde.

Es war erst halb neun, sie hatte also noch genügend Zeit für das Frühstück, welches am Wochenende verlängert bis zehn Uhr dreißig serviert wurde. Sie legte sich daher in Unterwäsche nochmals ins Bett und streckte sich dabei ausgiebig. Trotz des drohenden Unheils, welches auf sie in Bälde zukommen würde, war sie erstaunlich guter Laune und freute sich auf die kommenden knapp zwei Tage. Die Wettervorhersage war hervorragend, sodass sie sich auch aufs Mountainbike würde schwingen können ohne Regen fürchten zu müssen. Vorsichtshalber stellte sie den Wecker auf neun Uhr dreißig. Sie verspürte aufsteigende Lust. Seit ihr Mann sie vor einem knappen Jahr verlassen hatte, hatte sie sich diesbezüglich selbst knapp gehalten. Wären nicht diese ausschweifenden Treffs mit Sergi gewesen, ihr Sexualleben hätte nicht mehr existiert. Sie griff zum Nachttisch, nahm den bereitliegenden Dildo und begann an sich zu spielen. Ihre Gedanken schweiften zu den hochgeheimen Treffen mit Guardiola ab, bei denen beide immer... Es war zufällig bei einem an sich belanglosen Mittagessen im Restaurant „Aeschenplatz" beim Hammering Man am gleichnamigen Platz gewesen (sie hatten es für einmal dem gleich neben dem Waaghof liegenden „Birseckerhof" vorgezogen), als sie eine gewisse gemeinsame Vorliebe entdeckten. Ein Paar neben ihnen sprach zwar gedämpft, aber doch für sie beide hörbar über „DS". Sie hatten sich zuerst angeblickt und nicht verstanden, um was es ging. Erst nachdem beide ein Ohr gewissermaßen auf dem Tisch des Paares deponiert hatten, wurde ihnen klar, dass es sich um ein Rollenspiel aus dem SM-Bereich handelte: dominant/submissiv. Es war schließlich Guardiola, der das Eis brach.

„Weißt du Katja, wahrscheinlich ist es der Wunsch vieler Männer, einmal so richtig ausgeliefert zu sein und Befehle zu empfangen. Also genau das Gegenteil von dem, was sie den ganzen Tag tun."

„Auch deiner?" Sie blickte ihn fragend an.

„Geht dich dies wirklich etwas an? Wir sind primär Berufskollegen!"

Sie liebkoste ihre erogensten Zonen mit dem Vibrator. Guardiola hatte ihr von Anfang an als Mann gefallen. Sie erinnerte sich, wie sie über ihren zurückhaltenden akademischen Schatten sprang und allen Mut zusammennahm. Schließlich hatte Guardiola recht: Sie musste ja nach wie vor eng mit ihm zusammenarbeiten.

„Komm schon, Sergi. Ich will dies jetzt wissen!" Der halbe Rioja, den sie getrunken hatten, half ihr dabei. Auch ihm.

„Hmm."

„So genau wollte ich es nicht wissen. Oder war dieses ‚Hmm' ein Ja?"

„Vorausgesetzt, die Frau hat Persönlichkeit und sie gefällt mir vom Erotischen her, würde ich gerne solche Rollenspiele machen." Sie begann ihren Vibrator in ihre Muschi einzuführen und erinnerte sich, wie ein angenehmes Kribbeln sie heimgesucht hatte, kaum hatte sich Guardiola geoutet. Sie war drangeblieben.

„Lieber D oder S, mein Lieber?"

„Beides. Kann mir beides vorstellen. Mich auszuliefern oder auch mal Macht auszuüben."

„Wie weit würdest du gehen?"

„Ich weiß es nicht, ich habe keinerlei Erfahrung darin. Du?"

„Es geht mir gleich. Warum holst du dir dies nicht bei deiner Frau?"

„Sylvia ist katholisch erzogen. Wir haben keinen schlechten Sex, aber bei spezielleren Wünschen blockt sie ab. Ich spüre dies. Ein solcher Vorschlag würde sie brüskieren. In letzter Zeit ist aber unsere ganze Sexualität eingeschlafen."

„Würdest du mich schlagen, Sergi?" Die Erinnerung und der Vibrator steigerten ihre Erregung noch mehr.

„Wenn es dich erregen würde, Katja…aber ehrlich gesagt, ich weiß nicht, ob ich es könnte." Sie bestellten nochmals einen Dreier Rioja nach. Es war schon Freitagnachmittag und viel stand nicht mehr an. Zeit, auch einmal die Mittagspause zu verlängern. Pflege zwischenmenschlicher Beziehung zwecks Steigerung der Arbeitsmoral, hatten beide fast simultan festgehalten. Zu diesem Zeitpunkt wussten sie noch nicht, wohin dies führen würde. Vor allem in Anbetracht der Aktualität könnte dies beide in größte Schwierigkeiten führen. Im Moment war es ihr egal, sie setzte ihren Dildo jetzt vehement ein, ihr Becken kreiste mehr und mehr und sie konnte auch ein leises Stöhnen nicht unterdrücken.

Erschöpft, aber entspannt blieb sie liegen. Es war Viertel nach neun, noch genügend Zeit bis zum Frühstück. Sie dachte an die Zeit kurz vor dem letzten Weihnachten zurück, als sie Guardiola erstmals wegen eines Abendessens angesprochen hatte. Spontan hatte sie ihre Wohnung vorgeschlagen. Er war neben einer Flasche Marqués de Cáceres und einem Blumenstrauß auch mit zwei C6-Kuverts einmarschiert. Er hatte sie beim Apéro eines ziehen lassen.

„Öffne es!" Er hatte sie unerwartet bestimmt dazu geheißen. Mit leicht zittriger Hand war sie seiner Aufforderung nachgekommen. Sie hatte eine kleine Notizkarte herausgefischt.

„Dominant" hatte darauf gestanden. Sie hatte es ihm vorgelesen. Sie fühlte, wie sie dieses Spiel erregte.

„Vor oder nach dem Essen?", hatte sie aufgewühlt gefragt. Er antwortete mit einer Gegenfrage.

„Wer hat dominant gezogen?" Sie entschied sich zuerst für Essen, vielleicht auch, um noch etwas Zeit zu gewinnen. Zu sehr hatte sie dieses Jeu d'enveloppes überrascht, auch wenn sie gewusst hatte, dass sie sich heute nicht treffen würden, um über irgendwelche Fälle zu diskutieren. Sie hatte eine Augenbinde und Klebeband eingekauft. Irgendwie traute sie der Sache noch nicht. Aber Guardiola hatte sie heute definitiv überzeugt, dass er es ernst meinte. Nichtsdestotrotz war das erste Treffen zur großen Zufriedenheit beider verlaufen. Fortan trafen sie sich in regelmäßig-unregelmäßigen Abständen bei ihr. Das Auslosungsprozedere war jedes Mal dasselbe, was darauf folgte allerdings bei Weitem nicht. Der Zufall wollte es, dass sie wesentlich häufiger die dominante Rolle innehatte. Ihr kam dies entgegen und Guardiola schien es auch zu gefallen. Sie wurde auch immer erfahrener in der strengen Rolle und legte die Hemmungen, ihn zu dominieren, immer mehr ab. Sie musste einzig aufpassen, dass er nicht allzu lange sichtbare Spuren von diesen Treffen mitnahm. Umso mehr genoss sie es, wenn er sie dominieren durfte und dadurch auch die Arbeitshierarchie auf den Kopf stellte. Aus dem fleißigen und korrekten Kommissär Sergi Guradiola wurde dann jeweils ein kleiner katalanischer Teufel.

Die Toy-Sammlung und die Accessoires vermehrten sich mit jedem Treffen. Mittlerweile hatte sie ein spezielles Zimmer dafür eingerichtet, welches einem professionellen Etablissement gleichkam. Consuela, ihre venezolanische Putzfrau, hatte zu diesem Raum keinen Zutritt. Sie verklickerte ihr dies mit „sehr vertraulichen Akten und Objekten". Was entfernt zutraf. Zum Spiel gehörte, dass sie außerhalb von Katjas Wohnung nie auch nur ein Wort oder eine Andeutung verloren. Die Termine wurden schriftlich über E-Mail-Konten vereinbart, und das auch noch in nicht nachvollziehbarer neutraler Sprache, als würden sie einen Rapport oder eine Besprechung festlegen. Das nächste

Treffen war für den kommenden Dienstag verabredet. Die Dienstage eigneten sich gut, weil Sylvia dann jeweils ihren Salsa-Abend hatte und Carmen bei Sylvias Eltern übernachtete. Die Aussicht, dass bereits in drei Tagen Dienstag war, ließ Katja Keller beschwingt und beinahe fröhlich zum Frühstück schreiten und den Rest ihres Wochenendes im Engadin genießen. Als sie am späten Sonntagnachmittag losfuhr, hatte sich Guardiola noch immer nicht gemeldet.

13

„Wir hatten danach unglaublichen Sex." Peter Keller nippte an seinem Glas. Aber ich musste Katja versprechen, in Zukunft die Finger von Alicia zu lassen. Etwas, das ich versuchte, aber nicht konnte. Die Frau hatte einfach zu viel sexuelle Energie." Guardiola änderte kurz seine Sitzposition. Deine Ex ist ja diesbezüglich auch nicht gerade schlecht bestückt, dachte er sich, ohne jedoch auch nur eine Miene zur verziehen.

„Anfänglich respektierte sie noch eine gewisse Diskretion, aber schon bald rief sich mich an, wann immer sie wollte. Sie ließ es jedoch dabei nicht bewenden, sondern tauchte immer öfter auch über Mittag in meiner Firma auf. Mit einer beispiellosen Selbstverständlichkeit sperrte sie jeweils meine Bürotür zu, um es mit mir zu treiben. Alles Zureden half nichts. So konnte ich beim besten Willen die Affäre nicht mehr geheim halten. Katja stellte mich zur Rede. Ich hatte nur schlechte Argumente. Bereits am nächsten Tag zog ich ins Hotel, bis sie ein Haus fand. Das war nur fair."

„Wusstest du, dass Alicia im dritten Monat schwanger war?"

Keller starrte Guardiola an. Diese Bemerkung schien ihn zu treffen. Tief sogar.

„Nein. Wohl kaum von mir."

„Wieso bist du dir da so sicher?"

„Weil wir vor etwa drei oder vier Monaten letztmalig Sex miteinander hatten, schätze ich. Dies müsste schon mit dem Teufel zugehen. Und nun ist deine nächste Frage, Sergi, wo ich am letzten Donnerstag, von wann bis wann genau war?"

„Falsch. Die kommt vielleicht noch. Sag mir aber vorher, warum die Affäre zu Ende ging. Gemäß ihrer Tochter Sue soll sie dich wie eine heiße Kartoffel fallen gelassen haben?"

„Ja, leider. Ich dachte mir, dies ist die Frau fürs Leben. Wir schmiedeten Zukunftspläne, wollten nach Neuseeland auswandern. Wir waren zufällig darauf gekommen, weil wir beide auf die Band Crowded House standen, die aus Neuseeland kommt. Wir schienen zu verschmelzen, eine Folie à deux. Sie versprach mir auch, die anderen Techtelmechtel zu beenden. Ob sie es je getan hätte, ich weiß es nicht. Ist jetzt auch scheißegal." Keller schien noch erheblich an seiner Vergangenheit mit Alicia Hofmeyr zu beißen.

„Jetzt aber mal halb lang, Peter: Konnte sie noch etwas anderes, als dir das Gehirn und den Verstand aus dem Leib zu vögeln?" Fesseln zum Beispiel, kam ihm in den Sinn.

„Sie war einfach immer gut drauf, interessierte sich im Gegensatz zu Katja für meine Arbeit und hatte einen teuflisch guten Geschmack, was Design betraf. Auch für Beleuchtungskörper."

„Wusste ihr Mann von eurem Treiben?"

„Ich war ja nicht der Erste und Einzige. Steve kannte seine Frau. Ich glaube aber nicht, dass er explizit etwas von unserem Verhältnis wusste. Zumindest lange Zeit nicht."

„Alicia hatte doch ein gutes Leben. Wieso hatte sie es nötig, einen solchen Lebensstil zu pflegen? Hat sie dir das mal verraten, falls ihr überhaupt je miteinander gesprochen habt?"

„Steve habe nur noch seine Kunst und Galerien im Kopf gehabt und regelrecht die Lust an ihr verloren. Zuerst sei die Arbeit, dann Tochter Sue und erst an dritter Stelle sie gekommen. Steve hätte kaum mehr mit ihr geschlafen und wenn, dann hätte sie den Eindruck gehabt, mehr aus Gefälligkeit als Lust.

Sie vermutete zudem, dass er ein Verhältnis mit seiner Assistentin hatte."

Lustlose Männer scheinen zu einem Zeitphänomen zu werden, dachte sich Guardiola, auch wenn dies auf ihn sicher nicht zutreffen würde. Er würde sich mal mit Doc Cantieni darüber unterhalten müssen.

„Was meinst du, warum das plötzliche Ende? War es überhaupt plötzlich oder gab es Vorboten?" Obschon Männer solche Zeichen nie erkennen, dachte er sich im Anschluss an seine Fragen. Prompt kam die erwartete Antwort.

„Es kam wie aus heiterem Himmel und traf mich völlig unerwartet. Sie teilte es mir in einer Mail in wenigen Sätzen mit."

„Was teilte sie dir mit, Peter?"

„Dass wir uns nicht mehr zu zweit sehen könnten, da alles eh keine Zukunft hätte, weil ich meine Frau nie verlassen würde und sie ihren Mann doch auch noch liebe. Ich versuchte mit ihr zu reden, sie vom Gegenteil zu überzeugen, doch es half alles nichts. Bis sie mir mitteilte, dass sie sich in einen anderen Mann verliebt hätte. Dies zog mir definitiv den Boden unter den Füßen weg. Erst in diesem Moment wurde mir bewusst, dass ich die ganzen Monate mit dem Feuer gespielt hatte. Ich war dieser Frau hörig gewesen. Morgens kam ich kaum mehr aus dem Bett, war nur selten vor elf im Büro. Und dies nicht, ohne bereits einen Whiskey oder zumindest ein großes Bier in mich hineingeschüttet zu haben. Abends war es noch schlimmer: Wenn ich alleine hier war, ließ ich mich regelmäßig so volllaufen, dass ich noch knapp das Bett fand. Meistens musste ich nachts aufstehen, um zu kotzen und meinen Tag begann ich oft mit derselben Tätigkeit. Bis mich an einem frühen Sonntagmorgen die Nachbarn im Garten fanden. Bewusstlos wäre der medizinische Zustand gewesen, stockbesoffen entsprach aber wohl mehr der Realität. Via Notfallaufnahme und Kriseninterventionsstation, wo ich die die nächsten 36 Stunden verbrachte, bin ich in der PUK gelandet und für fast drei Monate geblieben. Jetzt bin ich auf dem Weg zurück, es geht mir schon recht gut."

„Warum diese plötzliche Richtungsänderung der Hofmeyr dir gegenüber? Und gibt es wirklich einen anderen?"

„Ich weiß es nicht, wüsste auch nicht wer. Eine immer größere Rolle in ihrem Leben spielte sicher ihre Freundin Nadine Imhof. Sie kannten sich von ihrer Aerobic- und Pilates-Ausbildung und unternahmen viel gemeinsam. Bin auch nicht sicher, ob sie was zusammen hatten. Jedenfalls hat sie Alicia das Koksen beigebracht, da bin ich mir sicher." Guardiola wäre am liebsten sofort zu dieser Imhof gefahren.

„Was macht dich da so sicher?"

„Sie wollte es immer mit mir ausprobieren. Ich musste auf der Hut sein, dass sie nie was bei mir im Auto oder Geschäft liegen ließ. Hätte eine tolle Schlagzeile gegeben im Zusammenhang mit der Funktion meiner Frau und meinem FDP-Präsidium." Richtig, dachte Guardiola, deine Partei ist eh schon genug am Arsch.

„War Alicia bisexuell?"

„Nicht, dass ich wüsste. Eine Frau im Sinne eines flotten Dreiers war jedenfalls bei uns nie dabei. Auch wenn Nadine Imhof manchmal solche Sprüche machte und Alicia dann nur schmunzelte. Aber um einen Dreier geil zu finden, muss man noch nicht homosexuell sein, nicht wahr, Sergi?"

„Gibt es eine Zukunft mit deiner Frau?" Guardiola hatte ein eigentümliches Gefühl, als er dies fragte.

„Never say never, aber ich glaube nicht daran."

„Würdest du gerne daran glauben?"

„Ich weiß es nicht mal. Im Moment würde es mich wahrscheinlich überfordern. Ich bin noch schwach auf genesenden Füßen."

„Wo warst du letzten Donnerstag zwischen 12 und 17 Uhr, Peter?"

„Also doch." Keller wirkte enttäuscht.

„Bitte, versteh mich nicht falsch, aber du hast doch auch eine Ahnung, wie unsere Arbeit funktioniert. Du hast eine Frau verlassen ohne erkennbare Streitpunkte. Für eine andere Frau. Diese führt dich zu sexuell unglaublichen Höhepunkten, verspricht dir eine leuchtende gemeinsame Zukunft und lässt dich dann wegen eines anderen fallen. Von einem Tag auf den anderen. Es wurde schon für wesentlich geringfügigere Motive gemordet, mein Lieber!"

„Dies heißt, ich gehöre zu den Tatverdächtigen?"

„Ja." Guardiolas Antwort kam trocken und knapp.

„Und lässt du mich jetzt auch verhaften?"

„Nein, weil ich keine Flucht- oder Verdunklungsgefahr erkennen kann. Sagst du mir jetzt noch, was du während der vermeintlichen Tatzeit gemacht hast?"

„Am Mittag hatte ich ein Essen im „Wettstein-Grill", bin dann so gegen halb drei wieder im Büro erschienen und dort bis gegen achtzehn Uhr geblieben."

„Wir werden dies überprüfen müssen." Guardiola ließ sich Namen und Telefonnummern der Essenspartner geben.

„Jetzt nehm ich dir noch eine Speichelprobe."

„Bist du verrückt geworden? In meinem Haus?"

„Hättest du lieber einen Spießrutenlauf auf dem Waaghof? Und die DNA-Probe gilt in erster Linie deiner Entlastung. Wenn du sie schon so lange nicht mehr angefasst hast, dann hast du auch nichts zu befürchten." Leise fluchend willigte Keller schließlich ein.

Guardiola stand auf, zog das Set für die Speichelprobe aus seinem Kittel, nahm Keller den Abstrich und versorgte die Probe wieder in der Kitteltasche. Danach bedankte er sich für den Espresso, verabschiedete sich sehr formell von Keller und fuhr zum Waaghof.

14

Im Waaghof herrschte typische Sonntagsstimmung mit reduziertem Betrieb. Guardiola wusste, dass morgen ein harter Tag werden würde: Die bisherigen Informationen mit Sütterlin und Peterhans waren zu besprechen, und dann würde Katja Keller betreffend den Fall Hofmeyr in den Ausstand treten müssen. Dies bedeutete, dass Jakob Binggeli, der leitende Staatsanwalt, einen Ersatz für Keller bestimmen musste. Diese oder dieser musste dann über den neuesten Ermittlungsstand in Kenntnis gesetzt werden. Daher beschloss er, da seine Familie unterwegs war, heute noch so viel möglich zu erledigen. Es lag auch in seinem Ehrgeiz, perfekt vorbereitet um zehn Uhr zum morgigen Rapport zu erscheinen. Er ging auf direktem Weg in sein Büro, startete den Computer und schrieb seinem Kollegen Pablo Sastre in Barcelona eine Mail, in welcher er ihn um Auskünfte betreffend Andres Boccanegra und Xavier Ocaña bat. In seinem Mail-Eingang war nichts von Belang. Hingegen lag bereits der Autopsie-Bericht von de Michelis auf seinem Schreibtisch. Wann bloß schläft dieser läufige Hund?, dachte sich Guardiola. Er las den Bericht durch, fand aber nichts, was ihm de Michelis nicht gestern schon erzählt hätte. Er schaltete den Computer wieder aus und beschloss, Nadine Imhof einen Überraschungsbesuch abzustatten. Weil das Wetter immer noch lieblich war, beschloss er einen Stadtspaziergang zum Nadelberg zu machen. Es war mittlerweile nach vierzehn Uhr, die Steinenvorstadt wurde von Kinogängern und Fastfood-Liebhabern bevölkert. Die neue Trendsprache – „Balkan-Esperanto", wie es Guardiola nannte – dominierte die etwas träge Szene. Im „Stoffero" bestellte er noch einen Caffè e latte und setzte sich nach draußen. Eine Dreiergruppe junger Männer blieb diskutierend in seiner unmittelbaren Nähe stehen. Es schien, als seien sie geklont. Alle trugen eine kurze Lederjacke, Markenjeans und In-Sneakers. Ihre Gesichter waren kantig, die Haare dunkel und kurz gehalten.

„Hey, hän dir chört, de Mirko het neue vollfette 3er BMW. Tüferglegt und mit Doppeluspuff."

„BMW isch megascheiße, Dejan. Het gege Mini Nissan 370 Z kaini Schanze."

„Wilsch mi affige, Bülent? Fahr ich auch 3er BMW, mit Tuning-Schpoiler. Isch voll geili Chischte, sicher besser als dini Risfresser-Mobil!"

„Weisch, Wiber finde Nissan geiler. Besseri Sitz zum Vögle. Aber machsch du sowieso krass niä."

Guardiola ersparte sich die Fortsetzung dieser Konversation und spazierte weiter über den Barfüsserplatz durch die Gerbergasse. Bei der Hauptpost stach er zum Rümelinsplatz hoch. Dort stand ein Gitarrist mit Schlapphut und versuchte sich an Dylans „Blowing in the wind". Guardiola warf ihm einen Zweifränkler in seinen offenen Gitarrenkasten. Der Musikant nickte grinsend, ein wenig vorteilhaftes Gebiss entblößend. Nach einigen Schritten erreichte Guardiola den Spalenberg und stieg ihn bis zum Nadelberg hoch. Rasch stand er vor Nadine Imhofs Haus. Es machte einen gut erhaltenen Eindruck, beim Eingang fanden sich drei Briefkästen und drei Klingeln. Nadine Imhof war mit N.I. angeschrieben. Guardiola drückte entschlossen auf den Klingelknopf. Es dauerte nicht lange bis der Türöffner summte. Gemäß der Klingelanordnung schätzte Guardiola, dass ihre Wohnung zuoberst liegen müsse. Er stieg die Holztreppe hoch. In der Tat war es das letzte Stockwerk. Im Gang vor der Wohnung stand eine Bodenvase, die als Schirmständer genutzt wurde und daneben zwei offene, tiefe Regale, welche für Schuhe genutzt wurden. Von denen hatte Nadine Imhof eine nicht zu knappe Auswahl. Guardiola glaubte auch Paare von Jimmy Choo und Manolo Blahnik zu erkennen. Insgesamt schätzte er, dass sich an die fünfzig Paar Schuhe in diesen beiden Regalen befanden. Vorwiegend High Heels, aber sicher auch zehn Paar Stiefel. Guardiola machte unter ihnen zwei Paar Overknees aus. Es kam ihm dabei die Definition der Stiefelschafthöhe in den Sinn. Vera Cantieni hatte sie ihm mal erklärt. Schafthöhe bis Mitte Knie = Fuck-me-Boots. Schafthöhe deutlich übers Knie = Fuck-me-on-the-toilet-Boots. Er blies kurz Luft durch die Lippen, fuhr sich mit den Händen nochmals durchs Haar, richtete seine Anzugsjacke und klingelte ein zweites Mal an der Wohnungstür. Er schätzte, dass Nadine Imhof ihn bestimmt durch den Türspion beobachtet hatte.

„Sofort", hörte er eine weibliche Stimme nach wenigen Sekunden. Eine gefühlte Minute später öffnete sich die Tür.

„Mein Name ist Sergi Guardiola, Kriminalkommissär, Basel-Stadt." In der Tür stand eine Frau, Mitte dreißig, etwa einen Meter siebzig groß, schlank, blondes Haar, das sie aufgesteckt hatte. Sie war ungeschminkt und trug enge Jeans und ein weißes Hemd, das auch ein Männerhemd sein konnte. Die obersten Knöpfe standen offen, sodass noch ein weißer BH sichtbar war. Sie trug keine Schuhe und war barfuß.

„Sie sind Nadine Imhof?"

„Ja. Was wollen Sie von mir an einem Sonntagnachmittag?" Ihre Stimme klang bestimmt und selbstbewusst.

„Ich hätte einige Fragen zum Tode von Alicia Hofmeyr. Darf ich reinkommen?"

Guardiolas Eindruck war, dass sie längst jemanden von der Polizei erwartet hatte. Sie wirkte gefasst und souverän.

„Ich bitte darum. Wenn ich helfen kann, dieses schreckliche Verbrechen aufzuklären, stehe ich zu Ihren Diensten." Guardiola hätte sich schlimmere außerberufliche Dienste, zumindest was seine Profession betraf, vorstellen können. Sie machte einen Schritt zur Seite und bat ihn herein. Der Boden bestand aus einem Langriemen-Eichenparkett, der bei jedem Schritt behaglich-wohnlich knarrte. Sie führte ihn direkt ins Wohnzimmer. Es war mit Geschmack und viel Geld eingerichtet. Cassina und Rolf Benz gaben sich die Hand, technisch führten Bose und Sony das Zepter. Sie hieß ihn Platz zu nehmen.

„Was darf ich Ihnen anbieten? Vielleicht einen Prosecco?"

„Am liebsten Wasser. Mit Kohlensäure." Den Prosecco am liebsten später aus deinem Bauchnabel … Guardiola stand unter Strom. Er schaute ihr nach, wie sie Richtung Küche ging. Eine makellose Figur, durch ihren Gang auch optimal in Szene gesetzt.

„Milch, Zucker?", rief sie aus dem Küchenteil, der offen zum Living stand.

„Schwarz wie meine Seele und Füße", erwiderte Guardiola. Sie kam mit einem Glas Mineralwasser und einem Cüpli Prosecco zurück, stellte die Gläser auf den Eileen Gray-Beistelltisch und öffnete noch eine Büchse Wasabi-Nüsse. Das

Schälchen, in welche sie die Nüsse füllte, meinte Guardiola in dieser Art schon in Cantienis Wohnung gesehen zu haben. Sie hob das Glas Prosecco und prostete ihm zu:

„Auf unsere Zusammenarbeit, Herr Kriminalkommissär."

„Ja, gerne." Irgendwie kam er sich schrecklich unbeholfen vor. Er musste zugeben, diese Frau machte ihn unsicher.

„Weiß man schon, wer es gewesen sein könnte?" Nadine Imhof wirkte noch immer ausgesprochen selbstbewusst.

„Damit eines klar ist, Frau Imhof: Ich bin es, der hier die Fragen stellt. Haben wir uns verstanden?" Diese Bemerkung hätte auch unter Selbstschutz abgelegt werden können. Guardiola war sich dessen sehr präzise bewusst. Imhof offensichtlich auch. Sie lehnte sich zurück, schlug ihre langen Beine über einander. Die Zehennägel waren in einem vieux rose lackiert.

„Aye, aye, Herr Kommissär. Schießen Sie los, aber bitte nur verbal." Imhof lächelte ihn an.

Wart's ab, ich krieg dich, nicht du mich. Guardiola spürte, wie das Adrenalin in ihm anstieg.

„Wo waren Sie am Donnerstag zwischen 12 und 18 Uhr?" Guardiola legte den stechenden katalanischen Blick seiner dunklen Augen mitten in die Pupillen Imhofs.

„Bin ich tatverdächtig, Herr Gianola?"

„Guardiola. Beantworten Sie einfach meine Frage, Frau Imhof. Oder haben Sie unsere Spielregeln schon wieder vergessen?"

„Lassen Sie mich nachdenken. Darf ich meine Agenda holen?"

„Ich bitte darum."

Imhof verließ kurz das Wohnzimmer. Guardiola hatte sich wieder im Griff.

„Um 12 und um 13 Uhr hatte ich eine Body-Pump-Class und eine Spinning-Class in der Sportarena Riehen. Dann trank ich dort noch etwas und um 16 Uhr hatte ich eine Beratung bei mir hier zu Hause."

„Wer kann dies bestätigen?"

„Mindestens 15 Teilnehmerinnen meiner Class." Guardiola notierte sich zwei Namen und die Telefonnummern.

„Und ab 16 Uhr? Was war dies für eine Beratung?" Guardiola dachte an die Blahniks und Jimmy Choos'.

„Sie werden verstehen, dass ich die Namen meiner Beratungskunden nicht bekanntgebe."

„Sie müssen."

„Nein. Und ich bin auch keine Schweizer Bank, die sich plötzlich einschüchtern lässt. Sollten Sie darauf bestehen, verweigere ich jede Antwort, bis mir ein Anwalt zur Seite steht. Und heute ist Sonntag. Aber ich glaube, wir schaffen dies auch alleine, nicht wahr, lieber Comisario?" Sie lächelte ihn an und beugte sich zum Beistelltisch vor, um sich das Glas Prosecco zu nehmen. Der Hemdausschnitt klaffte etwas auf und versprach im Moment Unerreichbares. Guardiola dachte an den morgigen Rapport und die sehr wahrscheinliche nachmittägliche Pressekonferenz. Er wollte diese Erstbefragung nicht durch zu forsches Auftreten gefährden.

„Wie lange dauerte diese, äh, wie sagten Sie, Befragung?"

„Beratung, Herr Guardiola. Noch sind wir nicht Berufskollegen, nicht wahr?" Guardiola spürte, wie er leicht errötete.

„Bis gegen 17 Uhr. Danach habe ich ausgiebig gebadet."

„Was sind dies für Beratungen, Frau Imhof?"

„Lebensberatungen, Comisario. Zum Beispiel für Männer wie Sie, die sympathisch, charmant und klug sind, aber dauernd mit geschwollenem Hals herumlaufen. Entschuldigung, bei Ihnen käme noch gut aussehend hinzu."

„Ich verstehe Sie nicht, Frau Imhof."

„Sie können es auch Opferberatung nennen."

„Opferberatung? Beraten Sie Männer, die Opfer häuslicher Gewalt geworden sind?"

„Genau. Insbesondere seelischer. Wie Sie."

„So langsam habe ich Ihre Anspielungen satt. Entweder Sie hören mit Ihrem Spielchen der halbherzigen Andeutungen auf oder ich lade Sie morgen ins Präsidium vor. Mit oder ohne

Anwalt. Pro memoriam: Ich ermittle hier in einem Mordfall, Frau Imhof!"

„Dann fragen Sie. Wenn Sie die Antworten nicht scheuen."

„Also nochmals von vorne: Womit verdienen Sie Ihren Lebensunterhalt?"

„Studiert habe ich Soziologie und Psychologie. Beides übrigens abgeschlossen und promoviert in Soziologie zum Thema „Sind sexuelle Perversionen milieubezogen?". Dazu sechs Semester Literatur. Dies war mir jedoch alles zu theoretisch und starr. Nun gebe ich Aerobic-Stunden und mache meine Beratungen. Vorwiegend mit Stammkunden."

„Und nun für mich zum Mitschreiben: Was sind dies für Beratungen?"

„Zu mir kommen Männer, vorwiegend. Ab und zu auch Frauen, aber sehr selten. Menschen, die sich mal zu einem anderen Menschen hingezogen fühlten und langsam und schleichend merken, dass sie sich in einen Käfig begeben haben. Manchmal ist er wenigstens golden, manchmal vergoldet und nicht selten rostig."

„Werden Sie deutlicher." Guardiola setzte sich auf und nippte an seinem Mineralwasser.

„Erlauben Sie mir eine Verletzung unserer–Ihrer–Spielregeln? Ich möchte Ihnen einige Fragen stellen. Sie dienen Ihrer Arbeit, Ihrem Verständnis für meine Arbeit und damit Lebensweise. Und damit auch Alicias."

„Okay, fragen Sie."

„Sie sind verheiratet?"

„Ja, seit vierzehn Jahren. Aber was hat..."

„Sind Sie glücklich, Comisario?" Guardiola dachte für einen Moment nach, wann ihn jemand das letzte Mal so was gefragt hatte. Er erforschte sich gründlich. Und kam immer zum gleichen Schluss: Ja und nein.

„Ja und nein."

„Hmm", Nadine Imhof lächelte ihn an. Eine Spinne, die ihr Netz ausbreitet, dachte Guardiola.

„Lassen Sie mich raten: Ihre Frau macht Ihnen Vorschriften, die Ihnen nicht immer passen. Ihr seriöser Beruf, der einen makellosen Leumund voraussetzt, und diese Vorschriften nehmen Ihnen manchmal die Luft." Guardiola dachte an seine Treffen mit Katja Keller. Es waren in der Tat Stunden, die unter diesem Aspekt mit einem Sauerstoffzelt vergleichbar waren. Sie ließ nicht locker:

„Haben Sie Kinder?"

„Eine Tochter, dreizehn Jahre alt."

„Wie ich Sie einschätze, sind Sie bestimmt ein toller Vater und guter Ehemann. Aber der energetische Aufwand ist groß. Manchmal fühlen Sie sich kastriert, von den gesellschaftlichen Konventionen und Ihrer Frau."

„Ich bitte Sie, Sie gehen zu weit." Guardiola überlegte, dem üblen Spiel ein Ende zu setzen. Er schaffte es nicht. Zappelte er schon in Imhofs Netz?

„Wie oft schlafen Sie noch mit Ihrer Frau und wann war das letzte Mal?" Mittendrin statt nur dabei–im Spinnennetz. Nadine Imhof schaute ihn sehr direkt an. Ihr Mund war ganz leicht geöffnet, bereit ihn zu schlucken, zu verzehren. Guardiola antwortete nicht, dafür begann er zu schwitzen. Schweiß perlte auf seiner Stirn. Dies entging ihr nicht.

„Bleiben Sie entspannt. Ich will Sie nicht quälen, denken Sie an den Anfang unseres Spiels: Alles soll Ihrem Verständnis und damit Ihrer Arbeit dienen. Wenn Sie wollen, können wir hier auch abbrechen und Sie stellen wieder die Fragen."

„Seltenst. Vor etwa einem halben Jahr." Sie hielt einen Moment inne, nicht wirklich überrascht. Eine Spinne, die den nächsten Faden bereitet.

„Denken Sie auch so selten an Sex? Lassen Sie mich raten: Sie denken täglich mehrmals an Sex."

„Sex ist nicht alles. Man wird schließlich älter. Ich habe eine tolle Familie und fühle mich wohl." Er legte viel Ernst in diese Aussage. Und bin dauernd scharf, weil ich so wenig bekomme. Ohne Katja wäre ich längst verhungert. Guardiola konnte das Schwitzen nicht abstellen.

„So, wie ich Sie einschätze, gehören Sie nicht zu den lustlosen Männern." Da waren sie wieder, diese Mitglieder einer offenbar neuen Spezies.

„Nein. Definitiv nicht."

„Warum erzählen Sie dann solchen Blödsinn. Ich wette, Sie denken auch jetzt an Sex. Na, habe ich Ihnen schon einen geblasen oder haben Sie mich gleich anal genommen?"

„Sie sind die Freundin einer Ermordeten und damit für mich in erster Linie eine Zeugin. Und dann möglicherweise eine Tatverdächtige. Darum tue ich mir dies an. Die attraktive Frau Nadine Imhof kommt also ziemlich weit hinten in meinem persönlichen Ranking."

Wieder schaute sie ihn längere Zeit an. Er verfluchte seine Schweißperlen, was zu einer noch heftigeren Sekretion führte.

„Lieben Sie Ihre Frau noch, Comisario?"

„Natürlich." Er legte so viel Überzeugung wie möglich in dieses Wort.

„Warum?"

„Sie ist die Mutter meiner, unserer Tochter. Und eine gute Ehefrau."

„Die nie mit Ihnen schläft."

„Es gibt andere Werteparameter im Leben."

„Obschon Sie sich nicht als lustlos bezeichnen und daher x-mal pro Tag an Sex denken. Wie war der Sex vor der Geburt Ihrer Tochter? Häufiger, wilder, verspielter?"

„Ja." Wild war er nie, verspielt auch nicht. Nach Carmens Geburt näherte sich die Frequenz allmählich asymptotisch dem Nullpunkt. Er hatte es zuerst auf die Umstellung der Lebensumstände zurückgeführt, die nicht durchschlafenen Nächte, die Erschöpfung. Problemlos trat er ins zweite Glied zurück. Doch es besserte sich nicht mehr, auch als Carmen endlich durchschlief. Ab und an kam es am Wochenende, meist morgens, zu Null-acht-fünfzehn-Sex, der aber beiden nicht so wirklich Spaß machte. Er hatte sich ein paar Ratgeber gekauft, die er mitunter heimlich über Mittag im Büro las. Daraus waren einige armselige Vorschläge entstanden, ihre Sexualität wieder spielerischer, unverkrampfter zu gestalten. Sie prallten aber allesamt an Sylvia ab. Schließlich hatte er es aufgeben. Er wollte seine Frau nicht weiter erniedrigen. Cantieni und sein Freund, der Gynäkologe Esteban Schmidt, hatten ihn getröstet, dass es vielen Männern nach dem ersten Kind so ginge.

„Ja, die lieben Kinder. Das letzte Abenteuer des 21. Jahrhunderts." Sie nippte an ihrem Prosecco und fuhr sich kurz mit der Zunge über die Lippen. Feinmotorische Nuancen einer Spinne.

„Kennen Sie den Paartherapeuten Klaus Heer?", fragte sie ihn.

„Nur dem Namen nach. Gelesen habe ich nichts von ihm."

„Wissen Sie, wie er Kinder nennt?"

„Keine Ahnung."

„Beziehungsterroristen. Ich gehe noch weiter und bezeichne sie als Sex-Islamisten. Paarsexualität geschieht mit Kindern hinter Wänden, Leinentüchern und im Wohnmobil am Murtensee hinter Vorhängen. Die Burkas und Tschadors christlicher Familiensexualität. Eine total fehlgelaufene Erziehungsmoral. Kinder dürfen sich zur Prime Time Krimis und Morde ansehen, aber sobald ein blanker Busen auftaucht kommt der Hinweis, für wen dieser nachfolgende Film nicht geeignet ist. Geschweige denn, ein Schwanz oder gar ein Liebesspiel. Rein vom öffentlichen Fernsehen geliefert, hätten Kinder bis zum 16. Lebensjahr hunderte, nein tausende Morde und Verbrechen frei Haus geliefert bekommen, aber keinen einzigen Sexualakt. Wobei der Begriff den Islam wahrscheinlich zu Unrecht beleidigt, denn ich bin sicher, dass ein Mohammed Atta in seinem kurzen Leben mehr gevögelt hat als manch christlicher Familienvater nach der Geburt seines ersten Kindes."

Guardiola erinnerte sich, seine Eltern nie nackt gesehen zu haben.

„Vor allem die Jungs verharren dann hilflos in einem Meer aufwallenden Testosterons und stürzen sich in eine heimliche Pornowelt, die die Frau nicht eben vorteilhaft darstellt. Parallel dazu läuft etwas ab, das sich noch immer Emanzipation nennt. Irgendwann begegnen sich dann Miss Emanzipation und Mr. Neandertaler. Unter Aufwendung von viel Energie gibt sich Mr. Neandertaler als Versteher von Miss Emanzipation aus, bis er sie in seine Höhle geschleift hat. Anfänglich von so viel Männlichkeit und natürlichem Trieb begeistert, spielt Miss Emanzipation das Spiel mit. Bis die Höhle eingerichtet ist und sie genug Schutz für kleine Neandertaler oder zukünftige Misses Emanzipation hat. Sobald diese da sind, darf Neandertaler jagen gehen. Kommt er mit erlegtem Mammut nach Hause, gibt es aber nur schwer kalorienreduzierte Kost. Dafür darf er nun auch die Höhle putzen, denn Ex-Miss Emanzipation arbeitet nun Teilzeit."

„Ein übles Genderbild, das Sie da skizzieren. Boulevardmäßig vereinfacht."

„Verstehen Sie mich nicht falsch. Hätte es nicht die wahren Vorkämpferinnen für die Emanzipation gegeben, würden wir jetzt nicht hier sitzen. Was mich erstaunt, ist, dass ihr Männer dieses Feld praktisch kampflos den Frauen überlassen habt. Ihr seid stehengeblieben bei Fußball, Titten und Autos. Oder anders ausgedrückt: Ihr biedert euch als asexuelle Frauenversteher an oder schlagt eure Frauen. Und dann gibt es noch diejenigen, die den Weg des geringsten Widerstandes gehen und sich eine Frau in der Ukraine oder noch schlimmer in Thailand, Brasilien oder Afrika kaufen gehen. Getrieben vom Hunger nach dem Mammut. Oder wie eine Ukrainerin einmal in der „Weltwoche" in einem Beitrag über die Tatsache, dass bald jeder zweite Mann eine Ausländerin heiratet, sagte: ‚Wenn mein Mann nach Hause kommt und hat Hunger, er bekommt zu essen.'"

Guardiola erinnerte sich an die häufiger gewordenen Unpässlichkeiten seiner Frau. Nadine Imhof stand jetzt fest auf dem Gaspedal.

„Ihr traut euch nicht zu artikulieren, weil ihr es nie gelernt habt. Lieber rennt ihr zu Prostituierten. Diese Ersatzmütter ziehen euch über den Tisch. Darum traut ihr euch, bei ihnen auszusprechen, was ihr wirklich wollt. Ansonsten wichst ihr lieber auf der Toilette vor einem beschissenen Handy-Clip, weil ihr Angst habt, sonst über eure adretten Sekretärinnen herzufallen, da eure Eier so voll sind, dass sie kaum noch in eurer Brioni-Maßanzugshose Platz haben. Noch schlimmer: Ihr verfallt einer Pornowelt, die euch die Lust am Sex mit realen Partnerinnen nimmt.

Immer mehr Männer – Ja Männer! – täuschen Orgasmen vor. Dank Kondom kein Problem!"

„Ich habe keine Freunde, die zu Prostituierten gehen."

„Das glaube ich Ihnen sogar, mein lieber Guardiola. Sie arbeiten im Sumpf, leben aber in einer heilen bürgerlichen Welt. In dieser sind sich alle treu, fahren zweimal pro Jahr ans Meer und einmal in die Berge. Und halten sich angeblich ans sechste Gebot „Du sollst nicht ehebrechen". Wie es oft in der Wirklichkeit aussieht, haben noch nicht viele thematisiert, mit Ausnahme vielleicht John Updike, Philip Roth, Sandor Marai und in Frankreich Michel Houellebecq und Philippe Djian. Ich frage Sie aber, Comisario: Warum setzt dann diese Branche so viel um, wenn doch kaum einer dorthin geht?"

„Tut sie dies wirklich?" Für einen Augenblick spielte Guardiola den naiven Unwissenden.

„Aber hallo! Im Kanton Zürich beispielsweise übersteigt der Umsatz der Prostitution denjenigen aller Migros-Filialen zusammen. Obschon wahrscheinlich nicht jeder Fick steuerlich deklariert ist."

„Und Ihre Fi…-Beratungen, sind die dem Steueramt bekannt?"

„Ich habe nichts zu verbergen, Comisario. Im Übrigen muss ich diese Unterredung vertagen. In einer halben Stunde habe ich wieder eine Beratung."

„Auch sonntags also?"

„Der Geschlechterkampf kennt keine Sonn- und Feiertage."

„Der Geschlechterkampf oder die Wollust?"

„Letztere sowieso nicht." Guardiola glaubte erkannt zu haben, dass sie ihm zuzwinkerte.

„Morgen um 17 Uhr, Frau Imhof."

„Geht auch 17.30?"

„Okay." Guardiola überlegte, ob er sie ins Präsidium bestellen sollte. In Anbetracht des nahenden Endes dieser eigenartigen Befragung hatte sich seine Körpertemperatur wieder normalisiert.

„Ich komme zu Ihnen." Er hoffte, dass sie bei sich zu Hause mehr von sich und ihrer Beziehung zu Alicia Hofmeyr preisgeben würde. Dies war die professionelle Erklärung für seinen Vorschlag. Vielleicht auch eher eine Entschuldigung, wie er sich selbst eingestand. Der Spinne gerade noch entkommen und schon wieder mit einem Bein in ihrem Netz. Er erhob sich und sie begleitete ihn zur Tür. Neben dieser hing ein Foto, welches Nadine Imhof lächelnd beim Einsteigen in einen schwarzen Audi R8 zeigte. Mit Aerobic-Stunden jedenfalls waren weder ihre Wohnung noch dieses Auto zu finanzieren.

15

Guardiola war froh, zu Fuß zum Nadelberg gegangen zu sein. Froh über die frische Luft, die seinen Kopf umwehte. Was für ein Wesen, diese Frau Nadine Imhof! Frau Dr. Nadine Imhof. Eine Akademikerin, die sich unter dem Deckmantel der Lebensberatung prostituierte. Noch hatte sie dies zwar nicht offiziell ausgesprochen, aber für ihn gab es keine Zweifel mehr. Morgen, ja morgen würde er sich nicht mehr ausfragen lassen. Er würde wieder Fragen stellen. Klare, harte Fragen. Er würde zur Spinne werden. Spiderman kehrte noch auf ein Bier in der Bodega ein. Es war

nicht ganz 18 Uhr und das Lokal noch ziemlich leer. Am Stammtisch saß wie meist ein bekannter Basler Bauunternehmer, wie immer auf der Suche nach Flirtobjekten. Ihm zur Seite ein nicht minder bekannter Anwalt. Infolge einer Erkrankung allerdings wesentlich ruhiger als der Baulöwe. Bei ihnen am Tisch zudem noch der ehemalige Kunsthallen- und „Donati"-Wirt. Eine immer fetter werdende Qualle, die Guardiola nie gemocht hatte. Johnny war noch nicht da, dafür begrüßte ihn Maria, die korpulente spanische Kellnerin mit einem Kuss.

„Olà Guapito. Qué te gusta?"

Guardiola nickte kurz zum Stammtisch und setzte sich an den runden Tisch beim Fenster.

„Una Cerveza, Maria. Por favor."

„Wie geht's, Comisario?", fragte ihn Maria auf Kastilianisch, als sie mit dem Bier anwalkürt kam. Sie stammte aus Jerez de La Frontera und sprach sehr zum Leidwesen von Guardiola kein Katalanisch.

„Ich habe gehört, die Frau von dem Galeristen ist erschossen worden. Sie waren oft zusammen hier. In letzter Zeit jedoch nicht mehr."

„Erstochen, Maria, nicht erschossen." Dies stand gestern alles in der „BaZ", darum durfte er darüber sprechen. Maria hielt sich ihre Hand mit den dicken Fingern vor den Mund.

„Madre de Dìos, dies ist ja noch schlimmer! Weißt du schon wer ...?"

„Nein. Und wenn: Dir würde ich es zuletzt sagen, Maria!" Er gab ihr einen Klaps auf ihren fetten Hintern. Sylvia hasste dies. Sie lachte.

„Genieß dein Bier. Salud!"

„Salud!" Er hob sein Glas und prostete ihr zu. Noch immer hatten sich nicht mehr Leute in die Bodega verirrt. Die Imhof ging ihm nicht mehr aus dem Kopf. Im Fernsehen hatte gerade das Sportpanorama begonnen. Die Zusammenfassung des Basel-Spiels gegen die Young Boys. Am Ende stand es 3:0 für Basel. Alex Frei hatte ein Tor geschossen und eines brillant vorbereitet und so die Antwort auf die Pfiffe gegen ihn im Nationalteam gegeben. 90 Prozent stillose Proleten, diese Schweizer Nati-Fans, dachte Guardiola. Er zückte sein iPhone, loggte sich im Internet ein und ging auf die Homepage von „Marca", der größten spanischen Sportzeitung. Barcelona hatte in Bilbao gegen Atlético 1:4 gewonnen, obschon Messi gesperrt war. Real Madrid, der vermeintlich königliche Erzfeind aus der Hauptstadt, hatte gegen Real Sociedad San Sebastián im Bernabeu nur 1:1 gespielt. Somit betrug Barcelonas Vorsprung wieder drei Punkte. Nur ein Sonntag mit einem Sieg von Barca und Basel ist ein guter Sonntag. Fußball, Titten, Autos. Wieder kam Guardiola die Imhof in den Sinn. In vielem hatte sie recht, auch wenn es nur schwer zu akzeptieren und sogar schockierend war. Aber wenn schon kein Sex und kein Geld für ein tolles Auto, dann wenigstens Fußball. Da galt doch auch in Basel „You'll Never Walk Alone!".

„La cuenta", rief er Maria zu. Er bezahlte und spazierte durch die Steinenvorstadt, wo sich in etwa das gleiche Publikum befand wie Stunden zuvor, und über die Heuwaage zum Waaghof. Dort ging er rasch in sein Büro, um die Mails nochmals zu checken. Sastre hatte sich noch nicht aus Barcelona gemeldet. Wahrscheinlich war er auf dem Rückweg aus Bilbao. Guardiola schaltete seinen PC wieder aus, machte das Licht aus und verließ das Büro. Er würde morgen früh genug wieder da sein. Mit dem Lift fuhr er in die Tiefgarage des Waaghofs, stieg in seinen schwarzen Seat und fuhr Richtung Bruderholz nach Hause. Auf dem Weg durch das Waldstück beim Bruderholz kitzelte er ganz kurz an seinen 265 PS. Hier musste man allerdings auf der Hut sein. Der Bottminger Polizist machte oft Kontrollen, erst recht in der nach dem Kreisel folgenden 30er Zone. Todos locos, estos Suizos, dachte er, ausnahmsweise auf Kastilianisch.

Zu Hause angekommen, stand der alte weiße Alhambra bereits im Carport. Er mochte das Auto nicht. Es war so alt wie seine Tochter und hatte zum ersten epischen Streit zwischen Sylvia und ihm geführt. Wegen dieses Scheißklebers *Baby on Board*, perverserweise in eine Art Pannendreieck hineingeschrieben. Sie hatte drauf bestanden, den Kleber draufzulassen. Schließlich hatte er nachgegeben, dafür, wenn immer möglich, einen großen Bogen um das Auto gemacht. Nach eineinhalb Jahren hatte er ihn entfernt. Sylvia bemerkte es wiederum erst ein halbes Jahr später. Grund genug für einen neuen Streitversuch. Mit der Bemerkung, ob sie das Gefühl hätte, Carmen wäre mit zwei Jahren noch ein Baby, ließ er sie stehen. Er hatte danach niemals mehr etwas über diesen Kleber gehört. Trotzdem schaffte er es nicht, eine Beziehung zu dieser Familienkutsche aufzubauen. Selbst nach all den Jahren wurde er das Gefühl nicht los, das Innere des Autos stinke noch immer nach Babyscheiße, erbrochenen Shoppen, Windeln und Penatencreme.

Im unteren Stock brannte Licht. Cantieni war also zu Hause. Er hörte den Fernseher. Entweder, der Doc schaute Sport oder aber Pornos. Guardiola betrat seine Wohnung. Sylvia war in der Küche, es roch nach Pesto. Carmen saß auf dem Sofa mit ihrem Laptop, welchen sie letzte Weihnachten geschenkt bekommen hatte. Wahrscheinlich auf Facebook, erste hormonelle Zeichen auslebend.

„Hallo", Guardiola begrüßte Sylvia mit einem Kuss und Tochter Carmen mit einem Klaps auf die Schulter. Küsse des Vaters fand sie nicht mehr wirklich cool.

„Hey", erwiderte sie den Kuss mehr pflichtbewusst als wirklich emotional.

„Wie war euer Ausflug?"

„Na ja!"

„So genau wollte ich es nicht wissen."

„Carmen und Salomé haben sich amüsiert."

„Und ihr beide nicht? Du siehst aus, als stände die Welt vor einem Kometeneinschlag."

„Fränzi hat das Gefühl, dass sie Hanspeter betrügt. Stell dir dies vor." Fränzi war ihre beste Freundin, sie hatten sich vor vielen Jahren in der Physiotherapie-Ausbildung kennengelernt. Fränzi hatte sich einen stadtbekannten Orthopäden geangelt. Guardiola mochte sie nicht. Sie hatte sich in den ersten Jahren seiner Ehe immer etwas über ihn mokiert, weil er kein Akademiker war und auch Sylvia zu verstehen gegeben, dass sie bloß mit einem Schroter (wie man in Basel die Bullen heute noch nennt, obschon sie lange nicht mehr mit Schrott schießen) verheiratet sei. In einem Streit mit Sylvia hatte er sie deshalb als ungepflegte Birkenstock-Schlampe bezeichnet, worauf Sylvia mit spanischem Machoarschloch gekontert hatte.

„Ein Verdacht oder Beweise?" Guardiola täuschte Interesse vor.

„Eben keine Beweise. Vermutungen."

„Und worauf beruht diese weibliche Paranoia?"

„Du bist mal wieder unmöglich." Nicht mal wieder, im Zusammenhang mit Fränzi war er meistens unmöglich.

„Sie hat Lippenstiftspuren an einer seiner Arbeitsschürzen gefunden."

„Dies würde mich nicht wundern, so viel Emotionalität wie sie ihm entgegenbringt. Nur Verdursten in der Wüste dürfte schlimmer sein. Geht dafür schneller vorbei als eine solche Ehe. Zudem sage ich dir schon lange, dass sie sich gehen lässt. Sie wird immer fetter und kleidet sich wie jemand, der frisch aus einem Kibbuz kommt."

„Hör doch auf", Sylvia schaute ihn kopfschüttelnd an. „Mit dir kann man nicht reden über Fränzi. Die Arme."

„Dein Mitleid hilft ihr am wenigsten. Sie sollte sich bewusst sein, dass sie einen attraktiven Mann geheiratet hat, dem wahrscheinlich Schwestern und Patientinnen zu Füßen liegen. Cantieni hatte mal in jungen Jahren eine Affäre mit einer wesentlich älteren Frau. Diese war die Ex des Chefchirurgen eines Basler Privatspitals. Sie erzählte ihm, dass sie das ganze Haus mit den Liebesbriefen der Patientinnen an ihren Ex-Mann hätte tapezieren können."

„Er schlafe auch nicht mehr mit ihr. Schon mehr als seit einem Jahr." Guardiola hatte nicht den Eindruck, dass ihm Sylvia zugehört hatte. Carmen war längst in ihrem Zimmer verschwunden. Wahrscheinlich wollte sie sich die romantische Illusion einer eventuellen frischen Verliebtheit, und sei sie erst virtueller Natur, nicht durch das Gezänke der Alten kaputt machen lassen.

„Betrügst du mich auch, Sylvia?" Guardiola schaute seine Frau über die Kochinsel hinweg an.

„Sag mal spinnst du, Sergi? Was soll diese idiotische Frage?"

„Du schläfst auch nicht mehr mit mir, meine liebe Frau. Schon mehr als ein halbes Jahr nicht." Sylvia antwortete nicht. Auch das Abendessen verlief weitgehend schweigend. Carmen kehrte bald zum Facebook zurück und sie sahen sich den „Tatort" an. Maria Furtwängler gab die Kommissarin. Auch so etwas Properes ohne jeglichen Dreck, dachte sich Guardiola. Ob die noch mit ihrem Burda schläft? Er ging bald zu Bett, während Sylvia sich die auf den „Tatort" folgende Comedy-Sendung anschaute. Er hatte morgen einen harten Tag vor sich und zum Schluss nochmals einen Termin mit Nadine Imhof.

16

Guardiola stand an diesem Spätsommermontag Anfang September früh auf. Bereits um sechs steuerte er seinen Wagen die schmale Zubringerstraße, welche die Hinterlandparzelle, auf der sie mit Cantieni wohnten, mit der Giornicostrasse verband, entlang. Er schaute beim Anhalten vorne an der Straße in den Briefkasten. Die „BaZ" lag noch nicht drin. Er bog in die Giornicostrasse Richtung Bruderholzspital ein. Auf der Höhe des Ortsschildes Bottmingen sah er bereits ein Dreiergrüpplein Jogger Richtung Predigerhof laufen. Abgesehen von ein, zwei einsamen Hundespaziergängerinnen war ansonsten noch nichts los, obschon es langsam hell wurde. Es kündete sich ein wunderbarer Tag an, mit milden Temperaturen. Er fuhr das Waldstück hinunter und in die neu geschaffene 30er Zone unten am Hügel hinein. Die Kontrollleuchte signalisierte ihm 51km/h. Er bog unten am Stopp in die Bottmingerstrasse ein und fuhr stadtwärts, vorbei am Binninger Schloss, an der bereits belebten Coop Tankstelle und am Zoologischen Garten, dessen Bewohner wahrscheinlich langsam erwachten, um sich einen weiteren Tag in ihrem Leben begaffen zu lassen. Beim Waaghof angekommen, stellte er seinen Wagen in die Tiefgarage und begab sich anschließend in sein Büro, welches er mit Detektiv-Wachtmeisterin Sabine Sütterlin und Detektiv-Korporal Peterhans teilte. Wie meistens war er als erster im Büro. Er liebte und brauchte diese ruhige Zeit für sich, um „sich in den Tag denken zu können", wie er es nannte. Überhaupt war heute praktisch alles wie immer, und doch sollte es ein spezieller Tag werden. Er loggte sich auf seinem PC ein und hoffte, etwas aus Barcelona zu lesen. Vergeblich. Es war allerdings blauäugig, bereits deutlich vor sieben etwas von südlichen Behörden erwarten zu wollen. Niemand wusste dies am Waaghof besser als er selbst. Er nutzte die ruhige Zeit, um sich auf den Orientierungsrapport um zehn Uhr einzustimmen, den er selbst, mit dem Einverständnis von Katja Keller, anberaumt hatte. Die gleichen Vorbereitungen würde er dann auch für die Pressekonferenz nutzen können, die wahrscheinlich für den frühen Nachmittag anberaumt werden würde. Er vermutete, vom leitenden Staatsanwalt Jakob Binggeli persönlich. Ihm schickte er eine Mail mit der dringlichsten Bitte, doch aufgrund der Entwicklung der Ermittlungen im Fall Alicia Hofmeyr am Zehnuhr-Rapport teilnehmen zu wollen. Er bat Binggeli auch, ihn gleich nach seinem Eintreffen im Büro anrufen zu wollen. Eine weitere Mail mit der gleichen Bitte schickte er auch Katja Keller, allerdings mit der Rückrufbitte auf seinem privaten Handy.

Als Erste traf Sabine Sütterlin im Büro ein, kaum eine Minute später kam Peter Peterhans. Es war 7 Uhr 15. Guardiola beorderte die beiden zu sich an den Schreibtisch, vor welchem permanent zwei Besucherstühle standen. Innerhalb einer Viertelstunde hatte er Sütterlin und Peterhans über die wichtigsten Erkenntnisse seiner Befragungen von Sue Hofmeyr, Peter Keller und Nadine Imhof inklusive des mündlichen und schriftlichen Berichtes von de Michelis orientiert. Dies war eine seiner Stärken und dafür wurde er auch von allen Mitarbeitern, ungeachtet der Hierarchiestufe, geschätzt und geachtet: In wenigen Sätzen das Wesentliche auf den Punkt zu bringen und das Unwesentliche wegzulassen. In diesem Fall hatte er sich bei der

Schilderung der Imhof-Befragung auch für seine Verhältnisse sehr kurz gefasst. Er war mit der Orientierung seiner beiden Untergebenen noch nicht ganz fertig, als die erste interne Post der neuen Woche gebracht wurde. Lediglich zwei Umschläge waren für ihn, respektive seine Abteilung bestimmt. Einer war deutlich als internes Schriftstück gekennzeichnet, aus dem Labor stammend und zusätzlich mit dem Stempel der Spurensicherung versehen, der andere Umschlag war von Hand angeschrieben. Eine Frauenhandschrift, wie Guardiola unschwer erkannte. Explizit mit dem Vermerk „persönlich" an ihn adressiert. Er legte den persönlichen Umschlag in seine Ablage für den Posteingang und öffnete den anderen. Es war das Resultat der DNA-Analyse von Peter Keller. Guardiola entfuhr ein katalanischer Fluch: Das Resultat stimmte mit demjenigen des fötalen Gewebes überein, welches man in der Gebärmutter von Alicia Hofmeyr gefunden hatte. Das Sperma allerdings war definitiv nicht dasjenige von Peter Keller. Er war also der Vater des ungeborenen Kindes der Toten, aber nicht derjenige, mit welchem sie noch wenige Stunden vor ihrem Tod Sex gehabt hatte. Sütterlin und Peterhans kehrten an ihre Schreibtische zurück, um sich mit den eben erstellten Notizen noch vor dem Rapport vertrauter zu machen. Es war klar, dass Binggeli am Rapport würde teilnehmen wollen, und wenn dieser etwas nicht ausstehen konnte, war es Dossierunsicherheit.

Bei Guardiola klingelte das Telefon auf dem Schreibtisch. Er sah sofort, wer es war. Binggeli meldete sich grußlos.

„Was gibt es denn so Dringendes am Montagmorgen?" Binggeli gehört definitiv nicht zu den Erfindern der Höflichkeit, dachte sich Guardiola, ehe er ihn in seiner prägnanten Art über seine Ermittlungen informierte. Natürlich insbesondere über seine Befragung von Peter Keller und die letzten, soeben eingetroffenen Erkenntnisse aus dem Labor.

„Verdammte Scheiße, jetzt müssen wir eine so fähige Staatsanwältin wie die Keller vom Fall abziehen, nur weil ihr Alter seinen Schwanz nicht unter Kontrolle hat. Dabei wäre gerade in diesem Fall eine Frau ideal gewesen."

„Ihr Ex-Alter", korrigierte ihn Guardiola.

„Ex, Sex, scheißegal. Was heißt ‚vom Fall abziehen'? Wir müssen sie bis zur Lösung des Falles beurlauben! Wenn der Keller wüsste, was der mir seiner Vögelei dem Steuerzahler für Kosten verursacht! Und sie dann auch noch schwängern! Ist denn der trotz seiner Beleuchtungsfirma so unterbelichtet?" Binggeli galt als harter Hund, als unangenehmer Zeitgenosse, aber vollständig skandalfrei. Freunde beschrieben ihn als liebevollen Ehemann und Vater. Seine beiden Töchter studierten in Bern und Zürich Veterinärmedizin.

„Er hätte lieber seine eigene Frau häufiger beglücken sollen, dann müsste die jetzt auch nichts am Laufen haben. Ich habe gehört mit einem verheirateten Ausländer. Sind denn alle verrückt geworden auf diesem Affenplaneten?" Guardiola lief es kalt den Rücken hinunter. Beinahe hätte er Binggeli gefragt, woher er diese Informationen hatte. Er bekam gerade noch die Kurve.

„Keiner bedauert diese Absetzung mehr als ich, Herr Binggeli. Mit Katja Keller ist die Zusammenarbeit immer sehr produktiv und ich stimme mit Ihnen überein, dass gerade in diesem Falle, wo die weibliche Psyche eine nicht zu unterschätzende Rolle spielen dürfte, eine zusätzliche Frau im Team für die Ermittlungen sehr förderlich gewesen wäre." Binggeli schätzte Guardiolas Arbeits- und Ausdrucksweise sehr. Er schien etwas beruhigt.

„Wir sehen uns am Rapport, Guardiola." Kurze Zeit nach Binggelis Anruf vibrierte sein privates Handy. Es war Katja.

„Binggeli will mich in fünfzehn Minuten in seinem Büro sehen."

„Klar, er wird dich beurlauben. Es bleibt ihm auch nichts anderes übrig in dieser Situation."

„Sieht so aus." Ihre Stimme klang gefasst. Guardiola zögerte kurz.

„Da wäre noch was, Katja."

„Was denn noch? Reicht es etwa nicht, dass mein Exgatte ein Verhältnis mit der Leiche hatte?"

„Alicia Hofmeyr hatte kurz vor ihrem Tod noch Sex. Und sie war schwanger."

„Sag jetzt nicht Sergi, dass..."

„Was willst du zuerst: die gute oder die schlechte Nachricht?"

„Spinnst du, mit mir jetzt noch Spielchen zu treiben. Was ist los, warum schauen mich alle so komisch an?"

„Den Sex hatte sie nicht mit Peter, aber er scheint der Vater des Kindes zu sein." Für einen Moment wurde es ruhig. Guardiola hörte, dass sie weinte.

„Es tut mir so leid für dich, Katja. Ich nehme nicht an, dass er dir den Rapport noch zumutet. Wollen wir zusammen lunchen?"

„Ja, ich wäre froh, mit jemandem sprechen zu können. Aber nicht im „Birseckerhof". Ich will die Leute alle nicht sehen im Moment."

„12 Uhr 30 im „Aeschenplatz"?" Dort, wo damals alles die Initialzündung erhielt, dachte Guardiola.

„Ich freu mich, Sergi."

„Ich mich auch. Und viel Glück beim Alten. Denk dran, ein formeller Akt, um den er nicht herum kommt. Dich trifft keinerlei Schuld. Und niemandem stinkt es mehr als ihm, dich von dem Fall abziehen zu müssen. Dies hat er mir vor wenigen Minuten selbst gesagt."

„Ich weiß." Sie legte auf.

Wie immer war Guardiola als erster im Rapportraum. Er bereitete Flipchart, Beamer und Overhead vor, auch wenn er keine Präsentation bereit hatte, mit Ausnahme einiger Fotos der Protagonisten, zum besseren Verständnis. Sogar von Nadine Imhof hatte er zwei Fotos eingebaut. Facebook sei Dank.

Der Reihe nach fanden sich Sabine Sütterlin, Peter Peterhans, Vincenz de Michelis, Joe Haberthür, der Spurensicherungsleiter, sowie Jakob Binggeli ein. In dessen Begleitung war Diana Bischof, eine junge, schwarzhaarige Staatsanwältin, die erst zu Jahresbeginn zur Staatsanwaltschaft, respektive zum Kriminalkommissariat gekommen war. Zuletzt betrat Marianne

Weibel, die Polizeipsychologin, den Raum. Als alle Platz genommen hatten, eröffnete Binggeli den Rapport:

„Darf ich Sie bitten, den Rapport zu leiten, Guardiola?" Wieder kein Wort der Begrüßung. Guardiola räusperte sich. Er arbeitete nun schon mehrere Jahre mit Binggeli zusammen, trotzdem hatte bei jedem Zusammentreffen, vor jeder Besprechung, vor jedem Orientierungsrapport eine Mischung zwischen mulmigen Gefühl und Respekt in seiner Magengrube. Ob sich seit einigen Monaten auch noch schlechtes Gewissen dazu gesellte? Guardiola verwarf den Gedanken und skizzierte kurz die Ereignisse des letzten Donnerstags, des Mordtages an Alicia Hofmeyr. Zuerst gab er de Michelis das Wort:

„Alicia Hofmeyr, 41-jährig, starb zwischen 12 und 14 Uhr am 30. August. Die Todesursache sind 14 Messerstiche, wovon mindestens zwei mitten ins Herz trafen. Die Tatwaffe dürfte ein Messer mit mittellanger Klinge gewesen sein, wie sie tausendfach in der Küche verwendet werden. Zudem fanden sich in der Toxikologie erhebliche Spuren von Dormicum, einem Einschlafmittel und Kokain, welches sie mit größter Wahrscheinlichkeit am Vormittag geschnupft haben dürfte. Dann hatte sie auch ein letztes Mal gefi... Geschlechtsverkehr gehabt." De Michelis hatte offenbar den bösen Blick von Binggeli gerade noch gespürt.

„Wir fanden oral und vaginal Spermaspuren. Die feinen Verletzungen an der Rektalschleimhaut deuten auf analen Verkehr hin." Er machte eine kurze Pause, um seine Notizen zu sortieren oder um die Wirkung seiner soeben gemachten Aussage zu erhöhen. Guardiola überlegte, wie viele Frauen wohl auf analen Verkehr stünden. Sylvia jedenfalls hasste es. Er hatte ihr mal einen Finger hinten reingesteckt, mitten in großer Erregung. Sie hatte sofort sein Handgelenk gepackt und ihn wieder rausgezogen. Nach dem Geschlechtsverkehr hatte sie ihn gefragt, welche Nutte ihm dies beigebracht hätte. Seitdem war ihr Hintereingang für ihn Tabuzone. De Michelis' Stimme brachte ihn zurück in die Gegenwart.

„Der Kokainkonsum könnte also mit dem Geschlechtsverkehr durchaus in direktem Zusammenhang stehen. Alkohol war nicht mehr im Blut, was allerdings bei einer Abbaurate von mindestens 0,15 Promille pro Stunde, bei gesunder, funktionsfähiger Leber, auch nicht weiter erstaunt. Und Hofmeyrs Leber war gesund. Im Weiteren fanden wir in ihrer Gebärmutter fötales Gewebe. Sie war etwa in der zehnten, elften Woche schwanger. Unter ihren Fingernägeln der linken Hand fand ich doch noch Hautpartikel, die aber von ihrem Geschlechtsverkehr am Vormittag stammen dürften. Der Blutverlust war wahrscheinlich schnell sehr groß, insbesondere wenn die tödlichen, das Herz und die Aorta verletzenden Stiche die ersten waren. Keine weiteren Kampfspuren, insbesondere Kratzwunden oder Hämatome, mit Ausnahme eines kleinen am linken Handgelenk. Ebenso keine Frakturen und keine inneren Organschäden. Auch die Nasenschleimhäute lassen keine Rückschlüsse auf einen längeren chronischen Kokainkonsum zu. Alicia Hofmeyr starb schwanger und ziemlich gesund."

„Danke, Doc. Fragen?" Niemand hatte eine Frage.

„Ich darf dich trotzdem bitten, bis zum Rapportende zu bleiben." De Michelis nickte kurz und setzte sich wieder.

„Joe, eure Erkenntnisse bitte!" Joe Haberthür, der Leiter der Spurensicherung, erhob sich. Mit seinen eins neunzig Metern Körpergröße und hundert Kilo Körpergewicht, dabei wenig Fett, war er das, was man als raumfüllend bezeichnet.

„Als erstes habe ich eine Ergänzung zu machen. Eine vielleicht nicht ganz unwichtige. Dr. de Michelis meinte, dass der Zeitpunkt des Todes am 30.August, zwischen 12 und 14 Uhr eingetreten sein müsste. Ich vermute, dass wir es auf die Minute genau wissen." De Michelis' Stirn legte sich in Falten.

„Keine Angst, Doc, ich stelle Ihre Arbeit nicht infrage, ganz im Gegenteil. Es ist nur so, dass wir bei der Toten eine Uhr am Handgelenk gefunden haben, auf der die Zeit um 12 Uhr 53 stehengeblieben ist. Zudem ist das Deckglas des Zifferblatts kaputt. Spuren dieses Glases haben wir ebenfalls auf dem Clubtisch gefunden. Wahrscheinlich muss die Tote beim Eintritt des Todes, oder zumindest des Bewusstseinsverlustes, mit dem Arm auf dem Clubtisch aufgeschlagen und dabei die Uhr beschädigt haben. Dies würde zudem auch das kleine Hämatom, vom dem unser Doc gesprochen hat, erklären."

„Könnte es theoretisch sein, dass jemand die Uhr bewusst verstellt hat und sie der Toten gleich nach der Tat angezogen hat?" Guardiola schaute gespannt zu Haberthür.

„Ganz ausschließen können wir dies nicht. Aber die medizinische Tatzeit stimmt mit derjenigen auf der Uhr gut überein. Also, wozu?"

„Danke. Mach weiter, Joe." Guardiola notierte sich einiges.

„Sergi hat von Peter Keller bekanntlich eine DNA-Probe machen lassen. Der pränatale Vaterschaftstest als Abstammungsgutachten zeigt, dass Peter Keller der Vater des ungeborenen Kindes ist. Hingegen besteht keine Übereinstimmung mit dem gefundenen Sperma sowie den Spuren unter den Fingernägeln. De Michelis wird dies bestätigen."

„Absolut korrekt." De Michelis zupfte sich seinen schlecht gebügelten Hemdkragen zurecht.

„Ansonsten habe ich wenig zu bieten. Keine Einbruchspuren, keine weiteren Zeichen von Gewalt, auch im Garten nichts. Die Tote muss ihren Mörder, ob männlich oder weiblich, in jedem Falle freiwillig ins Haus gelassen haben. Ob sie mit ihm gar noch vor dem Tod Sex hatte, hat euch – Ihnen – bereits Dr. de Michelis erläutert. An Fingerabdrücken haben wir im Eingangsbereich diejenigen von Peter Keller gefunden."

„Diese sind jedoch nicht verwertbar, da Peter Keller ein monatelang dauerndes Verhältnis mit Alicia Hofmeyr hatte und nach Aussage der Tochter der Toten, Sue Hofmeyr, mehrfach im Hause gewesen ist." Guardiola hatte sich zur Präzisierung eingeschaltet.

„Ebenso möchte ich nicht einfach im Raum stehen lassen, dass der Mörder mit Alicia vorher Sex gehabt hat. Dr. de Michelis hat uns wissen lassen, dass unter den Fingernägeln der Toten Hautspuren gefunden wurden, wenn auch kleine. Bisher wurde weder von dir, Vincenz, noch von dir, Joe, gesagt, ob die

DNA-Probe dieser Hautpartikel mit derjenigen des Spermas übereinstimmt."

„Sie sind identisch", ließ sich de Michelis vernehmen.

„Ich sagte doch, dass sie vom Sex vor dem Tod stammen."

„Danke. Aber auch diese Tatsache impliziert nicht à priori, dass Sexpartner und Mörder ein und dieselbe Person sein müssen. Wie wir wissen, war die Tote eine, sagen wir impulsive und energetische Person. Dadurch könnten bei wildem Sex diese Partikel unter ihre Fingernägel gekommen sein und nicht unbedingt im Kampf gegen ihren Mörder." De Michelis warf er einen bösen Blick zu. Er hatte in seinem ersten Bericht von keinen Hautpartikeln gesprochen. Tina-Baby hatte ihm wahrscheinlich damals zu sehr zugesetzt... Es wurde einen Moment lang ruhig. Guardiola wusste, dass er mal wieder einiges auf den Punkt gebracht hatte und damit verhinderte, dass die Ermittlungen in die falsche Richtung gingen. Dies sah offenbar auch Binggeli so, der sich nun aktiv in den Rapport einschaltete.

„Besten Dank allen für die gute Arbeit, auch übers Wochenende." Wenn Binggeli, der Saurier, sich bedankt, muss er mit dem bisher Erreichten zufrieden sein, dachte Guardiola. Die Bestätigung folgte auf dem Fuß.

„Ich bin mit dem Verlauf der Ermittlungen sehr zufrieden, sodass wir beruhigt heute Nachmittag vor die Pressemeute treten können. Zur Information: Die Pressekonferenz ist um 14 Uhr im Medienraum 1. Schwerwiegend ist der Tatverdacht von Peter Keller, dem getrennten Ehemann unserer verdienten Staatsanwältin Katja Keller. Aus einfach nachvollziehbaren Gründen musste ich sie vor wenigen Minuten nicht nur von den laufenden Ermittlungen im Fall Hofmeyr abziehen, sondern beurlauben. Ich möchte explizit betonen, dass dies in keinerlei Zusammenhang mit irgendwelchem Verschulden seitens Frau Keller steht. Sie hat meine Entscheidung verstanden und sehr professionell aufgefasst. Ersetzt wird sie durch Staatsanwältin Diana Bischof. Es erscheint mir wichtig und richtig, gerade in diesem Fall eine Frau durch eine Frau zu ersetzen. Ich wünsche Ihnen gutes Gelingen, Frau Bischof. Damit übergebe ich wieder Guardiola das Wort, der uns die nächsten Schritte erklären wird." Diana Bischof hatte bei den Glückwünschen des Sauriers kurz nickend gelächelt. Guardiola war froh, dass er mit Katja Keller zur Tatzeit im „Birseckerhof" zu Mittag gegessen hatte. Antonio, der Kellner, könnte dies jederzeit bestätigen.

„Auch ich wünsche Ihnen viel Glück und freue mich auf die Zusammenarbeit mit Ihnen, Frau Bischof." Guardiola lächelte ihr charmant zu. Wieder kam das kurze Kopfnicken, diesmal bereits ein wenig bestimmter.

„Leider gehört, wenn wir von der Motivation ausgehen, auch Katja Keller im Moment noch zu den Tatverdächtigen. Ich war aber zur Tatzeit mit ihr am Mittagessen im „Birseckerhof". Nun, heute Nachmittag ist, wie von Herr Binggeli bereits erwähnt, die Pressekonferenz. Dort dabei sein werden Bischof, Sütterlin, Haberthür, de Michelis, Weibel und Peterhans. Zudem gilt es, nochmals mit Steve Hofmeyr zu sprechen und mit Mavi Forlan. Steve Hofmeyr werden wir auf morgen früh vorladen. Wenn du dies bitte übernehmen könntest, Sabine. Mavi Forlan würdet ihr beide übernehmen, Sabine und Peter. Gut, wenn eine Frau dabei ist. Ich knöpfe mir nochmals die Nadine Imhof vor. Könnte sein, dass wir danach auch einige Fragen an das Drogendezernat haben werden. Und ich warte noch auf ein Lebenszeichen von unserem Kollegen Pablo Sastre aus Barcelona betreffend meine Anfrage zu Andres Boccanegra und Xavier Ocaña. Zum Schluss möchte ich Ihnen die erwähnten Personen noch fotografisch vorstellen." Als letzte zeigte er die beiden Fotos von Nadine Imhof. Eines war in einem knappen weißen Bikini. De Michelis grinste ihn unverblümt an, als wolle er deutlich anzeigen, dass er begriffen hatte: Ihre Befragung konnte nur Chefsache sein.

„So, nun an die Arbeit und die meisten sehe ich um 14 Uhr bei der Pressekonferenz. Seien Sie bitte alle pünktlich." Guardiola hasste Unpünktlichkeit, insbesondere wenn er in einem Saal mit Journalisten auf die Kollegen und Kolleginnen warten musste. Er ging wieder in sein Büro, setzte sich hinter seinen Computer und checkte von neuem seine Mails. Noch immer nichts aus Barcelona! Nun glaubte er nicht mehr an die Trägheit von Pablo Sastre. Pablito, wie ihn dessen Frau Teresa nannte, war ein fleißiger, zuverlässiger Polizist. Vielleicht war die Sachlage ja komplexer, als er dies beim Verfassen der Mail an ihn zuerst gedacht hatte. Oder wusste gar Nadine Imhof mehr? Er war froh und gespannt, sie bald wieder befragen zu können. Für seinen eigenen professionellen Anspruch ein klein wenig zu gespannt. Den Rest der verbleibenden Zeit bis zum Mittagessen und damit bis zu seinem Treffen mit Katja Keller nutzte er, um sich nochmals auf die Pressekonferenz vorzubereiten. Es war die erste im Fall Alicia Hofmeyr und er wusste aus Erfahrung, dass die erste Pressekonferenz immer einen entscheidenden Ausschlag für die weitere Zusammenarbeit mit der Presse gab. Bekam die schreibende und sonstig berichtende Meute den Eindruck, die Polizei tappe völlig im Dunkeln, leckte sie erst richtig Blut und man bekam sie nicht mehr los. Im anderen Fall wurde die Zusammenarbeit zumindest respekt- und rücksichtsvoller.

Kurz nach zwölf machte sich Guardiola auf den Weg zum Restaurant „Aeschenplatz". Die Sonne schien, die Temperatur war mild, der Orientierungsrapport war perfekt verlaufen, obschon er sich zugestehen musste, was den Hauptverdächtigen anging noch ziemlich im Dunkeln zu tappen. Die Pressekonferenz war auch gut vorbereitet und der spätnachmittägliche Termin mit der Imhof löste in ihm ein nicht nur unangenehmes Kribbeln aus. Er fühlte sich gut drauf, auch wenn er wusste, dass das Mittagessen mit Katja nicht einfach werden würde. Aber morgen stand ein von beiden geliebtes Dienstagstreffen auf dem Programm. Sofern sie sich unter den gegebenen Umständen in der Lage dazu fühlte. Er überquerte die Tramgleise der 16er Tram, spazierte am „Radisson" vorbei Richtung Klosterberg und „Atlantis", um schließlich durch die Sternengasse und die Henri-Petri-Strasse beim „Aeschenplatz" anzukommen. Es herrschte wie immer zur Rush Hour ein Chaos von Trams, Autos und fluchenden Fußgängern, die sich, auf ihrem Recht beharrend, in teilweise präsuizidaler Absicht vor die Autos warfen. Tut das mal im Süden, ihr Idioten, ihr wärt innerhalb von Minuten platt wie Flundern, dachte sich Guardiola kopfschüttelnd, als eine Gruppe Rentner sich vor zwei Autos warf, die auch nichts anderes taten, als vor einer hysterisch bimmelnden 3er Tram zu flüchten.

Kurz vor halb eins kam er im Restaurant „Aeschenplatz" an. Er ließ sich von der asiatischen Kellnerin den auf seinen Namen reservierten Tisch zuweisen. Katja war noch nicht da. Wie immer war das Restaurant über Mittag sehr gut besetzt. Abend litt es, wie ihm die Wirtin gesagt hatte, unter dem Rauchverbot, insbesondere im Winter, wenn der Garten nicht genutzt werden konnte. Katja kam kurz nach halb eins. Sie wirkte mitgenommen und müde, aber gefasst. Sie reichte ihm zur Begrüßung die Hand. Dies hatten sie so nach ihrem ersten intimen Treffen vereinbart. In der Öffentlichkeit sehr formell, auch nicht das durchaus bei geschäftlichen Verbindungen übliche Dreimalwangenküssen. Basel wird in solchen unpässlichen Momenten zu einem Dorf und ihnen als Beamten hätte man solch freundschaftliche Gesten bestimmt anders ausgelegt.

„Wie geht es dir?"

„Danke, ich bin daran, den Schock zu verdauen."

„Wie war der Saurier?"

„Ich hatte den Eindruck, dass es ihn fast mehr schafft als mich. Ich denke, er mag mich sehr."

„Tut er. Und ist richtig sauer auf deinen Ex."

„Allerdings war da eine eigenartige Frage von ihm an mich, Sergi." Guardiola ahnte, was jetzt kommen würde.

„Er fragte mich, ob ich ein Verhältnis mit einem verheirateten Ausländer hätte. Man würde über mich reden im Kanton."

„Eine ähnliche Bemerkung hat er mir gegenüber gemacht. Wie kommt er zu dieser Info? Deine Putze, wie heißt sie schon wieder?"

„Consuela. Wie kommst du auf diese hirnrissige Idee?"

„Weil es in deinem Haus dieses eine Zimmer gibt, das sie seit dem Auszug deines Mannes nicht mehr putzen darf. Weil es abgeschlossen ist!"

„Vielleicht hast du recht. Ich werde mit ihr reden müssen."

„Ja, tue das. Leg nochmals die gleiche Platte auf, von wegen geheimen Akten und deinem Mann mit eventuellem Schlüssel..."

„Okay. Als hätte man nicht schon genug Probleme."

„Hat dich das mit der Vaterschaft sehr mitgenommen?"

„Im ersten Augenblick sicher. Aber bereits jetzt nach einigen Stunden hilft es mir eher, noch mehr und definitiv über die ganze Sache hinwegzukommen. Dies hat alles nichts mehr mit mir und unserer Ehe zu tun. Und wenn Peter so doof war, in seinem Klinikurlaub diese Schlampe nochmals zu ficken und gleich noch zu schwängern, dann ist da nur noch Mitleid und keine Liebe mehr. Dies alles wohlverstanden nachdem sie ihn um ein Haar in den Tod getrieben hätte."

„Genieß doch deine temporäre Freistellung. Geh Biken, Laufen oder lass dich massieren. In Urlaub fahren geht leider nicht, das weißt du selbst. Einige Zeit wird es bestimmt dauern, bis so viel Klarheit in dem Fall Hofmeyr herrscht, dass du wieder auf deinen Arbeitsplatz zurückkehren kannst. Ist es okay, wenn dich die Sütterlin befragen wird? Immerhin stehst du mit unter Verdacht. Am Motiv würde es ja verständlicherweise nicht fehlen."

„Ja, die Sütterlin macht das gut. Kann sie bei mir vorbeikommen? Oder muss ich mich Richtung Waaghof erniedrigen?"

„Sie wird heute Nachmittag vorbeikommen. Eine andere Frage: Kennst du diese Diana Bischof? Auf was muss ich mich gefasst machen?"

„Sie ist noch nicht lange bei uns. Soll gemäß dem Saurier sehr korrekt und kompetent sein. Aber ich sag dir, mein katalanischer Schwerenöter: Lass einfach die Finger von ihr. Dies würde ich nicht auch noch ertragen!"

„Keine Panik, mein heißes Stück. Sie entspricht in keiner Weise meinem Beuteschema. Sehen wir uns morgen wie abgemacht? Ich bin rattenscharf auf dich." Im nächsten Moment fragte sich Guardiola auf wen er wohl im Moment wirklich scharf war: auf Katja oder Nadine Imhof?

„Oder bist du nicht in der Stimmung, Katja?"

„Lass mich jetzt bitte nicht auch noch hängen. Ich brauche den morgigen Abend mit dir, Sergi." Guardiola lächelte. Da war es wieder, das spezielle Kribbeln. Einerseits in der Magengrube, andererseits deutlich südlich des Bauchnabels.

„Keine Angst. Ich werde da sein. Check vielleicht zuerst die Umgebung: Ungewohnte Fahrzeuge, Handwerker, aber du weißt ja selbst... Wie lange ist's her seit dem letzten Mal?"

„Fünf Wochen." Widrige Lebensumstände, die ein Treffen, ein entspanntes zumindest, nicht zuließen. Guardiola war kein Stundenhotel-Typ. In Basel schon gar nicht. Zuerst war Katjas Mutter zwei Wochen hier gewesen, dann gab es einen Elternabend von Carmen. „Ein enorm wichtiger", hatte Sylvia gesagt. Für sie waren allen Elternabende enorm wichtig. Er fand sie alle enorm nichtig und deprimierend. Die meisten Elternpaare, wovon es allerdings auch immer weniger gab, waren verfettet und trugen Kleider nur, um ihre hässlichen Körper nicht anderen zumuten zu müssen. Sie waren froh, dass es noch ein Kind als kommunikativen Mittelpunkt gab. Längst hatten sie sich sonst nichts mehr zu sagen. Meist gab es informative Plattitüden, die man genauso gut auf ein Blatt Papier hätte schreiben und den Schülern mitgeben können. Im Anschluss an die enorm wichtigen Informationen gab es dann immer noch Gelegenheit für Fragen. Es entstanden jeweils Diskussionen um Probleme der Gerechtigkeit, wie zum Beispiel, dass die eine Klassenabteilung immer Dienstagnachmittag Schule hatte, die andere freitags. Dies sei doch ungerecht wegen des dann kürzeren Wochenendes. Er ging nur des Friedens willen mit Sylvia hin. Carmen mokierte sich auch über diese „mega uncoolen Meetings der Alten". Und letzten Dienstag war ein Jugendfreund aus Gerona mit seiner Frau auf Durchreise. Es war mittlerweile 13 Uhr 15 geworden. Er wusste, er spielte mit dem Feuer, mit seinem Job.

„Ich freu mich, Katja. Aber jetzt muss ich. Um 14 Uhr ist Pressekonferenz." Er verlangte die Rechnung und bezahlte cash. Zum Abschied wie immer ein trockenes, professionelles Shake Hands. Katja Keller schaute ihm nach, bis er aus dem Lokal verschwunden war. Danach verließ auch sie das „Aeschenplatz".

Guardiola ging zügigen Schrittes den gleichen Weg zurück, den er gekommen war. Er begegnete, zumindest nicht bewusst, niemandem, den er kannte. So konnte er sich in Gedanken bereits mit der Pressekonferenz auseinandersetzen. Im Waaghof angekommen, ging er in sein Büro, holte sich die Notizen, schaute in den Spiegel und kämmte sich nochmals. Er war ein Ästhet und musste sich seines Äußeren sicher sein. Danach begab er sich in den Medienraum 1. Jürg Hunziker, der Pressesprecher der Basler Staatsanwaltschaft hatte bereits alles vorbereitet, wie man dies von ihm gewohnt war: Namensschilder, Flipchart, Overhead, Beamer. Obschon es bis zum Beginn der Pressekonferenz noch mehr als 10 Minuten dauerte, nahm er bereits hinter seinem Namensschild Platz. Er beobachtete gerne bei offiziellen Anlässen, wie die Protagonisten und ihre Gegenspieler einen Raum zu füllen begannen. Als Nächster kam Binggeli.

„Alles klar, Guardiola. So souverän wie heute Morgen, dann haben wir die Arschlöcher im Sack."

„Die tun doch auch nur ihren Job, auch wenn ich den nicht möchte, Herr Binggeli. Aber ansonsten: Ja, alles klar."

Dann kam Jürg Hunziker. Er gab beiden die Hand.

„Like usual, okay?" Hunziker hatte mit einem Sportstipendium in Standford Medienwissenschaften und Kommunikation studiert. Er war ein begnadeter Basketballer gewesen, was er wegen einer schweren Knieverletzung mit Schädigung des vorderen Kreuzbandes, beider Seitenbänder und des Innenmeniskus aufgeben musste. Ein brillanter, schneller Kopf und erstaunlich, dass er nicht in der Privatwirtschaft arbeitete, sondern auf einer Staatsstelle. Aber er wollte keine Produkte, die niemand brauchte, kommunikativ vermarkten. Ihn interessierte das Zwischenmenschliche, im guten wie auch im schlechten Sinne, unter ruhigen Konditionen wie auch im Stress. Danach kamen die Damen Bischof, Weibel und Sütterlin. Offenbar geht Frau nicht nur zusammen auf die Toilette, sondern jetzt auch zu Pressekonferenzen, dachte Guardiola. Er wurde rasch aus seinen Gedanken gerissen, denn die ersten Journalisten betraten den Medienraum. Waldmeier von der „BaZ", der sich affektiert vor ihm verneigte, um gleich danach die Bewegung mit einem supponierten Tuch zu machen, welche den Stierkämpfer auszeichnet. Guardiola hatte Lust, ihm den Mittelfinger zu zeigen, blieb jedoch ruhig, da sich bereits Berufskollegen von Waldmeier im Raum befanden, die er nur teilweise kannte. Die Medien hatte alle zu kämpfen, meist mit ihrem eigenen Unvermögen und es herrschte bei ihnen seit einigen Jahren eine Politik des Hire and Fire schlimmster Art. Danach kam Dani Jutzeler vom „Blick" und Stefanie Spiess vom kleineren Lokalradio. Zuletzt kam Stefan Baumann von der „Basellandschaftlichen Zeitung". Er sah so aus, wie sich seine durch ihn vertretene Zeitung in letzter Zeit präsentierte: ungepflegt.

Als alle, die sich begrüßen wollten, sich begrüßt hatten, die sich Ausweichenden ausgewichen waren und Platz genommen hatten, begrüßte Mediensprecher Hunziker die Anwesenden zur ersten Pressekonferenz im Fall Alicia Hofmeyr. Er fasste sich kurz und bat insbesondere, wie bei jedem Mord, um gebührenden Respekt vor den Hinterbliebenen und um keine voreiligen medialen Verurteilungen. Dann übergab er Guardiola das Wort, der mit gewohnt präzisen Worten die bisherigen Erkenntnisse zusammenfasste. Geschickt gelang es ihm, auch die entsprechenden Fachleute wie de Michelis und Haberthür ins Spiel zu bringen. Den Tatverdacht von Peter Keller hob er sich bis zum Schluss auf, um wie abgesprochen fließend Jakob Binggeli das Wort in dieser delikaten Situation zu übergeben. Auch dies gelang annähernd perfekt. Die ganze Pressekonferenz wirkte exzellent vorbereitet, beinahe wie eine professionelle TV-

Produktion. Zum Schluss des informativen Teils bedankte sich Jürg Hunziker bei allen Vortragenden für ihre kurzen, aber präzisen Ausführungen. Danach gab er den Frageteil frei, legte aber dafür gleich zu Beginn ein Zeitlimit von 15 Minuten fest, da alle hier versammelten Fachleute heute noch viel Arbeit vor sich hätten. In der Tat, dachte sich Guardiola in Anbetracht seines bevorstehenden Treffens mit Nadine Imhof bei ihr am Nadelberg. Den Reigen eröffnete, wie zu erwarten war, Marcel Waldmeier von der „BaZ":

„Sie haben zwar einige Erkenntnisse (was mich überrascht), die Sie aber eindeutig den technischen Möglichkeiten verdanken und nicht Ihrem Scharfsinn." Hunziker unterbrach ihn schroff:

„Dürfen wir Ihre Frage haben, Herr Waldmeier. Für Beleidigungen haben wir hier keine Zeit."

„Dürfen Sie. Es ist allerdings keine Frage, sondern eine Feststellung. Sie haben keinen oder keine konkret Tatverdächtigen." Guardiola bat mittels eines Handzeichens darum, diese Frage beantworten zu dürfen.

„Gut zuhören zu können, ist auch eine Frage des Scharfsinns, Waldmeier." Allgemeines Gelächter. Waldmeier war auch bei den Kollegen und Kolleginnen nicht gerade beliebt. Ein Einzelgänger. Guardiola hakte nach, so, wie jemand, der sich seiner Sache sicher ist.

„Wenn Sie den hätten, stünden jetzt mindestens vier Namen auf Ihrem Notizzettel."

„Wen denn alles, bitte?", tat Stefan Baumann eine nicht minder gestörte Auffassungsgabe kund. Offenbar war das so eine Sache mit dem geschärften Menschenverstand. Guardiola blickte kurz zu Binggeli herüber, um sich abzusichern. Der nickte kurz.

„Nachhilfe in wie zähle ich eins und eins zusammen: Steve Hofmeyr, Sue Hofmeyr, Peter Keller, Katja Keller. Sie hätten alle ein Motiv. Nur das Alibi von Katja Keller liegt bisher stichhaltig vor. Bei allen anderen sind wir am Überprüfen."

Jutzeler meldete sich per Handzeichen. Hunziker nickte ihm zu:

„War die Tote kokainsüchtig?" Hunziker schaute zu de Michelis.

„Die Frage ist nicht endgültig zu beantworten. In jedem Fall können wir sagen, dass eine allfällige Sucht nicht lange Bestand haben konnte. Die Nasenschleimhäute der Toten waren praktisch unversehrt. Dies deutet auf einen jungen Bezug zum Koks auf."

„Wenn ich etwas ergänzen darf?" Guardiola schaltete sich wieder ein. „Die Tochter der Toten behauptet, dass ihre beste Freundin sie dazu verführt haben soll. Ebenso zu diesem leichtlebigen Stil." Damit hatte er der Meute wieder etwas zum Fraß vorgeworfen. Prompt stieg Waldmeier darauf ein: „Und wer soll das sein?"

„Sie werden verstehen, dass wir aus Daten- und Personenschutzgründen keine Namen herausgeben können, bevor sich nicht ein einwandfreier Tatverdacht herausstellt. Dies gilt auch für diese Freundin." Und ganz ruhig und souverän fügte er hinzu: „Ich kann Ihnen aber versichern, dass wir dem Hinweis der Tochter Hofmeyr nachgehen werden. Es ist nicht auszuschließen, dass der Täter auch aus einem gemeinsamen Freundeskreis von Alicia und N., dieser Freundin, stammen könnte." Waldmeier blieb dran.

„Wurde die Tatwaffe gefunden?"

„Von ihr fehlt jede Spur."

Ein Guardiola unbekannter Reporter hob die Hand. Wieder das Nicken von Hunziker. Der Reporter erhob sich.

„Jochen Schönhuber, „Badische Zeitung". Wird Katja Keller je wieder auf ihren Posten als Staatsanwältin zurückkehren?" Sofort ergriff Jakob Binggeli das Wort.

„Natürlich, sobald sich der Verdacht gegen ihren Mann aufgelöst hat. Aber ich verstehe den Sinn Ihrer Frage nicht, Herr Schönherr." Wieder erhob sich der Mann in bester deutscher Manier.

„Schönhuber. Na, die gnädige Frau soll doch selbst ein undurchsichtiges Verhältnis haben. Ist sie dadurch als eine obere Gesetzesvertreterin denn noch tragbar?" Binggeli wurde säuerlich.

„Frau Keller ist eine hervorragende Staatsanwältin und ist gesetzlich lege artis von ihrem Ex-Mann geschieden. Dies soll vorkommen, wahrscheinlich auch in Baden-Württemberg. Ihr Privatleben außerhalb des Dunstfeldes dieses bestialischen Mordes hat nichts, gar nichts mit ihrer Kompetenz und ihrer Arbeit zu tun." Schönhuber setzte sich wieder. Er schien nicht wirklich glücklich und schrieb einiges in sein schwarzes Notizbuch. Auch die Lokalreporterin des Radios wollte nun das Wort.

„Frau Spiess, bitte."

„Wieso ist eigentlich Kommissär Guardiola noch auf dem Fall? Es ist doch ein stadtbekanntes Geheimnis, dass er die verdächtige Katja Keller geradezu anhimmelte. Kann unter diesen Umständen der Steuerzahler noch von einer seriösen Polizeiarbeit ausgehen?" Guardiola, der entspannt in seinem Stuhl gesessen hatte, richtete sich langsam und unmerklich wieder auf. Worauf wollte die Spiess hinaus? Zuerst dieser alemannische Hampelmann und nun auch noch diese Schlange. Sie war etwas einfältig, aber unterschätzen durfte man sie nicht. Für einen Moment herrschte betretenes Schweigen im Raum. Guardiola sah aus seinem Augenwinkel, wie sich die Köpfe von Hunziker und Binggeli einander näherten. Er wusste, gleich musste er ran. Er hörte bereits Hunzikers Stimme.

„Dies ist ein ungeheuerlicher Vorwurf an Kommissär Guardiola. Ich hoffe, Sie haben noch andere Beweggründe als blanke Polemik, diesen zu äußern, Frau Spiess! Aber Herr Guardiola soll selbst antworten."

„Frau Keller und ich haben eine professionelle Zusammenarbeit gepflegt. Sie war von Respekt, Höflichkeit aber auch Humor geprägt. Und wir duzen uns, wie ich auch Peter Keller, den geschiedenen Mann duzte." Das Sprechen tat ihm gut, er war wieder völlig gefasst. Er erinnerte sich nun auch, dass er auf einem Fest eines gemeinsamen Bekannten, auf welchem sowohl die Spiess als auch Katja Keller zugegen waren, allerdings damals noch in Begleitung ihres Ehemannes, nach einem Glas zu viel Katja ein Kompliment gemacht hatte. Sie, die Spiess, hatte dies mitbekommen und mit einem saloppen „Die Polizei, auch intern, jederzeit Freund und Helfer" quittiert. Er ging jetzt zum dosierten Angriff über. Angriff als beste Verteidigung und Erfolgsrezept. So wie es sein Namensvetter Pep Guardiola, seines Zeichens Trainer beim großen FC Barcelona, dem wahrscheinlich besten Fußballclub der Welt, mit seiner Mannschaft zelebrierte.

„Wir sind hier bei der Polizei und nicht im Vatikan. Auch wir haben mal einen Weihnachtsapéro oder eine Geburtstagsfeier. Gewisse Anlässe sind mit, gewisse ohne Partner und Partnerinnen. Und noch etwas: Ich habe keine Mühe damit, Frau Keller als attraktive Frau zu bezeichnen. Dies gilt jedoch auch für meine mir direkt untergeordnete permanente Assistentin, Detektiv-Wachtmeisterin Sabine Sütterlin. Ich bin im Ursprung Südländer und dort hat man noch nicht verlernt, Frauen auch Komplimente zu machen. Oder sollen Ihrer Meinung nach, liebe Frau Spiess, bei der Polizei nur noch Eunuchen und graue Mäuschen arbeiten?" Ein allgemein hörbares Schmunzeln machte sich im Medienraum 1 breit. Sogar der Saurier konnte es sich nicht verkneifen zu lächeln. Stephanie Spiess packte sichtlich wütend ihre Unterlagen und verließ den Raum. Erst jetzt bemerkte Guardiola, dass Sütterlin, immer noch leicht errötet, unruhig auf ihrem Stuhl saß. Er zwinkerte ihr kurz freundschaftlich zu. Hunziker beschloss, mit diesem Statement die Pressekonferenz zu beenden.

„Dies war's für heute. Ich danke Ihnen fürs Kommen. Wir werden Sie auf dem Laufenden halten. Weiterhin einen schönen Tag."

Peterhans, Sütterlin und Guardiola trafen fast gleichzeitig in ihrem gemeinsamen Büro ein. Peterhans gab Guardiola einen angedeuteten Box in die Seite.

„Du hast die Sabine ganz schön in Verlegenheit gebracht, Guardi. Aber toll, wie du diese selbstgefällige Hupfdohle vom Radio hast auflaufen lassen." Sütterlin errötete nochmals und setzte sich lächelnd hinter ihren Computer. Nur Peterhans nannte ihn Guardi. Er mochte es, erinnerte es ihn doch an „Guardian Angel". Eine durchaus passende Bezeichnung für einen Polizisten. Vielleicht nicht unbedingt bei der Mordkommission, denn wenn diese zum Einsatz kommt, bedeutet dies, dass jemand nicht gut aufgepasst hat. Manchmal wünschte er selbst, er hätte einen solchen Engel, der auf ihn aufpasste. Zum Beispiel bei seinem letzten Termin heute am Nadelberg.

17

Es war gegen 16 Uhr, als Sabine Sütterlin bei Katja Keller in Riehen eintraf. Keller war noch verschwitzt und trug einen Trainingsanzug, sie entschuldigte sich dafür. Sie wäre noch Laufen gegangen und hätte länger als geplant gebraucht, um auf die Chrischona zu gelangen. Sie hatte gerade einen Krug mit Eistee auf dem Esstisch. Sütterlin entschied sich für das gleiche Getränk. Keller bat sie, sich selbst zu bedienen.

„Verschwinde nur ganz schnell unter die Dusche." Nach wenigen Minuten erschien sie wieder in schwarzem T-Shirt, Jeans und orientalischen Hausschuhen. Sie setzte sich zu Sütterlin und schenkte sich auch ein Glas Eistee ein.

„Wie war die Pressekonferenz, Sabine?"

„Wir waren gut vorbereitet. Trotzdem wurde es heftig."

„Kann ich mir denken. In solch emotionalen Fällen wie bei Gatten- oder erst recht Gattinenmord gehen die Wellen hoch. Wird nur durch Kindsmord oder Vergewaltigung übertroffen."

„Du warst auch präsent. Man sagt dir ein außereheliches Verhältnis nach, Katja."

Katja Keller lehnte sich zurück und band ihr noch immer nasses Haar zu einem Pferdeschwanz.

„Ich frage mich, wie man ein außereheliches Verhältnis haben kann, wenn man geschieden ist. Rein theoretisch muss ich, weil ich Staatsanwältin bin, meine Bedürfnisse zurückstellen, bis auch dieses Ehepapier von einem Berufskollegen oder einer Kollegin für wirklich nichtig erklärt wird? Und dies alles, während der auf diesem Papier Erwähnte eine gemeinsame Freundin nicht nur einmal, sondern regelmäßig und mit System vögelt und sie dabei auch gleich noch schwängert? Muss ich das wirklich, Sabine?" Sütterlin fühlte sich beinahe geschmeichelt, dass eine Frau, die fast zwanzig Jahre älter war als sie und zudem noch studiert hatte, sie um Rat fragte. Trotzdem: Sie war nicht zur Pflege ihres Egos bei Keller, sondern aus professionellen Gründen.

„Die Spiess vom lokalen Radio ging noch weiter, Katja."

„Jetzt bin ich mal gespannt. Was ist die Weiterentwicklung eines außerehelichen Verhältnisses? Mehrere davon?" Sie schaute Sütterlin gespannt an und nippte kurz an ihrem Glas.

„Sie hat Sergi ins Spiel gebracht. Nicht genug damit, sie forderte gewissermaßen auch seine Absetzung, weil er so unglaublich auf dich stehen würde." Katja Keller lehnte sich zurück und spielte mit ihrem linken Ohrläppchen. Ein untrügliches Zeichen, dass sie intensiv nachdachte.

„Spiess special." Sie lächelte kurz.

„Wie meinst du dies, Katja?"

„Vordergründig zuckersüß und hinterrücks hast du ein Messer von ihr zwischen deinen Rippen."

„Und in diesem Fall?"

„Man munkelte in gewissen Kreisen, dass sie mal mehr von unserem Sergi wollte als bloß Auskünfte über irgendwelche Ganoven."

„Und? Ist da was dran?"

„Keine Ahnung, Sabine. Ich habe Sergi ein-, zweimal im Spaß darauf angesprochen. Er meinte bloß, sie wären zwei- oder dreimal nach Feierabend im Kunsthallengarten was trinken gegangen. Dies sei aber beruflich gewesen. Zudem, Sabine, dies war im Sommer vor einem Jahr! Wie hat er reagiert?"

„Perfekt." Sütterlin erzählte ihr von Guardiolas kurzer Rede.

„Am Schluss ist sie wütend und vor dem Ende der Pressekonferenz zum Zimmer hinausgestampft."

„Oh weh, dies lässt für die mediale Zukunft, zumindest was unsere Freunde vom lokalen Radio betrifft, nicht nur Gutes ahnen." Sie dachte an morgen Abend, an das Treffen mit Sergi. Morgen Vormittag musste sie sich als erstes Consuela zur Brust nehmen. Mussten sie auf die Treffen für den Moment verzichten?

„Aber wie geht es dir aktuell, Katja?" Sütterlins Stimme brachte sie auch gedanklich zurück in die Gegenwart.

„All diese unangenehmen Botschaften –und den Grund meines Besuches kennst du ja auch. Leider."

„Ich komme langsam darüber hinweg. Irgendwie ist diese Schwangerschaft ja nur das Sahnehäubchen auf einer rundum gescheiterten Ehe."

„Aber ein zusätzliches Tatmotiv, Katja." Sabine Sütterlin hatte noch nie eine Staatsanwältin verhört. In den USA wären nun ganze Kommissionen unter dem Prädikat „Internal Affairs" in das Kriminalkommissariat eingefallen. Umso wichtiger war es, perfekte Arbeit abzuliefern, unabhängig von irgendwelchen Sympathiebanden.

„Sue Hofmeyr hat uns erzählt, dass du dich mal unfreundlich von der Toten getrennt hättest. Dies hätte sie, die Tochter, auf einer Vernissage in Barcelona in der Galerie von Hofmeyr gesehen. Sie wurde dabei ganz konkret, Katja: Ihr sollt beide heftig mit einem Chuck Rensenbrink geflirtet haben. Dabei soll die Hofmeyr gewissermaßen das Rennen gemacht haben. Rensenbrink war allerdings nicht der ausstellende Künstler."

„Rensenbrink war ein Bekannter meines Mannes. Er hat ein Bauernhaus in Nunningen umbauen lassen. Peters Firma hat ihm die Beleuchtung geliefert. Licht ist für sein Schaffen offenbar wichtig. Er war mit der Arbeit so zufrieden, dass er mal persönlich hier vorbeikam und uns, meinem Mann, ein Bild schenkte. Da habe ich ihn zum ersten Mal gesehen. Ein schöner Mann."

„Und wieder war die Hofmeyr in Barcelona im Weg." Sütterlin formulierte es mehr als Aussage denn als Frage.

„Wir waren alle gut drauf, hatten auch schon eine gewisse Menge Alkohol intus ja, ich hätte ihn an diesem Abend nicht von der Bettkante gestoßen. Schließlich war ich alleine in Barcelona und auch schon einige Monate von Peter geschieden. Halbwegs hatte ich der Hofmeyr schon verziehen, da es mir nach der Trennung bald wieder ziemlich gut ging."

Sütterlin erhob sich.

„Ich geh dann mal wieder. Mach's gut für den Moment." Katja Keller gab ihr stumm nickend die Hand. Wer spionierte ihr wohl nach?

18

Bevor Guardiola zu seinem Termin bei Nadine Imhof zum Nadelberg aufbrach, checkte er nochmals seine Mails. Endlich hatte sich Pablo Sastre gemeldet. Er sah aber auf den ersten Blick, dass es nur eine kurze Mail war. In der Tat bat ihn Sastre noch um Geduld. Er sei noch mitten in den Abklärungen, insbesondere bezüglich Andres Boccanegra. Was kam da wohl auf sie zu? Guardiola entfernte die Gedanken an seine Heimatstadt. Er hatte ein schwieriges Verhör vor sich. Ja, ein Verhör. Immer wieder redete er sich ein, dass er zu einem Verhör ging, auch wenn schon die äußeren Umstände dem nicht entsprachen. Bisher war auch Nadine Imhof weit davon entfernt, eine Tatverdächtige zu sein. Ein Motiv war nirgends zu erkennen. Er verspürte die Lust zu duschen. Bei der Pressekonferenz war er doch, trotz seiner nach außen getragenen Souveränität, ganz schön ins Schwitzen geraten. Dies wäre jedoch zu auffällig gewesen, Peterhans schlich immer noch im Büro herum, damit beschäftigt, ein Protokoll über die Pressekonferenz zu schreiben. Eine Marotte von Guardiola. In Bälde sollten die Pressekonferenzen ja auf DVD aufgezeichnet werden. Die Rechtsabteilung war noch mit letzten Fragen zum Datenschutz beschäftigt. Guardiola nahm seinen kleinen Kulturbeutel, sein Survival-Kit, wie er es bezeichnete, und ging auf die Toilette. Dort machte er sich so gut es ging frisch, vermied aber zu viel seines Parfums *Himalaya* zu verwenden. Zurück im Büro, nahm er sein schwarzes Anzugsjackett, wünschte Peterhans einen schönen Feierabend und machte sich auf den Weg, bewährter Weise zu Fuß. Es war kurz nach 17 Uhr, erste Anzeichen von Feierabend in der Innerstadt. Die Pressekonferenz ging ihm nicht mehr aus dem Kopf. Wie viel war bereits über ihn und Katja bekannt? War es mehr als das bloße Aufblasen eines Einkaufscenter-Klatsches, ausgelöst von der fetten Consulea? Die Fragen und Bemerkungen der Journalisten hafteten wie Flusen an ihm. Er hatte das Bedürfnis, sein Gehirn auszubürsten. Das Gespräch mit der Imhof kam ihm gerade recht. Ansonsten hätte er die Journalisten mit nach Hause genommen und am nächsten Morgen spätestens um halb vier wach gelegen. Unbewusst beschleunigte er seinen Schritt. Am Rümelinsplatz hatte eine Steelband den Dylan-Troubadour abgelöst, am Fuße des Spalenbergs, beim Hutgeschäft, war eine neue Tiefbaustelle eingerichtet worden. Guardiola nahm die Steigung und bog rechts in den Nadelberg ein. Bei Imhofs Haus angekommen, drückte er entschlossen auf die Klingel. Sekunden später summte der Türöffner. Obschon er einige Minuten zu früh war, schien sie ihn erwartet zu haben. Er stieg die zwei Treppen bis zur obersten Etage rasch hinauf, immer zwei Stufen auf einmal nehmend. Oben erwarteten ihn bereits die Visitenkarten von Manolo und Jimmy. Wie schnell eine Vorstufe von Gewohnheit entstehen kann, dachte er sich, bevor er mit dem rechten Zeigefinger an die noch verschlossene Wohnungstür klopfte. Nadine Imhof streckte ihm ihre schlanke Hand hin.

„Guten Abend, Comisario. Pünktlicher als die Schweizer Bahnen. Treten Sie ein." Ihr Lächeln war einnehmend, das blonde Haar zu einem Pferdeschwanz zusammengebunden. Ihr Makeup war dezent, er stellte fest, dass sie das Lipgloss frisch aufgetragen haben musste. Sie trug ein weißes, ärmelloses Kleid, welches annähernd hochgeschlossen war und eine knappe Handbreit über dem Knie endete. Es stand in einem deutlichen Kontrast zur Bräune ihrer Arme und der strumpffreien Beine. Ein Reißverschluss war durchgehend in die vordere Partie des Kleides eingelassen. Er war sowohl von oben als auch von unten zu öffnen. Teilweise sehr pragmatisch veranlagt, diese Couturiers, dachte Guardiola. Die Füße steckten in zum Kleid passenden Sandaletten mittlerer Absatzhöhe, gehalten von einem Knöchelriemchen. Guardiola schätzte sieben bis acht Zentimeter Höhe. Sie war damit fast so groß wie er. Die Zehennägel waren dunkel lackiert, die der Fingernägel auch, jedoch mit einem farblosen Nagellack. Er folgte ihr ins Wohnzimmer. Dort drehte sie sich zu ihm um und blieb etwa einen Meter vor ihm stehen. Er musterte sie unmerklich mit innerer Bewunderung und ertappte sich bei der Frage, was sie wohl unter dem weißen Kleid trug.

„Ist es für Sie okay, wenn wir uns draußen auf die Terrasse setzen? Der Abend ist mild und das Wetter zu schön, um drinnen zu sitzen. Und wer weiß, für wie lange noch?"

„Können uns Ihre Nachbarn nicht hören?" Guardiola schien tatsächlich noch von den Nachwehen der Pressekonferenz gefangen.

„Sofern Sie nicht im Sinne haben, laut zu werden, mit Sicherheit nicht." Diesmal wartete sie seine Antwort nicht ab, sondern lief auf die Terrasse hinaus. Guardiola folgte ihr die paar Meter durchs Wohnzimmer. Das Kleid war eng anliegend und betonte ihre Figur. Er suchte durch den Stoff des Kleides hindurch die Konturen, den textilen Fingerabdruck eines Slips. Vergeblich. Auf der großzügig konzipierten Terrasse, die etwa drei auf vier Meter maß, stand eine Sitzgruppe, wie man sie auf CD-Covers sieht, die Lounge- oder Chillout-Music enthalten. Sie bedeutete ihm mit einer Handbewegung, auf dem Zweier Platz zu nehmen.

„Ein Bier? Oder sind Sie im Dienst, Comisario?"

„Ich bin im Dienst, Frau Imhof. Aber gegen ein Bier ist nichts einzuwenden. Ja, gerne." Sie lächelte ihn an und ging zurück zur Küche. Auch die Spinne ist noch im Dienst, ging es Guardiola durch den Kopf. Wieder tastete sein Blick ihren Hintern ab. Wieder sah er keinen Slipabdruck. Sie kam mit einem Tablett zurück, auf dem ein Glas Prosecco (wie er vermutete) sowie ein Bier und ein leeres Glas standen. Gekonnt schenkte sie ihm das Bier ein, sodass eine schöne Schaumkrone entstand. Mit Erstaunen stellte er fest, dass es die Marke „San Miguel" war. Ein Bier aus seiner Heimat. Die Spinne überlies offenbar nichts dem Zufall. Ganz einfach war dieses Bier in Basel nicht aufzutreiben. Sie setzte sich in einen der beiden Einzelsessel, neunzig Grad zu seiner Rechten und schlug das rechte Bein über das linke. Samy Molcho hätte es körpersprachlich als zuwendende Geste interpretiert. Das Kleid rutschte bis mindestens zur Mitte der Oberschenkel nach hinten.

„Ich liebe Prosecco. Das ideale Getränk, um den Feierabend einzuleiten. Salud, Señor Guardiola!" Als „Nuttendiesel" bezeichnete de Michelis dieses In-Getränk. Er musste es wissen.

„Aber verzeihen Sie, Herr Kommissär. Habe fast vergessen dass Sie ja noch im Dienst sind. Daraus sehen Sie, wie entspannt ich mich in Ihrer Gegenwart fühle." Die Spinne hatte alles andere als Feierabend.

„Was kann ich noch für Sie tun, Herr Guardiola?" Viel, sehr viel, durchfuhr es Guardiola. Zeit, sich definitiv zu konzentrieren.

„Woher kennen Sie Alicia Hofmeyr näher?" Seine Stimme klang zu seinem Erstaunen sehr formell.

„Abgesehen davon, dass wir uns erstmals auf dieser Aerobic-Akademie begegnet sind?"

„Genau."

„Nun, wir waren uns rasch sympathisch. Wenige Tage nach Abschluss des Kurses gingen wir ins „Caracoles" zum Abendessen. Ein fantastisches Restaurant, lädt zum Verweilen ein und dazu, sich das Leben zu erzählen. Und ein wunderschönes Wirtepaar, diese Woronins. Da müssen Sie auch mal hin, Comisario." Sich das Leben zu erzählen. Dies tat er nur mit Manolo Cantieni, dem Doc. Wurde Zeit, sich mal wieder mit ihm auszutauschen. Er hätte bestimmt viel zu sagen zu diesem Haufen von Gockeln auf Ecstasy und Gack-Hühnern.

„Ich kenne es. Hat Ihnen Alicia ihr Leben erzählt?" Nadine Imhof dachte für einen Moment nach. Guardiola nutzte dieses Schweigen für seine Inspektion Nummer zwei. Er scannte Nadine Imhof auf Brusthöhe ab. Er meinte, so etwas wie Brustwarzen durch diesen speziellen Stoff schimmern gesehen zu haben. Die Pause war zu kurz für eine definitive Antwort.

„Das würde ich so nicht sagen. Sie hat mir beim ersten Mal aus ihrem Leben erzählt. Aus einem einst reichhaltigen, aber in letzter Zeit armseligen Leben." Guardiola fragte sich, was für sein Gegenüber wohl die Definition eines armseligen Lebens war. Aber er wollte primär viel über die Tote in Erfahrung bringen.

„Erzählen Sie mir alles, woran Sie sich erinnern können. Macht es Ihnen etwas aus, wenn ich das Gespräch aufnehme, Frau Imhof?"

„Wenn es Ihnen nichts ausmacht, Comisario? Ich habe nichts zu verbergen", meinte sie schmunzelnd. Guardiola platzierte ein Diktaphon auf dem Loungetisch und schaltete es ein, nachdem er sich vergewissert hatte, dass das kleine Band zurückgespult war. Für ihn war es wie ein Fallschirm, dieses kleine Gerät. Auch wenn er wusste, dass es mit einem Tastendruck auszuschalten war.

„Bitte, Frau Imhof."

„Alicia vertraute mir rasch. Vielleicht muss ich vorausschicken, dass ich beziehungsmäßig eine Einzelgängerin bin, eine Steppenwölfin. Ich war einmal verheiratet, drei bis vier gute Jahre, dann hätte meine Ehe dem berühmtesten Song von AC/DC zur Ehre gereicht. Damit Sie gewisse Aussagen von mir, geprägt von meinem subjektiven Blickwinkel, richtig interpretieren können, Comisario."

„AC/DC, und welcher Song?" Im Gegensatz zu Katja Keller, die Hard- und Alternativ- sowie Independent-Rock liebte und auch dauernd hörte, konnte er mit dieser Musikrichtung nur wenig anfangen.

„Highway to hell." Für einen kurzen Augenblick schien Nadine Imhof in ihrer Vergangenheit angekommen.

„Nach drei weiteren qualvollen Jahren ließen wir uns dann scheiden. Nachdem das Arschloch von meinem Ex nicht nur seine beiden Sekretärinnen vögelte, meist gleichzeitig übrigens, sondern sich auch noch an meine damals beste Freundin, mit Erfolg, rangemacht hatte. Ich kam einmal einen Tag früher als angekündigt von einer Aerobic-Convention in Interlaken zurück. Die Classes waren alle schwach gewesen, sodass ich mich am gleichen Abend entschloss abzureisen. Als ich nach Hause kam, sah ich das Auto von Petra, so hieß die Schlampe, auf unserem Carport. Ich hatte bisher, wenn überhaupt, nur leisen Verdacht geschöpft. Trotzdem schlich ich mich ins Haus. Die Eingangsetage war leer, allerdings hörte ich aus dem Kellergeschoss eindeutig-zweideutige Geräusche. Ich zog leise meine Schuhe aus und schlich mich auf Zehenspitzen in das Kellergeschoss. Ganz deutlich vernahm ich nun die Geräusche aus der Waschküche. Ich dachte meine Freundin zu hören. Ich erstarrte für einen Moment, um mich dann davon zu überzeugen, dass das, was ich zu hören glaubte, auch der Realität entsprach. Ich ging auf Zehenspitzen bis zum Türrahmen. Die Tür zur Waschküche hatten wir abgehängt. Ich schaute vorsichtig am Türrahmen vorbei und sah in der Tat meinen Mann intensiv mit Petra beschäftigt. Beide standen mit dem Rücken zu mir und konnten mich nicht sehen". Sie hielt inne. Offenbar musste sie Guardiola sehr interessiert angesehen haben. Unaufgefordert fuhr sie fort: „Das Schwein hatte ihre Hände im Stehen an ein auf Putz liegendes Rohr mit Handschellen gefesselt. Beide waren splitternackt, sie trug lediglich ein paar kniehohe Stiefel mit hohen Absätzen. Die Stiefel gehörten mir. Wahrscheinlich nur, damit die Höhe besser stimmte, denn mein Mann konnte mit Stiefeln als Fetisch nichts anfangen. Er stand dicht an ihrem

Rücken. Mit seiner rechten Hand führte er ihr einen Dildo in die Muschi ein und aus. Seinen linken Arm hatte er um ihren Bauch gelegt. Einerseits zog er sie damit zu sich hin, andererseits stieß er mit seinem Unterleib immer wieder zu. Er schien sie hart in ihren Hintereingang zu vögeln. Sie hatte mir mal, ziemlich angetrunken, anvertraut, dass sie auf Analverkehr stehen würde, ihr Mann aber nichts davon wissen wolle. Ich schaute diesem zweifelhaften Schauspiel einige Sekunden zu. Ich hatte keine Lust, mich durch ein Hereinplatzen in diese Szene zu erniedrigen. Aber ich wollte den Beweis sichern. Also schlich ich den ganzen Weg zurück bis zu meiner kleinen Fotokamera, schaltete die Blitzfunktion aus und stieg wieder in die Waschküche hinunter. Dort machte ich drei, vier Aufnahmen. Dann ging ich wieder hoch, stieg ins Auto und fuhr los. Die beiden hatten nichts bemerkt und mein Gepäck hatte ich noch nicht ausgeladen. Ich nahm mir ein Zimmer im Hotel „Viktoria" am Bahnhof und ging ins Kino. Morgen wollte ich die Fotos ausdrucken und meinen Noch-Ehemann damit konfrontieren. Irgendwie fühlte ich mich gar nicht schlecht, eher erlöst von einer mehrjährigen Pein. Ich wusste, eine konventionelle Zweierbeziehung kam für mich nicht mehr infrage. Am nächsten Tag tat ich wie beschlossen. Schweigend ging mein Mann einen Koffer packen und zog noch am gleichen Abend aus. Nach einem Jahr waren wir geschieden. Können Sie nun verstehen, was ich mit sehr subjektivem Blickwinkel gemeint habe, Comisario?"

„Ich danke Ihnen für Ihre Offenheit und Ihr Vertrauen mir gegenüber, Frau Imhof. Nun aber zum eigentlichen Inhalt meines zweiten Besuches: Alicia Hofmeyr. Was hatten Sie bei diesem ersten Abend für einen Eindruck von ihr?"

„Das war vor drei Jahren gewesen. Die Alicia vor drei Jahren war nicht zu vergleichen mit der Frau,, die vor wenigen Tagen verstorben ist."

„Sprechen Sie weiter!"

„Alicia war kein sehr froher Lebemensch. Sie war auf dem Weg in eine Depression. Sue, ihre Tochter, stand an der

Schwelle zum Erwachsenwerden. Sie war auf der Suche nach einer neuen Lebensaufgabe. Steve, ihr Mann, steckte den größten Teil seiner Energie in seine Galerien und den Kunsthandel. Und in seine Tochter Sue, die er abgöttisch liebte und beschützte. Alicia durfte nie einer Arbeit nachgehen, Steve wollte, dass Sue gut behütet von einer Mutter, die stets zu Hause war, aufwuchs. Selbst ihr Entschluss, eine Aerobic- und Pilatesausbildung zu beginnen, stieß bei ihrem Ehemann auf erbitterten Widerstand. Es war dann aber das erste Mal bei einer Diskussion, die wirklich von Belang war, dass sie von ihrer Tochter Unterstützung bekam. Diese hielt sonst immer nur zu ihrem geliebten Daddy. Mit dem Ausbildungsbeginn entfremdete sie sich jedoch auch Steve immer mehr. Er verlor beinahe jedes Interesse an ihr und behandelte sie oft wie Luft. Wenn sie sich über fehlende gemeinsame Inhalte beklagte, wies er jeweils lediglich auf ihre luxuriösen Lebensumstände, das Haus, ihre Fahrzeuge, ihre Klamotten, ihren Schmuck hin."

„Gefangen im goldenen Käfig gewissermaßen?" Dies war seine Sylvia bestimmt nicht. Dazu reichte schon sein Gehalt als Kriminalkommissär nicht. Er hatte sie auch immer dabei unterstützt, ja beinahe darauf bestanden, arbeiten zu gehen.

„Gewissermaßen. Sie besprachen nur noch administrative Dinge. War Sue mal außer Haus, in Schullagern oder mit den Eltern von Freundinnen im Urlaub, kam es auch vor, dass er sie schlug. Immer so, dass nichts Sichtbares von den Schlägen übrig blieb. Mit zwei Ausnahmen."

„Und die waren?"

„Einmal hinterließ sein Siegelring, ein Erbstück seines Vaters mit dem Hofmeyr'schen Wappen, den er an sich selten trug, eine tiefe Schramme unter ihrem linken Auge. Sie musste sie auf der Notfallstation nähen lassen. Offiziell war sie im Keller gegen ein Regal gelaufen. Das zweite Mal brach er ihr den Unterarm. Dieser Tat war eine hitzige Diskussion vorausgegangen. Sue war im Skilager. Alicia hatte begonnen, sich mit anderen Männern zu treffen, die sie teilweise in den Fitnessclubs kennenlernte. Zuerst zum Kaffee, dann zum Mittagessen. Mehr nicht. Sie begann es heimlich, wenn Steve auf Reisen war. Irgendwann beschloss sie jedoch–auch durch mich ermuntert–ihm dies mitzuteilen. Als sie danach zum Telefon griff, um ihre Mutter oder mich anzurufen, so genau weiß ich es nicht mehr, dachte er, sie würde einen ihrer Bekannten anrufen. Steve war, wie immer häufiger, angetrunken. Mit einer Eisenstange schlug er auf ihren Unterarm ein. Dies führte zur Fraktur. Offiziell war ihr ein schwerer Haushaltgegenstand draufgefallen. Ich weiß nicht mehr, auf was man sich einigte."

„Warum hat sie ihn nie verklagt?"

„Sie müssten die rigiden Lebensumstände kennen. Steve hatte eine sehr fromme Erziehung bekommen, war in diesem bigotten Groove der Apartheid-Zeit in Südafrika aufgewachsen. Sein Vater war ein richtiger Patriarch gewesen, der sich in der Öffentlichkeit als Wohltäter für lokale Künstler darstellte. Lange fand im Hause Hofmeyr auch noch das Tischgebet statt, bis in diesem Falle Sue zu rebellieren begann. Steve ließ sich vom geliebten Töchterlein überzeugen, es endgültig abzuschaffen. Auch Sue wurde, zumindest von ihm, sehr religiös erzogen. Etwas, das Alicia aus ihrem Elternhaus nicht kannte, aber sie machte auch hier gute Miene zum bösen Spiel. Sie sehen, es wurde alles unternommen, um gegen außen eine perfekte Familie zu mimen. Alicia hätte sich nie getraut, etwas Behördliches gegen ihren Ehemann zu unternehmen. Nach der Fraktur hat er sich auch großzügig bei ihr entschuldigt und ihr, gewissermaßen als Wiedergutmachung, einen 911er hingestellt. Neuwertig. Aber er hatte irgendwie bei ihr mit diesem Schlag zu viel kaputtgemacht. Sie schwieg zu Hause und hielt den Schein aufrecht, aber sie begann auswärts wieder zu leben. Mit aller Unterstützung von mir. Dies ließ auch die Gerüchte um ein angebliches Verhältnis von Steve zu seiner Assistentin an ihr abprallen. Es interessierte sie gar nicht mehr." Mavi Forlan. Guardiola war sich immer sicherer, dass sich seine Vorahnung, diese Nadine Imhof könnte ein entscheidender Faktor zur Lösung des Falles sein, bestätigen würde.

„Warum mit Ihrer Unterstützung?"

„Ich ermunterte Alicia, sie selbst zu sein. Sie suchte immer mehr meine Gesellschaft, wir gingen zusammen aus, sie lernte auch durch mich andere Männer kennen, attraktive Männer. Teilweise hat sie sich auch mit ihnen getroffen, auch intim."

„Dabei hat sie Ihnen immer wieder Ihre Traummänner oder zumindest *den* Traummann, ausgespannt. Deshalb haben Sie sie letzten Donnerstag umgebracht, Frau Imhof." Sie lachte spontan auf.

„Seit meinem Ehealptraum gibt es keinen Traummann mehr. Ich lebe mein Leben und dies emotional und finanziell ganz gut, wie Sie bestimmt schon unschwer festgestellt haben. Mein lieber Comisario, im Sinne der gutbürgerlichen Gesellschaft habe ich bestimmt keinen guten Einfluss auf sie gehabt. Aber ich habe sie nicht umgebracht. Im Gegenteil, ich habe sie geliebt und sogar sexuell verführt. Dies können Sie moralisch verurteilen, aber verhaften können Sie mich dafür nicht." Guardiola schaute sie erstaunt an.

„Eines Tages, vielleicht vor knapp zwei Jahren, es war einen Monat nach ihrer Fraktur, stand sie morgens um eins weinend vor meiner Tür. Er hatte sie wieder geschlagen, wenn auch nicht sichtbar. Wir sprachen lange miteinander, ich hielt sie in den Armen. Anfänglich zitterte sie, es dauerte lange, bis sie sich wieder beruhigt hatte. Im Morgengrauen schliefen wir miteinander." Guardiola wirkte überrascht. Es gehörte zu seinem Beruf, Unklarheiten aus dem Weg zu räumen.

„Sind Sie lesbisch, Frau Imhof?" Sie schaute ihn lange schweigend an. Danach schlug sie die Beine neu übereinander. Das Kleid rutschte nochmals um einige Zentimeter nach hinten.

„Wenn Sie die Tatsache, dass ich mich nicht nur von Männern, sondern auch von Frauen sexuell angezogen fühle, als lesbisch bezeichnen, dann kann ich Ihre Frage bejahen, Comisario. Bisher war ich der Meinung, dass man dies als bisexuell bezeichnet. Übrigens ein Traum vieler Männer." Die Spinne schaffte es immer wieder aufs Neue, dass er ihr ins Netz ging. Er spürte, wie er errötete. Zu mehr als zu einem „Was genau?" war er nicht fähig.

„Eine bisexuelle Partnerin zu haben. Oder haben Sie noch nie von einem Dreier geträumt, Herr Kommissär?" Sie war jetzt am Drücker. Und wie hatte er davon geträumt und tat es noch immer, beinahe täglich. Bevor er etwas antworten konnte, fuhr sie fort.

„Und noch eine Frage, natürlich nur, wenn Sie erlauben, Herr Guardiola?" Powerplay würde man dies im Eishockey nennen. Eine Sportart, die er langsam in der Schweiz zu entdecken begann, auch wenn er dafür in der falschen Stadt wohnte. Der lokale Verein war eine Nullnummer mit einem beschissenen Präsidenten, Direktor einer biederen Privatbank. Dies hatte er zumindest gehört. Er nickte ihr zu.

„Danke, Comisario. Und jetzt Hand aufs Herz: Ich weiß nicht, wie viele Lesben Ihnen bei Ihren Ermittlungsarbeiten schon begegnet sind. Aber sehe ich wirklich wie eine aus?" Sie streckte dabei leicht ihren Oberkörper in die Höhe. Die Brüste traten eine Spur deutlicher hervor. Er meinte die Brustwarzen zu erkennen. Die Vorstellung, dass sie unter diesem weißen Kleid nackt sein könnte, ließ ihn um ein Haar den Faden verlieren. Er spürte seine Erregung wachsen.

„Nein, Frau Imhof. War dies eine einmalige Begebenheit oder kam es zu Wiederholungen?" Guardiola staunte selbst über seine Geistesgegenwart und seine professionelle, amtliche Sprache. Er spürte, wie sein Schwanz wieder etwas abschwoll.

„Es war keine einmalige Begebenheit und es kam zu wiederholten Wiederholungen." Ganz bewusst übernahm sie seine Wortwahl.

„Dann kann man sagen, dass Sie mit der Toten ein Verhältnis hatten?"

„Ach, Comisario. Verhältnis hat immer so etwas Verbotenes und Verruchtes an sich. Wir hatten ein- oder zweimal im Monat schöne Momente miteinander. Ist dies ein Verhältnis?"

„Wie würden Sie es dann bezeichnen?"

„Freundschaft, innige Freundschaft ohne Erwartungen. Das Ausleben des Moments im Hier und Jetzt. Wollen Sie dies nicht manchmal auch, Herr Guardiola?" Besser nicht jetzt, dachte er.

„Vielleicht haben Sie aber doch mehr von ihr erwartet. Zum Beispiel, dass sie sich nicht mehr mit Männern trifft, nur noch für Sie da ist, für Ihre Vorstellung von wahrer, bedingungsloser Freundschaft. Als sie sich immer ausschweifender benahm und Sie gewissermaßen die männlichen Geister nicht mehr loswurden, die Sie einst auch für sie riefen, haben Sie sie in gekränkter Liebe und aus Eifersucht umgebracht. Eines der ältesten und häufigsten Motive". Nadine Imhof nahm das übergeschlagene Bein wieder zurück. Ihre beiden Beine standen nun wieder parallel nebeneinander. Sie klatschte einige Male in die Hände.

„Ich bewundere Ihre Denkflexibilität, Comisario. Vor einigen Minuten war das Tatmotiv noch der Kampf um einen Mann, nun ist es schon meine Liebe zu ihr. Aber aus psychologischer Sicht ein brillanter Gedankengang. Da kann ich fachlich nicht widersprechen. Daher begebe ich mich ausnahmsweise zurück auf den Pfad der banalen Realität. Warum fragen Sie mich nicht einfach, wo ich an diesem Donnerstag zur Tatzeit gewesen bin?"

„Sagen Sie es mir! Zwischen 12 und 14 Uhr."

„Ich habe ihn Riehen zwei Lektionen gegeben. Zuerst Body-Pump und dann noch eine Spinning-Klasse. Ich war gegen 11 Uhr 45 dort und habe das Studio um etwa 14 Uhr 30 wieder verlassen." Die gleiche Aussage wie gestern. Guardiola griff zum Handy und bat Peterhans diese Aussagen zu überprüfen. Er hatte es gestern vergessen anzuordnen.

„Noch ein Bier, Comisario?"

„Nein, danke. Aber eine andere Frage: Die Tochter Sue hat Sie, Frau Imhof, beschuldigt, ihre Mutter mit Kokain in Kontakt gebracht zu haben."

„Sue muss einen abgrundtiefen Hass auf mich gehabt haben. Wahrscheinlich noch mehr, als auf ihre Mutter. In dem bigotten Dunst, in welchem sie aufgewachsen ist, war ihre Mutter wahrscheinlich das Opferlamm und ich die Teufelin, emporgestiegen aus meiner bisexuellen Hölle, um neue Opfer zu finden."

„Sie haben meine Frage noch nicht beantwortet."

„Wir sind beide das erste Mal zusammen mit Kokain in Kontakt gekommen. Dies war Anfang des Jahres in Barcelona. Xavier Ocaña, der momentane Shooting Star der katalanischen Kunstszene, hatte seine Vernissage bei Steve. Alicia war an diesem Abend auch anwesend. Sie flirtete zuerst mit einem anderen Künstler, Chuck Rensenbrink, den man ja auch bei uns kennt. Wohnt meines Wissens in Nunnigen, na ja." Ihre Urbanität war nicht zu verbergen.

„Ich stand mit Steve und seiner Assistentin mehr oder weniger amused herum, der Künstler war beschäftigt mit Interviews und Shakehands. Es schien mir, als wäre ganz Barcelona in Steves Galerie, inklusive der Polit- und Sportprominenz. Schließlich gesellte sich Ocaña zu uns, einen Typen in seinem Schlepptau, den uns Steve als Mäzen und hervorragenden Galeriekunden vorstellte. Er sah zwar umwerfend gut aus, hatte aber auch etwas grobschlächtiges, beinahe Brutales an sich. Die Art Mann eben, die uns Frauen manchmal anzieht und manchmal abstößt.

„Wie hieß er?"

„Ich kann mich nicht wirklich erinnern, jedenfalls ein eigenartiger Name. So was wie Bocadillio oder ähnlich. Ich weiß es wirklich nicht mehr ganz genau.

„Vielleicht Boccanegra?" Guardiola fragte sich, ob er wohl auch anziehend und abstoßend auf Frauen wirkte.

„Genau. Boccanegra. Andres Boccanegra. Als Alicia sah, dass der Hauptact des Abends bei uns stand, gesellte sie sich ebenfalls zu uns. Wir tranken weiter, die Stimmung war ausgelassen, einige Bilder waren bereits verkauft. Zu astronomischen Summen, versteht sich. Selbst Steve wirkte für einmal locker und wechselte sogar mit seiner Frau einige, wie es schien, herzliche Worte. Mavi Forlan wich kaum einen Zentimeter von ihm.

Gegen Mitternacht kamen immer mehr Leute in die Galerie, ein Riesengedränge." Gegen Mitternacht, dachte Guardiola sehnsüchtig. Hier waren die meisten Vernissagen um 21 Uhr 10 zu Ende. Und Alkohol gab es auch kaum, kontrolliertes Sehen und Gesehenwerden. Manchmal vermisste er seine Heimatstadt sehr, diese pulsierende Kapitale, die der Philosoph Josep Ramoneda mal als Weltbürgerstadt dem „bürokratisch kontaminierten Madrid" gegenüberstellte. Die Stadt, die vielleicht wie keine andere von den Olympischen Spielen profitieren konnte. „Posat guapa, Barcelona!" wurde zu einem Slogan, dem jeder stolze Barcelonese auch Jahre nach den Spielen noch nachlebt. Zum „Mach dich schön, Barcelona!" gehört für ihn auch der Civisme, der Bürgersinn, und damit eine gewisse Blasendisziplin. Eine Kneipe oder Bar habe man–und da stimmte er ganz mit dem Alcalde, dem Bürgermeister, überein–gefälligst „pixat", frisch ausgepinkelt, zu verlassen. (Nach dem Erlass milderte der Bürgermeister seine Direktive dahingehend ab, dass Prostatakranke natürlich besondere Nachsicht verdienten. Woraus man ersehen kann, bis in welche Verästelungen der Civisme des Alcalde reichten).

„Comisario?" Nadine Imhof war es nicht entgangen, dass des Kommissärs Gedanken kurz abschweiften.

„Fahren Sie fort."

„Als der Türsteher niemand mehr reinlassen konnte, waren Steve und Mavi aus unserem Blickfeld verschwunden. Das hatte auch Alicia beobachtet. Sie drehte nun richtig auf, flirtete mal hemmungslos mit Andres, mal mit Xavier. Sie ließ es auch zu, dass ihr Andres immer wieder an den Busen fasste. Xavier schien weniger ihrem Beuteschema zu entsprechen. Meinem schon mehr. Bald schon kristallisierten sich zwei spontane Paare heraus, die zu diesem Zeitpunkt nur wussten, dass die Nacht noch viele Optionen offen hielt. Von Mavi und Steve keine Spur mehr. ‚Lass uns abhauen', schlug Boccanegra vor. Alicia ließ sich nicht zweimal bitten und folgte ihm. Xavier schaute mich kurz an, zuckte mit den Schultern und hieß mich dem Paar zu folgen. Da immer noch Leute hineindrängten, bemerkte niemand unser Verschwinden, im Gegenteil, es gab wieder Platz für neue Gäste. Boccanegra hatte sein Auto, einen Q7, unweit von der Galerie abgestellt. Wir stiegen ein, er fuhr los. Alicia drehte sich zu mir nach hinten um und meinte: ‚Soll er doch die Forlan ficken. Scheißegal, wir feiern jetzt erst recht, Nadi!' So nannte sie mich, wenn sie gut drauf war. ‚Wohin geht's?' erlaubte ich mir zu fragen. ‚Zu mir', war die knappe Antwort Boccanegras, die etwas gepresst wirkte. Als ich aus dem Fond, wo ich neben Xavier saß, der einen höflichen Abstand warte, kurz nach vorne schaute, wurde mir klar, warum. Alicia hatte ihre Hand bereits zwischen die Beine von Boccanegra gelegt. Zum Glück dauerte die Fahrt nicht allzu lange. Die Galerie lag am „Carrer Pujades" im Poble Nou, sein Appartement befand sich am Carrer d'Enric Granados, an der Grenze zwischen dem Esquerra und Dreta de l'Eixample, dem rasterförmig angelegten Erweiterungsteil Barcelonas. Obschon Boccanegra den schnellsten Weg über die Ringstraßen nahm und die Fahrt nur wenige Minuten dauerte, hatte sie es geschafft, seinen Freund auszupacken und mit ihrer linken Hand zu bearbeiten. Boccanegra machte sich auf dem Weg zum Aufzug nicht mal mehr die Mühe, ihn wieder einzupacken. Sein Hemd, welches über seine Hose reichte, vermochte nur das Nötigste zu verdecken. Alicia flüsterte mir grinsend ins Ohr, dass sie nur noch heiß sei und Steve alles heimzahlen würde. Boccanegra wohnte in einem Penthouse mit großer Terrasse. Auf dieser standen drei riesige Daybeds. Von der Terrasse konnte man sowohl den Tibidabo, den Vergnügungsberg Barcelonas, den Montjuic und das Meer sehen." Mar y Muntana. Guardiola musste aufpassen, nicht wieder ins Träumen zu geraten. Der Stoff von Imhof war aber heiß genug.

„Boccanegra köpfte zwei Flaschen Freixenet und brachte vier Gläser. Wir prosteten uns alle zu, als wäre es das erste Mal an dem Abend. Danach zog Alicia ihr knappes Kleid und ihren String aus, packte die Flasche und legte sich aufs Bett. Sie füllte ihren Bauchnabel mit Freixenet, war aber schon zu besoffen, um wirklich zu treffen. Der größte Teil rann deshalb ihre vollständig rasierte Muschi hinunter. Dies war auch für Xavier zu viel, wie ein Trigger. Er riss sich sein weißes T-Shirt vom Leib und zog sich die Hose aus. Sein Glied war erregt. Er kniete sich ans Bettende und begann Alicia zu lecken. Sie begann zu stöhnen." Muss ich mir dies wirklich anhören?, dachte er sich. Er kam schnell zum Schluss, dass er nicht nur musste, sondern auch wollte. Ein Freund bei der Sitte, Armbruster, hatte ihm gesagt, dass sie viel widerliches pornographisches Material sichten mussten, menschliche Abgründe, zu denen kein Tier fähig sei. Aber ab und an gäbe es auch gute Pornos. Nadine Imhof merkte, dass er nicht ganz über dem Gehörten stand. Unmerklich öffnete sie die Beine etwas mehr.

„Boccanegra zog mich auf das andere Bett, das gleich gegenüber stand. Er setzte sich neben mich und legte seine Hand auf die Innenseite meines Oberschenkels. Wir schauten Xavier wie gebannt beim Lecken zu. Sie wurde immer lauter, erst recht, als er ihr einen Finger in die Muschi steckte. Bald folgte ein zweiter. Er vögelte sie mit den Fingern. Zwischendurch steckte er ihr die Finger in den Mund, um sie ablecken zu lassen. Boccanegra schob seine Hand unter meinen Mini und an meinem Slip vorbei. Er merkte meine Feuchtigkeit und steckte mir nun auch zwei Finger in die Muschi. Mit der anderen Hand knöpfte er mir die Bluse auf. Ich half ihm beim Ausziehen. Gekonnt öffnete er einhändig meinen BH und streifte ihn mir ab. Mit einer Sanftheit, die ich ihm nicht zugetraut hätte, küsste er meine erregten Brustwarzen. Ich stöhnte leise, seine Finger fickten sanft mein Feuchtgebiet. Ich hob den Kopf und sah die Lichter des Tibidabos. Durch seine dünne Leinenhose sah ich seine Erektion. Ich suchte den Reißverschluss und fand Knöpfe, die ich öffnete. Ich griff ihm in den Schritt. Er trug, wie viele Südländer, keine Unterhose. Ich zog sein halb erigiertes Glied heraus und massiertes es. Bald wuchs es zu einer Größe an, die wiederum eher unter das Prädikat bedrohlich fallen würde. In diesem Moment wollte ich prüfen, wie viel davon in meinem Mund Platz hätte. Ich versuchte mich vor ihn zu knien. Er ließ es aber nicht zu, sondern packte mich an den Haaren und zog meinen Kopf nahe zu seinem: ‚Leg dich unter Xavier und blas ihn!', zischte er mir ins Gesicht. Dann stieß er mich, wenn auch nicht allzu heftig, zu Boden. Er stand auf, drehte mich auf alle Viere, zog mir Mini und Slip aus und warf beides über das Geländer der Terrasse. Das gleiche tat er mit meiner Bluse und dem BH. Ich trug nur noch meine hohen Sandaletten. Diese und meine kleine Handtasche hatte ich noch. Mehr nicht. Er kam auf mich, packte mich wieder an den Haaren, zog meinen Kopf ins Genick und sagte leise und sanft: ‚Geh jetzt zu Xavier. Wenn du gut bist, gibt es morgen Ersatz!'". Dann drückte er mich wieder auf alle Viere, setzte sich aufs Bett und begann seinen Pferdeschwanz zu wichsen. Ich war heiß wie noch nie. Der Alkohol, die Location, meine erniedrigende Position auf dem Boden auf allen Vieren, wie eine läufige Hündin. Nackt und ohne verfügbare Kleider einem Hengst ausgeliefert zu sein und sehend, wie die Freundin geleckt wird, ließ mich schnell zu ihnen rüber kriechen. Xaviers Riemen war ebenfalls stattlich, wenn auch nicht ganz so groß wie Boccanegras Instrument. Noch immer leckte er Alicia, die unersättlich schien. Unterdessen hatte er einen Finger in ihrer Muschi und einen in ihrem Hintern… Comisario, Sie schwitzen ja!" Ja, verdammt, er schwitzte. Deutlich sah er durch den Stoff ihres Kleids sich die Brustwarzen abzeichnen. Ihre Schilderung hatte sie offenbar auch erregt. Wie ihn. Die Hose seines leichten Leinenanzuges war zwar weit geschnitten, trotzdem spannte sie. Die Schilderung des Abends in Barcelona sowie die Ahnung, dass sie unter ihrem Kleid nackt sein musste, forderten seine Beherrschung aufs Äußerste. Ein Beherrschung, die sein Vegetativum mit vermehrter Schweißproduktion kompensierte. Zum Glück rief in diesem Moment Peterhans an. Er bestätigte alle Angaben zu Nadine Imhofs Alibi. Damit war sie also nur Zeugin, was ihn entspannen ließ. Die Schweißproduktion ließ sofort merklich nach, nicht jedoch der Blutzufluss in seinem Beckenbereich.

„Lassen Sie uns eine Erfrischungspause machen, Comisario. Es ist warm auf dem Balkon, wenn den ganzen Tag die Sonne darauf geschienen hat. Ich habe auch heiß. Nehmen

Sie eine Dusche, und dann ziehen Sie das an. Viel angenehmer für solche Gespräche." Sie zwinkerte ihm schelmisch zu und streckte ihm einen schwarzen Bademantel und ein ebensolches Frottiertuch hin, die sie während seines Telefonats geholt hatte.

„Geben Sie mir Ihre Kleider, ich hänge sie zum Trocknen auf." Er zögerte einen Moment. Er konnte sich nicht daran erinnern, dass er während einer Zeugenvernehmung je duschen gegangen war. Aber er hatte auch noch nie eine solche Zeugin gehabt, die zudem sicher nicht Tatverdächtige war. Er schlüpfte aus seinen Schuhen. Aufgrund der spätsommerlichen Temperaturen trug er noch keine Socken, so wie dies in Katalonien üblich war. Dann zog er sein Hemd aus und warf es ihr zu. Sie hing es an einen Bügel und diesen an einen speziell in der Terrassenwand eingelassenen Kleiderhacken. Er ging ins Bad und duschte ausgiebig. Beim Abtrocknen bewunderte er ihre Sammlung an Parfums und Kosmetika, darunter praktisch das ganze Sortiment von La Prairie. Er zog sich den schwarzen Bademantel über, der sich flauschig anfühlte. Eine Unterhose hatte er, wie oft im Sommer, nicht dabei. Sylvia nervte dies immer. Er meinte sich zu erinnern, dass sie dies noch vor Carmens Geburt heiß gemacht hatte. Als er barfuß aus der Dusche zurück ins Wohnzimmer kam, hantierte Imhof in der Küche herum. Er setzte sich wieder aus Sofa und schlug die Beine übereinander, darauf achtend, dass der Bademantel nicht aufklaffte. Schon bald kam sie mit einem Tablett zurück, auf dem sich eine große Schale Fruchtsalat sowie zwei kleinere leere Schälchen und zwei Löffel befanden. Sie stellte es auf den kleinen Beistelltisch. Dabei entging es ihm nicht, dass das eine Reißverschlussende süd-, das andere deutlich nordwärts gewandert war. Beim Abstellen des Tabletts bekam er einen Eindruck ihrer Brüste. Sie füllte beide kleinen Schalen im Stehen und gab ihm eine. Sie ging nochmals in die Küche zum Kühlschrank und kehrte mit einer Schale Schlagrahm zurück.

„Auch ein wenig, Comisario? Sie wirken übrigens im Bademantel viel entspannter als im Anzug." Guardiola nickte und sie gab eine größere Portion der Sahne auf beide Fruchtschalen.

Es war mittlerweile gegen 19 Uhr geworden. Guardiola verspürte ein leichtes Hungergefühl. Dieses Mal setzte sie sich zu ihm auf das Lounge-Sofa. Das Kleid rutschte nach hinten, durch die mittlerweile großzügige Öffnung des Reißverschlusses war plötzlich viel Bein zu sehen. Sie versuchte gar nicht erst, dies zurechtzuziehen, wie es sonst bei vielen Frauen eine fast automatisierte Bewegung ist.

„Danke für Ihre Bemühungen, Frau Imhof." Für welche genau, wusste er auch nicht mehr wirklich.

„Keine Ursache und guten Appetit." Sie aßen für einen kurzen Augenblick schweigend. Dann nahm sie das Gespräch wieder auf.

„Soll ich fortfahren mit dem, was an diesem Abend geschah, Comisario?"

„Ich bitte darum."

„Nun gut. Ich kroch also von hinten an Xavier heran, der immer noch vor Alicia kniete und drückte ihm die Knie so weit auseinander, dass ich mich rücklings unter ihn legen konnte. Er bemerkte dies und streckte seinen Körper so, dass sein Kopf gerade noch zwischen Alicias Beinen blieb. Ich sah sein durch mein unverhofftes Erscheinen neu erregtes Glied direkt über meinem Gesicht. Ich leckte seine Eichel mit meiner Zungenspitze. Sein Becken zuckte leicht, meine Zunge kreiste um seine Spitze und spielte auch mit seiner Öffnung." Als wollte sie ihre Technik bildlich demonstrieren, entfernte sie immer wieder Sahnereste von ihren Lippen. Sie machte Guardiola ein Zeichen seinen linken Mundwinkel betreffend. Wahrscheinlich auch Sahne. Bevor er es mit seiner Serviette entfernen konnte, spürte er bereits ihre Zunge über seine Lippen zum Mundwinkel fahren. Ein kleines Lächeln, dann fuhr sie fort: „Ich leckte nun seinen ganzen Schaft und hörte auch nicht bei seinen Eiern auf. Ich vernahm trotz der Lautstärke von Alicia, die völlig abzuheben schien, ein Stöhnen von Xavier. Dann nahm ich eines in den Mund und biss leicht zu. Dies war zu viel, er hatte lange meiner Zungenarbeit tapfer standgehalten. Jetzt aber löste er sich mit dem Becken von mir und zielte mit seinem Stachel mitten auf mein Gesicht. Ich öffnete meinen Mund, empfing seinen Schwanz und begann ihn zu blasen." Wieder leckte sie Guardiola etwas Sahne von den Lippen. Diesmal gab sie ihm anschließend einen flüchtigen Kuss auf den Mund. Sie legte ihre rechte Hand auf die Mitte seines Oberschenkels. Noch viel Stoff und Distanz dazwischen, dachte Guardiola. Spätestens jetzt hatte er aufgehört sich zu fragen, wie weit sie es treiben würde. Er wusste es, er wollte sich auch nicht mehr wehren, sie hatte ein astreines Alibi. La Prairie. R8. Andere bezahlten dafür ein Vermögen. Er war bereit, abzuheben, zu fliegen. Carmen war im Schullager, Sylvia mit einer Freundin in einem Wellness-Hotel im Schwarzwald. Niemand würde ihn heute Nacht in seiner Wohnung erwarten. Ab und zu sind auch gute Pornos dabei, hörte er den Kollegen und Freund Armbruster wieder in seinem Kopf. Er wusste, dass es bei der Sitte nicht unüblich war, sich auch mal verwöhnen zu lassen und dafür das eine oder andere Auge zuzudrücken. Zum Beispiel gegenüber den lieben Kollegen von der Steuerfahndung. Und irgendwie war er heute Abend ja mehr bei der Sitte als bei der Mordkommission. Aber noch war er am Ermitteln. Das Abheben würde später folgen. Vielleicht.

„Plötzlich spürte ich meinerseits etwas an meinem Unterleib. Einen heftigen Schmerz, als würde mein Becken in zwei geteilt. Boccanegra, ich hatte ihn schon beinahe vergessen, penetrierte meine Muschi. Ich schrie kurz auf, trotz Xaviers Schwanz in meinem Mund. Andres stieß mich hart, aber nicht zu hart. Offenbar führte dies dazu, dass ich Xavier intensiver blies. Schon bald entlud er sich in meinem Mund."

„Keine Gummis?"

„Alles war zu aufgeladen, ekstatisch, außer Kontrolle. Sonst bin ich sehr vorsichtig." Ihre Hand streichelte nun unmerklich seinen Oberschenkel. Er stieß mit seinem Glied langsam gegen den Stoff des Bademantels.

„Boccanegra war grob, irgendwie gnadenlos, aber nicht brutal. Es fühlte sich gut an, ich kam zweimal. Schließlich zog er ihn heraus und entlud sich auf meinem Bauch. Wir lagen alle erschöpft auf oder zwischen den Betten und atmeten schwer. Boccanegra holte zwei weitere Flaschen Freixenet und öffnete sie. Die eine schüttelte er im Stile der Formel1-Siegesfeiern und spritzte uns drei ab. Dies belebte unsere Geister wieder. Lachend prosteten wir uns zu. Bis Boccanegra aufstand und für einen Moment im Inneren des Penthouses verschwand. Nach wenigen Minuten kam er mit einer flachen Platte zurück. Er legte sie auf ein Bett. Darauf waren fein säuberlich vier Linien gezogen. Daneben lagen, unter einer Art Briefbeschwerer, vier 100 Euro-Scheine. Nein, kein Koks, dachte ich, als er auch schon anfing, die Hunderter zu einem Röhrchen zu rollen. Er gab jedem einen Schein und hieß Alicia anzufangen, eine Linie zu sniffen. Sie schien wieder heiß zu sein und stürzte sich förmlich drauf. Dann tat Xavier es ihr gleich. ‚Nun du!', herrschte mich Boccanegra an. Ich schüttelte den Kopf. Er sah mich mit seinem stechenden Blick an. Ich schaute hilfesuchend zu den anderen beiden, doch Alicia hatte sich unterdessen auf Xavier gesetzt und ritt ihn zu. ‚Mach!', befahl mir Boccanegra nochmals. Ich schüttelte abermals den Kopf, wollte mit diesem Dope nicht in Kontakt kommen. Er zog seine Linie rein, kam zu mir, packte mich an den Haaren und riss meinen Kopf in den Nacken. ‚Deine Linie!', herrschte er mich an. Trotz seines Griffes gelang es mir, eine Art Kopfschütteln hinzukriegen. Da spürte ich auch schon seine andere Hand im Gesicht. Viermal schlug er zu, die Sau. Dann zwang er mich mit dem Hunderter auf die Linie. Es gelang mir, das meiste nicht zu sniffen. Er packte mich am Hals und warf mich zu Boden. Ich schlug mit dem Kopf an einen Bettpfosten und verlor wohl für einige wenige Augenblicke das Bewusstsein. Als ich wieder zu mir kam sah ich, wie Alicia gleichzeitig von beiden genommen wurde. Dabei hatte sie, die Arme, den Pferderiemen in ihrem Arsch. Sie stöhnte nicht mehr, sie schrie. Zu diesem Zeitpunkt wusste ich nicht, ob vor Lust oder Schmerz. Später sagte sie mir, dass es beides war. Es sei auch ihre erste DP gewesen."

„DP?" Nadine Imhof schaute ihn beinahe mitleidig an. Gleichzeitig schob sie ihre Hand in seinen Schritt unter seine Eier. Mit der anderen öffnete sie den Gurt des Bademantels.

„Double penetration. Gleichzeitig in Muschi und Arsch." Ganz leicht schloss sie die Hand unter seinen Eiern. Noch eine Frage, dachte sich Guardiola mit letzter professioneller Beherrschung.

„Diese Schilderungen sind so wahr, wie Ihr Alibi wasserdicht ist, Frau Imhof?"

„So wahr, wie dies jetzt real ist, was du soeben erlebst. Und nenn mich nie mehr Frau Imhof, Sergi, du katalanisches Comisario-Arschloch." Sie drückte nun zu und begann seine Eier kräftig zu massieren. Dann öffnete sie seinen Bademantel. Sein Schwanz war hart und schaute in die Richtung ihres Mundes. Er schaltete das Diktaphon aus, legte den Kopf zurück und begann seinen Steigflug.

19

Am nächsten Morgen erwachte er neben einem gebrauchten Kondom. Er schaute auf die Uhr, es war kurz nach sieben. Da er kaum Alkohol getrunken hatte, wusste er sofort, was los war. Er schaute auf die andere Bettseite, die aber leer war. Aus der Küche vernahm er Geräusche und meinte, so etwas wie frischen Kaffeegeruch wahrzunehmen. Er zog den Bademantel an und folgte dem Geruch. Nadine gab ihm einen Kuss, den er verlegen erwiderte.

„Willst du duschen? Frühstück ist gleich fertig." Er duschte kurz, denn er verspürte großen Hunger. Als er zurück in den Wohnbereich kam, stand ein reichhaltiges Frühstück auf dem Tisch. Sie trug beigefarbene Shorts und ein weißes T-Shirt. Er kam rasch wieder auf das Gespräch zurück.

„Wie kamst du an dem Abend wieder zu Kleidern?"

„Nachdem sie mit Alicia fertig waren, übernachteten wir bei Boccanegra. Er zog glücklicherweise Alicia zu sich ins Bett.

Am Morgen musste sie ihm nochmals einen blasen. Xavier wollte nichts mehr von mir, was mir auch recht war. Nach der Szene mit dem Koks war mir die Lust vergangen. Ich habe einen Bruder wegen Drogen verloren. Er starb vor Jahren in Rotterdam. Zu konzentrierter Stoff, ein wahrhaft goldener Schuss."

„Das tut mir leid, Nadine." Es kam ihm komisch vor, sie beim Vornamen zu nennen, obschon sie die Nacht zusammen verbracht hatten. Eine gute Nacht.

„Danke, Sergi. Es war ein schwerer Schlag für unsere Familie, umso mehr, als sein Tod unerwartet kam. Er hatte kurz zuvor einen Entzug gemacht. Seine Prognose war offenbar günstig. Scheißgift." Guardiola sah, wie ihre Augen feucht wurden. Er fühlte sich hilflos.

„Entschuldige, aber ich habe ihn geliebt." Sie wischte sich mit der Serviette die Tränen aus den Augen.

„Am nächsten Morgen wirkte Boccanegra wie ausgewechselt. Der brutale Macho des Vorabends machte sogar Frühstück. Wir saßen alle in Bademänteln auf der Terrasse. Er sagte uns, dass er anschließend mit uns in seine Boutique fahren würde, um uns einzukleiden. Offenbar hatten Alicias Klamotten das gleiche Schicksal erlitten wie meine. Xavier verabschiedete sich nach dem Frühstück von uns. Er gab Alicia und mir seine Karte. Ich hab ihn nur noch einmal gesehen, bei der Art im Juni. Es war eine kurze freundschaftliche Begegnung, ohne etwas wieder aufzufrischen. Danach fuhr uns Boccanegra zu seiner Boutique an der Avinguda del Portal de l'Angel. Er führte die dortige Filiale der Desigual-Kette, farbenfrohe, hippe Kleidung.

„Ich kenne die Marke." Sylvia hatte nie etwas damit anfangen können. Zwei Stücke, die er ihr nach einem Besuch bei seinen Verwandten mitgebracht hatte, verschenkte sie postwendend weiter.

„Ich wählte mir eine Jeans und ein T-Shirt aus. Er nickte es ab. Überhaupt war er viel mehr auf Alicia fixiert. Sie hörte nicht auf, Klamotten anzuprobieren. Immer wieder verschwand er auch kurz mit ihr in der Garderobe. Da muss er ihr auch nochmals was gegeben haben. Ich sah es an ihrem plötzlich veränderten Blick und ihrem Verhalten. Sie schien auch ihre Hemmungen wieder abzulegen und hängte sich mehr und mehr an seinen Hals. Plötzlich packte er sie, holte seinen Schwanz hervor, legte sie auf eine Kleiderablage und besorgte es ihr mit der gleichen Härte, wie er mich bei sich auf der Terrasse genommen hatte. Anschließend wischte er sein Glied an einem neuen T-Shirt ab, welches er dann achtlos in einen Abfalleimer warf. Danach fuhr er uns zu unserem Hotel an der Plaça de Catalunya. Monate später gestand mir Alicia, dass sie regelmäßig, mindestens monatlich, zu ihm nach Barcelona fuhr. In erster Linie nicht, um mit ihm zu vögeln, sondern weil er sie mit Koks belieferte."

„War sie abhängig vom Koks?"

„Der Grad ihrer Abhängigkeit ist mir nie klar geworden. Ich denke, sie nahm es nur selten." Guardiola kam der Autopsie-Bericht von de Michelis in den Sinn: praktisch unversehrte Nasenschleimhäute.

„Sie begann es zu verkaufen, an gelangweilte Besucher ihrer Stunden zum Beispiel. Irgendwie hatte sie innerhalb kürzester Zeit ein kleines Vertriebsnetz aufgebaut. Unsere Beziehung litt schwer, wir schliefen auch kaum noch miteinander. Schließlich stellte ich sie vor vollendete Tatsachen: Entweder sie würde mit der ganzen Scheiße aufhören oder mich verlieren. Sie versprach auszusteigen. Drei Tage später rief sie in meiner Gegenwart Boccanegra an. Er drohte ihr aufs Übelste, sie würde auch mit drinhängen, er würde sie kaltmachen."

„Sagte er dies? Hörtest du dies?"

„Ja, sie hatte das Telefon auf die Lautsprecher-Funktion gestellt."

„Weißt du, ob sie sich mit Boccanegra getroffen hat? War er etwa gar hier?"

„Ich weiß es nicht. Nach diesem Telefonat sprach sie nie wieder von ihm."

„Wie lange liegt dieses Telefonat zurück?"

„Etwa drei Wochen." Guardiola erhob sich.

„Ich muss jetzt gehen, Nadine." Er wollte in einer halben Stunde im Waaghof sein, für einen Rapport mit Peterhans, Sütterlin und Bischof. Sie begleitete ihn zur Tür und küsste ihn.
„Sehen wir uns wieder, Sergi?"
„Ich weiß es nicht." Er zog die Tür zu. Die vielen Schuhe waren zu stummen Zeugen geworden.

20

Basel erwachte nur langsam an diesem kühlen Herbstmorgen, als Guardiola durch die Gerbergasse Richtung Barfüsserplatz lief. Lieferanten waren beschäftigt, ihre Wagen abzuladen und ihre Kunden zu beliefern. Rauchende Schülerinnen und Schüler, teilweise bewaffnet mit dem Getränk, das angeblich Flügel verleihen soll, schlichen mehr oder weniger motiviert zu ihren Schulhäusern. Im „Stoffero" trank er noch einen Kaffee und machte sich einige Notizen für die anschließende Besprechung mit seinem Team. Nachdem er Stift und Papier wieder eingesteckt hatte, verharrte er einen Moment sinnierend vor der leeren Kaffeetasse. Ein verrückter Abend, eine schöne Nacht mit einer noch schöneren Frau. Er fühlte sich müde, angenehm müde, entspannt. Ein schlechtes Gewissen kam bis jetzt nicht auf, vielmehr die Frage, ob er sich dem Charme von Nadine Imhof in Zukunft würde entziehen können. Heute Abend war das Treffen mit Katja. Wenn überhaupt, denn die Situation hatte sich erheblich zugespitzt. War schon die Nacht mit der Imhof grenzwertig, wenn sie als Tatverdächtige auch nicht infrage kam, wäre bei Katja ein Motiv nicht wegzudiskutieren. Dies würde ihn den Job kosten. Er bezahlte und ging die Reststrecke bis zum Waaghof und dort direkt in sein Büro. Er startete den Computer und rief seine Mails ab. Siehe da, er hat eine Mail von seinem barcelonesischen Kollegen Pablo Sastre, der ihm mitteilte, dass Boccanegra schon geraume Zeit unter Beobachtung stand. Die katalanische Polizei vermutete in ihm den Drahtzieher eines größeren Teils des städtischen Kokain-

Handels. Er bat um einen Anruf. Den verschob er in Anbetracht der Tatsache, dass die Besprechung in zwei Minuten beginnen würde. Er begab sich zum Konferenzraum, in welchem Sabine Sütterlin und Peter Peterhans bereits Platz genommen hatten. Kurze Zeit danach kam Diana Bischof, die Vertreterin der Staatsanwaltschaft für Katja Keller. Sie wirkte etwas verlegen und unruhig. Bestimmt nicht einfach für sie, in ihrem ersten größeren Einsatz gleich für eine suspendierte Kollegin einspringen zu müssen, dachte Guardiola. Sie wirkte auf Grund ihrer lediglich 159 Zentimeter Körpergröße und ihrer zierlichen Statur mit dem Pagenschnitt ihrer schwarzen Haare jünger als 35 Jahre. Sie trug einen formellen grauen Hosenanzug mit einer weißen Bluse und war kaum geschminkt. Die Anzugsjacke wurde von einer Brosche geschmückt, die eher zu einer 20 Jahre älteren Dame gepasst hätte. Doris Leuthard-Style, dachte sich Guardiola mit dem Bild der amtierenden Bundespräsidentin im Kopf und fragte sich gleichzeitig, ob Diana Bischof auch etwas Attraktives an sich hatte. Er hatte keine Zeit, sich die Frage selbst zu beantworten, denn zuletzt kam Marianne Weibel, die Polizeipsychologin, in das Sitzungszimmer. Er wusste ihr Alter nicht, schätzte sie auf Ende dreißig. Sie trug ihre blonden Haare relativ kurz, aber mit einem frechen Schnitt. Sie überragte die Bischof beinahe um Haupteslänge, wobei ihre Beine einiges dazu beitrugen. Dessen bewusst, war sie auch nicht gerade dafür bekannt, diese nicht nur mäßig zu verhüllen, sondern sie mit entsprechendem Strumpfwerk noch besser in Szene zu setzen. Auch heute trug sie ein nicht ganz eng anliegendes graues Kleid mit dezentem Ausschnitt und langen Ärmeln, welches nicht allzu spät nach dem wohlgeformten Gesäß haltmachte. Die Beine, in letzter Zeit aufgrund der sommerlichen Temperaturen oft unverhüllt, aber perfekt rasiert, steckten in schwarzen Strümpfen, die ein spiralförmiges Muster aufwiesen. Er ertappte Peterhans, wie dessen Blick gebannt an diesem Kunstwerk sinnlicher Mobilität hing.

Nachdem alle Platz genommen hatten, begrüßte er das Team und gratulierte allen zum bisherigen Einsatz im Fall Alicia Hofmeyr. Er begann gleich mit der Auslegeordnung:

„Wir haben folgende Tatverdächtige mit einem starken Tatmotiv: Peter Keller, Andres Boccanegra, Sue Hofmeyr, Steve Hofmeyr, Mavi Forlan und", beinahe stockte ihm der Atem, „Katja Keller." Die Vorstellung mit einer des Mordes Verdächtigen schon über Wochen wilden Sex gehabt zu haben, erschien ihm im Setting dieser Situation beinahe grotesk. Für einen Moment fühlte er sich inkompetent, schlampig, korrupt, unerwachsen. Da kam ihm Cantieni in den Sinn, dessen Ansicht es war, dass es nichts Schlimmeres gäbe, als wenn Erwachsene definitiv erwachsen werden würden. Er fuhr fort:

„ Von den erwähnten Personen haben nur Sue und Katja Keller ein lupenreines Alibi. Kein besonders stichhaltiges haben Peter Keller, Steve Hofmeyr und Mavi Forlan. Von Boccanegra wissen wir es noch nicht, aber ich habe diesbezüglich anschließend mit Pablo Sastre in Barcelona ein Gespräch."

„Was ist mit diesem Chuck Rensenbrink?" Sütterlin schaute Guardiola an. „Immerhin soll er mit der Verstorbenen gemäß Sue Hofmeyr auch ein Verhältnis gehabt haben." Shit, dachte sich Guardiola, der war zwar immer wieder in Schilderungen aufgetaucht, aber...

„Hat sich jemand schon mit ihm unterhalten?", warf er in die Runde. Für einen Moment herrschte betretenes Schweigen, bis sich Peterhans räusperte.

„Ich hätte noch eine Bemerkung zur Versicherungslage von Alicia Hofmeyr."

„Bleiben wir doch noch einen Augenblick bei Chuck Rensenbrink, Peterhans!" Guardiola wirkte ärgerlich, wahrscheinlich mehr auf sich selbst als auf Peterhans.

„Aber es hat auch mit Rensenbrink zu tun, Jefe!"

„Ah ja, dann schieß los!"

„Tja, also, ich meine..."

„Komm auf den Punkt, Peter!" Rhetorik war nicht das erste Steckenpferd von Peterhans. Er räusperte sich nochmals, erste Schweißperlen traten auf seine Stirn. Eine Frage seiner Nervosität?, fragte sich Guardiola. Als Triathlet war er ja ansonsten fit.

„Ich habe mit ihrem Versicherungsberater der Swiss Life besprochen, Gabor Nagy. Er hat mir gesagt, dass Alicia Hofmeyr vor etwa einem halben Jahr eine beträchtliche Lebensversicherung abgeschlossen hatte. Wir sprechen von 1,5 Millionen Mäusen. Und jetzt ratet mal, wer die Begünstigten sind?" Wenn er mal Fahrt aufgenommen hatte, wurde er richtig strukturiert und souverän.

„Wenn Sie so fragen, wohl kaum Steve, ihr Ehemann?" Erstmals äußerte sich Diana Bischof.

„Bingo! Von dem steht kein Wort bei den Begünstigten. Dafür ihre Tochter Sue, unter anderem!" Peterhans inszenierte sich nun beinahe und genoss die Spannung, die er aufgebaut hatte.

„Mensch, mach schon!" Guardiola schien ungeduldig, als ob er ahnen würde, was da noch kommen könnte.

„Chuck Rensenbrink!"

„Wie kann es sein, dass er noch nicht verhört wurde?" Diana Bischof schien an Sicherheit zu gewinnen.

„Ich nehme dies auf meine…"

„Es ist mir auch erst seit wenigen Minuten vor diesem Rapport bekannt", Peterhans eilte Guardiola zu Hilfe, der über diesen Einwand nicht traurig war. Trotzdem hätte es nicht sein dürfen, dass Rensenbrink noch nicht befragt worden war.

„Aber dies ist noch nicht alles. Vor zwei Wochen verlangte Hofmeyr einen dringlichen Termin bei Nagy. Sie wollte eine Änderung bei den Begünstigten veranlassen. Chuck Rensenbrink sollte daraus gestrichen werden."

„Damit wäre Sue die alleinige Begünstigte gewesen?" Guardiola schien beinahe erleichtert. Damit würde das Tatmotiv von Rensenbrink wieder deutlich abgeschwächt. Es blieb Rache wegen der Streichung, was aber ein anders Gewicht hätte als 750000 Franken.

„Nein. Rensenbrink wurde durch eine Nadine Imhof ersetzt." Verdammte Scheiße! Beinahe hätte Guardiola ausgesprochen, was er soeben gedacht hatte. Die letzte Nacht holte ihn nicht nur ein, sie machte ihn beinahe zur Salzsäule. Sekundenlang rang er mit seiner Fassung. Sütterlin, die ihn gut genug kannte, fragte nach:

„Alles okay, Chef?"

„Ja, nur…äh, etwas überrascht bin ich schon. Eine Wendung, die wohl niemand erwartet hatte."

„Alibi von Nadine Imhof?" Bischof starrte Guardiola an.

„Ja, ich habe sie gestern Abend selbst befragt. Sie hat am Donnerstag nach ihren Angaben 2 Stunden in der Sportarena in Riehen gegeben. Peter, kannst du dies nachprüfen? Seitens der Betriebsleitung aber auch mindestens einen Besucher oder Besucherin der jeweiligen Stunde befragen, ob sie wirklich die Stunden gehalten hat und nicht etwa eine Vertretung."

„Hab ich doch schon gemacht, Chef und Sie gestern Abend deshalb angerufen." Verdammt, offenbar hatte die Erektion gestern bei Nadine Imhof auf sein Trommelfell gedrückt.

„Stimmt, hatte ich verdrängt. Sabine, du rufst bei diesem Rensenbrink an und kündigst uns an für heute Nachmittag."

„Mach ich, Sergi."

„Somit erweitert sich die Verdächtigenliste um ihre Person. Was meint Frau Weibel aus psychologischer Sicht zu den bisherigen Facts?"

„Aus dem, was mir bisher bekannt ist, haben wir es mit zwei kraftvollen Motiven zu tun." Marianne Weibel stand auf und ging zum Flipchart. Sie machte sich nicht mal die Mühe, das Kleid nach dem Aufstehen etwas zu drapieren. Es war kurz und die Beine lang. Die schwarzen Pumps machten sie nicht kürzer. Peterhans hatte schon beinahe wieder Schaum vor dem Mund und Guardiola spürte, dass die vergangene Nacht nicht die letzten Reserven gekostet hatte.

„Einerseits", Weibel ergriff einen schwarzen Marker, „mit möglicher Bereicherung, Geldgier." Sie schrieb das Wort Geld hin und umkreiste es.

„Andererseits", sie legte den schwarzen Stift auf die Ablage unter dem Flipchart und nahm sich einen roten Stift, „mit Eifersucht und erweitert ausgedrückt, mit verletzten Gefühlen, Ehrkränkung, Niederlage. Wie immer ihr dies nennen wollt." Sie notierte das Wort Eifersucht rot und umkreiste es analog dem Begriff Geld.

„Betreffend Geld oder Bereicherung käme die Imhof infrage. Bei der Tochter Sue könnte die Liebe zum Vater und deren Kränkung durch ihre Mutter das Hauptmotiv sein, katalysiert durch die Aussicht auf ein noch sorgenfreieres Studium. Beim Vater ausschließlich die Kränkung oder Eifersucht auf ihre Liebesverhältnisse, vorausgesetzt er hatte nicht selbst eines und wollte die Ehefrau aus dem Weg räumen. Ebenso käme bei Steve Hofmeyr eine Verschwörung im Sinne einer Rachegemeinschaft mit Tochter Sue infrage mit Teilung des Begünstigten-Anteils. War er in finanziellen Schwierigkeiten?"

„Ich habe mich darum gekümmert. Die Geschäfte gehen gut, keinerlei Hinweise auf Spiel- oder andere Schulden oder auf ein teures, exzessives Suchtverhalten." Sütterlin genoss den bewundernden Blick, den ihr Guardiola zuwarf. Sie wusste, dass er auf initiatives, selbstständiges Arbeiten großen Wert legte. Sie versuchte dem so gut sie es konnte zu entsprechen. Trotzdem hatte er sie bisher noch nie zum Abendessen eingeladen. Dies gab es offenbar nur in den TV-Krimis. Marianne Weibel fuhr fort:

„Bei Peter Keller geht's ausschließlich um Kränkung. Er war drei Monate in der Psychiatrischen Klinik, Zeit zu vergeben, Zeit aber auch, um Rache zu verstärken, zu verinnerlichen. Wusste er, dass sie von ihm schwanger war?"

„Ich habe ihm die Resultate der pränatalen Diagnostik mitgeteilt." Dies war für Guardiola Chefsache gewesen. Keller hatte es mehr oder weniger gefasst aufgenommen.

„Von Boccanegra können wir annehmen, dass es sich ausschließlich um Geldgier, respektive kriminelle Geschäfte handelte. Vielleicht wusste Alicia bereits zu viel und hatte es in der Hand, ihn hochgehen zu lassen? Rensenbrink hätte auch beide

Motive gehabt, da er liebesmäßig vielleicht mehr wollte als Alicia? Zudem war er bis kurz vor ihrem Tod Begünstigter ihrer Lebensversicherung. Wusste er, dass sie ihn daraus gestrichen hatte?" Die Frage ging an Peterhans.

„Das weiß ich nicht. Werde nochmals Nagy anrufen. Kenne die Usancen der Versicherungen diesbezüglich nicht."

„Okay. Bleiben Katja Keller und Mavi Forlan." Guardiola setzte sich unmerklich aufrechter hin, als Weibel diesen ersten Namen aussprach.

„Bestimmt keine Bereicherungsabsicht. Aber Eifersucht, Rache. Immerhin hat die Hofmeyr ihr den Ehemann ausgespannt und die Ehe zerstört. Ein kräftiges Motiv, auch für eine Staatsanwältin. Hat sie unterdessen wieder eine neue Beziehung?"

„Nein." Guardiola dosierte die Geschwindigkeit seiner Antwort.

„Aber sie hat ein lupenreines Alibi: Mich und Antonio, den Kellner im „Birseckerhof"." Weibel ergriff wieder das Wort.

„Mavi Forlan fällt aus dem Raster. Sowohl primäre Bereicherung, denn Steve ist eine gute Partie, als auch Eifersucht könnte hier das Primärmotiv sein. Vielleicht sollten wir in diesem Fall eher von Beziehungsanspruch oder Rivalität als von Eifersucht sprechen. Auch nicht ganz zu unterschätzen."

„Wir sehen, dass die Situation komplex ist", fuhr er fort und bedankte sich bei Marianne Weibel für die präzise Zusammenfassung. Sie hatte sich wieder hingesetzt und die Beine übereinander geschlagen.

„Mir fehlt noch mehr Hintergrund zu Steve Hofmeyr. Ein großzügiger, toleranter Saubermann. Mit einer äußerst attraktiven Assistentin und in einem libertinären Geschäftsbereich, der Kunst, tätig. Sabine, wir haben zu tun. Zuerst zu Rensenbrink, dann zu Forlan." Und dann zu Katja Keller? Er wusste es noch immer nicht.

21

„Olà Pablo, wie geht's?"

„Olà Sergi. Danke, gut, Barça ist an der Spitze, Spanien Weltmeister und die Butifarras schmecken herrlich!"

„Was hast du Erfreuliches für mich, betreffend Boccanegra?"

„Ein großer Fisch im lokalen Drogenhandel, insbesondere, was das Kokain angeht. Wie der ganze Narcotrafico kommt die Scheiße über unsere Westküste rein, vor allem über La Coruña, seltener über Vigo. Er arbeitet mit einem ausgeklügelten Kuriersystem, gewissermaßen Ameisen in den beiden Häfen, die ansonsten normalen Jobs nachgehen, aber zusätzlich auf Boccanegras Lohnliste stehen. Entweder diese bringen die Ware dann direkt selbst nach Barcelona oder sie geben sie an eine zweite Ameisenkette in den Hafenkneipen ab. Der Transport erfolgt meist über ein Bussystem, die Vjages Benito. Deren Hauptlinien sind von Vigo und La Coruña aus nach Madrid, Barcelona, Alicante, Málaga, Sevilla, aber auch Lissabon und Porto. Dreimal darfst du raten, wem dieses Reiseunternehmen gehört?

„Wenn du so fragst, wahrscheinlich einem Freund oder Verwandten von Boccanegra?"

„Genau. Seinem Bruder Benito Boccanegra. Dann gibt es noch einen dritten Bruder: Josep Boccanegra, genannt Pepe, der Igel. Er ist der Mann fürs Gröbere, vor allem für die Vertilgung von Ameisen mit zu viel Autonomiebestreben. Offiziell führt er die Filialen von Desigual in Vigo und La Coruña."

„Wieso Igel?"

„Erstens, weil man ihn nicht zu fassen kriegt und zweitens, weil ein Igel Ameisen vertilgt."

Wie kompliziert, dachte Guardiola. Bei uns hätte der den Übernamen Ameisenbär.

„Wie beobachten den Boccanegra-Clan schon seit zwei Jahren. Leider wurden zwei unserer V-Leute unsanft enttarnt. Diese Schweine..."

„Unsanft, Pablo?"

„Pepe hat eine eigene Vorgehensweise: zuerst schießt er auf die Opfer, ohne sie direkt umzubringen. Meist ein Bauchschuss. So macht er sie kampfunfähig, dann folgt ein Knieschuss und dann schneidet er ihnen bei vollem Bewusstsein die Hoden ab und stopf sie ihnen in den Mund. Natürlich nachdem er ihnen die Hände auf dem Rücken gefesselt hat. Nach vollbrachtem Werk deponiert er die abtrünnigen Ameisen an einschlägigen Punkten der Organisation in den Häfen, dies mit einem finalen Schnitt durch die Halsschlagader. Die Drop-out-Rate soll extrem tief sein."

„Wie wurden deine Leute enttarnt?"

„Wir wissen es nicht genau. Wir vermuteten eine undichte Stelle in den eigenen Reihen. Der Boccanegara-Clan bezahlt gute Löhne, im Gegensatz zum Staat."

„Ein Maulwurf in euren Reihen?"

„Vermutlich. Auffälligerweise hat sich ein Mitarbeiter meiner Abteilung wenige Tage nach der zweiten Elimination einer unserer Leute umgebracht–ohne nach außen ersichtlichen Grund. Er stand unter verschärfter Beobachtung und auf seinem Handy fanden sich zwei von drei Handy-Nummern der Boccanegra-Brüder. Er hinterließ eine Frau und vier Kinder im Alter von drei bis zwölf Jahren. Aus Pietätsgründen gegenüber seiner Familie haben wir weitere Untersuchungen unterlassen. Er bekam ein ehrenvolles Staatsbegräbnis als verdienter Drogenfahnder."

„Sagt dir der Name Alicia Hofmeyr etwas, Pablito?"

„Ich hab von ihrer Ermordung gehört. Sie gehörte zur Entourage von Andres Boccanegra. Es ist uns bis heute aber nicht klar geworden, ob zur vergnüglichen oder zur geschäftlichen. Allerdings stellten wir Bestrebungen des Boccanegra-Clans fest, ihr Tätigkeitsfeld auch außerhalb der iberischen Halbinsel zu erweitern. Zwei Ameisen gingen bei einer Routineuntersuchung an der spanisch-französischen Grenze La Junquera unseren Fahndern ins Netz. Sie wurden im Zug mit erheblichen Mengen an Kokain festgesetzt und gestanden Verbindungen zum Boccanegra-Clan. Sie sitzen noch, vielleicht sogar besser für ihre Gesundheit...Alicia könnte eine erste Konzeptänderung sein."

„Konzeptänderung?"

„Ja, Sergi, von bisher ausschließlich männlichen Ameisen auf weibliche, attraktive Helferinnen zu wechseln. Elegante Damen können doch praktisch unbehelligt reisen, zumindest auf dem Landweg." Nadine Imhof kam Guardiola in den Sinn, wie sie ihm von Boccanegras Drohungen gegenüber Alicia erzählt hatte, als diese ihm mitteilte, dass sie aussteigen würde. Der Ausstieg dürfte sich wohl kaum auf denjenigen als Konsumentin beschränkt haben.

„Alicia war eine weibliche Ameise, Pablo." Er erzählte ihm von dem besagten Telefonat mit Andres Boccanegra. Guardiola überlegte kurz, wie Pepe eine abtrünnige weibliche Ameise richten würde. Sie vielleicht einschläfern, dann ficken und am Schluss erstechen? Oder fesseln? Aber dies war ja ihm vorbehalten gewesen.

„Habt ihr Resultate einer DNA-Probe von Pepe, Pablo?"

„Ja. Einer unserer Leute konnte sich vor seiner Exekution so stark wehren, dass wir Hautspuren von Pepe unter seinen Fingernägeln fanden."

Guardiola orderte bei Sastre die Resultate zum Abgleich mit den Sperma- und den Hautspuren, die man bei Alicia gefunden hatte. Bereits wenige Stunden später kam der Befund: negativ. 14 Messerstiche wären für den Igel auch zu banal gewesen.

22

Die zweite Hälfte dieses Dienstagvormittags war bereits angebrochen, als Guardiola mit Sabine Sütterlin vom Waaghof aus Richtung Nunningen losfuhr. Rensenbrink erwartete sie gegen elf Uhr. Sütterlin fuhr den Dienstwagen, einen VW Passat. Die Sonne begann sich gegen den Hochnebel durchzusetzen. Sie waren zeitlich gut unterwegs, sodass Sütterlin die J18 mied.

Sie fuhr übers Bruderholz, die Bodenacker- und die Giornicostrasse, praktisch am Wohnsitz ihres Vorgesetzten vorbei wieder runter Richtung Dreispitz und Münchenstein. Sie passierten Reinach und Aesch, der Verkehr war um diese Zeit wenig dicht. In Grellingen ging's dann hoch Richtung Himmelried, eine idyllische Waldstraße, an den meisten Punkten ohne Handy-Empfang. An der Kreuzung zum Dorf Himmelried und der Straße ins Kaltbrunnental stand verschlafen das „Waldeck". Mal eine Fressbeiz, mal ein Bordell. Konstant ist nur der Wandel. Die Waldstraße schlängelte sich weiter Richtung Nunningen. Hier zu wohnen und von der Arbeit nach Hause zu fahren, ist wie jeweils in die Ferien zu fahren, dachte sich Guardiola. Allerdings eine weite Fahrt und jeden Tag in die Ferien fahren? Er hatte auf der Fahrt die Sütterlin über seine telefonische Besprechung mit ihrem Kollegen Pablo Sastre in Barcelona informiert.

Rensenbrink hatte am Telefon gemeint, dass gewisse Navis Mühe hätten, sein Haus zu lokalisieren. Er würde deshalb vor dem Restaurant „Frohsinn" warten. In der Tat stand ein olivgrüner Range Rover unmittelbar vor dem Eingang des Restaurants. An ihm lehnte Chuck Rensenbrink, gute ein Meter neunzig groß, athletisch gebaut, das Haar ganz kurz geschnitten, brauner Teint. Guardiola und Sütterlin stiegen aus, um ihm die Hand zu schütteln. Sein Händedruck war fest.

„Ich fahr voraus, es ist nicht weit von hier." Rensenbrinks Stimme klang voll und tief. In der Tat befand sich sein Haus vielleicht einen Kilometer von Treffpunkt entfernt, alles ziemlich abgelegen.

„Willkommen in meinem kleinen Paradies. Hier habe ich viel Ruhe und Freude gefunden. Kommen Sie herein." Er meinte damit nicht das Haus, sondern erstmal den Hof. Das Anwesen bestand außer dem mit einem Kiesbelag versehenen Hof aus drei Gebäuden: Dem zweistöckigen Haupthaus, einer Scheune und einem Geräteschuppen. Im Hof stand noch ein zweites Auto, ein Saab Kombi. Im Stile eines Tourismusbeauftragten startete Rensenbrink unaufgefordert eine Führung durch sein kleines Reich. Im Geräteschuppen standen die üblichen Gartenutensilien sowie ein Traktor.

„Der ist verkauft, wird nächste Woche von meinem Nachbar abgeholt. Ich habe ihm große Teile des landwirtschaftlichen Landes verpachtet." Danach führte er Sütterlin und Guardiola zur großen Scheune, die vollständig zu einem Atelier umfunktioniert worden war. Die drei traten ein. Der spezielle Duft von Terpentin und Farbe eines Malerateliers empfing sie. Die meisten Gemälde waren großflächig und maßen mindestens zwei auf zwei, viele eher drei auf drei Meter oder gar mehr. Die Motive waren schwer und martialisch, eine Mischung zwischen Mensch, Aggression und–auf den ersten Blick–Pornographie. Wer aber die Vorgeschichte kannte merkte bald, dass sich jemand den traumatischen, unmenschlichen und erniedrigenden Tod seiner Frau von der Seele malte. Das Thema Gewalt im Geschlechtsakt war omnipräsent. Immer wieder in den Bildern die Darstellung abgetrennter Gliedmaßen. Auffällig auch die Gegenwart orientalischer Symbole wie des Koran, bestimmter muslimischer Gewänder und auch von Tieren wie Kamelen und Menschen in der klassischen Dischdascha, dem fast bodenlangen Einheitsgewand des muslimischen Mannes. Die Darstellungen aus der islamischen Kultur waren allesamt zerstört oder entstellt. So war eine Gruppe Muselmane zu sehen, in blutüberströmten schwarzen Dischdaschas, die ihre eigenen Köpfe unter dem Arm trugen. An den Türen und Wänden hingen auch die Wahlplakate einer nationalen Partei, die sich gegen den Bau von Minaretten erfolgreich gewehrt hatte und nun kriminelle Ausländer bedingungslos ausschaffen wollte. Ihre Wappentiere waren weiße und wenige schwarze Schafe. Guardiola und Sütterlin schauten sich konsterniert an, einerseits durchaus schockiert von der Härte der Aussagen der Gemälde, andererseits hatten sie bei einem Künstler, der sich nach Nunningen zurückgezogen hatte, keine Wahlplakate für Schweizer Abstimmungen erwartet. Rensenbrink schien die Blicke zu bemerken, sagte aber nichts. Sütterlin und Guardiola verharrten noch Minuten in dieser Atelier-Scheune, in einer Mischung aus Abstoßung und Faszination an diesen malerischen Gewaltorgien. Auf dem Rückweg sprach Sütterlin dann auch genau diese Mischung als wahrscheinlichen Erfolgsfaktor der Rensenbrink'schen Ausstellungen und Gemälde an. Rensenbrink hielt sich im Hintergrund. Wirklich zum Kommentieren gab es auch nichts. Er ging offensichtlich auch davon aus, dass die beiden sich über seine Vergangenheit vor ihrem Besuch bei ihm informiert hatten. Schließlich führte er seinen Besuch ins zweistöckige Haupthaus. Wohnen, Essen und Kochen waren in einem großen Raum vereint. Offenbar hatte er einige nichttragende Wände entfernen lassen, um diesen loftartigen Raum zu schaffen. Sie setzten sich an den Esstisch, Rensenbrink offerierte frischgepressten Orangensaft und Mineralwasser. Auch im Küchenbereich ein Wahlplakat mit der Darstellung eines potentiellen, ausländisch aussehenden Vergewaltigers. Nach kurzem Lob und Bewunderung seiner Immobilie und der von ihm geschaffenen Kunst kam Guardiola auf den Punkt:

„Wie gut kannten Sie Alicia Hofmeyr?"

„Tja, wie gut kennt man einen Menschen? Wann kennt man einen Menschen gut? Wann kennt ein Mann eine Frau gut, Herr Kommissär?" Guardiola zuckte innerlich zusammen.

„Anders gefragt: wie nahe standen Sie ihr?"

„Wenn Sie miteinander schlafen als nahe bezeichnen, standen wir uns nahe. Wenn Sie die seelische Verwandtschaft, ein gewisses emotionales Selbstverständnis, meinen, dann dachte wohl nur ich, dass wir uns nahestehen."

„Sie hat Sie fallen lassen?"

„Ja, vor etwa einem Monat. Nach endlosen Liebesschwüren und Zukunftsplänen."

„Was war der Grund?"

„Es gab keinen. Es war offenbar ein Muster von ihr."

„Muster?" Erstmals schaltete sich Sabine Sütterlin in die Befragung ein.

„Ihr Mann Steve hat mich darauf aufmerksam gemacht, dass es beinahe eine Passion seiner Frau sei, sich Männer einzuverleiben, um sie dann, wenn sie ihr langweilig geworden waren, wieder abzuservieren."

„Bei Ihnen muss es aber mehr als Einverleibung gewesen sein. Immerhin waren Sie, zusammen mit Alicias Tochter Sue, die einzigen Begünstigten einer horrenden Lebensversicherung. Zumindest bis vor Kurzem. Wussten Sie dies, Herr Rensenbrink?"

„Nein, so was interessiert mich auch nicht."

„Siebenhundertfünfzigtausend Franken interessieren Sie nicht?" Rensenbrink verzog auch bei dieser Summe keine Miene.

„Nein, wieso sollte ich?"

„Ich bitte Sie, Herr Rensenbrink, eine dreiviertel Million! Dafür arbeitet unsereins mindestens sieben magere Jahre."

„Schauen Sie sich um: Fehlt es mir an etwas? Meine Bilder verkaufen sich gut. Die Leute bezahlen horrende Summen, weil ich Ihnen mit meiner Malerei in die Seele schaue oder aus der Seele spreche. Weil ich etwas darzustellen wage, das sie sich, gefangen in ihren Konventionen, nicht getrauen. Was mir am liebsten war, und ich mit keinem Geld der Welt bezahlen kann, hat man mir bestialisch genommen: Mareijke. Von ihrer Erbschaft habe ich keinen Cent angerührt. Ich habe alles den Organisationen gespendet, für die sie sich eingesetzt hat und für die sie letzten Endes auch gestorben ist. Für verachtete, malträtierte Immigranten-Frauen, die von ihren machoiden Muslimmännern schlechter gehalten werden als Kettenhunde. In Alicia erkannte ich ein wenig die Lebenslust und -freude von Mareijke. Nach fünf Jahren fühlte ich erstmals wieder eine innere Freiheit, mich gegenüber einer Frau nicht nur sexuell öffnen zu können."

„Darum haben Sie auch die Frau Ihres größten Förderers gefickt. Aber wir sind nicht hier, um zu moralisieren. Sie hat Sie vor drei Wochen als Begünstigten wieder streichen lassen."

„Auch dies interessiert mich nicht."

„Aber uns, Herr Rensenbrink. Uns interessieren solche Dinge, weil sie Tatmotive erster Güte darstellen. Vielleicht wussten Sie nicht, dass Sie als Begünstigter wieder gestrichen waren und haben Alicia Hofmeyr in Erwartung einer großen Summe und als Rache für die erlittene Kränkung umgebracht."

„Nachdem ein Mord an meiner geliebten Frau mein ganzes Leben zu zerstören drohte? Was sind Sie für ein Mensch, Herr Guardiola?"

„Darum geht es nicht, sondern um Fakten, Fakten und nochmals Fakten. Wie werden vom Steuerzahler nicht dafür bezahlt, menschliche Gedanken zu haben, sondern Verbrechen aufzuklären. Diese beruhen auf Fakten und Indizien. Wo waren Sie letzten Donnerstag zwischen zwölf und vierzehn Uhr, Herr Rensenbrink?"

„Ich bin gegen zwölf Uhr Mittag hier eingetroffen. Vorher war ich bei Alicia Hofmeyr. Wir wollten nochmals miteinander reden. Es blieb nicht beim Reden. Wie haben miteinander geschlafen. Danach ließen wir die Zukunft unserer Beziehung offen. Ich spürte aber, dass es wahrscheinlich keine Zukunft für uns geben würde. Es war ein Abschied mit Triebabfuhr gewissermaßen."

„Darum haben Sie sie nach der …Triebabfuhr umgebracht, Herr Rensenbrink!" Sütterlin schaute ihm direkt in die Augen.

„Sie haben Alicia Hofmeyr als Letzter lebend gesehen. Und auch die Triebabfuhr war erzwungen und nicht freiwillig von Frau Hofmeyr erbracht. Sie haben ihr ein Schlafmittel gegeben, um sie wehrloser zu machen. Sieht schlecht aus, Rensenbrink!" Guardiola blickte ihn ernst und ununterbrochen an.

„Ich kann es Ihnen nicht übel nehmen, dass Sie in diese Richtung denken." Rensenbrink wirkte erstaunlich gefasst, wie jemand, der nicht mehr viel im Leben zu verlieren hatte, obschon er nicht wenig besaß.

„Kann jemand bestätigen, dass Sie gegen Mittag hier waren?" Rensenbrink dachte einen Moment schweigend nach.

„Ja, ich musste einen eingeschriebenen Brief abholen. Ich erinnere mich, denn ich beschleunigte nach Grellingen, um den

Türschluss um zwölf nicht zu verpassen. Frau Hänggi, die Postbeamtin, wird Ihnen dies bestimmt bestätigen können."

„Wir werden dies überprüfen, Herr Rensenbrink." Sowohl Guardiola als auch Sütterlin schienen überrascht, dass Rensenbrink wider Erwarten ein Alibi hervorzaubern konnte.

„Eine andere Frage: Wie gut kennen Sie Steve Hofmeyr?" Sütterlin schien sogar vor Guardiola wieder bereit zu sein. Dieser schaute sie verblüfft an, nicht zum ersten Mal in ihrer Zusammenarbeit.

„Gut. Wir haben uns vor einigen Jahren in einer Bar in Kapstadt kennengelernt. Er war sofort begeistert von meiner Arbeit, meinen Beweggründen und Motiven. Die Ausstellung vor einem Jahr in Kapstadt, in seiner Galerie, war ein voller Erfolg gewesen, der dazu geführt hat, dass wir für nächsten Monat eine weitere in Barcelona, auch in einer ihm gehörenden Galerie, durchführen werden."

„Wie schätzen Sie ihn in Bezug auf sein Privatleben ein? War er glücklich oder litt er unter dem Lebenswandel seiner Frau?"

„Da kollidierten zuerst zwei Lebensauffassungen miteinander: Seine strenge, religiöse Erziehung, die ihn offensichtlich nachhaltig diszipliniert und geprägt hat und die zunehmende Leichtigkeit des Seins seiner Frau. Es gelang ihm lange, gute Miene zum bösen Spiel zu machen, bis er seine Wut, vielleicht war es auch Trauer oder eine Mischung aus beidem, auch zunehmend an Alicia ausließ."

„Sie meinen, er schlug sie?"

„Leider ja. Praktisch nie sichtbar, also nicht ins Gesicht oder auf die Arme oder Beine. Meist auf den Rumpf. Ich habe ihn mehrmals darauf angesprochen. Er hat es immer verneint, abgestritten. Plötzlich hörten die Schläge auf."

„Resignation? Oder hatte er sich einfach damit abgefunden?"

„Alicia und ich haben uns dies auch gefragt und zuerst keine Antworten gefunden."

„Zuerst?" Sütterlin hakte beharrlich nach.

„Er verbrachte plötzlich noch mehr Zeit im Geschäft und hatte auch immer häufiger Besprechungen mit seiner Assistentin."

„Mavi Forlan?"

„Genau. Sie hat ihn auch zunehmend auf seinen geschäftlichen Reisen im In- und Ausland begleitet."

„Hatten die beiden ein Verhältnis?" Sütterlin schaute ihn gespannt an.

„Steve hat es stets bestritten, aber es kann durchaus sein."

„Trauen Sie ihm einen Mord an seiner Frau zu?"

„Nicht unbedingt, aber ganz ausschließen würde ich es nicht. Haben Sie schon mal an Mavi Forlan gedacht? Ich denke, sie verehrt Steve schon ziemlich..."

„Danke für den Hinweis, Herr Rensenbrink."

„Eine andere Frage: Sind Sie politisch aktiv? All die Wahlplakate..." Guardiola schaltete sich wieder in das Gespräch ein.

„Politisch interessiert, aktiv kann ich nicht sein, da ich nicht Schweizer bin."

„Und trotzdem Sympathien für eine Partei, die nicht unbedingt ausländerfreundlich ist?"

„Die einzige, die es wagt, das Ausländerproblem auf den Punkt zu bringen. Aber man köpft lieber wie früher den Überbringer der schlechten Botschaft anstatt das Problem zu lösen! Die Schweiz sollte nicht den gleichen Fehler machen wie Holland. Dort hat man zu lange einer grenzenlosen Multi-Kulti-Gesellschaft zugeschaut. Heute übernehmen religiöse Gesellschaften das Zepter, die mit unserer Kultur nichts gemeinsam haben. Die im Gegenteil deren mittelfristigen Untergang im Visier haben. Wer dies verkennt, verkennt die Realität."

„Sie sind durch den Tod Ihrer Frau gebrannt, Herr Rensenbrink!"

„Ja, und durch die unzähligen Zwangsehen, durch Steinigungen, durch Beschneidungen von Frauen, teilweise unter haarsträubenden Bedingungen, durch Ehrenmorde, die wir schon mit einem unbeteiligten Achselzucken zur Kenntnis nehmen: Die Akzeptanz von Parallelgesellschaften.

„Denken Sie nicht, dass Holland und die Schweiz die Religionsfreiheit weiterhin hochhalten?"

„Ja, aber im Rahmen unserer Gesetze und nicht der Scharia. Und übrigens, wenn Sie meine ganze Meinung dazu hören wollen: Karl Marx hat mal gesagt, dass Religion Opium fürs Volk ist. Man kann noch weitergehen und ich behaupte: Von allen Religionen ist der Islam die dümmste, lebensverachtendste und rückständigste. Denken Sie daran, wo er entstanden ist: In der Wüste, inmitten von Skorpionen und anderem Ungeziefer. Kennen Sie Michel Houellebecq? Er hat soeben den wichtigsten französischen Buchpreis, den Prix Goncourt, bekommen. Er schreibt: ‚Der Islam konnte nur im Stumpfsinn einer Wüste entstehen, inmitten dreckiger Beduinen, die nichts anderes zu tun hatten, als ihre Kamele zu ficken.' Er löste damals einen Skandal in Frankreich aus, heute ist er hochdekorierter Preisträger. Auch die linke Intelligenzia hat langsam die Schnauze voll von diesen Wüstenhurensöhnen, die ihre Frauen und Töchter schlechter halten als Ungeziefer. Wenn es islamische Mathematiker, Gelehrte, Dichter gab, dann nur, weil sie dem eigenen Glauben abgeschworen hatten. In den letzten Jahren hat uns der Islam nur noch Blutbäder gebracht, Untergrabung aller Errungenschaften unserer Reformation und die Abschaffung aller Gleichstellungsbemühungen unserer Gesellschaft. Und wir sind zu blöd, um es zu merken: Einerseits bezahlen wir Gleichstellungsbüros, andererseits füttern wir schwanzgesteuerte Dönerfresser durch, die ihre Frauen in textile Gefängnisse hüllen und zu schuftenden Fettsäcken werden lassen. Was bleibt ihnen auch anderes übrig?" Guardiola wusste, dass er hier hätte abbrechen sollen.

„Herr Rensenbrink, ich bitte Sie, dies ist rassistisch!"

„Nein, Herr Kommissär, rassistisch ist es, eine solche Religion zu tolerieren, weil sie ein ganzes Geschlecht unterjocht. Glauben Sie mir, aufgeklärte Iraner, Iraker, Palästinenser haben dieser grenzdebilen Selbstmordenattentats-Religion längstens abgeschworen. Denken Sie an alle Schikanen im Flugverkehr:

Alles wegen diesen hirnamputierten Muslime!" Guardiola wurde es zu viel.

„Danke, Herr Rensenbrink. Wir wissen Bescheid. Halten Sie sich bitte zu unserer Verfügung. Auf Wiedersehen." Bei der Verabschiedung führte er noch den Schleimhautabstrich durch.

Guardiola und Sütterlin fuhren den gleichen Weg zurück.

„Ein plötzlicher Aufbruch, Chef?"

„Irgendwie ertrug ich es nicht mehr, obschon er nicht nur Unrecht hat."

„Das dürfen wir bestenfalls nur denken, Sergi. Dafür das Wahre dran ausbaden, täglich. Auf der Straße, in den Schulen, auf dem Schulweg, in den Gefängnissen, in vielen Familien." Guardiola schwieg den ganzen Weg bis auf die J18.

„Du sagst nichts mehr, Sergi."

„Ich mache Zeitspiele, Sabine."

„Eine Zeitreise bis zur Gründung des Islams?"

„Nein, aber bis zur Frage: Wie lange braucht man von Nunningen bis nach Riehen an einem Werktag um die Mittagszeit?"

„Wieso meinst du?"

„Der Todeszeitpunkt ist doch zwölf Uhr dreiundfünfzig. Ganz knapp vor zwölf holte Rensenbrink seinen Brief auf der Post in Nunningen ab. Danach verliert sich seine offizialisierte Spur in Nunningen. Aber gut fünfzig Minuten würden doch reichen, um für den Mord an Alicia nach Riehen zu gelangen. Wenn auch sehr knapp. Fahren wir zu Frau Hänggi und dann zu Mavi Forlan." Frau Hänggi bestätigte ihnen, dass Rensenbrink am Donnerstag kurz nach zwölf einen eingeschriebenen Brief abgeholt hatte. Er hätte noch einen kurzen Schwatz mit ihr gehalten. Keine 45 Minuten von Nunnigen bis Riehen, und dies um die Mittagszeit. Knapp, sehr knapp, dachte sich Guardiola.

23

Sie fuhren über das Heuwaage-Viadukt Richtung Spalentor, bogen dort in die Missionsstrasse ein und von dort in die Birmannsgasse. Diese wurde am Spickel zur Socinstrasse, in den letzten Jahren begrünt und verkehrsberuhigt. Mavi Forlan wohnte in einem Mehrfamilienhaus am Nonnenweg, welcher die Birmannsgasse mit dem Burgfelderplatz verband. Es war mittlerweile ein Uhr mittags, sie öffnete beim ersten Klingeln.

„Guten Tag Frau Forlan, ich bin Kommissär Sergi Guardiola und dies ist meine Assistentin Detektiv-Wachtmeisterin Sabine Sütterlin."

„Guten Tag, treten Sie bitte ein. Ich habe Sie schon früher erwartet. Eine schreckliche Geschichte, auch für Steve." Sie sprach diesen Vornamen eine Spur zu vertraut aus.

„Nehmen Sie doch Platz." Im Wohnzimmer deutete sie auf eine Sitzgruppe. Die ganze Wohnung war nicht teuer eingerichtet, aber so, dass man den Schluss ziehen konnte, dass jemand Sinn für Ästhetik hatte. Mavi Forlan war vierunddreißig, wie Sütterlin im Vorfeld herausgefunden hatte. Abgeschlossenes Kunststudium in Barcelona mit zwei Gastsemestern in Paris und New York. Daher nicht einfach nur Sekretärin von Hofmeyr, sondern Geschäftsführerin der HG's, der Hofmeyr Galleries Ltd. Sie trug Jeans und knöchelhohe Stiefeletten und ein schwarzes langärmliges Sweatshirt. Der einzige Schmuck waren dezente Ohrringe und eine Modeschmuckkette, die sie über dem Sweatshirt trug. Ihr dunkelbraunes Haar hatte sie hochgesteckt. Offen musste es ihr über die Schultern fallen.

„Was möchten Sie trinken?" Sütterlin entschied sich für einen Orangensaft, Guardiola für ein Mineralwasser mit Sprudel. Sie selbst ließ sich einen Espresso einlaufen und setzte sich zu ihnen. Sie schlug ihre Beine übereinander.

„Haben Sie schon eine Spur oder Ahnung, wer diese verabscheuungswürdige Tat vollbracht haben könnte?"

„Wir arbeiten daran." Sütterlin blieb sehr unverbindlich. Auf dem Weg an den Nonnenweg hatten sie vereinbart, dass sie größte Teile des Gesprächs führen sollte.

„Wie war Ihr Verhältnis zur Verstorbenen, Frau Forlan?"

„Wie das Verhältnis einer engen Mitarbeiterin zur Frau ihres Vorgesetzten sein sollte: korrekt mit einer Prise Freundschaftlichkeit, weil wir doch ein emotionales Geschäft betreiben und kein Treuhandbüro sind und gerade an Vernissagen auch gemeinsame Auftritte hatten."

„Man munkelte, dass Steve Hofmeyr und Sie mehr als nur zusammenarbeiten."

„Wie darf ich diese Frage verstehen?"

„Dies war keine Frage, sondern eine Behauptung!"

„Und, bitte, was sollen wir mehr tun als zusammenarbeiten?"

„Ich bitte Sie, Frau Forlan, spielen Sie nicht die Naive. Zum Beispiel zusammen schlafen."

Mavi Forlan lachte kurz auf.

„Steve und ich? Aber dazu ist er doch viel zu korrekt, mit seiner ganzen religiösen Erziehung und seinem Familiensinn."

„Der in keiner Weise und je länger umso weniger von seiner Frau mitgetragen wurde. Dies wussten Sie ganz genau."

„Ja, ich wusste es. Steve hat nicht viele Freunde, daher hat er sich mir anvertraut. Er versuchte es locker zu nehmen, doch es gelang ihm nicht immer gleich. Alicia stand ja diesbezüglich auch zunehmend mehr auf dem Gas."

„Diese–wie nannten Sie es–„Öffnung" nutzten Sie aus, um in Alicias Lücke zu springen und Ihren Chef zu trösten, mit allem, was dazu gehört."

„Ich wünschte, ich hätte Ihre Fantasie, Frau Sutter."

„Sütterlin. Dies ist keine Fantasie, sondern mit großer Wahrscheinlichkeit die Realität."

„Sie wissen offenbar nicht, dass ich einen festen Partner habe."

„Auch dies wissen wir. Einen brotlosen Philosophie-Dauerstudenten. Da ist die große weite Kunstwelt Steve

Hofmeyrs doch eine valable Alternative. Wo waren Sie letzten Donnerstag zwischen zwölf und vierzehn Uhr?"

„In unseren Büroräumlichkeiten am Claragraben."

„Zeugen?"

„Mein Chef und unsere Praktikantin Pam."

„Er gibt nur Sie als Zeugin an, Frau Forlan. Beide litten Sie aber unter Alicia Hofmeyr. Er wegen der endlosen Kränkungen, Sie, weil sie Ihnen im Wege stand. Das perfekte Verbrechen. Bonnie und Clyde." Guardiola, der sich bisher alles angesehen und angehört hatte, meinte, Mavi Forlan nervös mit einem ihrer Ohrringe spielen zu sehen. Er räusperte sich kurz.

„Eine andere Frage, Frau Forlan: Wir haben uns die Reisespesen der letzten Monate angesehen. Es fällt auf, dass Sie bis zum Frühjahr Herrn Hofmeyr kaum auf seinen Auslandsreisen begleitet haben. Seit Mai erfolgte aber diesbezüglich eine enorme Zunahme. Wie erklären Sie uns diese Tatsache?"

„Steve ging es zunehmend mieser. Er verkraftete die Einsamkeit auf den Reisen immer schlechter und war über eine gewisse Gesellschaft dankbar. Denken Sie jetzt was Sie wollen, aber wie würde es Ihnen gehen, Herr Guardiola, wenn Sie viel reisen müssten und Sie wüssten, dass Ihre Frau genau in dem Moment, in dem Sie einen Flieger besteigen, zu Hause – womöglich noch im Ehebett – bestiegen und gefickt wird?" Die vulgäre Sprache macht sie irgendwie noch interessanter, dachte Guardiola. Er wusste immer noch nicht, ob er abends Katja treffen würde, sollte, dürfte. Gleichzeitig fragte er sich, wie er reagieren würde, wenn er vernähme, dass es Sylvia hinter seinem Rücken treibe. Vor allem, weil sie kaum noch mit ihm schlief.

„Okay, dies wär's fürs erste. Halten Sie sich zur Verfügung, keine Auslandsreisen."

„Ich gehör also zu den Tatverdächtigen?"

„Ja, Frau Forlan. Deshalb nehme ich Ihnen jetzt noch einen Schleimhautabstrich für die DNA-Probe. Öffnen Sie kurz den Mund, bitte!" Sütterlin führte den Abstrich durch.

„Danke und auf Wiedersehen."

24

Guardiola und Sütterlin fuhren zurück in den Waaghof. Guardiola brachte die Abstriche von Rensenbrink und Forlan ins Labor. Ihm knurrte der Magen und sie ließen sich eine Pizza ins Büro kommen. Danach rief Guardiola Marianne Weibel an und vereinbarte ein Briefing. Er wollte eine psychologische Mitbeurteilung der Aussagen von Rensenbrink und Mavi Forlan. Sie hörten sich die aufgezeichneten Gespräche nochmals gemeinsam an.

„Hmm." Diese vielsagende Bemerkung von Weibel deutete darauf hin, dass auch für sie die psychologische Konstellation des Falles eine harte Nuss darstellte.

„Ich glaube je länger desto mehr, dass es im Fall Alicia Hofmeyr um Emotionalität und nicht um Bereicherung geht. Die Frau hat es offensichtlich verstanden, viel Emotionalität und Sinnlichkeit zu geben, auch ihr Kränkungs- und Erniedrigungsoutput war beachtlich. Dies macht die Sachlage nicht einfacher. Rensenbrink wirkt mir noch zu geladen, dafür, dass der zugegeben schreckliche Mord an seiner Frau doch mehr als fünf Jahre zurückliegt. Und die Forlan wirkt mir zu besorgt um ihren auf den einsamen Reisen ach so leidenden Chef. Dies sind ja schon fast mütterliche Instinkte, ein Spur zu mütterlich..."

„Und Hofmeyr und Forlan geben sich gegenseitig ein Alibi!" Sütterlin schlug in die gleiche Kerbe wie Weibel.

„Wir müssen aufpassen, dass wir uns jetzt nicht nur auf das eventuelle Liebespaar stürzen. Schließlich haben auch insbesondere Peter Keller, aber auch Rensenbrink Kränkungen erlebt. Und da wäre noch Sue Hofmeyr, die in ihrer Souveränität kaum zu fassen ist. Und last but least wollen wir diese ganze Drogengeschichte nicht vergessen." Guardiola zauberte mal wieder eine seiner berühmten Blitzzusammenfassungen hervor. Weibel verließ gerade das Büro, als Peterhans hereinkam:

„Eine ältere Dame namens Thoma möchte eine Aussage machen. Sie ist eine Nachbarin von Hofmeyrs in Riehen."

„Schick sie rein, Peter." Giardiola machte eine seine Worte unterstützende Kopfbewegung Richtung Bürotür. Anschließend blickte er Sütterlin stumm an. Diese richtete sich ein wenig in ihrem Stuhl auf und blätterte kurz in der Akte Hofmeyr.

„Ruth Thoma, siebzig Jahre, verwitwet. Ihr Mann, Johann Thoma, war ein sehr vermögender Alteisenhändler. Ich habe sie am Tag nach dem Mord befragt. Sie hatte aber zur Tatzeit nichts Auffälliges bemerkt, gehört oder gesehen. Allerdings bestätigte sie, was auch wir bisher über den Lebenswandel von Alicia Hofmeyr gehört haben. Viele Männerbesuche, du weißt schon, Sergi..." Guardiola wusste es. Peterhans geleitete Frau Thoma ins Büro. Sie war ungefähr einen Meter fünfundsechzig groß und schlank. Guardiola bemerkte ein teuer aussehendes beiges Deux-Pièces, zu welchem sie passende braune Strümpfe und Schuhe mit kleinem Absatz trug. Ihr Makeup war ebenso dezent aufgetragen wie sie den der Tageszeit angepassten, sicherlich kostbaren Schmuck ausführte. Die Fingernägel ihrer gepflegten Hände waren in einem vieux-rose koloriert. Ihr Erscheinungsbild passt nicht zu Alteisen, dachte Guardiola. Bestimmt verprasst sie nun das, was ihr seliger Ehemann hart erarbeitet hat. Mit Händen, an denen sich wahrscheinlich Schwielen gebildet haben dürften. Eisen ist selten freundlich zu den mit ihm arbeitenden Händen. Sofort war Guardiola wieder ganz Gentleman. Er hieß Frau Thoma Platz zu nehmen, stellte zuerst Sütterlin und dann sich selbst vor. Danach deutete er Peterhans an, dass sie ihn nicht brauchen würden, worauf dieser leise die Tür schließend das Büro verließ.

„Möchten Sie einen Kaffee, Frau Thoma?"

„Danke, sehr gerne."

„Milch, Zucker?" Sütterlin hatte sich erhoben, um den Kaffee zu holen. Gewisse Bürohierarchien waren klar vorgegeben.

„Etwas Milch, bitte, keinen Zucker."

„Möchtest du auch einen, Sergi?" Beim Chef wusste sie, wenn, dann schwarz. Dieser lehnte dankend ab. Er fühlte schon so genug Nervosität in sich wegen des Abends. Shit, er hatte noch immer nicht mit Katja telefoniert. Schlimmer noch, er wusste auch nicht, ob er an dem Treffen festhalten sollte. Die Lage war kritisch, andererseits fühlte er sich unglaublich scharf. Die Imhof hatte ihm diesbezüglich den Rest gegeben und Frau und Tochter waren auch gut versorgt. Ruth Thoma rührte ihren Kaffee um.

„Was möchten Sie uns mitteilen, Frau Thoma?" Sütterlins Stimme klang einladend und riss Guardiola in die Gegenwart zurück.

„Sie haben mich ja schon einmal befragt, junge Dame. Aber offenbar war ich zu dem Zeitpunkt aufgeregter, als ich mir dies zugestehen wollte. In meinem Alter beunruhigt einen ein solches Unglück in der unmittelbaren Nachbarschaft doch ziemlich."

„Dies ist wahrscheinlich nicht primär eine Altersfrage. Das Umbringen eines Menschen ist nicht nur verwerflich, es wirft auch Fragen auf. Fragen, die auch oft nicht direkt Betroffenen nahe gehen. Und als Nachbarin gehören Sie doch eher zu den direkt Betroffenen." Auch Guardiola versuchte einladend zu wirken. In der Tat schien sich Frau Thoma mehr und mehr zu entspannen.

„Mir ist, nachdem meine innere Aufregung abgeklungen war, in den Sinn gekommen, dass ich nach dem Mittag zwei Männer im Garten der Hofmeyrs gesehen habe. Einen Mann, den ich vorher schon mehrfach kommen und gehen sah. In letzter Zeit allerdings nicht mehr. Den anderen hatte ich noch nie gesehen. Zudem standen zwei Autos vor dem Haus, die nicht Hofmeyrs gehörten. Ein schwarzer Porsche 911 und ein weißer Sharan. Auf die Kennzeichen habe ich nicht geachtet. Ich bin keine, die den ganzen Tag zum Fenster hinausschaut und sich alles Verdächtige notiert."

„Hoppla, Sie scheinen sich aber mit Autos auszukennen, Frau Thoma?" Guardiola wirkte erstaunt.

„Nein, nicht besonders, aber mein Mann, Gott habe ihn selig, fuhr einen schwarzen 911 und die Familie meines Sohnes hat einen Sharan. Wir haben auch eine solche Baby-Kutsche, dachte sich Guardiola. Er zögerte kurz.

„Sagen Sie, wie alt ist Ihr Sohn?"

„45. Warum?"

„Kannte er Alicia Hofmeyr?"

„Flüchtig. Wir waren mal zu einem Umtrunk bei Hofmeyrs eingeladen, als er mit seiner Familie bei uns zu Besuch war. Ansonsten entziehen sich aber das Privatleben und die Bekanntschaften meines Sohnes und meiner Schwiegertochter meiner Kenntnis. Ist er etwa verdächtig?"

„Nein, natürlich nicht. Bloß, wir müssen jedem auch noch so geringsten Hinweis nachgehen."

„Können Sie uns die Männer beschreiben?" Sütterlin erlöste Guardiola aus dessen momentaner Befragungsklemme.

„Beide dürften um die vierzig sein, groß, dunkelhaarig–so Latino-Typen eben. Vielleicht passte zuletzt bei Frau Hofmeyr der Begriff Latin-Lover besser, auch wenn man über Tote nicht lästern soll." Beide dachten wahrscheinlich gleichzeitig an Andres Boccanegra. Guardiola tippte etwas in seinen Computer ein. Das Bild von Boccanegra erschien, sein Kumpel Sastre hatte es ihm aus Barcelona geschickt. Er drehte den Monitor in Richtung Frau Thoma.

„Könnte es sich um diesen Mann gehandelt haben?" Frau Thoma brauchte nicht lange hinzusehen.

„Ja, der war es. Gehört er bereits zu den Verdächtigen?"

„Sie werden verstehen", Guardiola bemühte sich, nicht schulmeisterlich zu wirken, „dass wir in einem laufenden Verfahren gegenüber Zeugen noch keine Aussagen machen können. Er zeigte ihr noch das Foto von Boccanegras Cousin, dem Mann fürs Gröbere. Auch ihn erkannte sie wieder. Daraufhin wechselte er mit Sütterlin einen besorgten Blick, um danach gleich fortzufahren.

„Noch eine andere Frage, Frau Thoma: Können Sie sich an die Uhrzeit erinnern, als sie unseren Latino-Freund gesehen haben?"

„Sehr genau sogar. Es war gerade vierzehn Uhr dreißig."

„Wieso, ich meine, es ist doch erstaunlich, dass Sie dies nach all der Aufregung noch so präzise wissen!" Eine leise Enttäuschung schwang in Guardiolas Stimme mit, denn wenn Alicia um zwölf Uhr dreiundfünfzig starb, dürfte es wenig wahrscheinlich sein, dass sich der Täter nach über neunzig Minuten immer noch im Haus oder auf dem Grundstück befand.

„Wissen Sie, im Alter und gerade als Witwe, von der niemand mehr viel erwartet, gewöhnt man sich Rituale an. Sie dienen dazu, dem Tag Struktur und einem selbst Halt zu geben. Dazu gehört auch mein Mittagsschlaf, der immer von dreizehn Uhr dreißig bis halb drei dauert. Ich war also gerade aufgestanden und schaute zum Fenster hinaus, als ich den Mann sah."

„Was tat er, Frau Thoma?" Sie überlegte einen längeren Augenblick.

„Ich würde sagen, er suchte jemanden oder etwas. Ich sah ihn aber nur kurz, vielleicht eine knappe Minute im Garten. Als ich ihn entdeckte, kam er übrigens gerade aus dem Haus." Sie nahm noch einen letzten Schluck aus der Kaffeetasse, um sie dann wieder sorgfältig auf die Untertasse zu stellen.

„Ich hoffe, ich habe Ihnen nicht die Zeit gestohlen." Frau Thoma wollte jetzt gehen.

„Keineswegs, ganz im Gegenteil." Guardiola war wieder die personifizierte Höflichkeit.

„Sie haben uns sehr wichtige Hinweise gegeben. Es kann sein, dass wir nochmals auf Sie zukommen müssen." Sütterlin begleitete Frau Thoma zum Ausgang des Waaghofs. Guardiola spielte mit dem Kugelschreiber, als sie wieder ins Büro trat.

„Offenbar ist Boccanegra mit seinem Bruder Pepe, dem Igel, in unserer Gegend. Oder sie waren", unterbrach Guardiola sein Schweigen. Sütterlin sah ihn fragend an.

„Wieso waren?"

„Ich denke, ihr Besuch bei Alicia galt auch Alicia. Sie war aus dem Koks-Handel gemäß Nadine Imhof ausgestiegen. Mit anderen Worten: Eine abtrünnige Ameise und damit eine Beute für den Igel. Nur: Als die beiden Brüder beim Hofmeyr-Haus eintrafen, hatte schon jemand die Drecksarbeit erledigt. Darum kann es durchaus sein, dass sie bereits wieder abgereist sind. Zeit ist auch für sie Geld."

Sütterlin begab sich zu ihrem Schreibtisch, Guardiola wählte die Festnetz-Nummer von Nadine Imhof. Es meldete sich genauso der Anrufbeantworter wie auf ihrem Handy die Combox. Nachdenklich legte er den Hörer wieder hin, um anschließend Katja Keller anzurufen.

„Hallo Katja, wie geht's?" im Hintergrund hörte er die Böhsen Onkelz singen.

„Hey Sergi, schön dass du anrufst. Es geht, aber ich freu mich auf heute Abend, auf unseren Abend." Guardiola räusperte sich verlegen.

„Hör mal Katja, nimm es nicht persönlich, aber ich würde es heute lieber bleiben lassen. Dies ist ansonsten nur ein Tanz auf dem Vulkan."

„Die ganze Situation macht es doch noch viel geiler, Sergi." Einmal mehr stellte er fest, dass Katja eine sinnliche, lustvolle Frau war. Er war drauf und dran, schwach zu werden.

„Ich mach dir einen Vorschlag: Wir verschieben es auf Donnerstag. Bis dann haben wir ja sicher weitere Erkenntnisse, die das Ganze von der Brisanz her etwas entschärfen. Passt es dir dann?"

„Hmm, ein wenig enttäuscht bin ich schon. Habe mir nämlich ein neues Spielzeug für uns zugelegt. Du wirst drankommen, Sergi. Wir werden ausnahmsweise nicht losen, ich werde dann die Dom sein, klar?" Guardiola spürte, wie sich in ihm etwas regte.

„Was hast du denn gekauft, du Biest?"

„Du glaubst wohl nicht, dass ich dir dies verrate, du Verräter?" Guardiola konnte förmlich ihr schelmisches Lächeln sehen.

„Komm schon, sag schon!"

„Bis Donnerstag, mein armer Sklave." Und schon hatte sie aufgelegt. Lächelnd legte Guardiola den Hörer auf. Sütterlin war dies nicht entgangen.

„Gute, süße Nachrichten, Sergi?" Sie grinste ihn vielsagend an, obschon sie nur Bruchstücke des Telefonats mitbekommen hatte. Deine Bluse steht wieder mal verdammt tief offen, dachte er sich. Das Gespräch mit Katja hatte ihn richtig scharf gemacht. Gerne hätte Sütterlin die textile Blusenspannung noch um ein bis zwei Knopflöcher erleichtert.

„Katja?" Er hatte ihr mal erzählt, dass bei ihm zu Hause nicht alles zum Besten stand. Dass er Katja eine heiße Frau fand. Dass er sie nicht von der Bettkante stoßen würde. Ab und zu trank er mit Sütterlin nach der Arbeit im „Noohn" oder im Pub an der Heuwaage noch ein Bier. Manchmal auch zwei. Dabei führten sie durchaus vertraute Gespräche, wie gut miteinander auskommende Geschwister. Nur, dass diese in der Regel nicht scharf aufeinander waren, was er bei sich im Zusammenhang mit Sabine Sütterlin nicht immer ausschließen konnte. Er wusste, dass sie keine feste Bindung hatte, keine wollte. Bei ihrem Aussehen nahm er ihr dies auch ab. Sie führte aber offenbar ein durchaus aktives Sexualleben mit diversen Partnern und war auch One-Night-Stands nicht ganz abgeneigt. „Wenn gerade alles zusammenpasst" war ihr Motto. Ab und an wünschte er sich selbst, dass gerade alles zusammenpassen würde.

„Ja, Katja. Bestimmt eifersüchtig, oder?

„Kaffee?"

„Gerne." Jetzt grinste er zurück.

„Extrem eifersüchtig. Du weißt, ich steh auf Latinos. Darum ist die Arbeit auch so qualvoll für mich." Sabine Sütterlin stand lachend auf und ging zur Kaffeemaschine. Erst jetzt bemerkte er, dass sie gar keine Bluse trug, sondern ein vorne geknöpftes pastellgrünes Kleid. Ein ziemlich kurzes noch dazu. Als sie sich unter die Kaffeemaschine bückte, um zwei Tassen aus dem kleinen Schrank zu nehmen, auf dem die Maschine stand, rutschte es noch ein kleines Stück höher. Die Temperatur erlaubte es noch immer, ohne Strümpfe zu sein. Ihre wohlgeformten Beine steckten in geschlossenen Pumps mit halbhohem Absatz, die sie noch mehr verlängerten. Mit zwei Kaffees kam sie zu Guardiolas Schreibtisch zurück, stellte ihm ein Tasse hin und setzte sich seitlich auf seine Tischplatte.

„Was sind deine nächsten Schritte, Sergi?"

„Wir müssen die DNA-Analyse haben von Rensenbrink und Forlan, sollte morgen früh eintreffen. Dann werde ich nochmals mit der Imhof sprechen. Irgendwie geht diese Koks-Geschichte tiefer als wir uns bisher vorstellen konnten."

„Oder die Imhof gefällt dir einfach sehr gut." Sütterlin grinste und fuhr sich so mit der einen Hand durchs Haar, dass es locker auf ihre schmalen Schultern fiel.

„Haha, nun musst du dich aber entscheiden. Katja oder die Imhof?"

„Tippe auf beide. Nur mich lässt du verhungern." Ihr Kleid war durch das Sitzen auf der Tischplatte noch ein Stückchen weiter nach hinten gerutscht und gab jetzt viel Bein frei. Guardiola hätte gerne mit einer Handbewegung alles von seinem Schreibtisch gefegt und Sabine Sütterlin auf der Tischplatte genommen. So was gab's aber nur im Film. Trotzdem war er versucht, ihr Bein zu berühren. Er legte seine Hand drauf und fuhr ihr Bein ein wenig hoch. Vielleicht zehn Zentimeter. Er spürte seine Erektion unter dem Schreibtisch stärker werden. Sabine Sütterlin warf den Kopf in den Nacken.

„Ich muss arbeiten, Sabine."

„Klar, Sergi." Sie hüpfte von der Tischplatte herunter und strich ihm kurz durch sein dunkles Haar, bevor sie sich wieder an ihren Schreibtisch begab. Guardiola wählte nochmals Imhofs Nummer. Erneut meldete sich nur der Anrufbeantworter respektive die Combox. Danach rief er Cantieni auf dem Handy an: „Hey Doc, wie wär's mit einem spontanen Abendessen unter Männern?"

„Immer, Sheriff. Das Wetter ist mild, lass uns nochmal im Garten grillen, vielleicht ist es ja das letzte Mal für dieses Jahr! Ich geh auf dem Heimweg einkaufen. Kommst du alleine?"

„Ich bitte dich, Mario. Sylvia ist nur diese Woche verreist." Guardiola konnte trotzdem ein Schmunzeln nicht unterdrücken. Cantieni kannte ihn gut genug.

„Schon gut, lass uns dies heute Abend besprechen. Wann hast du alle verhaftet?"

„Ich denke, um 19 Uhr sollte ich im Garten sein."

„Okay, ich werde schon mal anfeuern. Freu mich."

„Freu mich auch, Doc." Als Guardiola auflegte, blickte er kurz zu Sütterlin rüber. Sie tat sehr konzentriert, als ob sie nichts von dem Gespräch gehört hätte. Er beschloss, der Physiotherapie seiner Frau einen Besuch abzustatten. Sie hatte ihn mal gebeten, dies bei einer mehrtägigen Abwesenheit von ihr zu tun. Da ihr Physio-Studio am Klosterberg war, bedeutete es für ihn keinen großen Aufwand. Es war nach siebzehn Uhr, als er dort eintraf. Um diese Zeit arbeitete nur noch Frau Gutzwiler, eine knapp vierzigjährige Physiotherapeutin, die seit der Physiopraxis-Eröffnung seiner Frau mit an Bord war. Eine loyale und kompetente Fachkraft. Er konnte ansonsten diese birkenstockbewaffneten, Wollstrümpfe tragenden und ausschließlich Fencheltee oder linksdrehendes Wasser trinkenden Physios mit lila Halstuch und grünen Strähnen in meist strubbeligen Haaren nicht ausstehen.

In der Wartezone saß ein gut gekleideter Mann Mitte fünfzig. Guardiola nickte kurz, worauf der Mann mit einem „Guten Abend" antwortete, und nahm ebenfalls in der Wartezone Platz. Er hatte Zeit und freute sich auf die Grillade im Garten und vor allem darauf, dass er nichts machen musste. Wenige Minuten später kam Frau Gutzwiler aus einem der Behandlungszimmer, gefolgt von einer jungen Frau. Auf Guardiola wirkte sie wie eine Schülerin.

„Herr Guardiola, schön Sie zu sehen! Was von Sylvia gehört?" Sie schien sich aufrichtig über seinen Besuch zu freuen und streckte ihm die Hand hin, nachdem sie sich von der jungen Frau, einer Sandra, mit den Worten „Dann bis nächsten Freitag, Sandra," verabschiedet hatte.

„Nein, auch richtig so, sie ist wahrscheinlich froh, mal Ruhe von ihrem Polizisten zu haben. Bei Ihnen alles klar, Frau Gutzwiler?" Beim Wort Polizisten hatte der Mann kurz den Kopf gehoben.

„Alles klar, wir haben zu tun, aber nicht zu viel. Sie entschuldigen mich, ja?" Sie deutete unmerklich auf den wartenden Patienten.

„Bitte schön, wenn Sie so freundlich wären." Sie wies dem Patienten das Behandlungszimmer zu und verzichtete aus Diskretionsgründen darauf, vor Guardiola des Patienten Namen zu nennen.

„Und herzliche Grüße an Ihre Frau, falls Sie doch mal was hören sollten."

„Gerne." Schon hatte Frau Gutzwiler die Tür des Behandlungszimmers zugezogen. Er stand nun allein im Empfangsbereich und blickte sich um, ob es vielleicht etwas Neues zu entdecken gebe. Sein Blick fiel auf die Agenda. Er nahm sie an sich, setzte sich auf einen Stuhl in der Wartezone und dachte einen kurzen Moment, ob er nicht den Bereich der Legalität bereits verließe. Trotzdem begann er zu blättern. Ein guter Polizist hatte stets neugierig zu sein. Lauter Namen, die ihm nichts sagten. Plötzlich hielt er inne. Diesen Namen kannte er bestens. Er tauchte in den letzten sechs, sieben Wochen immer wieder auf: Mavi Forlan! Sie war immer bei seiner Frau Sylvia eingeschrieben, teilweise bis zu dreimal die Woche und auffälligerweise immer eine Viertelstunde länger als die anderen Patienten. Guardiola fragte sich, was dies zu bedeuten hatte. Warum ausgerechnet Mavi Forlan eine Viertelstunde länger? Als er sie mit Sütterlin besucht hatte, wirkte sie nicht besonders gebrechlich. Er blätterte noch einen Moment in der Agenda und verließ dann die Physiopraxis. Er ging zurück zum Waaghof und zu seinem Büro, wo er nochmals die Mails checkte. Es war aber außer einem alles versprechenden Potenzmittel-Angebot nichts Wesentliches mehr reingekommen. Potenzmittel waren jetzt das Letzte, was er gebrauchen konnte. Auf seinem Schreibtisch lag erneut ein Labor-Kuvert. Die DNA-Analyse von Forlan war nicht identisch mit den Hautpartikeln von Alicia Hofmeyr. Hingegen die von Rensenbrink. Aber er hatte ja zugegeben, kurz vor ihrem Tode noch mit ihr geschlafen zu haben.

Guardiola löschte das Licht und ging in die Tiefgarage. Als er in seiner Wohnung auf dem Bruderholz ankam, piepte sein Handy. Er sah, dass es eine SMS von Sütterlin war: „Wünsche dir und deinem Kumpel schönes Grillen heute Abend. Wäre auch gerne dabei…LG S." Er überlegte einen Moment, ob er sie auch einladen sollte, verwarf aber diesen Gedanken wieder. Er hatte bereits genug Nebengleise. Zudem brach er mit seiner Geschichte mit Katja die goldenen Regel des Never fuck your own lab. Er schrieb ein kurzes „Danke, wir werden intensiv an dich denken!" zurück. Er hatte noch mehr als eine Stunde Zeit bis zum Grillen mit Manolo Cantieni. Er holte zwei Flaschen eines schweren roten Weines aus seinem Keller, einen Merlust Rubicon aus Stellenbosch und stellte sie bereit. Cantieni war ein großer Südafrika-Fan und der Vorteil, dass beide nach dem Essen nicht mehr fahren mussten, erlaubte schon mal eine gewisse Reserve mit hochzunehmen.

Er dachte kurz daran, dass er jetzt eigentlich bei Katja sein sollte. Dann rief er nochmals Nadine Imhof an. Immer noch Anrufbeantworter und Combox. Er beschloss, wenn er sie morgen nicht erreichen würde, direkt vorbeizugehen. Er fühlte sich nun relativ relaxed, auch wenn ihn die Sütterlin heute Nachmittag ganz schön heiß gemacht hatte. Darum beschloss er, bis zum Essen noch etwas zu masturbieren, breitete ein Badetuch auf dem Sofa aus und legte einen Porno ein. Sein Erregungsniveau verhinderte, dass die Session lange dauerte. Anschließend ging er einige Längen im Hallenbad schwimmen, das sie mit Cantieni teilten. Die Nachbarn hatten damals beim Bau des Hauses gegen eine Tiefgarage vehemente Einsprache erhoben. Da ihr Architekt auch so ein verrückter Ausdauersportler wie Cantieni war, hatte er ihnen vorgeschlagen, eine 25m-Schwimmbahn zu bauen. Sylvia hatte sich anfänglich gegen das Projekt gewehrt. Sylvia wehrte sich zuerst immer gegen alles. Als sie die Kosten sah, konnte sie sich dann langsam damit anfreunden und heute nutzte sie es auch rege.

Er schwamm einen guten Kilometer und legte sich danach noch für einige Minuten aufs Ohr. Nach wenigen Sekunden war er eingeschlafen, um kurz vor sieben ausgeruht zu erwachen. Cantieni hatte ihm vor zwei Jahren ein Buch ausgeliehen, das „20 Minuten Pause" hieß und in welchem die Theorie und Praxis des Napping, also des kurzen Mittagsschlafs, beschrieben war. Unterdessen hatte es Guardiola darin beinahe zur Meisterschaft gebracht. Er stand auf, zog sich ein kurzärmliges T-Shirt an und stieg direkt in seine Jeans. Da er sich immer intim rasierte, musste er auch nicht sonderlich aufpassen, irgendwelche Haare einzuklemmen. Zuletzt schlüpfte er mit nackten Füßen in ein Paar marokkanische Babouches. Ein Blick aus dem Fenster zeigte ihm, dass Cantieni im Garten bereits am Grill am Wirken war. Erste Flammen züngelten aus der Weberschale heraus. Auch er trug Jeans und ein helles Hemd, bei welchem er die Ärmel hochgekrempelt hatte. In dem Moment, als Guardiola auch in den Garten treten wollte, klingelte sein Handy. Die Nummer war ihm wohlbekannt. Bloß keinen Ärger jetzt, dachte sich Guardiola, der sich auf den Abend mit Cantieni freute.

„Wollte nur mal nachfragen, was intensiv an mich denken heißt und ob ihr nicht zwei fleißige Frauenhände für eure Grillade gebrauchen könnt, Sergi? Ich würde auch noch Fleisch mitbringen." Sabine Sütterlins Stimme klang sehr fröhlich, beinahe so, als hätte sie schon etwas getrunken. Dabei sprach sie trotzdem so dezidiert, dass Guardiola gar nicht auf die Idee kam, zu widersprechen.

„Ja, können wir brauchen. Und es wird ein wunderschöner Abend. Manolo ist schon in seine Pyrosession involviert, geht gleich los. Brauchst auch nichts mitzubringen." Guardiola wusste, dass Cantieni ein guter Gastgeber war und meist zu viel einkaufte.

„Zu spät. Hab schon eingekauft. Bin in zwanzig Minuten bei euch. Ciao unterdessen." Ist schon viel, wenn du das Fleisch hierher schleppst, das du auf dir trägst, hätte Guardiola Sütterlin am liebsten gesagt, unterdrückte aber diese Bemerkung.

„Ja, flieg zu den beiden schönsten Männern der Region!" Mit einem Lachen legte Sütterlin auf. Die letzte Bemerkung hatte Guardiola mit dem Handy am Ohr bereits im Garten und in Hörweite von Cantieni gemacht.

„Hey, Sergi, alles klar?" Die beiden Männer begrüßten sich wie immer mit drei Küssen und umarmten sich kurz.

„Wir bekommen noch Besuch?" Cantieni sah Guardiola schmunzelnd an.

„Ja, Frauenbesuch sogar. Meine unscheinbare Assistentin Sabine Sütterlin."

„Wow, da wird selbst meine Glut noch heißer. Was verschafft uns diese charmant-erotische Ehre, Sergi?"

„Ich weiß es auch nicht. Sie wirkte heute Nachmittag schon irgendwie so aufgeräumt, beinahe ein bisschen kribbelig."

„Kribbelig? Na hoppla. Noch immer keinen Freund?" Cantieni hatte sie zuletzt bei einem Sommerapéro bei den Guardiolas vor etwa sechs Wochen getroffen und sich bestens mit ihr unterhalten.

„Nein, noch immer keinen Freund." Cantieni kümmerte sich nun wieder für einen Moment schweigend um seine Glut. Guardiola sah erst jetzt, dass schon einiges auf dem Tisch an seinem Sitzplatz stand: mehrere Flaschen Bier, eine Schüssel mit Caprese-Salat, eine Schüssel mit Kartoffelsalat.

„Toll, Manolo, was du schon alles vorbereitet hast. Hab auch ziemlich Hunger."

„Trink erst mal was." Cantieni hielt ihm ein Bier hin. Leffe blond, Cantieni liebte belgisches Bier. Sie stießen miteinander an.

„Auf einen schönen Abend, Sergi."

„Auf einen schönen Abend, Manolo." Guardiola ging zurück in seine Wohnung, um ein Tischtuch zu holen. Es war ein Mitbringsel von Cantieni von einer seiner unzähligen Südafrika-Reisen. Farbenprächtig zeigte es diverse Tiermotive, im Wesentlichen die „Big Five", also Büffel, Löwe, Leopard, Flusspferd und Elefant. Er breitete es auf dem Tisch aus und deckte ihn anschließend geschmackvoll–für drei. Die großen schönen Weingläser rieb er mit einem frischen Handtuch nochmals nach. Als er die letzte Kerze angezündet hatte, hörte er die Stimme Sütterlins:

„Na, ihr beiden, hallo!" Sie war direkt am Haus vorbei in den Garten gelangt. Ihre braunen Haare trug sie offen. Ein weißer Pullover lag auf ihren Schultern und einer sandfarbenen Bluse, die farblich perfekt zu den schwarzen Shorts und den beinahe gleichfarbigen Sandaletten mit respektabler Absatzhöhe passte. Sie stellte zwei Flaschen Prosecco auf den Tisch, „Frisch gekühlt", wie sie betonte. Danach küsste sie beide Männer dreimal auf die Wangen. Guardiola ging in die Wohnung und kam mit drei Sektgläsern wieder. Gekonnt köpfte er die erste Prosecco-Flasche und schenkte die drei Gläser voll, während Cantieni sich immer noch, beinahe liebevoll, um die Glut kümmerte. Sie stießen alle drei auf einen schönen Abend an.

„Ich habe noch einige Spare Ribs mitgebracht, Jungs." Sütterlin öffnete ein Paket aus einem Fleischfachhandel und legte drei Spare Ribs zu den Straußensteaks, den Lammkotelettes und den Bratwürsten. Allmählich war die Glut soweit, Cantieni griff sich mit der Grillzange die ersten Fleischteile: je ein Spare Rib, ein Straußensteak und drei Lammkotelettes. Mit dem Blick des Geübten wendete er in präzisen Zeitintervallen die Fleischstücke, nicht ohne zwischendurch am Prosecco zu nippen und über den Glasrand hinweg die attraktive Erscheinung Sabine Sütterlins bewundernd zu betrachten.

„Sabine, ich war noch auf dem Nachhauseweg im Physio-Studio meiner Frau. Ich weiß nicht, was dies zu bedeuten hat, aber ich habe eine interessante Beobachtung gemacht."

„Da bin ich ja mal gespannt." Sütterlin setzte sich auf einen der Gartenstühle und schlug ihre Beine übereinander. Schöne, lange Beine musste Guardiola einmal mehr feststellen. Beine, die in den Shorts, früher hätte man von Hotpants gesprochen, noch besser zur Geltung kamen.

„Rate mal, wer zwei- bis dreimal pro Woche in der Praxis eingeschrieben ist?"

„Keine Ahnung. Die Imhof oder etwa gar unsere Katja Keller?" Sie beugte sich über den Tisch, um sich ein Grissini zu schnappen. Die Bluse klaffte ein wenig auf. Für den Bruchteil einer Sekunde glaubte Guardiola, einen weißen BH zu erblicken. Weiße Spitze.

„Nicht schlecht, Sabine." Er wusste nicht genau, ob er ihre Ratekünste meinte oder das, was er soeben gesehen hatte.

„Mavi Forlan."

„Was?" Sütterlin schien überrascht.

„Die wirkte heute Morgen aber nicht sonderlich therapiebedürftig."

„Es kommt noch besser. Sie ist ausschließlich bei meiner Frau eingeschrieben, egal zu welcher Zeit sie kommt. Und auch dies ist noch nicht alles. Als praktisch einzige Patientin oder Patient ist sie jeweils eine Viertelstunde länger eingeschrieben. Jedes Mal, ohne Ausnahme."

„Was ist deine Interpretation, Sergi? Kennen sich die beiden privat?"

„Nicht dass ich wüsste, zumindest ist bei uns zu Hause der Name nie gefallen. Und weder Vor- noch Nachname sind dergestalt, als dass man sich nicht an sie erinnern würde. Ich kann's mir auch nicht erklären. Nicht, dass sie bei Sylvia in Behandlung ist, sondern die Häufigkeit und vor allem die zeitliche Sonderbehandlung, die sie von meiner Frau erfährt."

„Hast du schon mit deiner Frau gesprochen?"

„Nein. Und wie denn auch? Soll ich ihr sagen, dass ich in ihrer Abwesenheit in ihrer Praxis meine Ermittlungsarbeit nach Feierabend fortsetze?"

„Hm, schwierig." Sütterlin griff sich mit der rechten Hand kurz an die Stirn.

„Wahrscheinlich müssen wir nochmals mit der Forlan sprechen. Sie fragen, warum sie eine Physiotherapie besucht."

„Auch dies wird meine Frau in Schwierigkeiten bringen."

„Nein, warum auch? Ich kann doch sagen, dass ich sie in das Gebäude habe gehen sehen. So, wie ich dich kenne, hast du die Termine bestimmt alle notiert, Sergi?" Charmant lächelte sie Guardiola an und richtete sich dabei etwas auf. Sofort spannte die Bluse und die Brüste schienen Guardiola näher zu treten.

Deutlich war der Ansatz des Grabens zwischen ihnen zu sehen. Verdammt, würde ich jetzt gerne diese Knöpfe öffnen. Aber was tue ich? Ich rede darüber, wie wir meine Frau möglichst nicht in Schwierigkeiten bringen. Mist!

„Da kannst du sicher sein. Alle Termine sind notiert. Zur Tatzeit hatte sie keinen. Meine Frau behandelte da übrigens auch nicht."

„Jetzt mach mal einen Punkt, Sergi, ja? Willst du auch noch deine Frau verdächtigen?"

„Expect the unexpected!" Guardiola zog seine Stirn in Runzeln.

„Du spinnst doch!" Sie war aufgestanden, weil sie sich nach einem Stück Grissini bücken wollte, das zu Boden gefallen war. Dabei kam ein weißer String zum Vorschein. Sicher zum BH passend, Guardiola war sich dessen sicher. Noch immer war Cantieni mit dem Grillen beschäftigt. Mittlerweile hatte Guardiola die Prosecco-Gläser nachgefüllt und machte sich daran, die erste Flasche des Merlust zu entkorken.

„Die Lammkotelettes und das Straußensteak sind fertig, Spare-Rib in einer Minute okay, wenn ich die Herrschaften kurz unterbrechen darf." Cantieni meldete sich vom Grill.

„Was nimmst du, Sabine, das Straußensteak überlassen wir unserem Wahlsüdafrikaner Manolo."

„Ich nehm gern das Spare Rib. Isst du überhaupt Lamm, Sergi?"

„Ja, natürlich." Schon kam Cantieni mit zwei Tellern angerauscht, die er mit dem Fleisch ihrer Wahl vor Sütterlin und Guardiola platzierte. Dann holte er sich sein Straußensteak und setzte sich zu ihnen an den Tisch.

„Guten Appetit, ich habe einen Mordshunger." Schon drang Cantieni in das Stück Fleisch ein, das einmal zu einem Vogel gehört hatte.

„Ja, guten Appetit und danke den Herren für die Einladung und die Arbeit." Sütterlin zeigte ihr charmantestes Lächeln.

„Schön, dass du uns zwei alten Männern Gesellschaft leistest, Sabine. Und Salud!" Dabei hob Guardiola das Glas und hielt es in die Mitte des Tisches. Alle drei stießen gleichzeitig an.

„Ich hoffe, der Wein schmeckt euch!"

„Und wie! Einer meiner Lieblingsweine aus Südafrika. Danke für die edle Spende, Sergi."

„Gerne. Und das Fleisch ist perfekt, Manolo. Wie immer."

Für einen Moment aßen sie schweigend. Es war Manolo, der das Gespräch wieder eröffnete.

„Ihr sagt, wenn ihr nicht darüber sprechen wollt. Aber interessieren würde es mich schon: Was macht euer Mordfall?"

„Kein Problem, Manolo. Du weißt, gute Polizisten sind immer im Dienst." Sütterlin zwinkerte dem Doc lächelnd zu.

„Fein. Wer steht in euren Charts auf Platz 1 der Verdächtigenliste?" Sütterlin schaute Guardiola an, als würde sie mit dem Blick fragen, ob sie während laufender Ermittlungen überhaupt etwas sagen dürften. Sie war noch nie bei einem Abendessen oder gar Wochenendausflug der beiden Kumpels dabei gewesen. Guardiola kam ihr zu Hilfe.

„Keine Bange, Doktor Manolo Cantieni untersteht dem ärztlichen Geheimnis, welches auch für die Polizeiarbeit gilt. Ansonsten lass ich ihn aus unserem gemeinsamen Haus verhaften!"

„Keine Bange, schöne Frau. Bei mir ist alles safe." Nun zwinkerte Cantieni ihr zu.

Guardiola gab eine kurze Zusammenfassung und erwähnte auch den Boccanegra-Clan.

„Die sind allerdings definitiv aus dem Schneider, denn zur Tatzeit dürften sind nicht im Haus von Hofmeyrs gewesen sein. Außer, Frau Thoma würde sich erheblich täuschen, aber einen verwirrten Eindruck machte sie nicht." Sütterlin schüttelte zur Bestätigung zusätzlich den Kopf.

„Und ein Auftragskiller?", fragte Cantieni nach.

„Entspricht in keiner Weise dem sonstigen Vorgehen der Boccanegras. Und die eine Beschreibung von der Thoma passt einwandfrei auf Josep Guardiola, den Igel und Mann fürs Gröbere."

„Wer ist nicht ‚aus dem Schneider'?"

„Da wäre zum Beispiel noch Sue Hofmeyr. Sie hat zwar ein Alibi, aber von sehr guten Freunden. Und sie hat Geld."

„So hast du dich noch gar nie geäußert, Sergi. Du glaubst, dass sich Sue Hofmeyr ihr Alibi erkauft hat? Und dass ihre Freunde käuflich sind?"

„Meine liebe Sabine…" Guardiola legte dabei seinen Arm um Sütterlin, die neben ihm saß. Unangenehm schien ihr dies nicht zu sein.

„Du weißt doch, dass nicht wenige Studentinnen das betreiben, was man, vornehm ausgedrückt, als Labelsex bezeichnet. Sie lassen sich gegen Bezahlung vögeln, um sich einen anderen Lebensstandard zu ermöglichen als dies Studierenden möglich ist. Warum sollte sie sich nicht für ein Alibi bezahlen lassen?"

„Hast du sie im Verdacht, Sergi? Cantieni blieb dran. Süttlin nickte, als wollte sie der Frage des Docs noch mehr Nachdruck verleihen.

„Ich weiß es nicht, eher nicht. Muttermord ist schon eine hohe Stufe, auch wenn sie Alicia zum Schluss glaubhaft verachtet, ja sogar gehasst hat. Vielleicht hat sie sich mit den Alibis auch einfach Ruhe vor weiteren Befragungen und damit direkter Konfrontation mit den–in ihren Augen–Untaten ihrer Mutter, erkaufen wollen. Chuck Rensenbrink scheint mir hingegen sauber. Der bringt niemanden um, auch wenn er emotional wahrscheinlich mehr mit dem Opfer verhangen war, als er vielleicht selbst weiß.

„Aber er war vorgesehen als einer der Nutznießer der Lebensversicherung der Hofmeyr!" Offenbar wollte Sütterlin ihn nicht gleich ganz von der Verdächtigenliste streichen lassen.

„Du hast recht, Sabine, bloß wusste er nichts davon. Allerdings auch nicht, dass er kurz vor ihrem Ableben als Nutznießer wieder gestrichen worden war. Ich habe Nagy, den Versicherungshengst, nochmals angerufen."

„Hmm", Cantieni schien laut nachzudenken.

„Was ich höre und lese, ist Rensenbrink extrem erfolgreich und wahrscheinlich kaum auf zusätzliche Kohle angewiesen. Und hat er sich irgendwo verzockt, begrabene Hunde?"

„Bei seinem Lebensstil und seinem Charakterprofil ist mir der Gedanke auch schon gekommen." Guardiola nickte zustimmend.

„Habe darum mal den Peterhans auf diese Spur angesetzt. Bisher aber negativ. Und die Fahrzeit von Nunnigen nach Riehen ist zu knapp". Sie waren mittlerweile alle mit der ersten Grillrunde fertig. Cantieni erhob sich, um die nächste Tranche auf den Grill zu legen. Auch die erste Flasche des Merlust war leer, Guardiola entkorkte die zweite. Nach dem Prosecco, dem Bier und den ersten beiden Gläsern Wein fühlte er sich entspannt. Er genoss die Gesellschaft der beiden. Von seiner Frau hatte er seit Sonntag nichts mehr gehört. Auch gut, soll sie sich doch vergnügen im Wellness-Hotel. Er ertappte sich, wie er mit zunehmendem Alkoholgenuss immer mehr auf den Ausschnitt von Sütterlin starrte und fragte sich, ob sie dies wohl merkte. Er schenkte sich selbst etwas von dem Wein ein, um die neue Flasche zu kosten. Befriedigt nickte er die Geschmacksprobe ab und füllte zuerst das Glas des grillenden Doc auf. Er war gespannt, ob sich Sabine Sütterlin gegen weiteren Alkohol wehren würde, war sie doch mit dem Auto gekommen. Sie ließ es aber zu, dass er ihr nachschenkte, das ganze Weinglas. Ob es wohl das letzte sein würde?, fragte er sich. Er merkte, wie der Gedanke, dass sie fahruntauglich sein könnte und irgendwo im Haus schlafen müsste, ihn erregte. Sofort verwarf er ihn wieder. Noch immer war sie seine Mitarbeiterin und er ihr Vorgesetzter, auch wenn er sie nicht als den Typ Mensch einschätzte, der so was ausnützen würde. Aber sie war eine engagierte Mitarbeiterin und vor allem eine tolle Polizistin, die er sehr ungern wegen eines hormonellen Sturms verlieren würde. Sie lehnte sich vor, um das volle Weinglas zu ergreifen. Guardiola hatte sich noch nicht wieder hingesetzt und stand noch schräg hinter ihr. Er stellte die Flasche an ihr vorbei zurück auf den Tisch. Dabei hatte er von oben noch besseren Einblick in ihren Ausschnitt. Er sah, dass sie einen weißen Spitzen-BH trug. Er sah auch die mittleren Konturen ihrer nicht allzu großen, aber gut geformten Brüste und das dazwischenliegende Tal der Hoffnung. Hoffentlich hört sie bald auf zu saufen, dachte er sich und begab sich zu Cantieni, der intensiv mit dem Ende der zweiten Grillphase beschäftigt war. Das Fett der Spare Ribs tropfte immer wieder in die Glut hinunter und verursachte ein heftiges Zischen.

„Sag mal, Sergi, willst du die Kleine abfüllen? Ist die nicht mit dem Auto gekommen?" Das Zischen der Glut verhinderte, dass die Sütterlin sie hören konnte. Zudem stand Cantieni mit dem Rücken zum Tisch.

„Doch, Manolo. Aber sie scheint den Abend zu genießen. Muss ich Vater spielen?"

„Nein. Und sie ist wirklich nicht nur süß, sondern sehr attraktiv. Ich hab einen verdammten Ständer in der Hose. Hat sie jetzt eigentlich einen Freund?" Er wendete erneut die beiden Spare Ribs und die Straußensteaks. Guardiola grinste. Er wusste, Cantieni würde nichts anbrennen lassen, falls Sabine entsprechende Signale senden würde.

„Nein. Dafür ist sie zu ehrgeizig. Sabine Sütterlin will Karriere machen. Eine feste Beziehung würde ihr da nur im Weg stehen. Sagt sie, Manolo."

„Dies bedeutet nicht, dass sie keine Bedürfnisse hat, oder?"

„Nein, im Gegenteil."

„Du hattest schon was mit ihr?"

„Nein."

„Wie lange arbeitet ihr schon zusammen?"

„Gut vier Jahre", erwiderte Guardiola nach kurzem Nachdenken.

„Und du hast sie in dieser Zeit noch nicht angefasst?"

„Wir arbeiten zusammen, Manolo. Und wir haben Gemeinschaftsbüros. Mit Peterhans."

„Angst, dass sie es gegen dich ausnützen würde? Ihrer Karriere zuliebe?"

„Dies habe ich mich vor einigen Minuten auch gefragt."

„Ah, sieh an, der Comisario ist also auch scharf auf die Polizistin!"

„Zu deiner Frage, Manolo: Ich würde sie nicht so einschätzen. Zudem ist sie nicht auf meinen Posten scharf. Die Mordkommission ist nur ein Karriereabschnitt. Sie möchte zur Sitte wechseln."

„Passend zu unserem Thema. Trotzdem hast du meine Frage noch nicht beantwortet, Sergi."

„Das hintere Steak beginnt anzubrennen, Manolo." Das Thema schien Cantieni offenbar die Konzentration zu rauben.

„Verdammt, ja." Während Cantieni die zweite Fleischrunde vom Grill nahm, kehrte Guardiola zum Esstisch zurück. Sütterlin nippte an ihrem Glas herum und hatte es bereits wieder halbleer getrunken. Guardiola wusste nicht, ob ihn dies ernsthaft beunruhigen oder erfreuen sollte.

„Na, Boss, fertig getuschelt? Ihr seid ja schlimmer als wir Frauen!" Sütterlin schien bester Laune und Guardiola fragte sich, ob ihr der Alkohol bereits zu Kopf gestiegen war. Bevor er eine Antwort geben konnte, folgte ihm Cantieni, in einer Hand den Teller mit den Straußensteaks, in der anderen die Grillzange. Gekonnt verteilte er das Grillgut: Für die Sütterlin diesmal ein Steak, ebenso für Guardiola. Die beiden letzten Spare Ribs genehmigte er sich selbst.

„Weiterhin guten Appetit, ich hoffe, das Fleisch passt!" Cantieni schien immer noch hungrig.

„Wunderbar, genau richtig getroffen, Manolo." Auch Sütterlin schien die nächste Runde zu genießen. Guardiola hatte schon einige Male gestaunt, wie viel Sabine Sütterlin aß und es dabei schaffte, so schlank zu bleiben. „Ausdauer- und Krafttraining", pflegte sie dann jeweils auf seine Anspielungen zu antworten. „Etwas mehr davon würde dir auch nicht schaden, Boss." Diese Bemerkung war dann jeweils mit einem freundschaftlichen Klaps auf seinen Bauch verbunden, der sich doch bereits ganz leicht und dezent zu wölben begann.

„Wo waren wir stehengeblieben?" Cantieni versuchte die Unterredung wieder auf die Verdächtigen zu bringen.

„Dass Rensenbrink kaum finanzielle Probleme haben dürfte, auch wenn Peterhans diesbezüglich noch intensiv am Recherchieren ist." Kleiner Bauch, trotzdem scharfer Verstand und großes Gedächtnis: Guardiola verlor fast nie den Faden, zumindest beruflich.

„Genau. Wen haben wir noch? Peter Keller?" Cantieni sprach mit halbvollem Mund.

„Ein heißer Kandidat aus der Sicht unserer Psychologin. Zwar keine finanziellen Motive, aber schwere Kränkung. Und Vater des ungeborenen Kindes."

„Von dem er nichts wusste." Sütterlin nahm erneut einen Schluck Wein.

„Dies ist das, was er uns sagt. Ob es der Wahrheit entspricht, werden wir nie erfahren. Die Gynäkologin von Alicia Hofmeyr meint jedenfalls, dass sie zweimal alleine bei ihr gewesen sei und ihr gegenüber gesagt hätte, sie wisse nicht genau, wer der Vater sei.

„Wie funktionierte er geschäftlich nach seinem Klinikaufenthalt?" Eine präzise Frage von Cantieni. Guardiola und Sütterlin schauten sich an. Guardiola hatte Sütterlin beauftragt, im geschäftlichen Umfeld von Peter Keller Erkundigungen einzuziehen. Deshalb antwortete sie.

„Sowohl seine Sekretärin als auch seine engsten Mitarbeiter meinen, dass er sich sehr gut erholt hätte. Im Gegenteil, alle erleben ihn lockerer und weniger verbissen. Morgens käme er etwas später ins Büro und abends würde er auch mal ein Ende finden."

„Aus meiner Sicht wenig wahrscheinlich, dass jemand in diesem Zustand noch zu einem Mord fähig ist." Cantieni nahm einen Schluck Wein.

„Dieser Merlust ist ausgezeichnet, Sergi."

„Zumindest wäre es dann vorsätzlicher Mord und jegliche Aspekte des Affektes hinfällig", analysierte Guardiola.

„Im TV-Krimi würde es jetzt heißen, dass dies dann die Richter entscheiden sollen. Aber wie viel wusste denn seine Ehefrau Katja, eure Vorgesetzte? Oder muss ich sagen: Ex-Vorgesetzte?" Cantieni blickte abwechselnd Sütterlin und Guardiola an. Es schien ihm, als würde Sütterlin etwas verlegen in ihren Teller blicken. Guardiola räusperte sich, eher verlegen als wegen eines Kratzen im Hals.

„Sie wusste natürlich von dem Verhältnis, dieses führte ja letzten Endes auch zur Trennung der beiden. Aber dass Peter Keller Alicia Hofmeyr geschwängert hatte, davon ahnte sie nichts. Wie denn auch? Es war ja auch für uns alle eine ziemliche Überraschung." Cantieni sah kurz von seinem Teller auf.

„Wie geht es ihr, Sergi? Heute was von ihr gehört?" Sütterlin hatte fertig gegessen und legte ihr Besteck quer über den Teller.

„Ja, hab kurz mit ihr telefoniert. Es geht ihr den Umständen entsprechend."

„Sie hätte ein antriebstarkes Motiv gehabt." Auch Cantieni war mit dem Essen fertig.

„In der Tat. Aber sie hat ein Alibi, das zu 100 Prozent wasserdicht ist." Die Antwort Guardiolas kam schnell, sehr schnell. Der Doc schaute ihn kritisch an. Guardiola schenkte zuerst Cantieni, dann Sütterlin nach. Wieder nahm sie es widerstandslos hin. Cantieni schien es, als zitterte Guardiolas Hand leicht während des Einschenkens. Die zweite Flasche Merlust war geschafft. Guardiola ging in den Keller und kam mir einer weiteren Flasche an den Tisch zurück. Er machte sich daran, sie zu entkorken.

„Somit ist sie doch fein raus, Sergi." Cantieni betonte seinen Vornamen etwas zu stark. Wie viel weiß dieser clevere Hund?, dachte Guardiola bei sich. Oder war es der Wein, der ihm bereits die Wahrnehmung so vernebelte, dass er paranoide Sinneseindrücke bekam? Es gelang ihm, sich wieder zu konzentrieren.

Sütterlin schaute ihren Boss an. Sie bewunderte seinen Scharfsinn, die Tatsache, dass er ihr immer gedanklich einen halben Schritt voraus war. Und er gefiel ihr als Mann. Heute Abend ganz besonders, der Wein trug das Seinige dazu bei. Sie wusste, dass seine Ehe mit Sylvia auf eine elterliche Funktion reduziert war. Sie spürte auch seine Blicke, die nicht selten durchaus das Prädikat neugierig, wenn nicht gar lüstern verdienten. Sie beschloss, ihn noch ein bisschen zu quälen heute Abend und drehte sich etwas mehr zu ihm.

„Eine Figur, über die ich mir noch nicht ganz im Klaren bin, mein lieber Sergi, ist diese Nadine Imhof."

„Wer ist das denn?" Cantieni blickte Sütterlin über den Rand seines Glases an.

„Sie ist-war-die beste Freundin von Alicia Hofmeyr", antwortete Guardiola, während er mit dem Degustieren der dritten Flasche Wein beschäftigt war. Auch dieser schien ihm zu schmecken.

„Zudem Begünstigte in der Lebensversicherung der Hofmeyr. Auch nach ihrem Tod noch, also nicht kurzfristig herausgestrichen wie etwa Rensenbrink", ergänzte Sütterlin, die sogleich fortfuhr:

„Für mich eine heiße Kandidatin." Dabei blickte sie Guardiola in die Augen, um gleich noch eine Schippe drauf zu legen:

„Bloß hat mir mein Boss noch sehr wenig von seiner Befragung der sehr attraktiven Dame erzählt."

„Hoppla, Sergi, ist sie wirklich attraktiv?"

„Mehr als das, Manolo." Guardiola konnte sich ein Lächeln nicht verkneifen.

„Dann mal raus mit der Sprache. Was hast du alles erfahren gestern Abend? Oder muss ich sagen gestern Nacht?" Der Doc schaute ihn mit seinem investigativen Blick an. Guardiola schenkte allen nochmals nach, langsam und bedächtig, als müsse er Zeit gewinnen, um den Faden am richtigen Ort aufzunehmen. Er erzählte von der Beziehung zwischen Nadine Imhof und Alicia Hofmeyr, vom Kokain, von Barcelona und der besagten Nacht mit dem Künstler und Andres Boccanegra und davon, dass Imhof Alicia das Messer sowohl betreffend ihres

Kokainkonsums als auch ihres Dealens damit an den Hals gesetzt hätte. Die Sexszenen in Boccanegras Penthouse schmückte er nur dezent aus. Die beiden hörten ihm schweigend zu, teilweise wie gebannt. Guardiola war ein guter Erzähler, der fließend sprach. Er wusste, dass Cantieni auf Dreier stand, vielleicht sogar auf Gruppensex und sicher wieder einen Ständer hatte. Etwas, das seine getrennte Frau nie verstanden hatte. Sylvia im Übrigen auch nicht. Er beendete seine Berichterstattung mit einer Frage an seine beiden Zuhörer:

„Nun, wie verdächtig erscheint euch die Imhof jetzt?"

„Wir wollen einfach bei allem Beziehungsgedusel nicht vergessen, dass sie ein starkes finanzielles Motiv hat: Die Lebensversicherung von Alicia Hofmeyr!" Sütterlins Stimme wirkte resolut, aufgewühlt. Guardiola konnte noch nicht abschätzen, in welche Richtung. So wie beim Doc, eher aggressiv? Oder war sie von seinen Ausführungen etwa angeturnt? Cantieni nickte, bevor er wieder das Wort ergriff:

„Wie muss man sich denn die Imhof vorstellen? Wir wissen, dass sie sehr attraktiv und sexuell–sagen wir mal, verspielt ist, in beide Richtungen. Aber wie sind ihre finanziellen Verhältnisse? Wovon lebt sie? Ist sie verschuldet? Könnte sie die Auszahlung der Police gebrauchen, so sehr, dass sie auch vor einem Mord nicht zurückschreckt, weil ihr das finanzielle Wasser Oberkante Unterlippe steht? Oder wäre es einfach ein schönes zusätzliches Taschengeld für einen ausgedehnten Shopping-Bummel?" Guardiola hatte auf die Schilderungen der Imhof'schen Lebensumstände in seiner Schilderung bisher verzichtet. Dies wollte er nun nachholen, ganz sachte.

„Ich hatte beim Besuch in ihrer Wohnung nicht den Eindruck, dass sie finanzielle Sorgen hat: Ausstattung, Klamotten, Schuhe, Erscheinungsbild und sie fährt einen ziemlich neuen Audi R8. Nicht geleast–nach ihren Worten, aber noch nicht überprüft."

„Mein lieber Sergi, die Dame muss dich ganz schön beeindruckt haben. Du weißt doch genauso wie wir, dass man heute eine solche Staffage auf Pump errichten kann!" Cantieni schüttelte nur den Kopf. Auch Sütterlin fühlte sich aufgefordert, ihren Beitrag zu leisten:

„Unser Comisario ist offensichtlich hin und weg von dieser Dame. Dürfen wir vielleicht noch erfahren, wovon sie sich ihren Lebensstandard finanziert?" Guardiola spürte, dass nun eine heiße Phase beginnen würde. Daher schenkte er allen nochmals nach. Auch die dritte Flasche war schon zu gut drei Viertel leer. Guardiola versuchte seiner Stimme möglichst viel Gewicht und Ernsthaftigkeit zu verleihen. Gleichzeitig spürte er, wie ihm der Alkohol einerseits so ganz langsam begann, die Sinne zu vernebeln, andererseits er ihm auch die Zunge lockerte. Es machte ihm keine Mühe mehr, über seine Befragung von Nadine Imhof zu berichten.

„Sie verdient ihr Geld mit Lebensberatungen."

„Lebensberatungen." Sütterlin und Cantieni antworteten beinahe gleichzeitig. Es war dann der Doc, der weiter bohrte.

„Und, bitte, was genau sind ‚Lebensberatungen', Sergi?"

„Heute nennt man dies Coaching."

„Coaching, aha. Hör mal, auch nach bald drei Flaschen Wein könnte ich mich theoretisch noch selbst verarschen. Mit Coaching alleine kommt man nicht zu Designermöbeln, Jimmy Choo und Manolo Blahnik-Schuhen und zu einem R8. Ein bisschen kenne ich auch die Tarife der Psychologen, mein lieber Freund." Sütterlin nickte stumm.

„Okay, ich gebe zu, genau kann ich nicht abschätzen, wie weit diese Beratungen gehen." Ohne Alkohol hätte sich Guardiola jetzt mit dem Rücken zur Wand gefühlt.

„Und wie weit gehen die Beratungen nach deinem Gefühl, Comisario?"

„Deutlich weiter als die üblichen Beratungen, Manolo." Er wusste, wenn der Doc mal eine analytische Spur aufgenommen hatte, ließ er nicht locker, bis er am Ziel war.

„Wie kommst du zu dieser Beurteilung?"

„Ich weiß nicht genau, irgendwie, das was sie andeutete, was sie sagte, ihre Kleidung." Nun spürte er doch eine leichte Verlegenheit aufsteigen, Wärme im Kopf. Glücklicherweise saßen sie mittlerweile vor allem im Kerzenlicht, sodass sie sein Erröten nicht bemerken könnten. Er hoffte, dass sie sich mit seinen Ausführungen endlich zufrieden geben würden.

„Eine Edelnutte. Hast du sie gefickt?" Sütterlins Frage schien die Stille, die sich in die Dunkelheit des Bruderholzes eingebettet hatte, zu durchschneiden. Guardiola zuckte innerlich zusammen. Seine Gedanken fuhren plötzlich Achterbahn, sein neuronales Netz wurde mit einem Schlag mindestens vierspurig in jede Richtung befahren, die eine mögliche Antwort verdrängte die nächste in einem Rhythmus, der im Bereich von Millisekunden liegen musste. Schließlich wusste er, es gab kein Entrinnen.

„Ja, fast die ganze Nacht."

„Oh, Shit. Darf ich auf das hin noch eine Flasche holen, Sergi?" Cantieni war schon aufgestanden und klopfte Guardiola auf die Schulter. Wie ein Vater, der wusste, dass sein Sohn Unsinn gebaut hatte, es selbst es aber gar nicht so tragisch fand. Die unfreiwillige sexuelle Askese des Comisario war Cantieni als Freund und Nachbar nicht ganz unbekannt. Daher war es verständlich, dass er sich von einer attraktiven Frau verführen ließ. Wenn diese nur nicht des Mordes an ihrer angeblich besten Freundin mit klarem Tatmotiv verdächtig wäre.

„Sag mal, spinnst du total? Du schläfst mit einer Tatverdächtigen, die du zum zweiten Mal triffst, Sergi ? Ist dir deine sonstige Besonnenheit total in die Hose gerutscht, du Bock? Sorry, dies ist mir jetzt herausgerutscht." Cantieni grinste wegen Sütterlins Eruption.

„Sabine, Nadine Imhof und ich haben das gemacht, was in diesem Moment wahrscheinlich tausende von Menschen in der Schweiz und Millionen auf der Welt machen. Wir haben beide freiwillig miteinander geschlafen. Niemanden bestohlen, keine Drogen verkauft, keine Banken ausgeraubt, keine illegalen Waffenverkäufe und keinen Frauen- und Kinderhandel betrieben. Und umgebracht haben wir dabei auch niemanden."

„Aber sie vielleicht die Hofmeyr!" Sütterlin hatte sich noch immer nicht wirklich beruhigt.

„Hat sie nicht!"

„Und woher nimmst du die Sicherheit, diese Selbstverständlichkeit, das einfach so zu behaupten?" Auch Cantieni schaute ihn nach dieser weiteren Frage interessiert an. Guardiola war jetzt ganz cool.

„Sie hat ein Alibi, meine lieben bekümmerten Freunde."

„Und dieses Alibi hat auch Substanz?"

„Ja. Nebst ihrer...Lebensberatung gibt sie auch noch Stunden. Aerobic-Stunden. So eine hat sie zur Tatzeit gegeben. Vor fünfzehn Zeugen."

„Hast du das Alibi verifiziert?"

„Meine Liebe, auch wenn ich durchaus mal geil werde, so habe ich das Denken noch nicht ganz aufgegeben."

„Hör doch auf, im Moment als du ihn ihr reingesteckt hast, hattest du noch gar nichts überprüft."

„Nein, aber sie hat mir unaufgefordert drei Telefonnummern ihrer Teilnehmerinnen, regelmäßiger Teilnehmerinnen, aufgeschrieben. Zwei davon sind sogenannte Damen aus der guten Basler–sorry–Riehener Gesellschaft, die mir die Aussage von Nadine Imhof auch ohne Umschweife bestätigt haben. Die Frau mag auf für nicht jedermann nachvollziehbare Art und Weise zu Geld, sogar zu viel Geld kommen, aber bezüglich Alicia Hofmeyr ist sie sauber." Cantieni lehnte sich zurück, nachdem er eine vierte Flasche Merlust geöffnet hatte. Er wirkte auf seinen Freund erleichtert. Es herrschte ein Moment des Schweigens, bevor Guardiola erneut den Faden aufnahm.

„Ihr wart mühsam, aber es tut gut zu wissen, dass man besorgte Freunde hat. Dies meine ich jetzt nicht zynisch."

„Sie ist eine Nutte. Ich werde sie wegen unerlaubter Prostitution drankriegen, verlass dich drauf."

„Ich dachte, wir sind bei der Mordkommission und nicht bei der Sitte, Sabine?"

„Ist doch egal, ich kann den Kollegen auch einen Typ geben." Cantieni nahm einen Schluck des neuen Weines.

„Mmh, herrlich. Dies würde ich nicht unbedingt, liebe Sabine. Bei solchen Highend-Escort-Damen findet man nicht selten ein Who is Who aus Politik, Wirtschaft und Kultur. Da freut sich nicht jeder Sugar Daddy über zu viel private Nachforschungen".

„Ihr Männer seid doch alle nur schwanzgesteuert. Ich steh jeden Morgen früh auf, reiß mir den Arsch auf, teilweise auch am Wochenende, mein attraktiver Chef beachtet mich kaum, das Geld reicht nirgends hin und da kommt so eine säuselnde Schlampe dahergelaufen, die erzählt, dass sie alle ihre Öffnungen hinhält und schon verliert ihr alle Hemmungen und eure Hirnzellen emigrieren alle weit südwärts. Und dies im 21. Jahrhundert! Mein Chef geht zu Prostituierten! Und zudem zu Tatverdächtigen. Ich glaub's einfach nicht!" Guardiola dachte sich nach dieser erneuten emotionalen Eruption das Seinige. Zum Beispiel, wenn sie etwas über seine regelmäßigen Treffen mit ihrer gemeinsamen Vorgesetzten Katja erfahren würde? Oder die Geschichte mit Alicia. Irgendwie hatte sie schon recht, seine fleißige Assistentin: Die Hormone hatte er nicht wirklich gut im Griff. Aber wollte er dies? Musste er dies, bloß weil er Polizist war? Was jetzt in seinem Leben ablief, war eine Verkettung unglücklicher Umstände, allerdings eine, die ihn existentiell bedrohen konnte. Sei es in seiner Ehe, sei es im Job. Er wäre nicht der Erste und er verspürte wenig Lust, für den Rest seines Lebens als Privatdetektiv zu arbeiten. Er beschloss, in nächster Zeit sehr nett zu Sütterlin zu sein. Er wäre sogar heute Abend ganz nett zu ihr gewesen. Er fühlte sich durch die Thematik, die Erinnerung an die letzte Nacht, ziemlich aufgegeilt und hätte Sabine gerne verführt. Mit oder ohne den Doc, der bestimmt mitgemacht hätte.

„Darf ich noch etwas zum Thema Prostitution sagen?" Sabine Sütterlin brummelte undeutlich. Guardiola fasste es als Zustimmung auf.

„Ein Verwaltungsgericht in Deutschland hat meiner Meinung nach im Jahre 2001 ein bahnbrechendes Urteil gesprochen. Es dürfte dich interessieren, Sabine. Ich hole den Wortlaut." Guardiola stand auf und ging ins Hausinnere. Mit einem Blatt Papier setzte er sich wieder zu den anderen an den Tisch.

„Also", nahm er den Faden wieder auf, „es geht um eine Klage eines Nachtclubs in Berlin gegen Widerruf der Gaststättenerlaubnis. Dieses Gericht befand Folgendes:

,Das Gaststättengesetz ist gewerbliches Ordnungsrecht. Es soll das Zusammenleben der Menschen ordnen, soweit ihr Verhalten sozialrelevant ist, nach außen in Erscheinung tritt und das Allgemeinwohl beeinträchtigen kann. Es geht jedoch nicht darum, den Menschen ein Mindestmaß an Sittlichkeit vorzuschreiben.

Prostitution, die von Erwachsenen freiwillig und ohne Begleiterscheinungen ausgeübt wird, ist nach den heute anerkannten sozialethischen Wertvorstellungen in unser Gesellschaft, unabhängig von der moralischen Beurteilung, im Sinne des Ordnungsrechts nicht (mehr) als sittenwidrig anzusehen.

Für die Feststellung der heute anerkannten sozialethischen Wertvorstellungen in unserer Gesellschaft darf der Richter nicht auf sein persönliches sittliches Gefühl abstellen, sondern muss auf empirische Weise objektive Indizien ermitteln; dazu kann es geboten sein, neben Rechtsprechung, Behördenpraxis, Medienecho und (mit Einschränkungen) demoskopischen Erhebungen auch Äußerungen von Fachleuten und demokratisch legitimierten Trägern öffentlicher Belange einzuholen, um den Inhalt von ,öffentlicher Ordnung' bzw. ,Unsittlichkeit' weiter zu konkretisieren.

Wer die Menschenwürde von Prostituierten gegen ihren Willen schützen zu müssen meint, vergreift sich in Wahrheit an ihrer von der Menschenwürde geschützten Freiheit der Selbstbestimmung und zementiert ihre rechtliche und soziale Benachteiligung.

Urteil im Namen des Volkes Verwaltungsgericht 35 A 570.99'".

Guardiola legte das Blatt auf den Tisch und genehmigte sich einen Schluck Wein.

„Dies ist doch alles juristischer Schwachsinn. Die armen Schweine sind doch die Frauen, die sich nicht wehren können, bedroht werden und dann unter Androhung höchster Strafen aussagen müssen, dass sie es freiwillig tun und sie tolle Verhältnisse haben." Sütterlin war auch durch dieses richterliche Urteil kaum zu beruhigen. Guardiola schien dies nicht besonders zu interessieren. Er war in die Rolle eines schmierigen, ausbeutenden Freiers manövriert worden und da wollte er schnellstens wieder raus.

„Der vorsitzende Richter Mc Lean hat auch noch definiert, was Prostitution eigentlich ist: ‚Eine Dienstleistung, die in vielfältigen Abstufungen unter Einbeziehung des eigenen Körpers die Befriedigung sexueller Bedürfnisse anderer zum Inhalt hat. Handelsware ist also nicht die Person selbst, auch nicht ihr Körper, sondern eine Dienstleistung. Schon von daher erscheint jedenfalls ein pauschales Unwerturteil über jede denkbare Ausprägung dieser Tätigkeit als problematisch, ohne dass zuvor Ermittlungen etwa über den Grad der Freiwilligkeit, das persönliche und räumliche Umfeld, den Kundenkreis sowie die konkrete Ausgestaltung der Beziehung zum Kunden und die jeweiligen Dienstleistungsform angestellt werden. Darüber hinaus gehört zum Schutz der Menschenwürde in Art.1 Abs. 1 Satz 2 GG nach einzeiliger Ansicht, dass der Mensch als ein Wesen geschützt werden soll, das Kraft seines Geistes befähigt ist, sich seiner selbst bewusst zu werden, sich selbst zu bestimmen und sich und seine Umwelt zu gestalten. Es gibt also keine staatliche Verpflichtung des Menschen zum richtigen Menschsein.' Und so weiter." Die beiden schauten Guardiola staunend an. Der Alkohol hatte sie müde gemacht.

25

Sütterlin war natürlich absolut fahruntüchtig gewesen. Guardiola hatte sie in seinem Gästezimmer einquartiert. Als er gegen halb sieben vom Wecker eher erheblich erschreckt als geweckt wurde, hörte er sie bereits schwimmen. Er stand auf, schluckte eine Aspirin-Tablette und schaltete die Kaffeemaschine an. Er pflegte nie zu Hause zu frühstücken. Danach rasierte er sich und duschte. Als er sich angezogen hatte, kam Sabine Sütterlin aus dem Erdgeschoss. Sie war angezogen, ihr Haar allerdings noch nass, daher hatte sie es hochgesteckt. Er hatte den Eindruck, dass sie bereits wesentlich frischer aussah als er, trotz Rasur und Dusche.

„Guten Morgen, Sabine", begrüßte er sie.

„Auch einen Kaffee?"

„Guten Morgen, Sergi. Ja, sehr gerne." Sie schien ihre Kampfesstimmung abgelegt zu haben.

„Kopfschmerzen?", fragte sie, als sie die Aspirin-Packung auf der Kochinsel liegen sah.

„Ja, du auch?"

„Nein, gar nicht." Typisch Frau, definitiv härter im Nehmen. Er ließ zwei Espressos ein und stellte Zucker und Löffel dazu. Milch oder Kaffeerahm nahmen beide nie.

„Tut mir leid, wenn ich gestern etwas ausfällig geworden bin, Sergi!"

„Ist doch okay, ich habe kein Problem damit, brauchst dich für deine Meinung auch nicht zu entschuldigen."

„Danke fürs Verständnis, es ist nur, ich habe dich vor deinem besten Freund wie einen Hurenbock hingestellt. Gewissermaßen als Dank dafür, dass du mich zum Grillen eingeladen hast."

„Streng genommen bin ich dies ja auch", erwiderte Guardiola mir einem kleinen Schmunzeln, während er den Zucker im Espresso umrührte. Die Tablette begann zu wirken.

„Wie geht's mit Sylvia?" Guardiola konnte sich nicht an viele Fragen von Sütterlin erinnern, die sein Privatleben betrafen.

„Tja, liebe Sabine. Man funktioniert gegen innen und hält gegen außen den Schein aufrecht. Wo die Emotionen bleiben, interessiert ab einem gewissen Punkt niemanden mehr. Gesellschaftlich-moralisch zumindest nicht."

„Sieht dies deine Frau auch so?"

„Das Schlimme ist: Ich weiß es nicht einmal."

„Sprecht ihr nicht darüber?"

„Kennst du Paare, die darüber sprechen?"

„Vielleicht bin ich noch nicht in dem Alter, in dem man Paare kennt, die darüber sprechen könnten. Aber eine offenbar emotionslose Beziehung wäre nichts für mich. Da bleibe ich lieber alleine. Wie jetzt."

„Ich denke, es läuft in neun von zehn Fällen immer gleich: Irgendwann geht der Mann ins Puff oder beginnt etwas mit jemandem aus seiner Arbeitswelt. Die Frau hat zu diesem Zeitpunkt schon einen Lover oder befasst sich zumindest mit dem Gedanken, sich einen Aufmerksamkeitslieferanten anzulachen. Solange alles unter Kontrolle bleibt, besteht die angestammte Ehe als Funktionsehe weiter. Verliebt sich jemand zu stark, kommt es zur Trennung."

„Dies dürfte dann meist die Frau auslösen."

„Genau, Sabine. Etwa achtzig Prozent der Trennungen gehen in diesen Tagen von der Frau aus."

„Und du Sergi, gehst du ins Puff oder hast du etwa eine Geliebte außer dieser Imhof?"

„Genau mit dieser muss ich jetzt nochmals sprechen. Lass uns ins Büro gehen, Sabine."

Im Büro angekommen, versuchte Guardiola nochmals telefonisch Nadine Imhof zu erreichen. Erneut vergeblich. Peterhans betrat gerade sein Büro. Guardiola beschloss, bei ihr persönlich vorbei zu schauen. Um diesmal volle Professionalität zu wahren, wollte er mit Peterhans zu ihr.

„Peterhans, gerade was vor?"

„Nein, Chef. Kann ich was für dich tun?"

„Ja, mitkommen."

„Wohin geht die Reise?"

„Eher ein Spaziergang, Peterhans. Zu Nadine Imhof an den Nadelberg."

Es war kurz nach acht an diesem Mittwochmorgen, als die beiden sich durch die Innenstadt auf den Weg zum Nadelberg machten. Wie immer war das Stadtbild um diese Zeit durch Lieferwagen und heimkommende Arbeitende geprägt. Die Beleuchtung war längst ausgeschaltet, es war bereits hell. Sie gingen durch die Steinentorstrasse über den Barfüsserplatz und Bogen in die Gerbergasse. Auf Höhe eines noblen Herrenmodegeschäftes stachen sie hoch Richtung Rümelinplatz. Vor dem „Hot Lemon", einer extravaganten Kleiderboutique, die von einem Bekannten des Doc Cantieni seit Jahren erfolgreich geführt wurde, blieb Guardiola kurz stehen. In der Auslage waren Anzüge von Kenzo und Paul Smith zu sehen.

„Genug verdienen müsste man, Peterhans. Dann könnten wir uns auch solche Stoffe leisten."

„Mir sind die irgendwie zu schrill und überhaupt– ich und Anzüge."

In der Tat war Peterhans eher der sportiv gekleidete Typ, um s vorsichtig zu beschreiben. Sütterlin hatte ihm mal gesagt, dass er keinen schlechten Geschmack habe, sondern gar keinen. Peterhans war dies egal, er machte viel Sport, sein Hobby war Triathlon und dorthin floss auch ein erheblicher Teil seines Einkommens. Man munkelte am Waaghof, dass sein Rennrad einen tiefen fünfstelligen Betrag gekostet hatte. Er war jedenfalls ausgesprochen fit. Zu Beginn der Steigung am Spalenberg musste Guardiola schauen, nicht den Anschluss zu verlieren.

Am Haus von Nadine Imhof angekommen, drückte Guardiola, noch immer leicht außer Atem, die Hausklingel unten auf der Straße. Sie warteten einige Sekunden, das Summen des Türöffners blieb jedoch aus. Guardiola drückte nochmals, diesmal einige Male hintereinander, das letzte Mal blieb er mit dem Finger einige Sekunden auf der Klingel. Wieder regte sich nichts.

„Offenbar niemand zu Hause", stellte Peterhans fest.

„Komisch." Guardiola wirkte nachdenklich, fast besorgt.

„Wieso komisch? Es ist Mittwochmorgen, beinahe halb neun. Sie wird wahrscheinlich zur Arbeit sein wie viele andere Menschen."

Guardiola hatte keine Lust, jetzt Erklärungen abzugeben. Er hatte bereits auf die unterste Klingel der Klingelleiste gedrückt. M. Sommer stand auf dem Schild daneben. Nach wenigen Sekunden meldete sich über die Gegensprechanlage eine Stimme, die einer älteren Frau zu gehören schien.

„Ja, bitte?"

„Mein Name ist Kriminalkommissär Sergi Guardiola, bei mir ist mein Kollege Detektiv-Korporal Peter Peterhans. Wir möchten zu Frau Nadine Imhof, erreichen sie aber nie. Dürfen wir reinkommen?"

„Einen Moment, bitte." Wenige Sekunden später summte der Türöffner und die Haustür sprang auf. Eine Frau Ende sechzig, Anfang siebzig stand an der ersten Wohnungstür.

„Guten Morgen, Guardiola." Er zeigte ihr den Ausweis, ebenso Peterhans.

„Sie sind Frau Sommer?"

„Ja, Margrith Sommer." Trotz relativ früher Morgenstunde wirkte sie bereits sehr gepflegt, ganz dem Quartier der Basler Altstadt würdig.

„Es geht mich ja nichts an, aber gestern war im obersten Stock, also bei Frau Imhof, ziemlich was los."

„Wie meinen Sie das?"

„Mein Mitbewohner über mir und ich sind ja, sagen wir mal, gewisse akustische Phänomene aus der Wohnung von Frau Imhof gewohnt. Eine junge Frau, die das Leben genießt. Da kommt bei uns Kriegsgenerationlern schon mal Neid auf. Aber gestern waren es andere Geräusche, eher Schmerz- als Lustschreie. Zudem hörte man auch das Poltern von Möbeln." Wenn die Situation es erlaubt hätte, wäre Guardiola ins Schmunzeln gekommen. Er bewunderte, mit welcher Selbstverständlichkeit und Unbefangenheit Frau Sommer zu nicht alltäglichen Vorkommnissen Auskunft gab. Es war vielmehr Peterhans, der leicht errötet war. Sein Job und sein Trainingsumfang ließen offenbar nicht viel Zeit übrig, um sich mit den Geheimnissen der Lust zu beschäftigen.

„Haben Sie jemanden gesehen?" Guardiolas gedankliche Abschweifungen dauerten nur wenige Sekunden.

„Ja, hab ich. Zwei Männer kamen gemütlich und lachend die Treppe runter. Da sie so guter Dinge wirkten, habe ich mir keine weiteren Gedanken gemacht. Aber jetzt, wo Sie da sind..., also ich weiß nicht."

„Konnten Sie die Männer erkennen?"

„Ja und nein. Beide wirkten eher südländisch auf mich und sprachen auch eine Sprache, die ich nicht wirklich verstand."

„Schnell, Peterhans! Danke, Frau Sommer, Sie haben uns schon mal sehr geholfen. Darf ich Sie bitten, sich zu unserer Verfügung zu halten? Und falls Ihnen noch etwas in den Sinn kommt–hier ist meine Karte."

„Darf ich nicht einmal einen Kaf..." Aber Guardiola und Peterhans waren bereits auf der Treppe, immer drei Stufen auf einmal nehmend.

Oben auf Imhofs Stockwerk angekommen, bremste Guardiola ab. Die Schuhsammlung war ihm bestens bekannt. Sie war unangetastet und aufgeräumt. Die beiden näherten sich der Wohnungstür von Nadine Imhof. Noch einmal betätigte Guardiola die Klingel. Nichts. Daraufhin drückte er die Klinke runter. Als die Tür sich öffnen ließ, rechnete Guardiola mit dem Schlimmsten. Nach einem Blick zu Peterhans, der ziemlich verständnislos blickte, stieß Guardiola die Tür ganz auf und die beiden betraten Imhofs Wohnung.

26

Dani Jutzeler, der Reporter der Boulevardzeitung „Blick", Ressort Inland, war mit dem Achtuhr-Zug aus Zürich nach Basel gekommen, um sich mit Sascha Lehner zu treffen, seines Zeichens Privatdetektiv. Lehner war Ende dreißig, schwul und vor vier Jahren von Guardiola gefeuert worden. Die Trennung wurde mit „in gegenseitigem Einvernehmen" apostrophiert, wie so üblich. Tatsache war aber, dass sich Lehner an den ebenfalls homosexuellen, aber dummerweise für Lehner noch minderjährigen Sohn eines Tatverdächtigen herangemacht hatte. Lehner konnte zwar glaubhaft nachweisen, dass ihn dieser mit einem gefälschten Ausweis über sein Alter getäuscht hatte. Die Fälschung war allerdings so dilettantisch gemacht, dass sie Lehner als erfahrenem Kriminalbeamten auch mit 1,2 Promille Blutalkoholgehalt hätte auffallen müssen. Guardiola setzte daraufhin alle Hebel in Bewegung, dass Lehner die Kündigung nahegelegt wurde. Da dieser sie verweigerte, wurde er auf unbestimmte Zeit suspendiert. Nach wenigen Monaten gab Lehner nach, allerdings mit einer entsprechenden Wut im Bauch. Seine letzten Worte im Büro Guardiolas waren:

„Ich mach dich fertig, du geiles Arschloch. Ich weiß doch, wo du dich herumtreibst." Sabine Sütterlin saß gerade zum Vorstellungsgespräch in Guardiolas Büro. Lehner knallte ihm die Kündigung auf seinen Schreibtisch und lachte ihr schamlos ins Gesicht.

„Na, mittlerweile gehst du nicht mal mehr ins Puff, du holst dir die Schlampen gleich schon ins Büro!" Guardiolas Faust traf ihn unten rechts am Kinn, Lehner kippte wie eine Slalomstange um: zuerst in die Höhe und dann nach hinten. Guardiola packte ihn am Kragen und übergab ihn zwei uniformierten Polizisten, die gerade vor seinem Büro vorbeigingen.

„Raus mit ihm. Und Lehner: ab sofort Hausverbot!" Die Beamten schauten Guardiola verdutzt an. Dieser brüllte sie an:

„Worauf wartet ihr denn? Ihm fehlt schon nichts!" Das Disziplinarverfahren wurde nach der Zeugenaussage von Sabine Sütterlin eingestellt und endete lediglich mit einer scharfen Rüge Jakob Binggelis für Guardiola glimpflich. Lehners Anwalt hatte unter anderem wegen der Homosexualität seines Mandaten auf Diskriminierung und nach dem Faustschlag auf Körperverletzung mit unterlassener Hilfeleistung geklagt. Ohne seinen makellosen Leistungsausweis, die couragierte Aussage Sütterlins und die Unterstützung des leitenden Staatsanwaltes Jakob Binggeli hätte es eng werden können für Guardiola. In jedem Falle hatte er seit diesem Vorfall draußen außerhalb des Waaghofes einen Freund weniger...

Lehners Karriere war „am Arsch", wie er dies seinem langjährigen Lebenspartner, dem Friseur Bruno Stucki nach seinem unrühmlichen Abgang kommunizierte. Dieser hatte ihm seinen

Fauxpas mit dem strammen Jüngling nach einer ernsthaften Beziehungskrise mittlerweile vergeben. Lehner verbrachte, überwiesen von seinem Hausarzt, einen mehrwöchigen Aufenthalt im „Schützen" in Rheinfelden wegen einer Erschöpfungsdepression. Bei einem Spaziergang entlang des Rheins kam ihm der Gedanke, eine Privatdetektei zu eröffnen. Nach seinem Austritt gründete er „Adlerauge–Privatdetektei Lehner und Partner". Partner gab es zwar noch nicht, aber man wusste ja nie. Als Büro diente ihm anfänglich ein nichtgenutztes Zimmer im Haus an der Rixheimerstrasse, das er mit Bruno gemietet hatte. Nach den ersten Aufträgen, zumeist Beschattungsaufträge wohlstandsgelangweilter Ehefrauen, mietete er Büroräumlichkeiten in der Gewerbezone von Allschwil.

„Viel diskreter als die Innerstadt", meinte er, als ihn Bruno auf die nicht besonders guten öffentlichen Verkehrsmittel ansprach.

„Und wer sich mich leisten kann, hat auch das Geld für ein Auto oder Taxi." Bei seiner ganzen Tätigkeit hatte er nie den Gedanken aus den Augen verloren, es Guardiola heimzuzahlen. Dieser hatte ihm, da sie lange Zeit gut zusammengearbeitet hatten, nach einem Bier zu viel im „Braunen Mutz" anvertraut, dass zu Hause tote Hose herrsche, die Welt im 21. Jahrhundert aber noch andere Optionen offen ließe.

Jutzeler spazierte über den Bahnhofsplatz in Richtung „Hilton". Er hatte nach Lehners Anruf in der Redaktion des „Blick" die Bar vor dem „Wettstein-Grill" als Treffpunkt gewählt. Sie war zu diesem Zeitpunkt kaum frequentiert und wenn, dann meist von nicht Deutsch sprechenden Geschäftsleuten. Lehner saß bereits da. Jutzeler erkannte ihn vor allem an der Tatsache, dass er der einzige Gast war. Sie gaben sich die Hand und warteten, bis der gelangweilt dreinschauende Kellner auch Jutzelers Bestellung aufgenommen hatte: Einen Espresso mit einem Gipfeli.

„Haben Sie die Fotos hier?" Jutzeler schaute Lehner direkt in die Augen. Er hatte keine Berührungsängste, sein Bruder war auch schwul.

„Klar, und Sie hoffentlich das Geld?" Irgendwie war Jutzeler doch über das männliche Timbre von Lehners Stimme erstaunt.

„Ich würde sie gerne zuerst sehen."

„Klar. Es gibt im Wesentlichen zwei Orte, die der liebe Comisario frequentiert hat und die ihm das Genick brechen werden."

„Hören Sie Schnüffler, auch wenn ich vom Boulevard komme, muss ich mich an Fakten halten. Könnten Sie also etwas präziser werden? Ansonsten klauen Sie meine und vielleicht auch Ihre Zeit, obschon die wahrscheinlich nicht besonders wertvoll ist."

„Klar." Dies schien Lehners Lieblingswort zu sein. Trotz Jutzelers Provokation blieb er erstaunlich ruhig.

„Einmal ist es das Haus seiner Vorgesetzten Katja Keller, die gerade vom Fall suspendiert ist, da ihr getrennter Mann zu den Tatverdächtigen im Mordfall Hofmeyr gehört. Hier mehrere Aufnahmen in Riehen, immer dienstags. Guardiola betritt bei Tageslicht das Haus und verlässt es jeweils drei bis vier Stunden später. Dies sind fünf sequenzielle Wochen, am Dienstag hat seine Frau Sylvia übrigens auch ihren Jour fixe (Salsa) und die Tochter ist jeweils bei Sylvias Eltern. Zufall? Urteilen Sie selbst."

„Hmm." Es war Lehner gelungen, Jutzelers Interesse zu wecken. Als ehemaliger Detektiv-Wachtmeister war er es gewohnt, präzise zu rapportieren.

„Und der zweite Ort?"

„Noch eindeutiger. Gundeli, Villa Esperanzia, ein Nobelbordell mit SM-Abteilung. Ziemlich vom Gröbsten."

Das gute Dutzend Fotos zeigte Guardiola immer wieder vor oder im Eingang der Villa Esperanzia. Da Guardiola nicht bei der Sitte war, waren die Bilder für Jutzeler natürlich brisant.

„Nicht schlecht, Lehner. Und wie viel wollen Sie?"

"Kein Handel. Die Abmachung war 10000 für die Bilder und zusätzliche 5000 für jeden Artikel über das schamlose Lotterleben des Comisario. Überweisung auf mein Konto jeweils am Montag der dem Artikel folgenden Woche. Ich habe Ihnen einen Einzahlungsschein mitgebracht, mit allen Daten meiner Bankverbindung. Aufgrund der Brisanz vermute ich, dies könnte ein Dauerauftrag werden." Lehner grinste Jutzeler unverfroren an.

"Und dass ich ab morgen den „Blick" kostenlos abonniert habe, ist wohl selbstverständlich."

Jutzeler hatte sich natürlich mit dem Chefredaktor und der Verlagsleitung abgesprochen. Einen verheirateten Kriminalkommissär, zudem noch Familienvater, des frevelhaften Lebenswandels und Ehebruchs zu überführen, war wahrlich nicht alltäglich und würde dem angeschlagenen Blatt wieder Sauerstoff verpassen. Jutzeler nahm den Umschlag mit den zehntausend Franken aus der Innentasche seines Sakkos und legte ihn vor Lehner auf den Tisch.

"Zählen Sie nach, Schnüffler." Lehner tat dies und verbeugte sich symbolisch im Sitzen.

"Man dankt, schreibende Majestät." Leicht genervt erhob sich Jutzeler.

"Der Kaffee geht wohl auf Sie."

"Mit Vergnügen. Und die Auslösung meines „Blick"-Abos nicht vergessen, klar?" Jutzeler hob nur die Hand und stieg die rund geschwungene Treppe zum Ausgang hoch, ohne sich noch einmal umzublicken.

27

Guardiola und Peterhans betraten schweigend Nadine Imhofs Wohnung. Bereits das Entrée sah verheerend aus. Der Läufer war umgedreht, die Schubladen des Garderobenmöbels lagen samt Inhalt wild verstreut über den ganzen Eingangsbereich verteilt. Am Boden gabe es Flecken einer eingetrockneten

Flüssigkeit. Wegen des dunklen Schiefers war nicht zu erkennen, ob es sich wirklich um Blut handelte. Guardiola blickte Peterhans stumm an. Dieser schüttelte nur kurz den Kopf, ehe die beiden die Tür zum Badezimmer aufstießen. Es präsentierte sich ihnen ähnlich Chaotisches wie zuvor. Die Kosmetika, die wohl eine entsprechend gepflegte Warenhausabteilung gefüllt hätten, waren über den Boden, im Lavabo und sogar in der Badewanne verstreut. Selbst den Deckel des Spühlkastens hatte die Täterschaft abmontiert und achtlos neben die Toilettenschüssel geworfen. Aus dem Badezimmer führte sie der Weg ins Wohnzimmer. Auch hier war kein Stein auf dem anderen geblieben, die Polster der Sitzeinheit waren aufgeschlitzt, die filigrane Stehlampe von Noguchi umgeschmissen, die Buchregale leergefegt, genauso wie diejenigen der Küche. Glas vermengte sich auf dem Boden mit Porzellan und Silber. Materialien, die sich auf dieser Unterlage nicht miteinander anzufreunden schienen. Von Nadine Imhof noch keine Spur. Die Tür zum Schlafzimmer war angelehnt. Diesmal blickte Peterhans beinahe hilfesuchend zu Guardiola hinüber als wolle er ihm mitteilen: Du zuerst, Chef! Guardiola schien seinen Mitarbeiter zu verstehen, nickte kurz und schob die Tür auf. Er erinnerte sich, dass das Bett direkt hinter der Tür lag. Das erste, was die beiden sahen, waren rot gefärbte Wände. Ziemlich rote Wände. Diesmal bestand kein Zweifel, dass es sich um Blut handelte. Die an der Wand stehende Kommode war genau wie alle anderen Schubladen ausgeräumt, die Dessous bildeten auf dem Parkett ein seltsam verschlungenes Durcheinander. Auch hier sahen sie Lachen getrockneten Blutes. Wie alles in dem Raum, die Wände und das Bett, blutige Spuren trug. Unzweifelhaft stammte das Blut von Nadine Imhof. Was die Täterschaft noch von ihr übrig gelassen hatte, lag auf dem Bett. An einem ihrer Füße steckte ein schwarzer Pumps, der andere war, wie Teile ihrer Beine, von den Resten einer schwarzen, überall zerissenen Strumpfhose partiell verhüllt. Ansonsten war die Leiche nackt. Was Guardiola und Peterhans in diesem Schlafzimmer vorfanden, war mit „Mordopfer" zu glimpflich umschrieben. Es war der menschliche Restposten einer rituellen Hinrichtung mit Botschaftscharakter an zukünftige Opfer. Nadine Imhofs Kehle war durchgeschnitten, in ihrem weit aufgerissenen Mund steckte eine ihrer Brüste. Die Zunge war ihr vorher herausgeschnitten worden und lag auf einem der Nachttische, die einzigen nicht umgeworfenen Möbelstücke. Auch die zweite Brust fehlte am Körper. Sie steckte mit der Brustwarze nach außen in ihrer Scheide, die vorher mit einem Messer zum Bauchnabel hin erweitert worden war. Es roch nach Kot und Urin, auf dem Bett waren inmitten des Blutes entsprechende Spuren zu sehen. In ihrer Todesangst musste das Opfer die letzte Kontrolle über seine vegetativen Funktionen verloren haben. Guardiola spürte ein Würgen im Hals und die unmissverständlichen Vorboten einer Liftfahrt von Speisebrei. Mit wackligen Beinen beeilte er sich, die Toilette zu erreichen. Auf dem Weg dorthin sah er Peterhans in die Küchenspüle kotzen. Auch Guardiola schaffte es nicht mehr bis zur WC-Schüssel. Er erleichterte sich ins Badezimmer über all die Kosmetika der Toten. Aus seinem Erbrochenen schimmerten zwei La Prairie-Döschen hervor. Er stellte das Wasser an und spülte sich den Mund aus. Ein Handtuch war nicht mehr auffindbar, sodass er sich mit seinem Taschentuch den Mund trocken wischte. Er riskierte einen Blick in den unversehrten Badezimmerspiegel. Viel Farbe war ihm nicht im Gesicht geblieben. Auf dem Weg zum Wohnungsausgang kam ihm Peterhans entgegen. Sein trainierter Körper und seine Stimme zitterten.

„Was für ein Mensch kann so was tun, Chef?"

„Das sind keine Menschen, Peter. Das sind Bestien. Aber wir werden sie kriegen, verlass dich drauf." Sie hatten mittlerweile den Ausgang der Wohnung erreicht. Guardiola hatte zu seinem Handy gegriffen.

„Du meinst, du denkst, also du gla…" Im nächsten Moment versagten Peterhans' Beine ihren Dienst und er sackte auf dem Vorplatz wie vom Blitz getroffen zusammen. Guardiola, der selbst größte Mühe hatte, seine Gedanken nach dem soeben Gesehenen zu ordnen und sich auf den Beinen zu halten, hatte keine Chance, ihn aufzufangen. Peterhans lag zu seinen Füßen, sein Kopf hatte ein Paar Louboutins umgeworfen. Die roten Sohlen kontrastierten stark mit Peterhans' Gesichtsblässe. Guardiola gelang es mit Mühe, einen unversehrten Stuhl aus der Wohnung zu holen und Peterhans' Beine darauf zu postieren. Er drehte ihn fachgerecht in die Seitenlage und hob trotz seines Bewusstseinszustandes den Kopf ein klein wenig an. Er befürchtete, dass Peterhans noch nicht alles von sich gegeben hatte. Sein Taschentuch hatte er befeuchtet und legte es nun Peterhans auf die Stirn. Anschließend rief er im Waaghof an. Spurensicherung, gerichtsmedizinischer Dienst, Ambulanz und Notarzt.

„Nein, die Tote ist so tot, wie man nur tot sein kann, Sabine. Peterhans ist kollabiert, er ist noch bewusstlos."

„Peterhans bewusstlos? Seid ihr angegriffen worden? Noch akute Gefahr?"

„Zumindest nicht physisch. Emotional sind wir durch den Wind. Was wir betreten haben, war nicht Nadine Imhofs Wohnung, sondern ein Schlachthof. Erspar dir dies Sabine, ich bitte dich darum! Wenigstens einer von uns muss noch klar denken können. Aber schick den Binggeli mit, wenn er abkömmlich ist."

„Nein, aber die Staatsanwältin Bischof ist im Haus." Guardiola zögerte einen Moment mit der Antwort, Peterhans hatte sich bewegt.

„Okay, irgendeinmal muss sie da durch." Er legte grußlos auf. Wenige Minuten später hörte er die Sirenen. In diesem Moment versagten auch seine Beine ihren Dienst.

28

Noch vom Zug zurück nach Zürich aus rief Jutzeler Guardiola an. Vor der Story wollte er ihm doch die Chance zu einer Stellungnahme geben. Auf Guardiolas Handy meldete sich aber nur die Combox. Höflich und gefasst bat Jutzeler um einen Rückruf–"dringlichst, Herr Kriminalkommissär. Und merci." Mit einem Schmunzeln drückte er die Austaste seines Handys und schloss die Augen, um bis Zürich etwas Schlaf zu finden. Die nächsten Stunden und Tage würden hektisch genug werden.

Er erwachte kurz vor Zürich. Ein Blick auf das Display zeigte ihm, dass er nicht so tief geschlafen hatte, um Guardiolas Rückruf zu überhören. Diese schwanzgesteuerte Ratte hält es nicht für nötig, den Boulevard zurückzurufen, dachte er sich, leicht säuerlich. Nächster Schritt: Cherchez la femme! Dieser Gedanke verschaffte ihm wieder ein gewisses Amusement. Im Büro angekommen, suchte er die Nummer von Sylvia Guardiolas Praxis heraus. Man teilte ihm mit, dass die Chefin für eine Woche im Urlaub sei und nicht gestört werden wolle. Jutzeler zauberte seine flötendste Stimme hervor und erzählte der Mitarbeiterin, Frau Gutzwiler, von einer Story „Über Physiotherapie an der Seite des Rechts", die er auf einer Doppelseite in ihrem Sonntagsmagazin bringen wolle. Er wolle die Chefin auch nicht stören, er müsse einfach nur persönlich ihr Einverständnis einholen. Aber für so etwas Positives dürfe man sicher auch im Urlaub ganz kurz stören. Immerhin hätten zwei Seiten einen Werbegegenwert von mehreren zehntausend Franken. Nun war Frau Gutzwiler ohne Argumente. In der Annahme, ansonsten die Chefin zu verärgern, gab sie Jutzeler die Handynummer von Sylvia und erwähnte auch gleich, sehr bekümmert, er solle sich wirklich kurz fassen, denn sie befände sich im Schwarzwald in einem Wellness-Urlaub.

„Ein tolles Hotel am Schluchsee, die Chefin wird über die Störung nicht erfreut sein", meinte die hochnervöse Frau Gutzwiler zum Schluss. Jutzeler, hoch erfreut, bedankte und verabschiedete sich überfreundlich, um gleich die neu errungene Nummer von Sylvia Guardiola zu wählen.

„Hallo?" Sylvia Guardiola klang verschlafen. Sie hatte sich im „Auerhahn", einem Wellness-Hotel im Schwarzwald, eine knappe Autostunde von Basel entfernt, nach einer Hot Stone-Anwendung vor dem Abendessen hingelegt. Ihre Freundin

Sybille Weber, eine Berufskollegin, die allerdings eine Teilzeitanstellung an der Basler Uniklinik einer Selbstständigkeit vorgezogen hatte, entschied sich für einen Spaziergang am Schluchsee, an welchem der „Auerhahn" gelegen ist. Es war ein sonniger und milder Spätsommerabend, der zum Flanieren am See einlud.

„Hier Dani Jutzeler vom „Blick". Spreche ich mit Frau Guardiola, Sylvia Guardiola, um präzise zu sein?"

„Äh ja, was ist das Problem? Und vor allem, wie haben Sie mich gefunden, ich meine, wie kommen Sie zu meiner Handynummer?" Langsam wurde sie wach.

„Das lassen Sie mal meine Sorge sein, wehrte Frau. Seien Sie aber versichert, dass ich Sie nicht umsonst in Ihrem wohlverdienten Urlaub störe, denn auch meine Zeit ist rar und damit mein Geld." Jutzeler war ein hinreichend erfahrener Journalist, um zu wissen, dass er zuerst Spannung und Verblüffung aufbauen musste, um dann möglichst zum Ziel zu kommen. Und dies hieß, so viel storytaugliches Material wie nur möglich zu bekommen. Er schien auf dem besten Weg zu sein.

„Sie stören mich in meiner Freizeit, Sie haben meine Handynummer, Sie wissen, dass ich im Urlaub bin, wahrscheinlich auch noch wo – wer sind Sie, was wollen Sie von mir?"

„Wer ich bin, habe ich Ihnen bereits gesagt. Dass Sie am Schluchsee sind, ist mir auch bekannt und was ich von Ihnen will: Ich würde mich mal gerne über Ihren Mann mit Ihnen unterhalten, Frau Guardiola." Sie war nun vollends wach.

„Ich glaube kaum, dass ich etwas zu dieser Unterhaltung beitragen könnte, Herr Julen. Zudem bin ich hier, um ein bißchen Erholung vom beruflichen und familiären Alltag zu bekommen und verspüre nicht die geringste Lust, mich über genau diese Dinge mit Ihnen zu unterhalten. Damit ist diese Unterredung für mich beendet. Schönen Abend!"

„Jutzeler, Frau Guardiola. Warten Sie, bevor Sie gewisse Dinge erst aus meiner Zeitung entnehmen, die ich Ihnen heute gerne zeigen würde." Sylvia Guardiola, die sich mittlerweile vom Bett erhoben hatte und in ihrem Zimmer mit dem Handy am Ohr herumlief, musste sich nun langsam aufs Bett setzen.

„Zeitung? Heute zeigen? Bluffen Sie? Was für ein Spiel ziehen Sie durch?"

„Ich weiß nicht, ob Fotos bluffen, Frau Guardiola?"

„Fotos? Was für Fotos um Himmels Willen?"

„Nun, ob Ihnen der Himmel hilft, bezweifle ich. Aber es hilft, wenn man auf gewisse Schlagzeilen bereits im Vorfeld vorbereitet wird."

„Schlagzeilen? Sagen Sie, muss man Ihnen alles wie Würmer aus der Nase ziehen?" Jutzeler schmunzelte vor sich hin. Sie zappelte in seinem Netz. Den Termin mit ihr auszumachen würde nun zu einem Selbstläufer werden.

„Nur langsam, gnädige Frau. Ich würde Ihnen gerne einige Fotos Ihres Mannes vorlegen."

„Fotos von meinem Mann? Was denn für Fotos?"

„Deutliche Farbfotos, Frau Guardiola." Jutzeler genoss dieses Machtgefühl immer wieder aufs Neue. Er spürte Sylvia Guardiolas Verzweiflung förmlich durch das Handy hindurch.

„Jetzt sagen Sie mir, was Sie wollen!" Jutzeler meinte, am Ende des Satzes ein Schluchzen zu hören. Er bemühte sich um eine sanfte Stimme.

„In einer Stunde bei Ihnen in der Lobby? Sie sind im „Auerhahn"?"

„Nein, am Schluchsee, äh, ja, natürlich, im „Auerhahn". In einer Stunde?" Sie schaute auf die Uhr. Es war kurz vor halb sechs. Wahrscheinlich würde sich alles als Irrtum entpuppen. Dann brauchte sie auch Sybille nichts zu erzählen. Das mehrgängige Abendmenü war vom Hotel erst auf 19 Uhr angesetzt.

„Okay, ich werde unten sein. Wie ist noch einmal Ihr Name?"

„Dani Jutzeler, Frau Guardiola, Jutzeler!"

29

Guardiola kam auf der Notfallstation des Kantonspitals Basel wieder zu sich. Er drehte den Kopf und sah als erstes Peterhans an einem Bettrand sitzen. Er trug die zivilen Kleider, an die sich Guardiola zu erinnern meinte. Er sah an sich hinunter und stellte fest, dass auch er noch in den Kleidern steckte, die er heute Morgen angezogen hatte. Unterhalb seines linken Handrückens steckte eine Nadel, in deren Verlängerung sich ein Schlauch fand, der zu einer Infusionsflasche führte, die an einem Ständer hing. Auch Peterhans war auf diese Weise versorgt worden. Um die beiden Betten herum waren diese klassischen raumtrennenden Vorhänge, wie er sie von der Praxis seiner Frau kannte.

Peterhans sprach mit einem ziemlich massigen Weißkittel. Die Unterredung wurde auf Hochdeutsch geführt, vielmehr sprach vor allem der Weißkittel, Peterhans nickte nur. Einer älteren Krankenschwester ordnete er an, Peterhans von der Infusion zu befreien. Guardiola schöpfte Hoffnung. Er verspürte eine tiefe Abneigung gegen alles, was mit Krankheit und schon gar mit Krankenhaus zu tun hatte. Der Weißkittel streckte Peterhans seine massige Pranke hin und verabschiedete sich von ihm. Da die Notaufnahmezelle klein war, brauchte er sich nur umzudrehen, um gleich neben Guardiolas Bett zum Stehen zu kommen.

„Wie geht's, Kommissär? Horst Schmitte mein Name, diensthabender Oberarzt, ja."

„Danke, geht wieder. Kann ich, wie mein Kollege, auch gehen."

„Ja, wollen wir Sie dann mal auch springen lassen, ja. Sie hatten einen Kreislaufkollaps, vegetatives Versagen, wie man sagt, ja? Kein Wunder, bei dem, was Sie offenbar vorgefunden haben, da haut's doch die stärkste deutsche Eiche um, ja? Wir haben Sie mit einer Infusion vor Ort versorgt und Ihnen ein ganz schwaches Beruhigungsmittel nachgespritzt. Dieses dürfte noch nicht ganz aus Ihrem Körper verschwunden sein, also lassen Sie's mal langsam angehen für den Rest des Tages. Machen Sie's gut und passen Sie auf sich auf, Kommissär. Die Bösen wollen gefangen werden, ja?" Wieder zauberte er die Fleischpranke aus dem Kittelsack und streckte sie Guardiola hin. Dieser ergriff und schüttelte sie.

„Danke, Doc, für Ihre Bemühungen!"

Noch etwas schwächlich auf den Beinen, verließen die beiden die Notfallstation. Kollegen als Abholdienst hatten sie keine gesehen. Sie unterließen es auch, einen Streifenwagen anzurufen, sondern spazierten schweigend zur Schifflände hinunter. Für einen Moment überlegte Guardiola, Sylvia anzurufen, verwarf aber den Gedanken mangels inneren Antriebs wieder. Trotz des schönen Wetters beschlossen sie, die 6er bis zur Heuwaage zu nehmen. Es war beinahe 17 Uhr und die Tram war ziemlich voll, sodass sie die ganze Strecke stehen mussten.

Im Waaghof erwartete sie bereits Sabine Sütterlin. „Ihr macht ja Dinge! Alles okay, Jungs?"

„Danke, Sabine", erwiderte Guardiola, nachdem sie beiden einen spontanen Kuss auf die Wangen gedrückt hatte. Irgendwie waren sie ein gutes Team. In solchen Momenten fühlte sich Guardiola aufgehoben, besser als zu Hause.

„Wo ist de Michelis?"

„Wo ist vielleicht nicht ganz die adäquate Frage, Sergi. Vielmehr: Wie ist er?"

„Entschuldigung, aber ich folge dir nicht ganz, Sabine." Auch Peterhans schüttelte den Kopf.

„Er ist mit den Überresten von Nadine Imhof beschäftigt. Stinksauer, dass er heute die halbe Nacht arbeiten muss. Ein Date mit einer brasilianischen Göttin wird deshalb platzen. Wie immer denke niemand an seine vollen Eier." Trotz der Tragik der Situation mussten er und Peterhans spontan lachen. Wahrscheinlich auch eine Art von Selbstschutz, wie bei mir die Fesselspielchen. Anders ist doch dieser ganze Müll Tag für Tag nicht zu ertragen, wenn man nicht in den Medikamenten, Drogen oder im Dauersuff landen will, dachte er sich.

„Wann dürfen wie seine gerichtsärztliche Majestät mit unseren banalen Fragen belästigen?"

„Nicht vor morgen früh, vorher hätte er keine Ergebnisse!"

„Na, dann bleibt zu hoffen, dass die Göttin morgen keinen Frühdienst hat. Etwas anderes, Sabine: Konntest du schon irgendwelche Angehörige der Nadine Imhof eruieren oder gar benachrichtigen?

„Es scheint keine zu geben, Sergi. Offenbar ein einsames Leben in Luxus und Wollust!" In Guardiola kamen Bilder von Nadine Imhof hoch, der sinnlichen Frau, in die er sich vor nicht langer Zeit ergossen hatte. Abends und morgens. Trotz einer gewissen Erschöpfung spürte er Lust aufsteigen. Musste er sich nun selbst als pietätlos disqualifizieren? Oder war er im Begriff, ein schwanzgesteuertes Ungeheuer im Dienst des Gesetzes und im Sold des Steuerzahlers, die letzten moralischen Schranken niederzureißen? Er beschloss, später Katja anzurufen...

„Alles okay mit dir, Sergi?" Wie von Weitem hörte er Peter Peterhans' Stimme. Er schaute ihn zusammen mit Sabine an, als wenn er soeben von einem anderen Stern käme.

„Äh, ja, alles okay. Für heute habe ich aber gestrichen die Schnauze voll. Ich lad euch ein auf ein Bier im „Noohn"."

„Gerne, Sergi. Binggeli wollte noch persönlich vorbeikommen, aber seine Mutter musste Anfang Nachmittag hospitalisiert werden. Er lässt euch herzlich grüßen und wünscht gute Erholung. Kommst du auch mit, Peter?"

„Danke für die Einladung, aber ich möchte lieber noch etwas an der frischen Luft laufen gehen und dann früh ins Bett. Euch viel Spaß dann!" Sagte es, nahm seine Jacke und verließ das Büro. Sütterlin und Guardiola taten es ihm wenige Minuten später gleich. Sie schlenderten über die Heuwaage am „Radisson" vorbei, den Klosterberg hoch und bogen dann bei der Elisabethenkirche in die Henric Petri-Strasse ein, wo sich hundert Meter weiter vorne das „Noohn" befindet.

Das „Noohn" gehört zu den gastronomischen und Chillout-Inplaces in Basel mit einer euroasiatischen Küche und einer internationalen Klientel. Insbesondere zur Happy Hour war oft Englisch oder auch Französisch im Lounge-Bereich zu hören. Auch Doc Cantieni, der seine Praxis ganz in der Nähe am Hirschgässlein hatte, pflegte gelegentlich sowohl sein Feierabendbier, dies durchaus in wechselnder, meist weiblicher Gesellschaft, im „Noohn" zu trinken, als auch gewisse lockere geschäftliche Besprechungen in der Lounge abzuhalten.

Es war nur zu etwa zwei Drittel gefüllt, sodass sie in den weichen Sitzbänken am Fenster Platz fanden. Sütterlin bestellte einen gespritzten Weißen, Guardiola ein Bier. Svetlana, die Kellnerin aus der Ukraine, stellte ihnen auch ein Schälchen mit Wasabi-Nüsschen hin. Sie prosteten sich zu und schwiegen für einen Moment. Guardiola war froh, nach diesem Tag jemand neben sich zu haben, der ihm zunehmend vertrauter wurde und zudem über einige Hintergrundumstände Bescheid wusste. Mit wem hätte er sonst darüber reden sollen, umso mehr, als auch der Doc heute für zwei Wochen in sein Haus nach Südafrika abgereist war. Es war Sabine, die das kurze Schweigen brach.

„Wie geht es dir wirklich, Sergi? Muss ziemlich schwierig für dich gewesen sein..."

„Ja, in der Tat, Sabine. Habe Mühe zu verstehen, was geschehen ist. Obschon erst Stunden seit der Entdeckung dieser Tat vergangen sind, mache ich mir bereits Vorwürfe, mitschuldig am Tode von Nadine zu sein. Es kommen Fragen in diesem Zusammenhang auf: Wurde ich beschattet? Hat man mich ins Haus gehen sehen? Hat man dadurch Nadine mit der Polizei in Verbindung gebracht? Oder sollte es gar eine Botschaft an mich sein?"

„ Es tut mir wirklich aufrichtig leid für dich, aber trotzdem...Nein, wahrscheinlich ist es noch der falsche Zeitpunkt, um darüber zu sprechen."

„Nein, komm sag schon, du weißt, ich bin hart im Nehmen!"

„Also gut. Ich kann, auch wenn ich eine Nacht darüber geschlafen habe, nicht verstehen, warum du dich mit einer Tatverdächtigen eingelassen hast?" Guardiola schwieg einen Augenblick und spielte mit dem Flüssigkeitsspiegel seines Bierglases. Der grauhaarige Chef de Bar, der wahrscheinlich jünger war als er aussah, lief zum etwa zehnten Mal vor ihrem Tisch durch. Wie immer, grüßte er auch heute niemanden von den Gästen. Ein Markenzeichen, das ihn schon in der „Campari-Bar" ausgezeichnet hatte.

„Sabine, um etwas klarzustellen: Ich habe erst mit ihr...mich mit ihr eingelassen, als es klar war, dass sie für die Tatzeit ein astreines Alibi hatte."

„Mach es dir nicht zu einfach, Sergi: Du warst wegen einer Befragung mit dem Tatbestand des Tatverdachtes in einem Mordfall bei ihr, also in ausschließlich dienstlicher Mission. Binggeli würde dir einen Flächenbrand unter deinen Arsch legen, wenn du ihn dann überhaupt noch retten könntest. Aber sag, hast du sie wirklich gefickt an diesem Abend?"

„Zweimal, Sabine. Am Abend und am frühen Morgen."

„Sag nicht, dass du auch noch bei ihr übernachtet hast?" Sabine Sütterlin hatte nun den Blick in ihren Augen, den sie in den seltenen Fällen aufsetzte, in welchen sich in ihrem Wesen Wut und Neugier beinahe symbiotisch so paarten, dass sie Guardiola vergessen ließen, dass er in ihr eine Kriminalbeamtin vor sich hatte. Sie war dann einfach eine sinnliche junge Frau Ende zwanzig. Trotzdem erschrak er innerlich ein wenig und fragte sich, ob sie in der Lage wäre, ihn zu erpressen? Der Chef de Bar blickte ihm kurz in die Augen–grußlos. Arrogantes Arschloch, dachte sich Guardiola und verwarf den Erpressungsgedanken wieder.

„Männer pflegen nach einem Orgasmus gelegentlich einzuschlafen. Daran werden auch Vaterschaftsurlaube und Frauenquoten nichts ändern, liebe Sabine."

„Du bist manchmal ein richtiger Macho-Arsch, weißt du das?" Die Symbiose zwischen Wut und Neugier transformierte sich eindeutig Richtung Wut.

„Und dann bist du aufgewacht und hast es ihr gleich nochmals besorgt?"

„Genau, weil ich ja eh noch auf ihr lag. Es ging also gleich in einem. Ich weiß nicht mal, ob er schon rausgeflutscht war."

„Arschloch." Irgendwie erinnerte sie ihn nun an ein quängelndes kleines Mädchen, das nicht bekam, was es wollte.

„Als ich erwachte, neben Nadine, hatte sie meine Eier in einer Hand und massierte sie leicht. Der Rest war dann der Vollzug von physiologischen Kettenreaktionen."

„Glaub bloß nicht, dass es deine Übertritte besser macht, wenn du dich so klugscheißerisch ausdrückst."

„Spüre ich da so etwas wie Neid? Bist du auf Entzug? Wann hattest du denn deinen letzten guten Fick?"

„Danke für deine Besorgnis! Ich komme ganz gut zurecht im Moment. Aber ich kann, auch wenn ich ein ganzes Stück jünger bin als du, solch unprofessionelles Verhalten nicht ausstehen. Warum tust du so was? Und übrigens: Die Bemerkung mit der Frauenquote war auch überflüssig – oder möchtest du neben Peterhans noch einen zweiten männlichen Assistenten? Sag's nur, dann bin ich ganz schnell weg. Auch wenn ich gerne mit dir arbeite, viel von dir lernen kann und ... dich einen tollen Menschen finde. Wenn du nicht gerade so ein borniertes Arschloch bist." Am Schluss hatte sie mit sehr leiser Stimme gesprochen und den Kopf gesenkt. Guardiola sah, als er mit einer gewissen Zurückhaltung zu ihr hinüberblickte, wie die eine oder andere Träne ihre ihm zugewandte Wange hinunterfloss.

Mit der einen Hand umfasste er ihre Schulter, die andere fand in der Tasche seines Vestons ein Taschentuch, mit dem er ihre Tränen wegwischte. Sie lehnte sich leicht bei ihm an und legte vorsichtig ihren Kopf auf seine Schulter.

„Alles okay, Sabine?"

„Ja. Die Arbeit vereinnahmt mich manchmal einfach zu stark. Ich frage mich, woher ich noch Energie und Zeit für ein Privatleben nehmen sollte, das diese Bezeichnung auch verdient. Da bleiben nur flüchtige Begegnungen, nicht selten im nebulösen Alkoholdunst, deren Tiefgang sich meist spätestens am nächsten Morgen in einem subdepressiven Nichts auflöst. Dafür jagen wir danach wieder Bösewichte, die meist mittels uns überlegenen Anwälten rasch wieder frei kommen."

„Wann hast du das letzte Mal Ferien gemacht, Sabine?" Guardiola überlegte selbst, wann er letztmals mit Sylvia und Carmen in Urlaub gefahren war. Es war anfangs der Sommerferien gewesen, 2 Wochen in einem Club in Ägypten. Mubarak war noch im Amt.

„Es ist bald ein Jahr her. Ich fahr nicht gerne allein in den Urlaub."

„Keine Freundin, die mal Zeit hätte?"

„Die meisten leben im Moment zwischen Schoppenflaschen und Windeltaschen, sind übernächtigt und trauen ihren Männern nicht einmal zu, drei Tage übers Wochenende auf die Brut aufzupassen. Nein, Sergi, mein Leben besteht zurzeit aus Peterhans und dir. Darum ist für mich Verlässlichkeit so wichtig."

„Gönn dir doch mal eine Städtereise oder wenigstens ein Wellnesswochenende." Er musste dabei an Sylvia denken, die seit Sonntag am Wellnessen war. Er hatte sie bisher noch nicht angerufen. Sie ihn auch nicht. Jahre sublimieren manchmal die Kommunikation.

„Ich weiß nicht..., diese Bademantelkultur lässt mein Ich sich manchmal älter fühlen als es wirklich ist." Sie hatte mittlerweile ihren Kopf von seiner Schulter genommen, saß aber immer noch nahe bei ihm. Ihre Bluse erlaubte es ihm, den Ansatz ihrer festen Brüste zu sehen. Er spürte, wie Lust in ihm aufkam. Lust, diese lebenslustige, aber von ihrer Tätigkeit erschöpfte Frau auf der Stelle zu lieben, sich ihren gegenseitigen Frust und den Dreck ihres Alltags auf der Stelle aus dem Leib zu vögeln. Was war er doch für ein degeneriertes Monster geworden!

„Svetlana, die Rechnung bitte."

Sie spazierten noch gemeinsam den Klosterberg hinunter. An der Heuwaage wartete er mit ihr schweigend, bis die 6er Tram kam, welche sie nach Hause nach Riehen bringen würde.

Bevor sie in die Tram stieg, gab er ihr einen flüchtigen Kuss auf die Wange. Sie errötete und stieg rasch ein. Er glaubte noch, ein zögerliches Winken aus dem Inneren der Tram zu erkennen.

Beim Waaghof angekommen, ging er direkt zu seinem Auto, ohne nochmals im Büro vorbeizusehen. Zu Hause stellte er die Sauna an und wählte die Nummer von Katja Keller. Sie verabredeten sich gegen acht bei ihr. Ein Blick auf seine Uhr sagte ihm, dass ihm noch gut zwei Stunden für sich blieben. Er stieg in den Pool und schwamm nackt einige Längen. Dann legte er sich in die noch nicht ganz aufgewärmte Sauna.

30

Dani Jutzeler stieg gleich nach seinem Telefonat mit Sylvia Guardiola in sein Geschäftsauto, einen alten weißen VW Passat Combi. Er fuhr in Waldshut über die Grenze und dann in Richtung Titisee-Neustadt. Nach gut einer Stunde erreichte er bereits den Schluchsee und wenige Minuten später bog er rechterhand auf den Parkplatz des „Auerhahn" ein. Es gab nur zwei freie Stellplätze, das Hotel musste also, obschon das Wochenende noch nicht unmittelbar bevorstand, gut gefüllt sein. Als er die Empfangshalle mit der Rezeption betrat, schlug ihm der charakteristische Geruch, der allen Wellness-Hotels eigen ist, entgegen. Etwas sehr fichtenlastig, konstatierte er flüchtig. In der geblümten Sitzgruppe gegenüber der Rezeption saß eine Frau, die Jutzeler auf Mitte vierzig schätzte. Sie trug beige Jeans und ein braunes Poloshirt mit der bekannten großen Eidechse darauf. Ihr halblanges Haar war hinten zu einem kleinen Pferdeschwänzchen zusammengebunden. Die Füße steckten in mokassinartigen weißen Slippern mit einer kleinen Goldschnalle zentral auf dem Oberleder. Ein klassischer, unverfänglicher, korrekter Look einer Frau jenseits der vierzig. Chris, seine Ex-Freundin und Politikerin einer grünen alternativen Liste, hatte dies immer alsl die „Uniform von wohlstandsverlosten Eheschlampen" bezeichnet, die darin im SUV ihre Kinder in die

Schule fuhren, um danach zu Hause in Spitzendessous den Lover zu empfangen. Ihre Männer rackerten sich währenddessen ab, um diese goldenen, aber recht durchlässigen Käfige zu finanzieren, nur um sich ab und zu einen von ihren Sekretärinnen blasen zu lassen oder sich gelegentlich eine Edelnutte bei einem Escort-Service zu leisten. Bei Sylvia konnte er diese Vorurteile beiseiteschieben, sie führte eine eigene Physiotherapie. Umso brisanter würde die folgende Begegnung werden. Jutzeler fühlte spätestens nach der Begrüßung, wie sein journalistischer, immer leicht sensationsgeschwängerter Jagdinstinkt erwachte. Er befand, dass die Lobby nicht der optimale Ort für ihr Gespräch sein würde, denn er musste damit rechnen, dass sein Gegenüber in Tränen ausbrechen würde. Etwas, dass er in der Öffentlichkeit gar nicht mochte, weil es die Diskretion seiner Recherchen gefährdete. Er schlug daher vor, auf ihr Zimmer zu gehen. Nach kurzem Zögern willigte Sylvia Guardiola ein. Dort angekommen, nahm er das Angebot eines Mineralwassers dankend an, der Tag war hektisch gewesen und er hatte noch kaum was getrunken. Entsprechend konzentriert roch sein Urin, den er noch vor dem Beginn seiner Ausführungen im Badezimmer von Sylvia Guardiola loswurde. Erstellen einer leeren Kampfblase, kam ihm in den Sinn und damit seine Dienstzeit in der Schweizer Milizarmee.

Als er aus dem Bad zurück in Sylvia Guardiolas Zimmer kam, bot sie ihm einen der beiden Sessel an. Jutzeler setzte sich und schaute sie einige Sekunden schweigend an. Etwas, das er immer tat, um den Spannungsbogen zu erhöhen. Schließlich räusperte er sich kurz.

„Wie würden Sie die Ehe mit Ihrem Mann bezeichnen, Frau Guardiola?" Sie schaute ihn mit einer Mischung von Fassungslosigkeit und aufkeimender Wut an.

„Sind Sie Journalist oder Therapeut?"

„Eine gute Frage, die ich mir auch oft stelle. Aber wollen wir die Spielregeln doch so halten, dass ich hier und heute die Fragen stelle. Dies beschleunigt das ganze Prozedere und Sie schaffen es noch pünktlich zum Abendessen. Was meinen Sie dazu?"

„Sie sind doch wohl nicht hierher gekommen, um mich über die Qualität meiner Ehe zu befragen? Vor allem wüsste ich nicht, was da von journalistischem Interesse sein könnte. Noch weniger, was das die Öffentlichkeit zu interessieren hätte." Ihre Stimme klang bestimmt, beinahe kämpferisch.

„Sie scheinen nicht zu verstehen, denn Sie sind bereits wieder im Fragemodus. Trotzdem beantworte ich Ihnen diese Frage. Das öffentliche Interesse dürfte dann ganz erheblich geweckt sein, wenn sich ein hoher Gesetzesvertreter, vordergründig stets auf der Jagd nach dem Bösen, nicht ganz so verhält, wie dies unsere Moralinstanz Gesellschaft erwartet. Political not very correct. Verstehen Sie, was ich meine?" Sylvia Guardiola rutschte ein Stück in ihrem Sessel hinunter. Ihre Körperhaltung schien sich auch zu verändern, die Spannung wich einer Erschlaffung.

„Ich verstehe rein gar nichts." Ihre Stimme hatte an Kampfeskraft deutlich eingebüßt. Jutzeler rutschte seinerseits in seinem Sessel vor.

„Genau deshalb rate ich Ihnen zu kollaborieren. Sie können gar nichts verstehen, weil Sie keine Ahnung haben, was jetzt kommt." Jutzeler klang eine Spur ungeduldiger. Wieder ein kurzes Räuspern.

„Also nochmals von vorne: Wie beurteilen Sie die Ehe mit Ihrem Mann, Frau Guardiola?" Jutzeler sprach den Namen Guardiola zu prägnant aus, als wolle er sie mit Nachdruck daran erinnern, mit wem sie verheiratet sei.

„Wie eine Ehe mit Kindern nach 14 Jahren eben ist: solid, unspektakulär, vertraut." Jutzeler hielt einen Moment inne, ehe er, mehr für sich als zu seiner Gesprächspartnerin sagte:

„Soso, solid, vertraut."

„Ja, durchaus vertraut. Das Positive wie das Negative."

Jutzeler hakte nach: „Wie würde Ihr Mann die Ehe mit Ihnen beurteilen?" Sie strich sich eine Haarsträhne aus dem Gesicht.

„Das müssen Sie ihn schon selbst fragen!"

„Schlafen Sie noch mit ihm, Frau Guardiola?"

„Ja. Natürlich nimmt die Leidenschaft ab, ein Kind stellt sich dazwischen, absorbiert einiges an Zuwendung, das dem Partner abhandenkommt." Sie fuhr fort: „Aber dies werden Sie wahrscheinlich kaum beurteilen können, da einer wie Sie kaum verheiratet sein, geschweige denn Kinder haben dürfte."

„Danke, dass Sie mir so viel zutrauen, Frau Guardiola." Jutzeler lächelte zynisch.

„Sie haben aber bisher meine Frage sehr großräumig umfahren. Deshalb muss ich sie präzisieren: Wie häufig schlafen Sie noch mit Ihrem Mann?" Sylvia Guardiola wechselte erneut ihre Position im Sessel.

„Um ehrlich zu sein: nicht mehr sehr oft."

„Simultan übersetzt bedeutet dies: Gar nicht mehr, oder?" Jutzeler lächelte sie ironisch an.

„Momentan sehr wenig."

„Na, sehen Sie, Frau Guardiola, da kommen wir der Sache doch schon wesentlich näher. Der Umstand, dass die sexuelle Frequenz mit Ihrem Mann, sagen wir mal, ausgedünnt ist, dürfte auch dieses hier erklären." Jutzeler griff mit seiner rechten Hand in die links gelegene Innentasche seines Sakkos und zog einen Briefumschlag hervor. Er öffnete ihn und zog die Fotos hervor, die ihm der Privatschnüffler für teures Geld verkauft hatte. Er legte sie nebeneinander vor Sylvia Guardiola auf den Tisch zwischen ihren Sesseln. Die Bilder vor Katja Kellers Haus in Riehen legte er zuerst vor.

„Und was soll dies bitte erklären?" Sylvia Guardiola wirkte erstaunlich gefasst.

„Ich erklär es Ihnen gerne: Dies sind Aufnahmen", Jutzeler deutete auf die Riehener Bilder, „die Ihren Mann vor dem Haus von Katja Keller, seiner attraktiven Vorgesetzten, zeigen. Schauen Sie sich die Wochentage und die Uhrzeiten an: Immer dienstags gegen acht! Kann es sein, dass Sie da immer etwas vorhaben?" Sylvia Guardiola dachte sofort an ihren Jour fixe mit ihren Freundinnen.

„Ja, ich geh mit Freundinnen Salsa tanzen und danach etwas essen."

„Und Ihre Tochter? Bleibt sie schon alleine zu Hause?"

„Dienstagabend ist sie jeweils bei meinen Eltern in Oberwil. Sie geht am Mittwoch morgens von dort aus direkt zur Schule. Mein Vater fährt sie jeweils." Jutzelers Laune schien sich stetig zu verbessern.

„Na, das passt doch alles bestens. Frau und Tochter sind versorgt und Herrchen amüsiert sich mit der Chefin. Ist zwar nicht die übliche Masche, aber...Sagen Sie, ist Ihr Mann generell eher unterwürfig?" Sylvia Guardiola schaute ihn staunend an.

„Wie meinen Sie das?"

„So, wie ich das frage. Aber ich helfe Ihnen. Hat er sexuell solche Wünsche geäußert–als Sie noch miteinander schliefen?"

„Was für Wünsche?"

„Gefesselt werden, Schläge, Schuhe lecken, Halsband und Leine–einfach alle diese üblichen Spielchen halt?"

„Nein, doch, also ich meine, so andeutungsweise halt." Jutzeler ging gar nicht erst auf ihre zaghafte Antwort ein, sondern legte nun die Fotos auf den kleinen Tisch, die Sergi Guardiola beim Betreten und Verlassen der Villa Esperanzia zeigten. Wieder schaute er Sylvia Guardiola direkt in die Augen.

„Und was meinen Sie dazu?"

„Was soll ich dazu meinen? Die Fotos zeigen meinen Mann, der ein Haus betritt oder es wieder verlässt." Sie schien beinahe erleichtert.

„Scharf beobachtet, Frau Guardiola." Da war er wieder, der schneidende Zynismus.

„Und wissen Sie auch, um was für ein Haus es sich handelt?" Der journalistische Stachel drang tiefer in das Fleisch seines Opfers.

„Nein, ich sehe nur eine Hausnummer."

„Gut. Und ich sage Ihnen noch, dass es sich um die Dornacherstrasse handelt. Ein in der einschlägigen Szene sehr bekanntes Haus für Sadomaso-Praktiken. Die Inhaberin wurde sogar einmal in der „BaZ" porträtiert, was eine Flut von bitterbösen Leserbriefen zur Folge hatte. Tja, offenbar ist die gute alte „BaZ" zu liberal für euch Basler."

„Ja, und ? Warum zeigen Sie mir dies?" Sie wirkte genervt und schien ob der für sie wenig aussagekräftigen Aufnahmen zu alter Kampfkraft zurückzufinden. Jutzeler lehnte sich aufreizend langsam in seinem Sessel zurück.

„Liebe Frau Guardiola, ich weiß noch immer nicht, was Sie noch für eine Ehe führen. Aber mich würde es schon interessieren, um nicht zu sagen, äußerst beunruhigen, wenn ich erfahren würde, dass meine Partnerin regelmäßige Kundin eines SM-Etablissements ist."

„Das schließen Sie aus diesen Fotos? Kann man Sie als Journalist überhaupt ernst nehmen? Es könnte doch sein, und so wird es doch auch gewesen sein, dass mein Mann seiner Arbeit nachging."

„Seiner Arbeit nachging?"

„Ja. Nennt man übrigens ermitteln. Vielleicht auch mal demnächst gegen Sie. Wegen übler Nachrede." Jutzeler schlug die Beine übereinander.

„Hmm, ermitteln. Ihr Mann ist aber nicht bei der Sitte, sondern klärt doch Mordfälle auf. Und seit wann ermittelt man mit nacktem Oberkörper?" Er sprach es aus und legte nochmals zwei neue Fotos auf den Tisch. Eines zeigte, wie Guardiola gerade ein T-Shirt auszog, das andere, wie er sich ein Hemd auf- oder zuknöpfte.

„Die Fotos stammen nicht aus der Dornacherstrasse, sondern sind vor dem Haus von Katja Keller aufgenommen worden. Jeweils an einem Dienstagabend, aber wahrscheinlich unnötig, dies zu erwähnen." Sylvia Guardiola war, nach dem Betrachten der Bilder verstummt. Nur mit Mühe fand sie ihre Sprache wieder.

„Dieser verdammte Scheißkerl! Macht herum und mich rührt er nicht mehr an!" Jutzeler frohlockte innerlich. Er hatte, was er wollte: Eine knackige Aussage. Zeit aufzubrechen.

„Nehmen Sie es sich nicht zu sehr zu Herzen, Frau Guardiola. Das einzig Konstante ist bekanntlich der Wandel oder wie die Chinesen sagen: Krise als Chance. Mir haben Sie auf jeden Fall sehr geholfen. Ich danke Ihnen dafür. Auf Wiedersehen!" Er streckte ihr die Hand hin. Sylvia Guardiola hatte aber längst ihre Hände vor dem Gesicht und weinte schluchzend in sie hinein. Vor dem Zimmer zog Jutzeler sanft die Tür ins Schloss, so als wolle er sie in ihrer Trauer nicht stören. Danach stellte er sein Aufnahmegerät, welches in seiner Sakkotasche steckte, ab.

31

Nach dem zweiten Saunagang fühlte sich Guardiola deutlich besser, als wenn er den ganzen Dreck herausgeschwitzt hätte. Insbesondere die Bilder vom Nadelberg waren zwar noch präsent, aber nicht mehr so bohrend oder sich wie eine große Leinwand unmittelbar vor seinen Augen aufstellend. Für einen dritten Saunagang blieb ihm keine Zeit. Als er wieder in der Hauptetage der Wohnung war, trank er nochmals ausgiebig Mineralwasser, wässerte, noch immer im Bademantel, die wichtigsten Pflanzen im Garten und zog sich danach an. Wie immer in der Freizeit keinen schwarzen Anzug, sondern ein paar Jeans und ein Onitsuka Tiger T-Shirt. Dazu ein beiges Sakko und die klassischen dunkelbraunen Schnürschuhe von Timberland. Er lenkte seinen Leon zügig durch den dichten, aber nicht stauenden Feierabendverkehr auf der A2, um sie in Richtung Riehen wieder zu verlassen. Mittels seiner Freisprechanlage wählte er die Nummer von Sylvia. Es kam aber nur die bekannte Mitteilung, dass der gewählte Mobilteilnehmer (bis zu den Mobilfunkgesellschaften war die Emanzipation noch nicht soweit fortgeschritten, dass auch die Mobilteilnehmerinnen explizit angesprochen wurden) zur Zeit nicht erreichbar sei und man doch später wieder anrufen solle. Er entschied sich wie immer für den Weg entlang der 6er Tram, passierte den Landgasthof und die „Fondation Beyeler", die sich gerade mit ihrer aktuellen Ausstellung dem Maler Segantini widmete. Nach der nächsten

Tramhaltestelle bog er in die Weilstrasse ein und parkte seinen Wagen im Hof von Katja Kellers Haus auf dem speziell gekennzeichneten, jedoch ungedeckten Besucherparkplatz. Ihr Volvo Combi stand auf einem der anderen beiden, mit dem jeweiligen Nummernschild des Halters versehenen Carport. Er drückte kurz und fest die Klingel. Nach wenigen Augenblicken hörte er Katjas wohlvertraute Stimme:

„Sekunde!" Er spürte, wie seine Lippen sich zu einem leisen Lächeln formten. Ja, ein schlimmer Tag mit einem bestimmt wunderbaren Abend. Katja war eine herrliche Köchin und eine intelligente Gesprächspartnerin, die ihn jeweils aufs Heftigste forderte. Zudem spürte er, wie sich sein heute seelisch und physisch geplagter Körper mit jeder Faser nach demjenigen von Katja sehnte.

Nach einigen weiteren Sekunden hörte er das Drehen eines Schlüsselbunds im Türschloss und die schlichte, schwarz gestrichene, mit einem Spion versehene Tür öffnete sich. Katja begrüßte ihn mit einem Lächeln, das ihn wie immer auf diese unerklärliche Weise berührte. Eine Mischung zwischen dem Gefühl, sich fallen lassen zu können und herausgefordert zu werden, auch körperlich. Sicherlich trug auch der Umstand dazu bei, dass im ganzen Waaghof bekannt war, dass Katja Keller viel für ihren Körper tat, namentlich neben der Pflege mit regelmäßigen Besuchen beim Masseur, bei der Kosmetikerin und Friseuse, auch viel Sport. Sie empfing ihn in einem eng anliegenden, hochgeschlossenen braunen Kleid, welches bis zur Mitte der Oberschenkel reichte. Ihre Beine steckten in dunkelbraunen, fast schwarzen Strümpfen, die ein feines längsgestreiftes Muster hatten. Dazu trug sie ebenfalls dunkelbraune Pumps mit einer Absatzhöhe von sicher zehn Zentimetern. Damit war sie gleich groß wie Guardiola. Ihr dunkelblondes halblanges Haar trug sie offen. Auch heute war sie relativ dezent geschminkt, wenn auch doch deutlich mehr als während ihrer Arbeit im Waaghof. Insbesondere ihre Lippen waren mit einem dunkelroten Lipgloss versehen. Mit der gleichen Farbe hatte sie ihre Fingernägel gefärbt.

Guardiola küsste sie kurz auf den Mund und wollte an ihr vorbei ins Innere des Hauses, als sie ihre Arme um ihn schlang und ihn an sich drückte. Er erwiderte ihre Umarmung. Sekundenlang standen sie sich haltend einfach da. Er spürte den leichten Druck ihres Unterleibes gegen den seinigen, was ausreichte, um ihn härter werden zu lassen.

„Nicht so stürmisch, Comisario", meinte sie lachend und schob ihn von sich weg.

„Ein Glas Prosecco?"

„Ja, sehr gerne." Er rechnete primär nicht damit, sich heute noch an ein Steuer zu setzen. Und für alle anderen Fälle gab's ja auch noch Taxis...Er setzte sich auf das Sofa von Jasper Morrison, das mehr schön und stylish als wirklich bequem war. Sie ging zum Kühlschrank, entnahm diesem eine Flasche Prosecco und öffnete sie so, dass nicht der Eindruck entstand, sie tue dies selten. Bevor sie noch zwei Gläser aus dem Schrank holte, drückte sie die Starttaste ihrer B&O-Anlage.

Try these arms, they're wanting you
Try these lips, they want you too,

sang Philipp Fankhauser. Sie schenkte beide Gläser zuerst halbvoll ein, damit sich das Schaumkrönchen wieder setzen konnte. Danach füllte sie sie bis etwa zwei Zentimeter unter den Gläserrand auf und trug sie zur Sitzgruppe, die außer dem Sofa noch aus zwei Bibendum-Sesseln von Eileen Grey bestand. Dazu durfte natürlich auch nicht deren klassischer Beistelltisch fehlen, auf dem sie die zwei Gläser abstellte. Sie ging nochmals zurück zur Küchenkombination und nahm ein Schälchen aus einem der Hochschränke. Dafür musste sie sich trotz der Pumps etwas strecken, sodass ihr Kleid leicht entlang des Gesäßes hochrutschte und noch mehr ihrer nicht ganz schlanken, da gut trainierten und dadurch aber nicht minder schönen Beine freilegte. Guardiola ließ seinen Blick darauf spazieren gehen.

Try my heart, it will be true
Try my love, try my love

Sie nahm einige Oliven aus dem Kühlschrank und füllte sie in das Schälchen ab. Danach kam sie zu ihm zurück und stellte die Oliven zwischen die beiden perlenden Gläser, die sie ergriff und ihm eines reichte.

„Prost, Sergi, schön, dass es doch noch klappt diese Woche. Was von deiner Frau gehört?"

„Nein, ich habe auf dem Weg zu dir vergeblich versucht, sie zu erreichen."

„Wer weiß, vielleicht amüsiert sie sich gerade mit einem gut gebauten Wellness-Schatten?" Frauen einerseits das Revier abtastend und andererseits dauernd am guten Gewissen arbeitend, dachte er sich, bevor sie miteinander anstießen.

„Auf dich, Sergi."

„Auf uns heute Abend!"

„Sie haben den Mord jetzt auch auf Radio Basel durchgegeben", kam Katja Keller auf die Geschehnisse des heutigen Tages zu sprechen. Er hatte sie bei ihrem Telefonat kurz darüber informiert, nachdem er einen Augenblick evaluiert hatte, ob dies eine geheime, die laufenden Ermittlungen betreffende Information gewesen sei. Von denen war ja seine Chefin im Moment suspendiert.

„Ah ja? Habe heute kein Radio mehr gehört." Die Tatsache, dass der Mord am Nadelberg bereits in den Medien kommuniziert wurde zeigte ihm, dass seine Überlegungen korrekt gewesen waren.

„Muss ja ein richtiges Gemetzel gewesen sein. Furchtbar."

„Ja, furchtbar. Eine so attraktive und lebenshungrige Frau." Beide standen noch mit den Gläsern in den Händen. Guardiola setzte sich als erster. Seine Körperhaltung schien etwas zu erschlaffen. Sein Kopf und Blick folgten der Gravitationskraft Richtung Beistelltisch, als würden sich die Schwestern Sehnsucht, Melancholie, Trauer schwer auf seinen Schultern niederlassen. Seiner Gastgeberin war dies nicht entgangen.

„Attraktive, lebenshungrige Frau? Sergi, wie darf ich dies verstehen?" Sie setzte sich nun ziemlich nahe zu ihm aufs Sofa und schaute ihm direkt in die Augen. Er hatte Mühe, den Blick zu erwidern, denn beim Hinsetzen war ihr Kleid leicht nach hinten gerutscht.

„Sind die Attribute nicht selbstredend, meine liebe Katja?"

„Hast du sie schon vorher gekannt? Lebenshungrig ist nicht gerade ein ermittlungsspezifischer Ausdruck." Sie hatte gemerkt, dass ihr Kleid zumindest zu diesem Zeitpunkt etwas viel Bein freilegte. Sie versuchte, es mit der einen freien Hand am Saum nach vorne zu ziehen, was aber nicht gelang, da sie auf dem Stoff saß. Deshalb schlug sie die Beine übereinander, was für diese erneute wenige Zentimeter mehr Freiheit brachte.

> Your other loves, well they didn't work out
> Heartache and heartbreak, you've gone that route

Fankhausers bluesige Stimme inspirierte ihn zur Frage, wie viel Lebenshunger sich wohl zwischen diesen beiden Beinen neben ihm im Moment verbarg. Die mögliche Antwort schien seine Schultern von der passageren Last der drei Schwestern zu befreien.

„Nein, ich habe sie nur zweimal gesehen, im Rahmen meiner Ermittlungen."

„Oha, die scheint dir ja richtig eingefahren zu sein." Guardiola nahm eine Olive, steckte sie sich in den Mund und rückte auf dem Sofa nach hinten, in der einen Hand immer noch das Glas Prosecco. Er lehnte sich, so gut es auf diesem Sofa ging, an.

„In der Tat. Wir sind uns ... nähergekommen."

„Nähergekommen? Sergi, ist dir nun das ganze Gehirn in die Hosen gerutscht? So viel habe ich vor meiner Suspendierung noch mitbekommen: Sie galt als Tatverdächtige! Ich werd schon nervös, wenn ich den Lehner zum zweiten Mal in meiner Straße sehe. Sie schüttelte einige ins Gesicht fallende Haare nach hinten.

„Sie hat–hatte–ein hundertprozentig wasserdichtes Alibi." Guardiola lächelte sie schelmisch an, um gleich wieder ernst zu werden.

„Lehner? Der Lehner? Sascha Lehner?"

„Ja genau der: Privatdetektiv Sascha Lehner, Detektiv-Wachtmeister a.D."

„Und was schleicht dieser Schnüffler hier bei dir herum? Hast du mit ihm gesprochen?"

„Nein, du weißt ja: Qui s'excuse s'accuse. Aber was heißt denn nähergekommen?" Sie steckte Guardiola eine Olive in den Mund und schien wieder etwas relaxter. Zumindest vorübergehend. Dieser aß die Olive genüsslich und schlug seinerseits die Beine übereinander.

„Ich habe mit ihr gefickt." Katja Keller schaute ihn kurz an.

„Sag, dass dies nicht wahr ist."

„Erst dann würde ich lügen, Katja." Sie trank ihr Glas leer, als müsste sie etwas runterspülen.

„Hat es sich wenigstens gelohnt?"

„So sehr, dass ich es ihr noch ein zweites Mal besorgt habe."

„Egozentrisches Arschloch." Er konnte ihr diesbezüglich durchaus beipflichten. Sie stand mit dem Glas auf und machte sich nicht einmal die Mühe, das Kleid hinunter zu streifen. Er bekam jetzt viel Bein zu sehen und stellte sich eine der für ihn erotischsten Fragen: Ob sie wohl halterlose Strümpfe oder Strumpfhosen trug? Die Antwort lauerte ganz wenige Zentimeter nördlich ihres momentan südlichsten Teils des Kleides. Sie ging zum Kühlschrank, nahm die angefangene Flasche Prosecco hervor und füllte sich ihr Glas auf.

Jelaous kinda fella, jelous kinda fella
Said I'm a jealous kinda fella, jealous as a man can be

Die CD war bei einem neuen Stück angelangt. Sie kam mit der Flasche zur Sitzgruppe zurück und stellte sie auf den Tisch ohne ihn zu fragen, ob er mehr wolle.

Don't pull no fast ones baby
Don't sneak around on me.

Sie setzte sich wieder aufs Sofa, nahe zu ihm.
„Warum tust du das? Warum gefährdest du deine Karriere, indem du eine billige tatverdächtige Schlampe fickst? Warum Sergi, warum? Warum?" Sie schaute ihn eindringlich an, sprach aber mit ruhiger Stimme.
„Sie hatte ein wasserdichtes Alibi, Katja. Und sie war nicht einfach eine billige Schlampe."
„Was war sie dann?"
„Sie hatte nicht nur zwei abgeschlossene Studien, sondern auch noch einen Doktortitel. In deinen pseudoelitären Kreisen nennt man so etwas Akademikerin und nicht Schlampe. Dass eine Frau entscheidet, wie sie ihrem Körper Lust zukommen lässt, lässt sie noch lange nicht zur Schlampe mutieren. Eigenartig, dass ich dir das als Mann sagen muss, Katja."
„Aber sie hat auch Geld für den Vollzug des Beischlafs und anderer wenig akademischer Dinge genommen. Wie würdest du denn dies bezeichnen, du Frauenversteher?"
„Und dafür auch Steuern bezahlt. Dies habe ich überprüft."
„Kriminalkommissär Guardiola wird zum loyalen Staatsdiener? Wow! Und dies legitimiert alles andere?"
„Was ist ‚alles andere'?"
„Sich zu prostituieren."
„Aha. Und wie würdest du dies bezeichnen, was immer noch viele Frauen machen, die ins obere, mittlere oder gar noch höhere Einkommenssegment einheiraten?"
„Wie meinst du das?"
„Wie du weißt, kennt unser Scheidungsrecht die Schuldfrage nicht mehr. Gut so und auch nicht. Ab 42 gilt eine Frau

auf dem Arbeitsmarkt als nicht mehr vermittelbar. Waren Kinder in der Ehe vorhanden und hat sie nicht gearbeitet, ist der Mann verpflichtet, ihr nebst den Alimenten bis zur ersten Ausbildung der Kinder eine Rente zu bezahlen, bis sie selbst ins Rentenalter gelangt. Egal, ob die Kinder gut erzogen waren oder nicht, ob der Haushalt gut gemacht war oder nicht, ob der Mann, wie dies immer mehr tun, zu Hause mitgeholfen hat oder nicht. Das ist lächerlich, antiemanzipatorisch und nichts anderes als eine finanzielle Interpretation einer ätzenden Schwanz-ab-Mentalität vieler Gerichte." Katja Keller schwieg. Guardiola nutzte den Moment.

„Doc Cantieni hat einen Studienfreund, der bezahlt pro Kind 4000 Schweizer Franken. Er hat zwei Kinder. Fünfzehn und siebzehn. Seiner von ihm geschiedenen Frau, ein ehemaliges Flughuhn, neunundvierzig, kann eine Erwerbstätigkeit aus Altersgründen nicht mehr zugemutet werden. Nebst den 8000 Franken für die Kinder erhält sie noch 19000, neunzehntausend, als Rente zu bezahlen bis zur Erreichung ihres Rentenalters. 65, 67, 71, was wissen wir, bis wohin es steigen wird. Natürlich wohnt sie auch im Haus, das er gebaut und bezahlt hat, wo das Sorgerecht liegt, ist klar und den neuen Lebensabschnittspartner gibt es natürlich auch schon. Als was würdest dies bezeichnen, meine liebe Katja. Luxus-Mama? Eheschlampe a.D.? Kinder-Escort-Betreuung? Am ehesten trifft wohl die Bezeichnung Edelnutte zu." Guardiola griff zur Flasche und füllte sich das Glas selbst neu auf. Danach leerte er es in einem Zug bis zur Hälfte. Die prickelnde Flüssigkeit hatte heute einen vitalisierenden Effekt auf seinen Körper.

„Gratulation zu Ihrem Plädoyer, Herr Kollege. Die Geschworenen erkennen nach eingehender Beratung auf unschuldig. Du hättest Anwalt oder Staatsanwalt werden sollen, Sergi. Aber war sie es wenigstens wert?" Der Rocksaum hatte erneute den Weg Richtung Hüftknochen angetreten. Guardiola beschloss, diesem Sisyphus-Weg bald ein Ende zu bereiten.

„Ja. Würde vorschlagen, dass wir für heute diesen akademischen Diskurs beenden." Sprach es, packte Katja am Hinterkopf und küsste sie auf die Lippen. Seine Zunge drang fordernd in ihren Mund ein, wo sie sie förmlich aufsog. Seine linke Hand glitt auf ihr rechtes Bein und verharrte dort einen Moment, um danach langsam den Schenkel hochzugleiten. Plötzlich spürte er den Übergang von Nylon auf nackte Haut. Doch halterlos, dachte er sich. Seine Hand streichelte einen Moment die nackte Haut an der Innenseite beider Oberschenkel, ohne die Zunge aus ihrem Mund zu nehmen. Sie quittierte dies mit einem Aufstöhnen, als seine Hand den mittleren Fusionspunkt beider Beine erreichte. Er spürte nicht die weiche wohlige und feuchte Wärme, die durch die Erzeugung von Lustsäften entsteht, sondern einen kleinen Hauch von Stoff, wahrscheinlich in Dreiecksform. Er drückte seinen Zeige-und Mittelfinger sanft gegen dieses textile Nichts und spürte, dass es nicht mehr ganz trocken war, als er seinen Druck leicht erhöhte. Er zog sie vom Sofa hoch, packte sie sich auf seine muskulösen Arme und trug sie in ihr Schlafzimmer, wo er sie mit einem Stück Verachtung auf ihr Eisenbett warf. Er wusste, dass sie dies mochte, sie sogar anturnte. Sie hatten bereits am Telefon beschlossen, heute auf gröbere Klamotten zu verzichten und dass sie heute die Sub und er der Dom sein würden. Anders als am Dienstag geplant. Er packte ihre Arme an den Handgelenken, zog beide über ihren Kopf und legte sie über das ebenfalls aus Eisen bestehende Kopfende des Bettes. Mit einer Hand presste er ihr beide Handgelenke auf die Eisenstange, mit der anderen zog er zwei Paar Handschellen aus ihrem Nachttischchen. Mit der ihm vertrauten beruflichen Routine war sie in wenigen Augenblicken mit beiden Handgelenken ans Eisengestänge gefesselt. Seine Hände griffen nun in den oberen Abschnitt ihres engen, dünnen Kleides. Die Arme nach außen ziehend, riss er ihr Kleid in der Mitte auseinander. Ihre gut geformten, eher kleinen Brüste steckten noch in einem dunkelbraunen trägerfreien BH. Das stoffliche Nichts an ihrer Scham war ein dazu passender String. Mit einer Hand fuhr er ihr hinter den Rücken, auf der Höhe, auf der er den BH-Verschluss vermutete. Er kam auch sofort zum Ziel und öffnete ihn mit einem einzigen Griff. Die Brüste schienen die Befreiung zu genießen, die Brustwarzen waren bereits steif. Er streifte ihr den String die Beine runter, ihre rasierte Muschi glänzte leicht feucht. Er knüllte den wenigen Stoff zusammen und stopfte ihn ihr in den Mund. Das Lipgloss verschmierte dabei leicht. Mit einer ersten Binde verband er ihr die Augen, mit einer zweiten den Mund. Er griff aus der Nachttischschublade eine dritte Handschelle, die zwischen den beiden Ringen eine etwa längere Kette hatte. Er beschloss, ihr auch ein Bein zu fesseln, und tat dies in einem knappen 45 Grad-Winkel zur Körpermitte. Strümpfe und Schuhe ließ er ihr an. Genüsslich betrachtete er den wunderschönen, gut trainierten, kräftigen Körper, der sich nicht mehr wehren konnte, ihm bedingungslos ausgeliefert war. Katja Keller liebte dies als Pendant zu ihrer Machtposition als Staatsanwältin im Gerichtssaal. Entsprechende Geräusche drangen auch wahr-, aber im Detail nicht erkennbar durch die Mundbinde. Sie riss mit den gefesselten Extremitäten immer wieder an den Handschellen, die metallig am Eisengestänge des Bettes schepperten. In aller Ruhe begann Guardiola sein Hemd aufzuknöpfen und hing es nach dem Ausziehen sorgfältig an die Lehne eines sich im Schlafzimmer befindlichen schwarzen Panton-Stuhls. Danach befreite er seine Füße von den Timberlands. Socken hatte er keine angezogen. Er ließ seinen Blick immer wieder über das Bett schweifen, auch als er seine Gürtelschnalle zu öffnen begann. Genüsslich öffnete er danach auch seine Jeans, die vorne keinen Reißverschluss, sondern Knöpfe hatte. Er öffnete Knopf für Knopf, beinahe in Zeitlupe. Es war für ihn Teil seines persönlichen Vorspiels. Als der letzte Knopf gelöst war, schob er sich langsam die Jeans über die Hüften. Nach wenigen Zentimetern sprang sein Glied förmlich aus der Hose. Er entledigte sich ihrer vollständig und legte sie auf den gleichen Stuhl wie sein Hemd. Mit der linken Hand griff er sich dann an seinen in die Höhe ragenden Schwanz und machte einige masturbatorische Bewegungen, die ihn zur vollen Entfaltung brachten. Danach kniete er sich auf Kopfhöhe neben sie und schlug sie mit seinem Glied einige Male links und rechts ins Gesicht, ebenso auf die Brüste mit ihren nun ganz harten Brustwarzen. Wieder gab sie einige Geräusche von sich. Er drückte auf die CD-Funktion der Fernbedienung, bevor er mit seiner Zunge begann, ihre Brustwarzen sanft zu umfahren. Er wechselte etwa im Minutentakt von links nach rechts. Nachdem er dies einige Minuten getan hatte, wanderte er mit der Zunge zwischen ihren Brüsten zum Bauch hinunter, bis sie ihren Bauchnabel erreichte. Diesen umkreise sie abwechselnd im Uhr- und gegen den Uhrzeigersinn, um zwischendurch auch gegen den Bauchnabel zu schnellen, als wolle er dort eine neue, zusätzliche Körperöffnung schaffen.

> Nichts ist für immer
> Wir kommen und geh'n
> Die Gesichter verblassen
> Doch dich kann ich sehen

sangen die Böhsen Onkelz. Guardiola wusste, dass sie dieser harte, kompromisslose Sound beim Liebesspiel noch zusätzlich anturnte. Er ließ seine Zunge danach in der Mittellinie ihres Körpers weiter südlich wandern bis zur Höhe, wo bei nichtrasierten Frauen die Schamhaare beginnen. Dort driftete er mit der Zunge in beinahe 90 Grad zum Winkel ab, wo sich Rumpf und Bein begegnen. Er küsste leicht saugend zuerst den rechten, dann den linken Beginn der Leiste und arbeitete sich noch drei, vier Zentimeter weiter die Leiste herab. Katja Keller stöhnte lauter und begann ihr Becken anzuheben. In diesem Moment glitt er zu ihren Füßen und begann ihre Pumps zu lecken. Zuerst das braune Oberleder, dann die Absätze, auch hier links und rechts abwechselnd. Langsam glitt seine Zunge zu ihren Fesseln, die er einerseits zärtlich liebkoste, andererseits aber auch sanft hineinbiss. Das Nylon ihrer Strümpfe erregte ihn zusätzlich, sodass er immer wieder seinen Schwanz wichste. Langsam arbeitete er sich über ihre Waden zu den Knien und Kniekehlen vor. Dort verharrte er einen Moment, weil er wusste, dass es eine ihrer erogenen Zonen war. Entsprechend waren die Geräusche aus dem geknebelten Mund, als er seine Zunge dort aktiv werden ließ. Nach einigen Minuten setzte er seine Zungenwanderung zurück zu ihrer Körpermitte fort. Entlang der Innenseite der Oberschenkel glitt sie hoch. Als er den breiten Spitzenrand der haltlosen Strümpfe spürte, verharrte er dort einem Moment. Aufreizend langsam tastete er sich mit ihr zur nackten Haut vor. Als er das Ende des Spitzenbandes spürte, berührte er ihre Haut nur ansatzweise mit der Zungenspitze. Zentimeter für Zentimeter tupfte er sich auf diese Art aufwärts. Bereits konnte er den Geruch ihrer Muschi wahrnehmen. Knapp vor dem Berühren ihrer Schamlippen hob sich erneut ihr Becken. Es war der Moment, als er von ihr ließ, um zur anderen, linken Kniekehle zurückzukehren, um von dort aus in gleicher Art den Aufstieg zu ihrem Schoß zu beginnen. Wieder vernahm er ein Geräusch, dass er als eine Mischung aus Ärger, Enttäuschung und lustvoller, geiler Erwartung interpretierte. Erneut liebkoste sich seine Zungenspitze, wieder nur ihre nackte Haut antippend, die wenigen Zentimeter hoch. Diesmal stoppte er sie nicht beim Erreichen ihrer Schamlippen.

> Sage dem Himmel guten Tag
> Dass ich mein verschissenes Leben mag
> Drum bleib ich noch hier

Wie bei der Innenseite ihrer Oberschenkel tupfte er zuerst die Schamlippen ab, um langsam vermehrt in ein Lecken überzugehen. Ihr Becken bewegte sich wieder. Er achtete zuerst nur darauf, ihre intimen Lippen zu lecken und deren Begegnungspunkte oben und unten auszusparen. Erst allmählich begann seine Zunge auch den unteren Verschmelzungspunkt zu entdecken. Er berührte mit zunehmender Intensität auch ihren Damm, das Niemandsland zwischen Muschi und Anus und umkreiste diesen auch mehrmals. Ihr Becken bewegte sich nun auf und ab, was sich beschleunigte, als er ihre ganze Rosette zu lecken begann und mit der Zunge in ihren Hintereingang eindrang. Mit einer Hand spielte er an ihren Schamlippen und spürte die Nässe ihrer Muschi. Sanft berührte er ihren Kitzler, ohne aufzuhören, ihren Arsch zu lecken. Nach einigen Minuten steckte er ihr parallel zu seinem Lecken zuerst einen, dann zwei Finger in ihre Muschi, die er zunehmend intensiver rein und rausschob. In ihrer Feuchte glitten sie problemlos. Zwischendurch steckte er sie sich auch in den Mund und leckte sie ab. Ihren intimen Geschmack im Mund zu haben, erregte ihn zusätzlich. Sein Schwanz wurde eine Spur härter. Wieder steckte er ihr zwei Finger in die Vagina, diesmal um sich ihren Lustsaft zueigen zu machen. Mit den saftgetränkten Fingern rieb er ihre anale Öffnung ein.

Der Himmel kann warten

sangen die Onkelz. Dein Arsch nicht mehr, dachte er sich und steckte ihr einen Finger langsam hinten rein, immer tiefer. Ihr Becken hob sich in einer Form erregter Bogenspannung. Die Ketten ihrer Fesseln rasselten, sie stöhnte laut in ihren Mundknebel hinein. Er versuchte ihren Arsch mit dem Finger ein wenig zu dehnen, um für einen zweiten Platz zu machen, was ihm auch gelang. Er fickte sie mit zwei Fingern nun sanft in ihren Arsch.

Der Himmel kann warten
Das Leben macht mich hungrig
Und ich krieg nicht genug.

Gleichzeitig begann er ihre Muschi zu lecken, diesmal auch ihren Kitzler. Er versuchte dabei, einen Intensitätsgradienten zu schaffen: Die Zunge streichelte sanft ihre Lustknospe während seine Finger gnadenlos hart zustießen. Er wusste, dass sie darauf stand, dieses Wechselspiel von zarter Zuwendung und Härte, ja beinahe Gewalt. Nach wenigen Minuten bäumte sich ihr Körper mit einem Zucken auf, drohte die Fesseln zu sprengen, die Handschellen mussten in ihr Fleisch einschneiden. Minutenlang schien sie nicht mehr von diesem Plateau runterzukommen, es war kein Stöhnen mehr, sondern durch den String unterdrückte Schreie. Er beschloss, für den nächsten Schritt nicht erst das Abflauen ihrer Lust abzuwarten. Er ergriff, ohne die beiden Finger aus ihrem Arsch zu entfernen, eine zweite Handschelle mit etwas längerer Kettenverbindung. Danach zog er ihr die Finger raus.

Sie stöhnte heftig auf. Er band ihr Bein los, packte sie an den Füßen und bog ihren Rumpf in der Mitte, die Füße neben ihre Hände aufs Eisengestänge am Kopfende des Bettes legend. In Kürze waren auch die Beine mit ihren Fesseln am Kopfende des Bettes fixiert. Sie lag nun mit beiden empfangsbereiten Körperöffnungen vor ihm. Für einen Moment gönnte er sich wichsend diesen Anblick. Sein Schwanz war hart und blieb es auch, als er sein Handy im Sack seiner Jeans klingen hörte. Wieder wechselte der Song auf der Onkelz-CD:

> Ich bin schuldig
> Ich hab es getan
> Ich habe sie verdorben
> Und es war nicht das erste Mal

Er zog ihr die Stoffbinde ein Stückchen herunter, nahm ihr den String aus dem Mund (er war nass von ihrem Speichel) und schob ihr seinen Schwanz in den Mund. Sie saugte sich zuerst daran fest, bis er sich davon befreite und sie regelrecht in den Mund fickte. Danach setzte er sich so auf ihr Gesicht, dass sie seine Eier vor ihrem Mund hatte (sie trug ja noch immer die Augenbinde). Er befahlt ihr, an ihnen zu saugen. Ihre Zunge umgarnte nun ihrerseits seine Hoden, wanderte über seinen Damm zu seinem Arschloch, welches sie zu lecken begann.

> Ich ließ ihre Lippen bluten
> Ich nahm ihr den Verstand
> Ich hörte sie zwar rufen
> Doch der Teufel gab mir seine Hand.

Er spürte nochmals verstärkten Blutstrom hin zu seinem Glied. Jetzt wollte er sie nehmen, in sie eindringen, sie aufspießen, ihr Becken sprengen. Er gelangte zwischen ihre Beine und stieß zu. Sein Schwanz flutschte förmlich in ihre feuchte Muschi. Er drang bis zum Anschlag seiner gut achtzehn Zentimeter in sie ein und verharrte einen Moment reglos in ihr drinnen. Dann begann er, seinen Schwanz zurückzuziehen und wieder vorzustoßen. Seine Bewegungen waren rhythmisch und wurden zuerst härter, dann auch schneller. Sie schrie, sodass er ihr den String in den Mund stopfte und die Binde hochzog.

Frag mich besser nicht,
Sonst muss ich lügen,
Ja, ich habe sie entweiht
Und es war mir ein Vergnügen.

Er wusste, dass sie in solchen Momenten, obschon sie bereits mehrfach gekommen war, noch einen zusätzlichen Kick brauchte. Er schlug ihr daher auf ihre Brüste, nicht heftig, mit der erweiterten Handkante die Brustwarzen streifend. Nach wenigen Augenblicken spürte er an ihren Hüftzuckungen (von Bewegungen konnte man aufgrund ihrer Fesselung nicht sprechen), dass wieder Miniexplosionen in ihrem Unterleib abliefen. Auch er selbst realisierte, dass er sich dem Ende näherte. Er hätte sie zwar noch gerne in ihren herrlichen, durch die Fesselung noch schöner präsentierten Arsch gefickt, aber sein Status explosivum war zu weit fortgeschritten.

Wir haben's getan, wie man es tut
Im Stehen und im Liegen
Und wenn wir einmal Engel sind
Dann fick ich dich im Fliegen!

Er stieß noch vier-, fünfmal mit voller Wucht zu, um sich dann mit einem Aufschrei sekundenlang in sie zu ergießen. Danach spürte er, wie auch das Beben und Zucken unter ihm abflaute. Er zog seinen Schwanz aus ihr raus, entfernte den String aus ihrem Mund und putzte ihn ab. Danach steckte er ihr den Slip wieder in den Mund. Er löste ihre Bein-, beließ aber die Handfesseln, die Knebelung und die Augenbinde und ging duschen. Den anderen noch für geraume Zeit wehrlos liegen zu lassen, gehörte meist zu ihrem Spiel.

32

Sylvia Guardiola hatte sich, nachdem Jutzeler gegangen war, rasch wieder im Griff. Sie wusste, es gab nun Einiges präzise zu erledigen. Als erstes rief sie die Nummer 313 an, das Zimmer von Sybille Weibel.

„Ja, hier Sylvia. Wie waren die Anwendungen?-Toll, wow! Du hör mal, ich muss dringend weg, hab zu Hause einen Notfall!–Nein, du, ich hab jetzt wirklich keine Zeit, glaub mir.- Erkläre ich dir nächste Woche in aller Ruhe ja? Okay, und genieß es noch! Und nicht zu schöne Augen für Hugh, gell!" Hugh war ein Gast im „Auerhahn", Anfang fünfzig, groß und mit gesunder Gesichtsfarbe und vollem dunklem, wenn auch wahrscheinlich gefärbtem Haar. Er hatte die letzten Abende allein am Tisch neben ihnen gesessen, ohne groß von ihnen beiden Kenntnis zu nehmen. Während des Essens hatte er stets die „FaZ" gelesen. Einzig als Sybille die Gabel vom Tisch gefallen war, auf seiner Seite natürlich, kam es zu einem Smalltalk. Bei diesem stellte sich heraus, dass er Direktor der deutschen Niederlassung eines japanischen Sportartikelherstellers war.

Nachdem Sylvia aufgelegt hatte, wählte sie eine weitere Nummer. Eine Festnetz-Nummer. Sie hörte viermal das Klingelzeichen und betete ruhig, dass sich jemand melden würde. Nach dreimaligem weiteren Klingeln hörte sie ein „Hallo?"

„Uff, Gott sei Dank gehst du ran. Hör mal, die Kacke ist am Dampfen. Wir müssen uns dringend treffen. Jetzt, sofort, also das heißt, in gut neunzig Minuten schaffst du es, ich bin im Schwarzwald."

„Bist du übergeschnappt? Wollte mich zu Hause gerade vor den Fernseher setzen."

„Frag jetzt nicht lange, pack ein paar Sachen ein und fahr los. In einer Stunde Fahrzeit bist du hier."

„Und warum, bitte, kommst du nicht einfach hierher zurück?"

„Weil man uns zur Zeit nicht zusammen sehen sollte, darum! Und jetzt frag nicht mehr lange, sondern pack und fahr los!"

„Und wohin des Weges bitte?"

„Nach Saig, das ist in der Nähe des Feldberges. Das Hotel heißt „Saiger Höhe". Ist ausgeschildert und einfach zu finden. Es ist jetzt gut halb sieben. Ich reservier uns einen Tisch auf halb neun. Fahr gut!" Ohne die Antwort abzuwarten, legte Sylvia Guardiola den Hörer auf. Die selbstständige Erwerbstätigkeit mit wiederkehrenden Fixkosten wie Miete und Löhne, gepaart mit Erziehungsarbeit und einem beruflich sehr eingespannten Mann hatten sie zu einer resoluten Frau werden lassen. Sie rief das Hotel in Saig an und servierte noch für heute Abend zwei Einzelzimmer sowie einen Tisch für zwei gegen halb neun. Die freundliche, alemannisch schwätzende Dame erklärte, dass eine spätere Ankunft kein Problem sei. Es gäbe bis zweiundzwanzig Uhr warme Küche. Sollte sich ihr Gast noch mehr verspäten – auch lösbar, man würde zwei Menüs auf die Seite stellen, um sie dann nur noch warm zu machen. Gelebte Dienstleistung – wovon wir in der Schweiz oft nur träumen, dachte sie, bedankte sich und machte sich ans Packen ihrer Sachen. Am „Auerhahn"-Empfang reagierte man etwas überrascht, aber professionell auf den plötzlichen Aufbruch des Gastes. Für die längere Nutzung des Zimmers bis zum Abend musste sie nur einen kleinen Aufpreis bezahlen. Sie lud ihren Koffer in den Sharan und erreichte kurze Zeit später die Ortschaft Saiger Höhe. Das Hotel hatte sich in den ersten Jahren des 21. Jahrhunderts einen Namen gemacht, da der lokale Basler Fussballclub in der Abgeschiedenheit des Schwarzwaldes die ganz wichtigen Spiele vorzubereiten pflegte. Namentlich in der so erfolgreichen Champions League-Kampagne 2002/2003 waren die Basler Spieler und ihr damaliger kahlhäuptiger Trainer schon beinahe Stammgäste. Zum Mythos avancierte vor allem das Vorbereitungscamp vor dem Liverpool-Spiel, welches dann dazu führte, dass die große englische Mannschaft gegen den kleinen Schweizer Vertreter den Kürzeren zog und ausschied. Bereits vor dem Spiel deklarierte der Trainer das Spiel zur „Night to remember".

Sie bezog ihr Einzelzimmer, welches ebenerdig lag und aus dem man direkt auf eine grüne Wiese gelangte. Der Abend war mild, die Dämmerung begann langsam einzusetzen und sie legte sich, ohne den Koffer groß auszupacken, in einen der beiden auf der Wiese stehenden Liegestühle. Mit ein wenig Abstand ließ sie das Gespräch mit dem Journalisten nochmals Revue passieren. Ihr Mann, der Polizist und damit Freund und Helfer, bestätigte sich also als notorischer Fremd- und Puffgänger. War ihre Aktion zur Rettung der Ehe gar vergeblich gewesen? Was würde Jutzeler machen? Veröffentlichen oder gar Geld fordern, schmutziges, fremdgefickt provoziertes Schweigegeld? Klar wäre dies Erpressung, aber diesem schmierigen Journalisten-Typen würde sie so was problemlos zutrauen.

Als sie das nächste Mal aufwachte, war es bereits deutlich dunkler. Sie musste eingeschlafen sein, sie fröstelte. Ein Blick auf ihr Handy-Display zeigte, dass ihr Mann versuchte hatte sie anzurufen. Zum ersten Mal seit ihrer Abreise in den Schwarzwald vor 4 Tagen. Seufzend ging sie ins Zimmer zurück. Es war dreiviertel acht. Sie ließ sich noch ein Bad einlaufen und drückte die automatische Rückruftaste auf den verpassten Anruf ihres Mannes. Es kam nur seine Combox, und drauf zu sprechen hatte sie heute Abend definitiv keine Lust. Sie zog sich aus, gab etwas von dem auf dem Wannenrand liegenden Badezusatz „Fichte" ins Wasser und stieg in die Wanne. Sofort spürte sie, wie ihr die Wärme und die ansatzweise Schwerelosigkeit, wie sie auch in einer Badewanne entsteht, gut taten. Wieder döste sie leicht ein. Nach knapp zwanzig Minuten stieg sie aus dem Wasser und zog sich an. Bluse, Jeans und ein paar Sneakers. Es war mittlerweile kurz vor halb neun. Sie beschloss, noch einen Moment zu lesen. „Liebe mit offenen Augen" von Jorge Bucay war ihre aktuelle Lektüre, wie so oft ein Buch über Paarbeziehungen. Sie vertiefte sich sogleich in einen fesselnden Abschnitt:

„Gemeinsam dachten wir über diese Paradoxie nach: Die Intensität der Leidenschaft wächst mit der möglichen Abwesenheit des anderen, mit dem Außerplanmäßigen, der Überraschung. Wenn daraus nun eine konventionelle Beziehung werden sollte, wäre es per definitionem um die Leidenschaft geschehen. Wie absurd, Leidenschaft und Ehe zusammenbringen zu wollen! Wie kann man bloß zwischen Leidenschaft und Ehe wählen wollen? Das ist unmöglich, zumal, sollte er sich für die Leidenschaft und für seine Geliebte entscheiden, diese Beziehung schon bald vom Alltag zerrieben würde." Das Zimmertelefon klingelte. Sylvia Guardiola schaute auf die digitale Anzeige eines Weckers, wie man sie noch immer in den Hotels der nicht ganz topgehobenen Klasse findet. Es war wenige Minuten nach halb neun.

„Hi Sylvia, bin soeben eingecheckt. Gibst du mir eine knappe Viertelstunde?"

„Uff, gut dass du da bist. Ja natürlich, um neun in der Lobby also." Sie legte auf und vertiefte sich nochmals in ihr Buch.

„Es ist bekannt, dass die meisten Frauen eher zu einer holistischen, viele Männer hingegen zu einer fokussierenden Sicht tendieren. Letztere hängt mit der Logik und dem analytischen Blick zusammen, erstere mit einer mehr ganzheitlichen Wahrnehmung der Welt als Totalität. Diese schließt die Emotionen und Erlebnisse mit ein: Es ist der Blickwinkel der Erfahrung. Wenn zwei Personen miteinander kommunizieren wollen und die eine vom Standpunkt der Logik, die andere von dem der Erfahrung und Emotion aus redet, wird es zu keiner Begegnung kommen. Das ist, als wollte man eine Unterhaltung in zwei verschiedenen Sprachen führen, es prallen zwei Paradigmen aufeinander. Mir scheint, dass sich heutzutage glücklicherweise ein Wandel vollzieht: Die Frauen befassen sich damit, ihre männlichen Anteile in sich weiterzuentwickeln, und die Männer ihre weiblichen."

Wieder blickte sie auf die Uhr. Sie konnte Unpünktlichkeit nicht ausstehen. Auf ihren Pünktlichkeitskult angesprochen, nannte sie es einen „wahrscheinlich unbewussten Abwehrmechanismus gegen katalanisches Laisser-Faire". Eine Viertelstunde hatte sie noch bis neun. Sie stieß auf ein über Verliebtheit.

„Das Verliebtsein ist kein geteiltes Gefühl, denn es existiert noch nicht einmal das Subjekt, mit dem man teilen könnte", schrieb Bucay weiter. „Das Verliebtsein ist eine willkürliche und schier unvermeidliche Verrücktheit, fachlich gesprochen: ein Zustand wahnhafter Verschmelzung mit mechanischer Überspanntheit. Liebe hingegen ist ein vernünftiges und mühsames Unterfangen. Es ist dauerhafter und weniger turbulent, aber man muss hart arbeiten, damit es Bestand hat." Daraus folgerte er:

„Sich verlieben heißt, die Übereinstimmung zu lieben, und lieben, sich in die Unterschiede zu verlieben."

Sie legte das Buch zur Seite, bürstete sich nochmals die Haare aus und begab sich in die Lobby.

33

De Michelis wartete am nächsten Morgen bereits um halb sieben auf Sütterlin und Guardiola in der Pathologie. Er hatte keinerlei Überraschungen zu bieten, nichts, was nicht bereits offenkundig am Tatort einsehbar gewesen war oder, leider, vermutet werden konnte. Mageninhalt und Blut wiesen weder Alkohol noch Medikamente oder Spuren von Drogen auf. Hingegen fanden sich Spermaspuren vaginal, oral und anal mit zwei unterschiedlichen DNAs. Die eine, de Michelis hatte dies bereits abklären lassen, stimmte mit derjenigen des Igels, Pepe Boccanegra überein. Die andere fand in den einschlägigen internationalen Fahndungslisten und -registern keine Übereinstimmung. Die Tatwaffe war ein großes Messer, wie man es unter anderem in Schlachthöfen verwendet. Sütterlin schauderte bei den Ausführungen de Michelis', Guardiola zog es vor, sich an einem Waschbecken abzustützen. De Michelis ging von zwei, maximal drei Tätern aus. Nachdem er seine Ausführungen beendet hatte, schwiegen alle drei für einen Moment. Selbst der hartgesottene de Michelis hatte diesmal respektvoll auf jegliche zotige verbale Entgleisung verzichtet. Guardiola bedankte sich und reichte ihm beim Verlassen des Obduktionssaals sogar die Hand. Etwas, das er sonst nie tat. Er wusste noch nicht, dass ein weiterer harter Tag soeben erst begonnen hatte.

Als er mit Sütterlin zurück ins Büro kam, lief Peterhans aufgeregt mit der täglich erscheinenden Boulevardzeitung ins Büro. Als er Guardiola erblickte, kam er direkt auf ihn zu.

„Chef, was ist denn das für eine Schweinerei?"

„Peterhans, beruhige dich! Was ist denn los? Guardiola hatte ihn beinahe väterlich an die Schulter gefasst.

„Ja, Mensch, schau da mal!" Er hielt ihm die Titelseite der Zeitung hin. Guardiola traute seinen Augen nicht, als er die Lettern sah:

KRIMINALKOMMISSÄR: FREMDGEHEN MIT CHEFIN UND SM-SPIELE. Von Daniel Jutzeler. Drecksau, war sein erster Gedanke. Er setzte sich mit der Zeitung an seinen Schreibtisch und begann zu lesen.

„Der Basler Kriminalkommissär S.G., zur Zeit völlig erfolglos in einem Mordfall der Basler Schickeria ermittelnd, hat wahrscheinlich ein Verhältnis mit seiner Vorgesetzten, Staatsanwältin K.K., die zurzeit wegen Befangenheit vom gleichen Mordfall suspendiert ist. Zudem scheint der Kommissär auch Stammgast in einem einschlägigen SM-Schuppen im berüchtigten Gundeldingerquartier zu sein. Unsere zuverlässigen Quellen haben unmissverständliche Beweise geliefert, die an der Wahrheit dieser Ausführungen keine Zweifel mehr offen lassen." Danach folgten zwei Bilder: Eines zeigte ihn vor Katjas Haus, das andere, wie er die Villa Esperanzia verließ. Die Legende unter den Bildern ließ verlauten, dass es sich um das Haus seiner Vorgesetzten in einer ruhigen Seitenstraße in Riehen handle, wo er jeden Dienstagabend zu Gast sein sollte. Das andere war mit dem Text „Qualen vom Steuerzahler finanziert?" versehen. Guardiola schüttelte seinen Kopf. Undeutlich nahm er wahr, wie sich Sütterlin und Peterhans beinahe flüsternd unterhielten. Sascha Lehner, dachte er sich, als er die Fotos eingehend betrachtete. Der Spaltentext fuhr mit Fragen fort:

„Der Bürger muss sich aufgrund der Ereignisse in den letzten Wochen viele Fragen stellen:

Ist die Basler Polizei außer Rand und Band? Kann noch von seriöser Aufklärungsarbeit ausgegangen werden?

Wie kann sich ein Kriminalkommissär ein so teures Etablissement, wie es dasjenige von ihm frequentierte ist, leisten? Oder finanziert gar der Steuerzahler sexuelle Eskapaden vom Gröbsten?

Ist die Vorbildfunktion eines Kriminalkommissärs noch gewährleistet oder ist aus ethisch-moralischen Gründen sein unverzüglicher Rücktritt zu fordern?"

Gerade ihr vom größten Schweineblatt lasst euch über ethisch-moralische Grundsätze aus, dachte Guardiola. Er lehnte sich in seinen HeadLine-Stuhl mit einer sich der Wirbelsäule anpassenden Kopfstütze (eine Empfehlung von Doc Cantieni gegen seine PC- und aktenbedingten Verspannungen) und dachte einen langen Moment nach. Auch Peterhans und Sütterlin waren mittlerweile verstummt, nachdem Peterhans leise gefragt hatte, ob er Kaffee machen solle, was von allen bejaht wurde. Wer wollte was mit diesem Zeitungsartikel erreichen? Peter Keller, Katjas Noch-Mann? Hatte er etwas von ihren Treffen erfahren? Sie hatte Lehner ja mehrfach in ihrer Straße gesehen. Er konnte sich dies jedoch kaum vorstellen. Seine eigene Frau? Ihr Anruf gestern Abend, als er gerade mit Katja beschäftigt gewesen war, kam ihm in den Sinn. Eine Gedanke, der ihn sehr unangenehm berührte. Hatte sie irgendetwas mitbekommen von seinen Dienstagstreffs? Genauso wenig auszuschließen war ein Aktivwerden von Peter Keller. Oder gar ein von langer Hand geplanter Racheakt seines Ex-Untergebenen Sascha Lehner? Mit einer Riesenwut war er damals von dannen gezogen. Guardiola erinnerte sich noch gut an seine Worte: „Irgendwann mach ich dich fertig, Guardiola, aber so was von fertig, verlass dich drauf!" Hatte es ausgesprochen, knallte die Tür hinter sich zu und ward seitdem nie mehr gesehen – bis offenbar eben vor Kurzem in Riehen, dort dafür regelmäßig. Eine späte Rache? Nicht ganz auszuschließen. Nun gut, dachte er sich, die Beweise, die sie hier auftischen, sind doch sehr spärlich. Was sind schon Bilder von Gebäuden wert? Hatte er sich etwas Illegales zuschulden kommen lassen? Es gab ja, davon ging er zumindest aus, keine Bilder von den Innenräumen des Gebäudes. Und zudem konnte jeder mäßig digital bewanderte Fotograf solche Bilder auch als Fotomontage produzieren. Er verschränkte seine Hände hinter dem Kopf und spürte, wie er sich zu entspannen begann. Sein Telefon klingelte.

„Guten Morgen. Ich möchte Sie in meinem Büro sprechen. Jetzt. Sofort." Binggelis Bass duldete keine Widerrede. Guardiola erhob sich und zog die Jacke seines Anzuges an. Schwarz wie meistens. Ebenso schloss er den zweitobersten Knopf seines Hemdes.

„El Jefe", sagte er zu Sütterlin und Peterhans. Er ergriff die Zeitung und verließ, ihnen beiden zuzwinkernd, das Büro. Peterhans machte ihm noch das internationale Aufmunterungszeichen mit dem Daumen nach oben. Bei Binggelis Büro angekommen, klopfte er kräftig an.

„Herein!" Guardiola trat entschlossen ein und reichte Binggeli die Hand.

„Nehmen Sie Platz, Guardiola."

Ernsah, dass Binggeli die Boulevard-Zeitung vor sich liegen hatte.

„Eine üble Geschichte, Comisario, wenn auch juristisch nicht sonderlich von Belang. Die Frage ist nun, wie wir damit umgehen." Guardiola war als erstes erleichtert, dass Binggeli nicht zu einem seiner gefürchteten Donnerwetter angesetzt hatte.

„Haben Sie einen Vorschlag, Chef?"

„Ja. Wir haben in einer Stunde die Pressekonferenz. Wir konzentrieren uns voll auf die Fakten des Imhof-Mordes und gehen bei Fragen in Richtung dieser Schlagzeile zur Gegenoffensive über."

„Ich kann Ihnen nicht ganz folgen Chef?" Guardiola hatte die Stirn in Falten gelegt.

„Da bisher nur der „Blick" berichtet hat, werden sich die anderen Journalisten hüten, zu viel in einer neuen Story herumzustochern, die nicht sie aufs Tapet gebracht haben. Wir müssen also vornehmlich diesen Jutzeler unter Kontrolle bringen und ihn bei der Berufsehre packen: Spekulation, schlechte Recherche, Rufmord und bei den möglichen Konsequenzen."

„Hmm..." Guardiola entspannte sich weiter. Es tat gut zu wissen, dass er einen Chef hatte, der einem den Rücken stärkte, ohne bisher eine Frage gestellt zu haben.

„Haben Sie eine Vermutung, wer Ihnen ans Leder will, Guardiola?" Er erwähnte Sascha Lehner, von Peter Keller und seiner Frau sagte er nichts.

„Sie tippen auf nachträgliche Rache. Nun, wirklich glimpflich sind Sie mit ihm in der Tat nicht umgesprungen."

„Sie haben mir vollständig recht gegeben, Chef."

„Das ist nicht das Problem und vor allem nicht die Optik von Lehner. Er kam sich ungerecht behandelt vor, sogar erniedrigt. Bei einem Charakter wie seinem ist diese Wut nicht einfach nach einer Woche verraucht."

„Klar." Guardiola musste niesen. Binggeli pflegte sein Büro immer auf Gefrierschrank-Temperaturen zu kühlen. „Kälte konserviert, mach frisch und klar. Wärme macht träge und lässt die Gedanken schimmlig werden", war sein Argumentarium, wenn man ihn darauf ansprach.

„Gesundheit! Aber eine andere Frage, Comisario. Ist da was dran?"

„Ja und nein."

„Sind Sie jetzt Politiker geworden, Guardiola? Hätten Sie vielleicht die Güte, auch als neuer Medienstar mir meine Fragen zu beantworten?" Das erste Mal in dieser Unterredung, dass Binggelis Stimme leicht säuerlich klang.

„Ja, im Sinne von Riehen. Sie haben die letzten Monate, das letzte Jahr von Katja mitbekommen."

„Allerdings. Eine unschöne Geschichte. Aber dass Sie gleich als Ersatz für Peter Keller einspringen, zudem noch als verheirateter Familienvater, ist auch gewöhnungsbedürftig."

„Von wegen Ersatz! Katja und ich haben regelmäßig über unsere Situationen gesprochen. Sie wissen, Chef,–oder auch nicht– auch meine Ehe ist–zumindest zurzeit–auf dünnem Eis gebaut."

„Nein, Guardiola, wusste ich nicht und es tut mir leid. Kriegen Sie's wieder hin?"

„Ich weiß es nicht. Im Moment hält uns wahrscheinlich noch unsere Tochter Carmen zusammen."

„Ich drück Ihnen jedenfalls die Daumen. Förderlich ist diese Zeitungsgeschichte für Ihre angeschlagene Ehe bestimmt nicht. Obschon–manchmal sind solche Auslöser–Trigger–der Anlass, etwas wirklich in die Tiefe zu besprechen. Hatten Sie schon Kontakt zu Ihrer Frau seit dem Erscheinen der Story heute?"

„Nein, sie ist gerade mit einer Freundin im Schwarzwald am Wellnessen."

„Und der zweite Teil der Geschichte, diese Villa Esperanzia?"

„Ich war schon da, ja. Unser Mordopfer pflegte dort zu verkehren."

„Die Imhof?"

„Nein, Alicia Hofmeyr."

„Auch das noch. Die war doch attraktiv, warum bezahlte die für solche Dienstleistungen? Muss am Altwerden liegen oder an euch jüngeren Kerls, die keinen mehr drauf haben. In unserem aktiven Alter hätten wir alle diese so schönen Frauen, die nicht in drei Minuten auf den Bäumen gewesen wären, nicht mehr in Ruhe gelassen. Und jetzt: Die Kerle labern nur noch rum, weil sie sich vor lauter Egopflege nichts mehr getrauen. Könnte ja eine Abfuhr geben. Und schöne Frauen bezahlen, um Körperlichkeit zu bekommen. Wahnsinn!"

„Sie hat kaum bezahlt."

„Sie wollen doch kaum behaupten, dass die Hofmeyr eine Nutte war?"

„Dies ist immer eine Definitionssache, Chef. Jedenfalls hat sie nicht bezahlt, aber auch kein Geld bekommen."

„Was hat sie dann in diesem Etablissement gemacht?" Nun lag Binggelis Stirn in tiefen Falten.

„Die Villa Esperanzia vermietet auch Räumlichkeiten an User Groups. Sie war Mitglied einer solchen."

„Und was sollen dies bitte für User Groups sein? Wohl kaum die Laktationsgruppe Nordwestschweiz oder der Quartierverein Bruderholz!"

„Sie war Mitglied von Nawa Shibari Basel."

„Von bitte was?"

„Einer Gruppe, die sich der erotischen Kunst des Fesselns hingibt." Binggeli schaute ihn entgeistert an, sodass ihm Guardiola eine kurze Einführung in die Philosophie und die geschichtlichen und aktuellen Hintergründe dieser Bewegung gab. Dass er selbst Mitglied dieser Gruppe war, verschwieg er. Es gehörte zu den eisernen Regeln aller Mitglieder, nicht über die Gruppe oder gar namentlich über Mitglieder zu reden. Binggeli schüttelte zum Schluss nur den Kopf und erhob sich.

„Bis zur Pressekonferenz. Danke für Ihre Offenheit, Guardiola. Und alles Gute für Ihr Privatleben. Beruflich werden wir's schon schaukeln." Er streckte ihm seine massige Hand entgegen. Guardiola ergriff sie.

„An mir, zu danken, Chef. Bis gleich."

Als er sein Büro betrat, schauten ihn Sütterlin und Peterhans fragend an. Nun hob er seinerseits lächelnd den Daumen nach oben und setzte sich schweigend hinter seinen PC. Er öffnete sein Mailprogramm und schrieb seinem Kollegen Pablo Sastre nach Barcelona, dass die DNS-Probe eindeutige Übereinstimmung mit derjenigen von Pepe Boccanegra ergeben hätte. Der Igel sei dieser Exekution schwer tatverdächtig. Zur Fahndung mussten ihn weder Sastre noch Interpol ausschreiben. Schon lange wurde vergeblich nach ihm gefahndet. Danach las er noch den schriftlichen Bericht von de Michelis und begab sich dann in den Medienraum. Sütterlin begleitete ihn, während Peterhans so lange „Materialwache" hielt, wie er solche Jobs zu bezeichnen pflegte. Das Telefon klingelte. Sütterlin hob ab.

„Ja, okay." Sie schaute zu Guardiola und Peterhans.

„Der Boss. Er will, dass wir alle zur Medienorientierung kommen."

34

Mavi Forlan saß bereits in der Lobby, als Sylvia Giardiola aus dem Aufzug trat. Sie trug schwarze Jeans, ein schwarzes Poloshirt und schwarze mittelhohe Pumps. Sie blätterte in einem Tourismus-Magazin, welches die Vorzüge des Schwarzwaldes anpries. Die beiden Frauen gaben sich die Hand und küssten sich auf die Wange. Anschließend begaben sie sich in den Speisesaal, in welchem sie vom Oberkellner einen Tisch zugewiesen bekamen. Sie bestellten Wasser und einen halben Liter Spätburgunder. Mavi Forlan schien es kaum mehr auszuhalten:

„Wo brennt's Sylvia?"

„Morgen wird ein heftiger Artikel über meinen Mann im „Blick" erscheinen."

„Wieso denn das?"

„Er scheint ein Verhältnis mit der Keller zu haben?"

„Der Staatsanwältin, seiner Vorgesetzten?"

„Genau."

„Hoppala, dies ist aber starker Tobak." Der Kellner kam mit dem Mineralwasser und dem Wein. Nachdem er sich wieder entfernt hatte, fuhr Sylvia Guardiola fort:

„Es kommt noch dicker. Er scheint sich auch in Edelbordellen herumzutreiben. Spezialität SM. Dort, wo er sich offenbar mit der Hofmeyr-Schlampe getroffen hat."

„Shit!" Mavi Forlan steckte sich das Haar neu auf und nahm einen Schluck aus ihrem Wasserglas.

„Aber wieso weißt du dies? Hast du einen Schnüffler engagiert?"

„Nicht nötig, dafür gibt es Journalisten. Zum Beispiel einen Jutzeler vom „Blick". Der war heute bei mir im „Auerhahn". Mit Fotomaterial."

„Mit einschlägigem?"

„Einschlägig?"

„Ich meine, Aktbilder, dein Mann in Aktion, so richtig kompromittierende Aufnahmen?"

„Nein, so weit geht es nicht."

„Und was habe ich damit zu tun?"

„Es wird Aufruhr geben. Presse, interne Untersuchungen, zusätzliche Einvernahmen, du weißt ja, da bleibt kein Stein auf dem anderen! Kannst du nicht für einige Wochen verschwinden?"

„Verschwinden? Wohin denn bloß?"

„Plant ihr nichts, keine Ausstellungen in Kapstadt?"

„Nein, tut mir leid. Erst nach Weihnachten wird dies wieder aktuell."

„Mavi, irgendwie halte ich dies fast nicht mehr aus." Mavi Forlan ergriff ihre Hand.

„Da müssen wir jetzt durch. Vor allem ruhig bleiben. Die haben keine Ahnung."

„Du hast leicht reden, bist ja auch nicht mit einem Kriminalkommissär verheiratet. Und wenn ich rede? Warum habe ich nicht mehr auf dich eingeredet?"

„Ich habe eine gute Menschenkenntnis. Das würdest du nie tun, Sylvia."

„Vielleicht hast du recht, obschon ... es ist alles so frustrierend, so vergebens, weil dieser katalanische Bastard offenbar seinen Hosenladen nicht oben halten kann."

„Hast du dir schon mal überlegt, dass du nicht gut genug einkaufst?"

„Wie darf ich dies verstehen?"

„Dein Mann isst offenbar regelmäßig auswärts, also scheint er hungrig zu sein." Sylvia schwieg.

„Wann hast du zum letzten Mal mit ihm geschlafen, Sylvia?" Sie musste überlegen, lange.

„Das dauert, Sylvia. Offenbar noch nicht in diesem Jahr."

„Doch, doch, nein, du hast recht. Es war um letzte Weihnachten herum."

„Und jetzt haben wir September. Wie viele Male hast du ihn abblitzen lassen? Dreimal, viermal? Mehr?" Sylvia trank einen Schluck des Spätburgunders, ohne mit Mavi Forlan anzustoßen.

„Trotzdem zum Wohl." Auch sie nahm nun einen Schluck.

„Mehr. Aber verdammt nochmal, ich habe ein eigenes Geschäft, kümmere mich fast alleine um unsere Tochter und den Haushalt. Und zwanzig bin ich auch nicht."

„Dies interessiert Männer nur bedingt. Sie bezahlen lieber zusätzlich eine Putzfrau wenn die Eier voll sind, als dauernd eine müde und überforderte Frau um sich zu haben. Also nutze die Chance – das Geld gibt er sowieso aus. Wenn nicht für die Putzfrau, dann eben fürs Bordell." Der Kellner brachte den ersten Gang, eine Kraftbrühe mit Croutons und etwas Sherry.

„Brot kommt sofort." Die beiden Frauen begannen schweigend die Suppe zu löffeln, wie sie überhaupt den Rest des Essens nicht mehr viel sprachen und wenn, dann über äußerst belanglose Dinge. Sie verzichteten beide auf Nachspeise und Kaffee und lehnten auch den aufs Haus gehenden Grappa ab. Es war halb elf, als sie sich in der Lobby vor dem Aufzug für das Frühstück um sieben, dem frühestmöglichen Termin verabredeten. Sylvia wollte so früh wie möglich in die Schweiz zurück, um dort den aktuellen „Blick" zu kaufen. Sie gab Mavi Forlan einen Kuss auf die Wangen und wünschte ihr eine gute Nacht.

Am nächsten Morgen kam Mavi Forlan um Viertel nach sieben in den Frühstücksraum. Sie war die erste und erstaunt, dass auch Sylvia Guardiola noch nicht hier war. Der gleiche Oberkellner wies ihr erneut einen Tisch zu, den gleichen wie am Vorabend. Galant zog er den Stuhl nach hinten und schob ihn ihr wieder bis zu den Beinen zurück. Mit einer angedeuteten Verbeugung teilte er ihr mit, dass ihre Tischdame von gestern Abend sie grüßen lasse, aber leider schon abgereist sei. Zimmer und Abendessen seien bereits bezahlt, sie müsse sich nur noch um die Extras, also die Minibar kümmern. Mavi Forlan bestellte Kaffee und zusätzlich zum Buffet-Angebot ein Dreiminuten-Ei. Der Kellner brachte ihr die „Badische Zeitung". Darin stand, dass Gaddafi momentan untergetaucht und zu Guttenberg zurückgetreten war.

35

Wie immer war der Medienraum von Jürg Hunziker bereits perfekt vorbereitet, als Guardiola und Sütterlin ihn betraten. Eine beachtliche Menge Journalisten war auch bereits da. Der Mord vom Nadelberg schien nicht nur das Interesse zu wecken, sondern auch einen gewissen Voyeurismus zu befriedigen. Entschlossenen Schrittes kam Binggeli in Begleitung von Staatsanwältin Diana Bischof und Polizeipsychologin Marianne Weibel zur Tür herein. Hunziker bat darum, sofort Platz zu nehmen. Danach begrüßte er die Kolleginnen und Kollegen Medienschaffende und übergab Jakob Binggeli das Wort. Dieser wies auf die für diese Stadt unbekannte Brutalität der Täter hin, dass selbst so erfahrene Männer wie Kriminalkommissär Guardiola oder Detektiv-Korporal Peterhans so schockiert waren, dass sie kurzfristig hospitalisiert werden mussten.

„Leider lässt die Dringlichkeit des Falles keine adäquate Verarbeitung dieser traumatischen Eindrücke zu. Bereits nach wenigen Stunden standen die beiden Herren wieder im Dienst der Öffentlichkeit. Ich danke Ihnen für diese selbstlose Einsatzbereitschaft, meine Herren." Er blickte dabei mit dankbarem Kopfnicken die beiden Erwähnten an, die ihrerseits zurück nickten.

„Umso schmerzhafter hat es mich getroffen, als ich genau am folgenden Tag eine Titelstory über meinen Kriminalkommissär finden musste. Sie dürften sie mittlerweile alle gelesen haben. Ich möchte klar und unmissverständlich betonen, dass Kriminalkommissär Guardiola keinerlei rechtswidrige Handlungen begangen hat. Gewisse Untersuchungen in erwähnter Villa im Gundeldingerquartier erfolgten aufgrund gewisser Vorlieben des Opfers im Mordfall Alicia Hofmeyr. Es bleibt zu hoffen, dass diese Story ein beruflicher Fauxpas war und es dabei bleibt. Ebenso verlangen wir eine Gegendarstellung in Ihrer Zeitung, Herr Jutzeler. Und abschließend und für die Zukunft möchte ich anfügen, dass Sergi Guardiola bei uns als Kriminalkommissär mit einer der größten Aufklärungsquoten Europas und nicht als Papst arbeitet. Ihre Fragen bitte!" Es war totenstill im Raum, als hätte der raumfüllende und stimmgewaltige Binggeli in seinen Bann gezogen. Es war Jasmin Fuchs vom „Zürcher Tagesanzeiger", die die erste Frage zu stellen wagte und sich erkundigte, ob ein Zusammenhang zwischen den Fällen Hofmeyr und Imhof zu erkennen sei. Guardiola verwies auf die laufenden delikaten Ermittlungen, daher könne man keine Antwort geben. Fuchs blieb gleich dran und wollte mehr Infos zu Person und Umfeld des letzten Mordopfers Nadine Imhof. Sabine Sütterlin ergriff das Wort:

„Sie muss ein sehr isoliertes Leben geführt haben. Ihre Eltern sind in Kenia vor mehr als zehn Jahren bei einem Autounfall ums Leben gekommen, keine Geschwister, keine Freunde zu eruieren. Die Mitbewohner haben außer leichtem Gerumpel, wie es beim Möbelumstellen hörbar wird, nichts wahrgenommen. Sie hatte abgeschlossene Studien in Psychologie und Soziologie sowie einen Doktor in Psychologie. Ihr Geld verdiente sie offenbar aber–zumindest teilweise–im Bereich der Pros... der Edelprostitution." Ein leises Raunen ging durch den Raum, ehe Dani Jutzeler die Hand erhob, um das Wort zu bekommen. Guardiola spürte, wie sich sein Magen zusammenzog.

„Mittlerweile ermittelt die Polizei seit einer Woche im Mordfall Alicia Hofmeyr. Nun haben wir eine zweite, diesmal schwer misshandelte Leiche und, soweit ich feststellen kann und Ihren Äußerungen entnehme, keinerlei Spuren? Wie sicher sind Bürger und vor allem Bürgerinnen noch in der Region Basel?" Beim Wort Bürgerinnen schaute er penetrant direkt in Guardiolas Richtung. Es war Marianne Weibel, die das Mikrofon vor sich so richtete, dass sie entspannter sprechen konnte.

„Die bisherigen Ermittlungen deuten vom Täterprofil her auf zwei unterschiedliche Motive: Einerseits, im Fall Hofmeyr, können wir von einem Beziehungsdelikt ausgehen. Im Falle Imhof deutet die Motivlage auf banale kriminelle Bereicherung hin, dies allerdings in einem äußerst komplexen und organisierten Kontext." Jutzeler schien alles andere als befriedigt.

„Aber dies ist doch kalter Kaffee, den Sie uns seit Tagen auftischen." Nun schaltete sich Binggeli wieder ein.

„Im Gegensatz zu Ihnen treten wir mit Fakten erst an die Öffentlichkeit, wenn es sich um Fakten und nicht um Spekulationen handelt." Binggeli hielt einen Moment inne, um seinen Worten einen gewissen Nachdruck zu verleihen. Guardiola vermeinte, ein leichtes Lachen im Raum zu hören. Jutzeler mochte niemand wirklich leiden. Binggeli nickte zu Jürg Hunziker, der sich von seinem Stuhl erhob.

„Wenn denn keine weiteren Fragen mehr sind, erkläre ich die Medienkonferenz für beendet. Ich danke Ihnen für Ihr Kommen. Einen schönen Tag!" Binggeli bat seine Crew, noch im Raum zu bleiben. Der Raum leerte sich schnell. Binggeli konnte rasch zur Sache kommen.

„Damen und Herren! Wo Jutzeler recht hat, hat er recht. Ich habe auch den Eindruck, wir treten auf der Stelle. Die Öffentlichkeit, von den Arschlöchern in Riehen, die ihr eigenes Spital abzuschaffen in der Lage sind, bis zu den linken Multikulti-Idioten im Kleinbasel, lechzt nach Aufklärung. Wo stehen wir?" Schweigen.

„Hallo, ist da jemand?" Guardiola räusperte sich.

„Chef, der Fall ist in der Tat komplex. Danke für das Kompliment von wegen Aufklärungsquote. Aber ich stoße hier an Grenzen. Viele könnten es gewesen sein, die Motive wären vorhanden, inklusive bei unserer lieben, verehrten und kompetenten Kollegin Katja Keller. Aber, und dies ist so einzigartig: Praktisch alle Alibis sind astrein, wasserdicht und überprüft."

„Keine Ausnahme? Nichts übersehen? Kommen Sie, Guardiola, denken Sie nach!"

„Ich habe nachgedacht, Mindmaps erstellt. Es gibt eine Ausnahme." Plötzlich blickten alle wie gebannt auf ihn.

„Na?" Selbst Binggeli, sonst die Ruhe selbst und ein Fels in (fast) jeder Brandung, schien unruhig zu werden.

„Das alte klassische Motiv: Sekretärin verliebt sich in Chef. Dieser schläft mit ihr oder auch noch nicht, ist aber hoffnungslos verheiratet. Ergo: Das ist jemand zu viel."

„Mavi Forlan?" Sabine Sütterlin reagierte als Erste.

„Hundert Punkte, Sabine. Bravo!"

„Verdammt! Ihr Alibi ist dünn."

„Nein, Sabine. Sie hat gar keines. Steve Hofmeyr bisher auch nicht wirklich. Sie behauptet, am Tattag zur Tatzeit im Büro gewesen zu sein. Bestätigen kann dies niemand, außer – Steve Hofmeyr und gemäß der Forlan eine Praktikantin, die aber im Moment im Urlaub und nicht erreichbar ist." Binggeli räusperte sich nach diesen Worten Guardiolas laut.

„Hmm, scheint ein guter Ansatz zu sein. In dem Fall das übliche Prozedere?"

„Ja, Chef, Durchsuchungsbefehl für ihre Wohnung am Nonnenweg. Denke, wir fangen lieber dort an als in den Geschäftsräumlichkeiten. Die rennen uns ja nicht davon."

„Den Durchsuchungsbefehl haben Sie in einer Stunde auf dem Tisch, Guardiola." Dieser erinnerte sich schwach, dass Mavi Forlan ausgesagt hatte, sie sei über Mittag oft zu Hause. Da es erst elf war, würde dies für einen staatlich legitimierten Höflichkeitsbesuch am Nonnenweg noch reichen. Es blieb die Frage, warum ihre mittlerweile Haupttatverdächtige eine bevorzugte Behandlung in der Praxis seiner Frau genoss. Etwas viele Fragen in meinem Leben, dachte er sich auf dem Weg in sein Büro.

36

Sylvia fuhr, noch ohne gefrühstückt zu haben, zügig in Richtung Schluchsee. Auf dessen Höhe überlegte sie, ob sie nochmals einen Halt im „Auerhahn" machen sollte, um mit Sybille Weber zu frühstücken. Anstatt auf der Höhe des Hotels links zu blinken, beschleunigte sie den Sharan. Sie wollte jetzt zurück, einen „Blick" kaufen und vor allem dringlichst mit ihrem Ehemann reden. Sie rief ihn über die Freisprechanlage auf seinem Handy an. Dort meldete sich aber wie bereits am Vorabend nur die Combox. Deshalb rief sie in seinem Büro an. Peterhans sagte ihr, dass ihr Mann gerade bei Binggeli sei. Aha, dachte sie sich, offenbar gehen die Wogen bereits hoch. Sie beschleunigte nochmals unbewusst und bedankte sich bei Peterhans für die Auskunft. Sie war schnell in Waldshut und ging in Laufenburg über die Grenze, um nach dem Städtchen auf die A3 einzubiegen. Erst bei Schweizerhalle staute sich der morgendliche Berufsverkehr, nun schon auf der A2. Hagnau, das Übliche wie beinahe jeden Morgen. Glücklicherweise konnte sie Richtung Delémont die A2 wieder zugunsten der J18 verlassen. Auf dieser floss der Verkehr um diese Zeit in die Gegenrichtung, sodass sie in wenigen Minuten ihre Wohnung auf dem Bruderholz erreichte. An der Esso-Tankstelle am Kreisel bei der Motorfahrzeug-Kontrolle kaufte sie einen „Blick". Bereits beim Betrachten der Titelseite wusste sie, dass Jutzeler den Ausflug in den Schwarzwald nicht vergebens gemacht hatte. Sie lud ihr Gepäck aus, machte sich einen Kaffee, schluckte ein Beruhigungsmittel und lüftete die ganze Wohnung. Sie empfand die Luft als abgestanden. „Frauen empfinden die Luft immer als abgestanden, wenn ihre Männer einige Tage alleine in der gemeinsamen Wohnung waren. Als würden sie mit ihrem bescheidenen Riechvermögen das abgestandene Parfum einer anderen Frau zu orten versuchen, welches aber nie vorhanden ist, weil dann die Männer mit Sicherheit sehr gut gelüftet hätten", hatte ihr unlängst einmal Manolo Cantieni erklärt. Danach zog sie sich aus, schlüpfte in ihren Bademantel, ließ sich ein Schaumbad einlaufen, während sie ihre Wäsche sortierte und die am Schluchsee getragene in die Waschküche hinuntertrug.

Sie machte sich einen zweiten Kaffee, den sie zusammen mit dem Handy und dem „Blick" auf einen Beistelltisch neben die Badewanne stellte. Sie las mit zitternden Händen den Artikel. Immerhin hatte sich dieser journalistische Schmierfink nicht auch noch über die Frequenz ihres Geschlechtsverkehrs ausgelassen. Sie legte die Zeitung zurück, nahm einen Schluck aus der Kaffeetasse und dachte an Carmen. Was würde dies für sie bedeuten, wenn sie am Montag wieder zur Schule musste? Als Tochter eines Polizisten hatte sie es in der Pubertät schon nicht leicht. Sie mussten beiden intensiv mit ihr reden. Aber zuerst musste sie noch intensiver mit Sergi reden. Ihr Handy klingelte.

37

Als Guardiola wieder zu seinem Schreibtisch zurückkehrte, blinkte die Anzeige für eingegangene Mails. Der Absender zeigte Pablo Sastre an. Guardiola schloss beim Lesen die rechte Faust. Josep Boccanegra war gestern in Begleitung von JG, mit bürgerlichem Namen Juan Giménez, (gesucht wegen mehrfachen Mordes, Totschlags, Drogenhandel, Prostitution, Vergewaltigung, Freiheitsberaubung und Erpressung) am Flughafen von Asunción, Paraguay verhaftet worden. In JGs Gepäck fand sich ein Boardingpass für einen Flug von Basel nach Barcelona– am Tag von Nadine Imhofs Ermordung. Offenbar sei ihnen der europäische Boden doch vorübergehend zu heiß geworden. Die beiden würden in den nächsten Tagen nach Spanien überführt werden. Guardiola berichtete dies sofort Jürg Hunziker, der unverzüglich ein Pressecommuniqué verfasste, ohne die Bemerkung zu versäumen, dass die sehr rasche Aufklärung dieser scheußlichen Tat vor allem der guten internationalen Vernetzung von Kriminalkommissär Sergi Guardiola, insbesondere zu Comisario Pablo Sastre in seiner ehemaligen Heimatstadt Barcelona, zu verdanken sei. Keine Stunde später stand, allerdings nach telefonischer Voranmeldung, bereits Tele Basel, vor Guardiolas Bürotür. Beim Interview blieb dieser sachlich, auch als er auf die Boulevardstory und seine Protagonistenrolle angesprochen wurde. „Ich stelle mich jeden Tag, auch samstags und sonntags, in den Dienst der Verbrechensbekämpfung. Die Öffentlichkeit, und damit insbesondere die Steuerzahler in diesem tollen Kanton, haben ein Recht darauf. Mein Privatleben aber, zumindest solange ich dieses vollständig und ausschließlich im Rahmen der herrschenden Gesetze bestreite, geht gar niemanden etwas an."

Als die TV-Leute wieder weg waren, gab Hunziker intern bekannt, alle Presseanfragen ausschließlich an ihn weiterzuleiten. Es war jetzt kurz nach zehn. Guardiola beschloss, seine Frau auf dem Handy anzurufen. Er war erstaunt, das Plätschern von Wasser im Hintergrund zu hören, als wenn jemand aus der Badewanne telefonieren würde.

„Ja, ich bin zu Hause, Sergi."

„Ich dachte, du kommst frühestens morgen Abend. Heute ist doch erst Donnerstag?"

„Vermassle ich dir einen wichtigen Termin in Riehen?" Sie hätte sich am liebsten die Zunge abgebissen. Genau die Tour hatte sie vermeiden wollen. Trotz des Beruhigungsmittels hatte sie es nicht geschafft, einmal mehr.

„Ach komm, da wird genug Mist geschrieben."

„Eben darum bin ich schon da, wir müssen reden. Nicht nur wegen uns, auch wegen Carmen. Noch heute Sergi."

„Abendessen?"

„Ja, aber hier. Ich mach was Kleines. Wann kannst du hier sein?

„Um sechs."

"Okay." Guardiola hörte, dass sie aufgelegt hatte. Grußlos. Es würde hart werden. Alles abstreiten, würde ihm der Doc jetzt raten. Beichten erleichtert vermeintlich nur das eigene Gewissen und macht den anderen fertig. Outen kann man sich dann, wenn die Verhältnisse ernst werden. Resolut öffnete sich die Bürotür. Binggeli kam herein und legte den Durchsuchungsbefehl für Mavi Forlans Wohnung, die Geschäftsräumlichkeiten der Hofmeyr Galleries Ltd. und ihrer PCs oder Laptops auf seinen Schreibtisch.

„Hab das Communiqué von Hunziker gelesen. Hervorragend, Guardiola, hervorragend. Die beste Rehabilitationsantwort!" Er klopfte Guardiola beinahe väterlich auf die Schulter.

„Was ist hervorragend: die Verhaftung oder Hunzikers Communiqué, Chef?", wagte er zu fragen.

„Beides, Comisario, beides!" Wenn ihn Binggeli „Comisario" nannte, war er mit seiner Arbeit jeweils sehr sehr zufrieden... Guardiola ergriff das offizielle Dokument.

„Los geht's, Sabine!" Es war bereits beinahe Mittagszeit, der Verkehr in der Stadt dicht. Daher dauerte es einen Moment, bis sie den Claragraben und die Geschäftsräumlichkeiten von Steve Hofmeyr erreichten. Diese befanden sich in einem typischen Bürogebäude im obersten Stock. Sie fuhren mit dem Aufzug hoch. An der Tür stand „Bitte klingeln und eintreten". Mehrere Schreibtische, allesamt mit Laptops versehen sowie vereinzelte Regale verloren sich in einem riesigen Raum, in welchem immer nur Teile von nichttragenden Wänden übriggelassen worden waren, um Platz für Bilder zu haben. Guardiola meinte, auch zwei von Chuck Rensenbrink zu erkennen. Eine junge Frau, Typ Kunststudentin, kam auf Sütterlin und ihn zu. Ihr Namensschild sagte: Pam, Praktikantin.

„Kann ich helfen? Herr Hofmeyr weilt zurzeit in Barcelona, wo er unsere nächste Ausstellung vorbereitet." Guardiola zückte seine Polizeimarke.

„Mein Name ist Sergi Guardiola, Kriminialkommissär. Dies ist Detektiv-Wachtmeisterin Sabine Sütterlin. Offenbar sind Sie zurück aus dem Urlaub."

„War leider nur ein Kurzurlaub." Ihre Stimme klang nicht vertrauensvoll. Wie beinahe alle Menschen, die sich unverhoffter Dinge mit der Staatsmacht konfrontiert sehen, zuckte Pam etwas zusammen. Guardiola konnte sich nicht dafür entscheiden, sie hübsch zu finden. Er lächelte:

„Danke für die Info. Wir suchen aber seine Assistentin, Mavi Forlan. Können Sie uns vielleicht sagen, wo wir sie finden?" Pam schien sich wieder im Griff zu haben.

„Sie musste gestern unverhoffter Dinge schnell verreisen. Herr Hofmeyr hat einen Termin in Zürich. Sie wollte aber heute gegen Abend wieder hier im Büro sein. Worum geht es, vielleicht kann ich Ihnen helfen?"

„Das kann ich Ihnen nicht sagen. Aber welches ist denn der Arbeitsplatz von ihr? Pam deutete mit einer Kopfbewegung auf den Schreibtisch, der unmittelbar bei ihnen stand. Der Stromanschluss des Laptops lag lose auf dem Tisch. Sie musste den Laptop bei ihrer unverhofften Dienstreise mitgenommen haben.

„Hat sie noch einen anderen Arbeitsplatz hier?"

„Nein, die anderen beiden gehören..., gehörten dem Chef und seiner Frau." Sütterlin öffnete die Schubladen des Schreibtischkorpus, die aber nur das übliche Verbrauchsmaterial enthielten. Pam machte einen Schritt nach vorne und auf sie zu.

„Ich meine, es geht mich ja nichts an, aber dürfen Sie dies?" Guardiola zog den Durchsuchungsbefehl aus der Innentasche seines Sakkos und hielt ihn Pam vors Gesicht.

„Ja, wir sind von Staates wegen dazu legitimiert. Sagen Sie, Pam, ich darf Sie doch so nennen, oder (Pam nickte), wie lange sind Sie schon in diesem Praktikum?"

„Seit drei Monaten und nochmals für die gleiche Zeit." Guardiola nickte.

„Können wir uns für einen Moment setzen?" Er deutet auf die kleine Wartezone gleich beim Empfang. Pam ging die wenigen Meter voran und wies mit einer Handbewegung auf einen der Sessel.

„Möchte Sie etwas trinken?" Beide verneinten. Sütterlin nahm sich währenddessen eine Schublade nach der anderen vor. Pam und Guardiola setzten sich.

„Was ist Ihre Aufgabe hier im Gallery-Business von Steve Hofmeyr?"

„Ach, was eine Praktikantin so alles macht. Vom Kaffeekochen bis zum Einkaufen, Postgänge, aber auch bei der Organisation von Ausstellungen helfen. Kunstzeitschriften nach Wichtigem durchforsten und dem Chef berichten. Korrespondenz mit Kunsthändlern führen, aber auch Kunden- und Presseanfragen beantworten."

„Tönt ja recht spannend. Macht es Ihnen Spaß?"

„Ja, ich lerne viel. Und Steve ist ein sehr angenehmer Chef."

„Hmm." Guradiola richtete sich auf.

„War Alicia häufig hier?"

„Zu Beginn meines Praktikums drei, viermal pro Woche. In den letzten Wochen kaum noch und wenn, gab immer gleich Zoff zwischen den beiden. Vor allem mit Mavi Forlan konnte sie gar nicht. Sie bezeichnete sie gar mal als ‚deine Büronutte', weil sie an diesem Tag, ja, einen sehr kurzen Rock und hohe Schuhe trug. Mavi warf dann einen Locher nach ihr, verfehlte sie aber glücklicherweise. Alicia stampfte fluchend von dannen, seitdem habe ich sie nicht mehr gesehen. Dies war gut zehn Tage vor ihrem Tod."

„Was meinen Sie, hatten die beiden etwas miteinander?" Sabine Sütterlin kam zurück von Mavi Forlans Schreibtisch und setzte sich zu ihnen. Ihr dezentes Kopfschütteln deutete Guardiola an, dass sie nichts gefunden hatte. Pam rutschte nervös auf ihrem Stuhl herum.

„Äh…dies…ich weiß nicht…aber nein, das kann ich Ihnen nun wirklich nicht sagen. Ich würde gerne meine Praktikumsstelle behalten." Sie begann sogar zu schwitzen, obschon die Räumlichkeiten klimatisiert waren.

„Seien Sie versichert, dass dies der Fall sein wird. Andererseits: Wir ermitteln hier in einem Mordfall und wenn Sie uns nicht alles sagen, was Sie wissen, müssen Sie mit einem Verfahren wegen Behinderung von Ermittlungen rechnen."

„Einmal, es war vor etwa drei, nein eher zwei Wochen, kam ich nach meinem Feierabend nochmals hierher zurück. Offenbar hatte mich niemand mehr erwartet. Ist ja auch nicht die Regel, dass Praktikanten nach Feierabend nochmals ins Büro zurückkommen, oder? Nun, die Szene war sehr eindeutig, denn..."

„Reden Sie weiter, Pam. Es ist sehr wichtig." Sabine Sütterlin hatte ihr die Hand auf den Oberschenkel gelegt.

„Der Chef kniete dort am Boden vor dem Stuhl." Sie deutete in Richtung von Mavi Forlans Arbeitsplatz.

„Sein Hemd hatte er bereits ausgezogen. Sie saß auf dem Stuhl. Sie war ganz nackt, ihre Kleider und Wäsche lagen unmittelbar beim Eingang." Sie brach ab. Sütterlin wartete einen Moment, bevor sie die nächste Frage formulierte. Guardiola hatte sich in seinem Fauteuil zurückgelehnt.

„Und weiter? Was taten die beiden?"

„Hofmeyr kniete vor ihr, ich meine, bei ihr, also sein Kopf... ich konnte es auch nicht genau sehen."

„Konnten Sie sehr wohl, Pam. Jetzt beruhigen Sie sich, möchten Sie ein Glas Wasser?"

„Nein, danke, geht schon." Sütterlin schaute zu Guardiola. Dieser nickte kurz, beinahe unmerklich.

„Also was machte Ihr Chef?"

„Er leckte sie und..." Wieder schien ihre Stimme zu versagen. Diesmal folgte die nächste Frage von Sütterlin unverzüglich.

„Und was? Kommen Sie, geben Sie sich einen letzten Ruck!"

„Seine Hände kneteten ihre Brüste."

„Haben sie Sie gesehen oder gehört?"

„Nein, die Forlan stöhnte so laut, dass sie mich nicht hören konnten. Ich bin auch sofort wieder verschwunden." Sie begrub ihr Gesicht in den Händen und schluchzte los. Guardiola fragte sich, ob aus Scham, oder weil sie soeben ihren

Chef und dessen offensichtliche Geliebte verraten hatte. Sütterlin ging an der in Geschäften üblichen Wasserstation einen Becher Wasser holen und reicht ihn Pam zusammen mit einem Papiertaschentuch. Sie schneuzte sich und trank einen Schluck.

„Danke." Guardiola verließ nun seine entspannte Position.

„Eine ganz andere Frage: Erinnern Sie sich an den letzten Donnerstag, heute vor einer Woche? Vor allem an die Mittagszeit?" Pam dachte einen Moment nach.

„Dies war doch der Tode..., das war doch der Mordtag?"

„Genau. Mavi Forlan behauptet nun, den ganzen Mittag durchgearbeitet zu haben. Zeugen will sie aber außer Ihnen und Ihrem Chef keine gehabt haben." Wieder schien Pam nachzudenken. Das Schweigen dauerte diesmal.

„Kommen Sie, Pam, versuchen Sie sich so gut es geht zu erinnern!"

„Mavi Forlan war den ganzen Mittag nicht hier." Guardiola und Sütterlin blickten sich kurz an.

„Sind Sie ganz sicher?"

„Ganz sicher."

„Warum?"

„Weil ich wie meistens hier etwas zu Mittag esse, lese und mich nachher mit meinem iPod dort entspanne." Sie deutete auf eine Corbusier-Liege, eine mit dem Kuhfell.

„Ich bin kurz nach halb zwölf in der Migros-Filiale am Claraplatz was zu essen holen gegangen. Gegen zwölf, vielleicht zehn vor, war ich wieder zurück. Mavi Forlan war bereits weg, nur der Chef war da. Er telefonierte, sehr lange, sicher eine Stunde. Ich verstand kein Wort, er sagte mir später, als ich ihn nach der lustigen Sprache fragte, es sei Afrikaans gewesen, weil er mit Kapstadt telefoniert hätte.

„Wann kam sie zurück?"

„Gegen vierzehn Uhr fünfzehn oder dreißig. Ganz genau weiß ich dies wirklich nicht. Komisch war, dass sie andere Kleidung als am Vormittag trug."

Guardiola stand auf und streckte Pam die Hand entgegen.

„Frau Sütterlin wird jetzt noch Ihre Personalien aufnehmen. Sie haben uns sehr geholfen, Pam. Vielen Dank, halten Sie sich zu unserer Verfügung und falls Ihnen noch irgendetwas einfällt:Hier ist meine Karte." Sütterlin begann die Personalien aufzunehmen. Guardiola verließ die Geschäftsräume Hofmeyrs und wählte die Nummer der Spurensicherung.

„Hallo Joe, alles klar? Bei uns auch. Wir sind in etwa 20 Minuten am Nonnenweg. Und sag Peterhans, er soll bei euch mitfahren. Adios!

Als Sütterlin und er bei Mavi Forlans Haus eintrafen, waren die Kollegen bereits da und warteten auf sie. Nebst Joe Haberthür und Peterhans waren noch die Detektive Manuela Dragic und Sämi Burgener dabei. Es war Guardiola selbst, der an der Klingel mit den Initialen M.F. klingelte. Über die Gegensprechanlage meldete sich eine Stimme. Guardiola erkannte Mavi Forlan.

„Ja, bitte?"

„Guardiola, Kriko Basel. Wir hatten schon mal das Vergnügen. Würden Sie bitte öffnen?" Der Türöffner summte, die Tür sprang auf. Mavi Forlan wohnte im dritten Stock. Sie stand in der Tür, hinter ihr eine Reisetasche. Guardiola zeigte ihr die Polizeimarke.

„Wir haben einen offiziellen Hausdurchsuchungsbefehl, bitte verschaffen Sie meinen Leuten ungehindert Zutritt zu allem, insbesondere auch zu ihrem Laptop, den wir kurzzeitig mitnehmen müssen. Während meine Leute die Durchsuchung Ihrer Wohnung vornehmen, würden Detektiv-Wachtmeisterin Sütterlin und ich uns gerne mit Ihnen unterhalten." Mavi Forlan wirkte erschreckt.

„Ja, bitte, kommen Sie rein. Gehen wir... bleiben wir... ich meine, gehen wir ins Wohnzimmer, dort gibt's fast nichts zu durchsuchen." Sie ging Guardiola und Sütterlin voran und wies sie stumm an, in der Sitzgruppe Platz zu nehmen. Hinter dem Sofa meinte Guardiola erneut ein Werk Chuck Rensenbrinks zu erkennen. Ein Mann mit einem Kamelkopf war ans Kreuz genagelt und wurde von drei Frauen in Burkas ausgepeitscht. Er blutete. Sein Blut tropfte in zwei Haufen Tampons. Sabine Sütterlin schien irritiert.

„Chuck Rensenbrink, einer unserer Lieblingskünstler. Radikal aus Authentizität. Großartig. Aber Sie sind wohl kaum zu mir gekommen, um sich mit mir über Kunst zu unterhalten? Und warum dieser ganze Aufmarsch?"

„In der Tat nicht. Sie haben uns angelogen, Frau Forlan." Guardiola blickte sie sehr direkt an.

„Ah ja? Ich wüsste nicht wie und warum!"

„Ist es richtig, dass Sie behauptet haben, am letzten Donnerstag, am Tattag also, und ich spreche vom Mord an Alicia Hofmeyr, den ganzen Mittag im Büro am Claragraben in den Geschäftsräumlichkeiten der Hofmeyr Galleries Ltd. verbracht zu haben?"

„Dies ist richtig und dem war auch so."

„Warum lügen Sie, Frau Forlan?"

„Ich verbitte mir diesen Umgangston in meiner Wohnung. Ich werde jetzt meinen Anwalt anrufen."

„Tun Sie dies. Auch er wird Ihnen kein Alibi für die Tatzeit vermitteln können."

„Wollen Sie mir etwa den Mord an Frau Hofmeyr anhängen?"

„Nein, nicht anhängen. Wir wollen, dass Sie den Mord gestehen. Könnte urteilsmildernd wirken." Sie lachte laut auf, mit einem leicht hysterischen Unterton.

„Ist ja noch schöner. Ich hab ein Alibi und dafür kein Motiv. Machen Sie sich noch zusätzlich lächerlich, Herr Guardiola, wenn Sie schon Ihr vermeintlich bestes Stück nicht unter Kontrolle haben." Mit einem Kopfnicken deutete sie auf den „Blick", der in Sichtweite auf einem Sessel lag.

„Zweimal falsch. Sie haben kein Alibi, dafür ein Motiv. Und was für eines, das stärkste, das es gibt."

„Reden Sie mit Pam, unserer Praktikantin. Sie wird Ihnen bestätigen, dass ich den ganzen Mittag in unseren Geschäftsräumlichkeiten verbracht habe. Ich hatte vergessen, Sie bei der ersten Befragung zu erwähnen. Tut mir leid. Dann dürfte sich alles aufklären und Sie können sofort Ihre herumwühlenden Bluthunde zurückpfeifen." Guardiola lächelte zu Sütterlin hinüber.

„Sie hatten Pam zu diesem Zeitpunkt noch nicht bestechen und zur Falschaussage aufstacheln können. Sie hat uns vor wenigen Minuten gesagt, dass Sie vor zwölf die Räumlichkeiten verlassen haben und erst gegen halb drei wieder zurückgekehrt sind. Zudem in anderer Kleidung. Was sagen Sie jetzt?"

„Die Verwirrung einer bekifften Studentin. Nehmen wir mal an, rein theoretisch, es wäre so gewesen wie Ihnen diese Schlampe, die nur auf den Chef scharf war, gesagt hat: Wo ist mein Motiv?"

„Sie haben ein Verhältnis mit Steve Hofmeyr. Sie haben gemerkt, dass seine Beziehung zu Alicia schlecht ist, er sich aber eine Scheidung nicht leisten kann oder will oder beides. Sie wollten ihn für sich alleine, nicht mehr die langen einsamen Wochenenden, die Sonntagabende, allein vor einer melancholisch halbleeren Flasche Wein, die Urlaube allein am Wandern oder in einem Club mit Animation, die Gedanken beim Geliebten. Die Zeit, die davonrennt, die Jahre, die einer Frau in Ihrem Alter Angst machen, weil die Fruchtbarkeit endlich ist. Eine Portion Mitleid, weil seine Frau aus moralisch-gesellschaftlicher Sicht ein billiges Miststück war. Sie haben Steve Hofmeyr verwöhnen wollen und hätten es auch getan. Sonst hätten Sie seine Frau nicht umgebracht. Darum haben Sie zugestochen, immer wieder. Vierzehn Mal. Wut, Hass und Liebe liegen nahe beieinander. Menschlich verständlich, aber vor dem Gesetz strafbar. Ich muss Sie wegen des dringenden Tatverdachts des Mordes an Alicia Hofmeyr festnehmen. Packen Sie bitte einige wenige Sachen zusammen. Frau Sütterlin muss Sie begleiten." Mavi Forlan brach zusammen und wurde von Weinkrämpfen geschüttelt. Als sowohl Sütterlin als auch Guardiola sie beruhigen wollten, schlug sie um sich. Ihr Körper bebte, Schaum trat aus ihrem Mund. Verdammt, eine Epileptikerin, dachte Guardiola. Es gelang ihm, ihr den ersten besten Gegenstand, ein vielleicht zwei Zentimeter dickes Taschenbuch, in den Mund zu schieben. Damit hätten sie auch gleich die Speichelprobe für die DNA-Analyse. Die herbeigeeilte Manuela Dragic verständigte ein Notarzt, der nach wenigen Minuten da war. Unterdessen war der Anfall von selbst abgeklungen. Der Notarzt steckte ihr eine Infusion und tat ihr etwas zur Beruhigung in die Infusionsflasche. Zwei Sanitäter hievten sie mehr oder weniger sorgfältig auf die Trage. Sie war wieder ansprechbar.

„Eine letzte Frage, Frau Forlan: Was bedeuteten die vielen Physio-Termine bei meiner Frau?" Guardiola beugte sich leicht über die Trage. Die Sanitäter drängten auf den Abtransport.

„Sie ist Ihnen wegen Alicia Hofmeyr auf die Schliche gekommen. Ein Brief von ihr an Sie." Sie sprach wieder ganz ruhig, das Valium schien bereits zu wirken.

„Wir planten den Mord ursprünglich zusammen. Wegen Ihrer Tochter ist sie ausgestiegen, nicht wegen Ihnen, Sie Schwein!"

Die Sanitäter transportierten sie danach in Begleitung von Dragic und Sämi Burgener ab. Ein unwürdiger Abschied von der Freiheit, dachte Guardiola bei sich. Er ergriff den „Blick" und warf ihn in den Müll, verabschiedete sich von Haberthür, Peterhans und Sütterlin und fuhr nach Hause. Für heute hatte er sein Soll erfüllt, zumindest beruflich. Privat wusste er nicht, was ihn erwartete. Die Aussage der Forlan betreffend Sylvia nahm er nur bedingt ernst. Erstmals seit ihrer Abreise in das Schullager vor gut vier Tagen dachte er an seine Tochter Carmen. Er schüttelte kurz den Kopf. Sie musste jetzt im Fokus stehen. Für Sylvia und ihn war es schon spät, sehr spät. Er stieg in seinen Leon, fuhr los und drehte das Radio an. Auf SWR 3 sang Philipp Fankhauser „Too Little Too Late".

Bereits in unserem Verlag erschienen:

Dr. med. Marco Caimi

Energie - Emotionen - Erwachen
Persönliches Energiemanagement für unsere
24-Stunden-Gesellschaft

1. Auflage 2010
239 S. Taschenbuch ca. 14,8x21 cm 325 g
Pro BUSINESS Verlag
ISBN: 978-3-86805-530-6

Begriffe wie "chronisches Müdigkeitssydrom", "Stress" oder "Burnout" waren vor 20 Jahren so gut wie unbekannt. Heute werden sie schon fast inflationär verwendet. Nichtsdestotrotz können diese Phänomene nicht mehr ignoriert werden. Viele Menschen sind dauernd müde, antriebs-, lust- und energielos. Dies hat menschliche, gesundheitliche, soziale und nicht zuletzt ökonomische Probleme zur Folge. Wie konnte es aber trotz immer besserer medizinischer Versorgung und Vorsorge (mit entsprechenden Kosten!) so weit kommen? Einerseits Antworten darauf zu finden und andererseits vor allem Lösungsansätze aufzuzeigen, für den Einzelnen wie auch für Firmen, sind die Ziele dieses kurzweiligen Buches.

Zu bestellen unter
www.book-on-demand.de